追逐夕阳的旅行

许宣知　著

成都时代出版社
CHENGDU TIMES PRESS

图书在版编目（CIP）数据

追逐夕阳的旅行 / 许宣知著 . -- 成都：成都时代
出版社，2023.1（2024.2重印）

ISBN 978-7-5464-2908-3

Ⅰ . ①追… Ⅱ . ①许… Ⅲ . ①长篇小说－中国－当代
Ⅳ . ① I247.5

中国版本图书馆 CIP 数据核字（2021）第 210518 号

追逐夕阳的旅行

ZHUIZHU XIYANG DE LVXING

许宣知　著

出 品 人　达　海
责任编辑　兰晓鋬鋬
责任校对　蒲　迪
装帧设计　悟阅文化
责任印制　黄　鑫　陈淑雨

出版发行　成都时代出版社
电　　话　（028）86742352（编辑部）
　　　　　（028）86615250（发行部）
印　　刷　三河市嵩川印刷有限公司
开　　本　880mm×1230mm　1/32
印　　张　11
字　　数　285千
版　　次　2023年1月第1版
印　　次　2024年2月第2次印刷
书　　号　ISBN 978-7-5464-2908-3
定　　价　56.00元

前言

夕阳西下的绚烂

据最新的人口统计资料显示，中国已经进入了"老龄化"社会，为了让老年群体舒适有尊严地生存，体面地散发出夕阳的绚丽，整个社会都在努力。但是，当下从精神上到物质上，我们的社会都有很多缺失。需要弥补的，不是一星半点。可喜的是，一些人群正在努力探索，或者付诸实施，为老龄化社会的和谐做出应有的贡献，许宣知就是其中的一个。

许宣知是知性的，理工出身，在工作岗位理性工作，写这本小说也很理性。她虽然在文学的道路上蹒跚而行，却走得踏实，也很有毅力。她在即将步入老年的门槛上，忽然就关注起了老年问题，如老年人的心理问题，老年人的居住生活问题，尤其是社会养老机构的认知与设立问题。于是，就有了她这本关注老年问题的长篇小说。

大约是2017年的某一天，一位精精神神、着装简洁的女士与我打招呼，后来我知道了，她叫许宣知，曾用笔名"许之"。她说，听过我的讲座。也说，在洛阳网的"河洛文苑"和《洛阳日报》副刊群"洛浦漫步"和我有过交流。于是我们就熟悉了起来，我知道她曾经下过乡，曾经是军嫂。再后来，洛阳报业集团的老年大学开设文学班，她也报名来学习，并成为班长。两年里，她学习认真，在忙着带第三代的同时，还在敲击着键盘，面对显示器，写着有所思有所想的文章，时有发表。然而，她最为看重的，还是斯时已经着手的这部小说。

这部小说的初稿与现在的框架结构，截然不同，但是主题却没有变。也许是她的理工出身，影响了文学思维的翱翔，初稿有些类似于论文——社会养老的现状，一、二、三；问题，一、二、三；前瞻，一、二、三……虽有人物穿插，也只是提线木偶。几经修改，终于形成了一个有贯穿始终的故事情节，有系统的故事串联，有了几个提携全篇的人物，人物也渐渐地丰满生动起来的小说。再修改，变成了现在模样，渐渐长成为人们所赏识漂亮的大姑娘。这个过程，对许宣知而言，是沮丧、期望，再沮丧，再期望，甚至有了放弃的想法，继而再次腾升起更多的期望的过程。最终，她走出来了。

她走出了一池洼地，登临到了一定的高度，看到的是一个全新辽阔的大地，赤橙蓝黄紫的大地，霞光绚丽多彩。至此，她才对文学和文学性有了自我的感知和觉悟。

重新回到老龄化的问题上。我很沮丧地发现，在全国人口统计资料上，在55~75岁这个范围，男女人口基本相当，男性略多于女性；而在75岁以上，女性渐渐地多于了男性，90~94岁这一段，女性两倍于男性，百岁左右，就达到了三倍。那么，对于老人将来生活的舒适性、幸福感、尊严，女性似乎更为关注，所以许宣知的关注也就自然而然。按照联合国对老龄化社会的判断标准，60岁及以上老人达到10%，或65岁及以上老人达到7%，即为老龄化社会。最新的资料显示，我国60岁及以上人口为26402万人，占18.7%，其中65岁及以上人口为19064万人，占13.5%。这些标准和数据，都毫无悬念地昭示，我国已经步入了老龄化社会。老龄化程度加深，不仅是劳动力供给数量的减少，更多的社会问题是家庭养老负担的加重和公共事业的压力加大。关于老人如何较高质量地生活的问题，已经成为我们社会的一个重要问题，无论专家、各级官员还是百姓，都需要认真考虑并付诸行动解决。许宣知，一介普通百姓，自觉主动地关注这个问题，实在是难能可贵！

关于这部小说，诸君细阅便是，各有各的体会吧。我想，应该是属于现实题材的小说，关注当下的社会，当下的人，是其特点之一。在结构上，小说又有了理性的思维点缀，使其表达作者深度的思考，有一定的补遗。当然，作为作者的第一部长篇小说，又是脱胎于调查报告类的文字，不免还带有文学性表达的欠缺、故事性稍逊等短板，小说中的人物也更待丰满。我相信，如果作者继续她的第二部、第三部小说的写作的话，一定会"渐入佳境"。

期待着！

庄学
写于初夏

（庄学先生为洛阳市作家协会原副主席、洛阳长篇小说学会副会长）

目录

第三章　养老机构面面观

第四章　何处颐养是吾乡

第五章　青峻山苏醒啦

第六章　创意康养银发乐

第七章　回归本真

第八章　尾声

第一章

误打误撞的志愿者

　　邑阳，这座美丽的现代化古城，有故事。

施救后的思索

夏日清晨，碎金子般的阳光洒向大地，温暖耀眼。闪烁着粼粼波光的邑河，宛若一条华贵的金腰带，妥帖又酷炫地镶嵌在这座城市中间，连接着南北两岸的绮丽和丰饶。

极目远望，两岸截然不同：南面道路宽阔，高楼林立，新颖时尚，像风华正茂、挺拔伟岸的壮硕青年；北面砖墙瓦顶，商贾密集，富庶繁华，如成熟低调、处变不惊的智慧长者。宽阔清澈的河流全无偏袒地滋润着大地，又天然地一水两隔，形成各自的风格与品位。

邑阳，这座美丽的现代化古城，有故事。

韦力和红梅漫步在河堤上。

哪里传来"布谷、布谷"的叫声，韦力四处张望，是东边吗？又像南边在叫，咦，不对，是西边……红梅说别瞎猜了，到处都有布谷鸟，怕半天也找不准。韦力仰头看看硕大的树冠，俯视路旁翠绿的灌木，深嗅着花草的清香，笑了，这等好景致，鸟儿怎会不歌唱呢！

她俩缓缓而行，微风吹来，裙摆飘飘，浑身舒泰。真轻松！不用掐着钟点赶去上班，不必穿着工装一本正经了。就这样随心自在，让思绪天马行空，任时间悄然流淌。

"哎，想好没，退休了干点儿啥？"红梅问。

"我不像你，退了赶紧抱孙子，成天忙得像孙子。我闺女说了，他俩三年内不要孩子，我也落个清闲。"

"老家伙，就是老了加点活儿，时兴说法是累并快乐着。我还不了解，闲你一个月，就着急了。"

"这不刚退吗，真没想好。撒切尔夫人把离开工作岗位看作新生活的开始，心态平和宁静。我觉得退休阶段最自我、最有意思。年富力强时，能力最强，责任最大，也最不自由，你在工作，你要挣钱，就有很多无奈。"

"心态很重要。退休了，职场上的名誉、地位、争斗和激情统统翻篇啦！趁现在没事，你放自己一个长假。一旦带上孙辈，就身不由己了。现在年轻父母养孩子那叫精细呀，什么早教益智、均衡发展、起跑线就是带娃者的视野和能力呀……"

"有人落水了！"忽听谁在大喊。只见前方约一百多米远的河里，有人在扑腾。她俩不由地迈开腿，大步跑近，见河里有个人在下沉，两个身穿红黄鲜艳服装的小伙子正飞速游近，还有几个人陆续游过去，一阵扑腾后，把落水者抬上岸，是个老太太，脸色惨白。韦力脱下防晒衣铺在地上，让把老太放在上面。她俯身轻轻呼唤着，见老太没有自主意识和呼吸，她掏出手绢清除老太口鼻腔中的污物，把老太舌头拉出嘴唇，解开老太上衣领口，双腿跪下，慢慢托起老太下颌，捏住老太鼻孔，深吸一口气后，口对口往老太嘴里缓缓吹气。直到她看到老太胸部开始微微抬起，自然回缩，遂放松鼻孔，和小伙子把老太翻转侧卧，并把头部后仰，保持其气道通畅，接过别人递过来的床单，盖在老太身上防止着凉，这才松了一口气。

周围聚集了很多人，议论说幸好水上搜救队在这儿演练，打头阵的两名队员就在近处，抢救及时，要不老太这个年龄，怕是几口水就呛过去了。有人说打了120，一会儿就到。搜救队的吴队长摸摸老太的脉搏说："看来人不要紧。夏季120够忙的，麻烦给他们说不用过来了。"他转身对旁边身着白大褂的人说:"李院长,老太先在你这儿检查治疗吧。"李院长很干脆地答应了:"好。你们快去演练。辛苦啦。"又扭头招呼着:"大刘,你们给抬回院里去。"吴队长谦和地笑着说:"那我们走了。""好,回见。"李院长挥一下手。

韦力她俩帮忙招呼着,来到岸边一座大楼前,牌子上写着"安和医养院"。医生给老太做了全面检查,确认无大碍,但需要静养。这时,一个60岁出头的妇女挤进人群,扑上前拉着老太的手,连声喊着:"钱老师,你醒醒啊!"韦力问她:"请问你是?""我叫牛济红,这是钱老师,我是她的学生。"好一阵子,老太才慢慢睁开眼睛,环顾四周,好像忆起来什么,喃喃道:"不该救我,我想走啊!""钱老师,别这么想。您先休息一下。"老太看着牛济红,有气无力地说:"73、84,阎王爷不叫自己去。我活够了,死了清静。""您这样走了,您儿子有多痛苦、自责,您该替他想想。活着比死去更需要勇气!"牛济红细心地劝慰道。"济红,我活着也是煎熬啊!"两行清泪沿着老太的脸颊流了下来。

怪不得拉她的时候挣扎着不上来,使劲把头往水里扎呢。有人低声说。牛济红喂老太喝了点热水,看她疲惫的样子,医生说留一个护士照看着,让老太休息。

在大厅里,牛济红向大家介绍说,钱老师今年73岁,退休前是中学高级教师,目前独居。她只有一个独子,留学美国后就职于联合国总部。老伴前年去世后,儿子把老太接到美国,她在那人生地不熟,很不习惯,勉强住了一年又回来了。儿子不放心体弱多病的老母亲,想着自己回国能照料一下,就在北京找了份工作,可没干多久就辞了职,出国多年,他已不适应国内的生活了,还有两个孩子的教育问题,妻子也不同意他回来,就这么纠结着又返回了美国。

钱老师自老伴走后,一直没调整过来,孤独、病痛困扰着她,这样的"空巢"生活有什么过头？近来，她又患上老年痴呆症，认知障碍不断加剧，时而出现幻觉，前几天说保姆偷了她的宝贝教案，强行把保姆赶走了。她清醒时查了资料，看过有关的科普文章，还收看了综艺节目《忘不了餐厅》，知道这个病严重了就是忘记亲人、忘记自己、忘记一切。钱老师比较理智，她明白这个结果有多可怕，彻底丧失了生活的信心，多次跟牛济红透露要去天堂陪老伴，一了百了。牛济红劝劝会好些，过后又来回反复。一大早她给儿子发了条信息：我走了，你们都要好好的啊！她儿子一看情况不对，赶紧联系托付的牛济红去看看。牛济红见钱老师不在家，知道准是到邑河来了，这是她和老伴生前常来的地方。李院长叹了口气说："空巢、丧偶、独居的老人缺少陪伴和交流，大脑活性降低，更容易患老年痴呆。"

　　人真是矛盾哦。父母期望子女出类拔萃，拥有广阔的发展空间，同时又不得不承受思念与孤独之苦。外人看来颇为风光的白领，也有如此的生活困境，大家唏嘘不已。李院长和牛济红商量后，决定让老太先在院里住下，等身体恢复了再说。

　　此时，韦力忽然有了想哭的冲动。是因为自己的参与，救活了一条珍贵的生命？还是对无助老人的怜悯？说不清。李院长看着韦力，对长着一副剑眉的长者说："覃局，这位老师很有专业素养，紧急关头沉着镇定、处置得当。"说得韦力有些不好意思。"你是医护志愿者？"韦力摇摇头说："年轻时做过几年护士。"

　　"原来如此，很有章法。"

　　韦力则对那俩小伙赞叹不已："多亏了他们，河水那么深，水流很急，稍晚一点就很危险了。小伙子真是动作神速。"

　　"他们是有名的蛟龙水上搜救队，都是一群训练有素的志愿者。每年这样的情况要遇到很多。"李院长介绍说。

　　"水上搜救志愿者，真棒！"韦力赞叹着。

　　那位覃局发话了："蛟龙水上搜救队是全国志愿者的典范，

已坚持十多年了，挽救了很多生命，保全了很多家庭。"又以欣赏的口吻对韦力说："李院说得是，你冷静理智，真像训练有素的志愿者呢。"韦力连声说："也生疏了。"她抬起头，打量着这位长者：中高个头，眼睛射出如X光一般能透视人的炯炯目光。她潜意识觉得，这是个理性、睿智、干实事的人。正琢磨着，李院长告诉她："这是市委老干部局的覃局长，现在在研究养老问题。"

"干点闲活。"那位覃局长说。

"养老？闲活？"韦力不由问道。

"对，老龄化社会了，养老问题迫在眉睫。我退休了随性干一点，不就是闲活嘛。如果有兴趣，不妨来看一下。"覃局眼含期待。

对于老龄化，韦力略有所知，自己已步入老年，看看或许对自己养老有启发呢。她和红梅跟着覃局来到医养院3楼一间办公室，墙上的铜牌写着"乐邑养老咨询研究中心"。

覃局让座后，介绍说该中心目前有9员大将，一个是安和医养院市场部部长大刘，刚才抬担架的那个大个儿，他对全市的养老市场比较了解。覃局指着旁边一位干练的女同志说："这位是原老龄办副主任罗景然，都叫她罗姐，对老龄化工作很熟悉、有见地。"罗姐对韦力微微一笑。"另有两位是省民政厅所属研究所的在读博士，和我们合作建立养老动态数学模型，不定期过来。还有两个刚退休的老同志，对养老有期盼、有理想，他们和两个年轻人到东郊敬老院调研了。这还有俩。"覃局招呼着窗户旁的两个人过来："这瘦高个是小黄，小胖儿是小余，都是市理工大学的优秀学生，很有热情和想法。他们着重于社会实践。"他俩朝韦力一躬身道："老师好！"韦力点点头，这就认识了。覃局指着自己补充说："还有一个就是末将啰。另外，中心还跟全市11个不同类型的养老机构合作，作为数据采集和实验基地。"

覃局说自己多年做老干部工作，切身感受到老龄化以猝不及防的速度赫然来临："截至去年，也就是2017年年底，全国60岁及以上人口有2.4亿，占总人口的17.3%。1953年至1957年出生的首批婴儿，已持续大规模进入养老阶段，加速了老龄化进程。连续执行了30多年的独生子女政策，诞生了1.76亿个独生子女，家庭趋于小型化、空巢化。诸多因素的综合叠加，使得总抚养比快速增加，养老压力日益增大。老龄化体现了社会的文明进步，但也引发了许多社会问题。"

几年前的一件事，给覃局很大震动。市里一位老领导早晨遛弯时突发急性脑梗，一头栽倒在路边绿化带上，经抢救保住了性命，却落下了严重的后遗症：左半边身子瘫痪，说话含糊不清，进食靠胃管。吃喝洗浴，擦屎端尿，还有各种突发情绪，一股脑地压了过来，照顾他的人比本人更痛苦。请了个护工，全家人还是忙得焦头烂额，真所谓一人脑梗，全家失衡。他儿子是我市某重点工程的学科带头人，给闹得精疲力竭，在一次试验中险些出事故，一家人的生活变得忙乱无章。的确是老人病不起、儿女拖不起啊！

这件事过后，市里开展了一次养老务虚会，针对本市老龄化紧迫形势、养老工作现状及如何采取相应对策进行了大讨论。两种意见针锋相对。

一种观点认为：家庭养老在我国有悠久的历史，孝道是传统文化的精髓，也是亲子关系的价值体现、亲情维系的纽带，有着广泛、深厚的社会基础。家庭成员尤其是子女的感情慰藉和精神赡养是养老的重要内容，是亲情最直接的体现。家庭养老既有历史延续性，又有现实可行性。儿孙绕膝才是天伦之乐，家庭养老符合国人的伦理道德，应该继续倡导并保持下去。甚至有人偏激地说，父母老了给扔到养老院去等死，那还是人吗！

另一种观点强调，家庭养老源于过去落后的生产方式。随着社会经济的发展，人口老龄化、家庭小型化的加速，家庭养老已不现实。子女要上班，老人在家生活存在着突发疾病和用电用气安全隐患，以及出入家门、上下楼梯摔跌等风险。现在，老年人有社会保障和退休金，经济条件大为改善，他们渴望拥有高质量的退休生活，到专业的养老院去，既规避了不安全因素，也扩展了活动范围，丰富了晚年生活。机构养老是大势所趋。

"就这样各执一词，争持不下。"覃局说着，轻轻地摇了摇头。

罗姐接过话头："那次讨论我也参加了，争论相当激烈，谁也说服不了谁。"最后覃局谈了自己的看法。他说我国历来重视亲情，家庭养老符合我们的传统习惯。现实中，老人居家也有挨骂受气照料不周的，在家养老不一定就是孝敬有加；机构养老是社会化养老模式，随着养老院条件不断完善，把老人送到那里去养老，也不能说是不肖子孙。

覃局说："从我国目前的形势看，立足家庭养老，辅以社区服务，高龄的、缺乏自理能力的老人住进养老院，一来可减轻子女的心理及家务压力，避免'久病床前无孝子'的尴尬与无奈；二来老年人也可得到专业医护人员的照料，老有善养。居家化、社区化、专业化三者相结合的养老模式，是比较契合现实的老龄化问题的解决之道。"

"覃局的观点客观、实际，既立足于现实，又具前瞻性，得到大多数与会人员的认可。"罗姐道。

"早期大家看法不一，这很正常，要在实践中不断加深认识。几年过去了，社会上对养老的看法、老年人自己的想法都有了很大变化，以致出现了眼下养老院一床难求的新情况。就邑阳来说，老人这么多，晚年都怎么过？什么环境才能少生病？病了又如何能及时发现、及时就医？怎样才能既减轻病人痛苦和家人负担，又能降低单位与社会的成本与压力？乐邑养老咨询研究中心，就是专注于养老机构的总体策划、功能设计和管理运营的咨询服务，以期解决这些问题。"覃局看着她俩说。

韦力明白了，这是个民间养老咨询组织。她有些疑惑，没有政府背景和资源投入，就这么几个非专业人士，这个组织能干什么？

"你们看哦，现在各种信息看起来很多很全，实际上一用，就会发现信息不对称，或者说'双盲'。举个例子，假如有老人要住养老院，按照就近原则，在家方圆10公里内，有多少家养老院？分布如何？价格、服务和硬件怎么样？床位是紧缺还是饱和？你网上搜索后，得一家家地跑去看，老人没这体力，子女没这精力。广告说的都挺好，信谁的？不是价格太高，就是服务较差，或者距离太远，商家一说就是直线距离，又不是天上飞，哪能直着走？关于养老众说纷纭，米兰·昆德拉说得很到位：'老人是对老年一无所知的孩子。'很多人是年龄进入老年，但如何度过老年期并不清楚。"覃局说。

韦力听着有道理，自己已站在老年的门槛上，却知之甚少："嗯，我就很盲目。"

覃局话锋一转分析道："对开办者来说，也需要知道全市有多少老人、多少养老床位、市场缺口有多大。但在你这个辐射范围内，这些老人的身体状况怎样？经济能力如何？有什么养老需求？这个数据如果不清楚，信息不全，就要走很多弯路。很多失败或风险，都源于信息的不对称、不充分。盲人摸象，常用来嘲笑只会局部看问题的人。在现实中，我们每个人何尝不是盲人一个？谁会、谁又能站在全局的高度，坦诚地告诉我们事情的全部。我们的认知，通常只取决于所见所闻。那么问题来了：也许消耗了大量的时间、精力和财力，也未必能够获得最有价值、最有用的信息。我们就尝试着拾遗补阙吧。"

"简单来说，我办这个中心呢，一是想帮助养老机构，主要是中小规模的养老院，以及有此需求的老年人，使他们能获得有用的信息，少做无用功；二是摸索养老问题的有效解决途径。咱们邑阳城'老'得太快了，就像一场决赛，上百万老年人的各种需求快速到来，猝不及防，社会公共服务在后面尽力追赶，疲惫不堪。要应对这巨大的压力，针对不同的需求开出不同的处方，仅靠政府部门不行，需要全社会，尤其是对养老事业有预见性、有深入关怀的人和企业共同努力。我是想把过去的一点经验、体会派上用场，这就是我的老有所乐。"覃局继续说，韦力她们入神地听着。

罗姐补充道："近几年，国务院十多个部委连续出台了一系列养老政策，的确够重视！但在具体执行时，却找不到真正的主管部门。养老不同于其他行业，具有公益属性，必须市场和政府协同并进，才能切实解决问题。"

"那志愿者干什么呢？目前，全市老年人抽样调研做完了，正在进行分类，得出一些即时数据。"覃局看着韦力她俩说。

"这在民政部门一查不就知道了吗？"韦力不解地问。

"是的，基本情况通过大数据很方便就能查到，但要想做准做好，就要细分，得有'中数据'，甚至更需要'小数据'。比如老年人中男性多少、女性多少，男女寿命不同，观念不同，需求也不同。这里边，健康活跃的老人多少？高龄老人多少？空巢的多少？失独的多少？失能、半失能、失智的又有多少，都到了什么程度？经济状况如何分布？能够承受什么样的收费标准，希望享用什么品质的养老服务？这些都要科学、合理确定样本，再进行大量、细致的实地调研和深入分析，才能获得准确数据。"覃局解释着，他的手指轻敲着桌面，"政府部门的优势，在于宏观政策的把握、大数据的收集。他们日常事务性工作很多，看今年市里这十件民生实事，都得一件件地去办。落实慢了、不到位了，报上公布督查结果，也是'压力山大'。我邻居的女儿就在民政部门，工作很忙，没有精力做得很细。养老工作经过这几年发展，已从过去的'大写意'向'工笔画'转变，由注重全局概括性向精准细致转变，这就有个接驳问题。通过加强精细化管理来降低成本，探索养老服务的有效模式，使各方的投入发挥更大效益，这就需要搭建桥梁，让需求双方、多方，包括政府决策机构，能够高效、全面地获取实时信息。"

"市里有关部门也着手在做，但限于人力物力等客观因素，不能深入做细。覃局把这作为课题专门进行研究，希望有更多的有心人参与进来。"罗姐满是热情地说着。

短暂的接触使韦力强烈感到，覃局对事物有着清醒的认识和明晰的判断，思维敏捷，谈吐幽默，有着很强的感染力、亲和力和人格魅力，使人很快融入他的事业中。

"哦，大有事情可做呢。"本来韦力只想了解一下，被覃局他们的热情和执着所感动，心头一热，当场填报了志愿者表格。覃局拿起表格看着："欢迎啊，中心又添了一名干将。"

韦力调侃道："保不齐是个吃将呢。"

"那好哇！能吃就能干。上班时是干活挣钱，退休了靠吃饭挣钱。吃得久就挣得多呀。"

罗姐说："覃局识人有高招，不会看错！"

覃局摇摇头说："没什么高招，不过我的直觉一般比较准。"

"他们几个事先都培训过。我看你就不用专门上课了，随后罗姐把资料拿给你看，有什么问题再探讨。"

"好的，我先学，不懂的再请教。"

"你入门会很快。"覃局挺会鼓励人。

"一定尽力。"韦力说。

覃局又看着红梅说："你带孙儿，那可是未来的接班人啊！"

红梅浅浅一笑道："我这婆婆妈妈的，不像你们为社会做贡献。"

"同样重要。祖国的花骨朵可是要费心培育呢。"大家笑了。

　　就这样，韦力成了一名养老工作志愿者。罗姐把志愿者相关的要求、中心的工作特点、大概流程和目前发展工作状况简要介绍后，说："不复杂，你干一段时间就熟了。"

　　回途中，红梅打趣道："早晨还不知道要干啥，这一下子就敲定了。"

　　韦力问："你觉得咋样？"

　　"从大方向来说，养老事业很有前景、大有可为。就现实而言，能做到什么程度，我不了解也不好说，但难度肯定很大。"

　　"那就走一步，看一步吧，也为自己养老找个思路。"

　　看着韦力那一身朝气、热衷探求新事物的神态，红梅很是感慨，眼下韦力的负担并不轻，住在郊区老家的公婆身体不太好，自己的老母亲也年事已高，都需要她不时轮换去照料。老公还在部队学院服役，帮不上她什么忙。可韦力心里就像住着一个太阳，散发着暖人的光。

推开养老那扇窗

　　只要有空闲，韦力就到邑乐中心去，跟着走访养老机构，应邀去问题养老企业"会诊"，间或参加一些会议、论坛，听取专家的解读。很快地，她对全国老龄化形势、国家养老政策及本市的养老状况有了大体了解。她惊奇地发现，老龄化竟如此迅猛，全市老年人有那么多，养老床位和护理人员是那么少，养老问题那么复杂，养老工作开展难度远超自己想象。

　　一天上班，她刚走到中心门口，就听到覃局有些激动的高嗓门："这真不行。你的同心乐养老院消防检查没通过，一票否决，其他方面做得再好，我也不能给你'美言'。你说，假如发生了消防事故，老人能不能第一时间离开现场？这涉及200多个老人的安危哪！"少顷，覃局说："你的大红包我不能收。等你整改过关了再说。挂了哦。"搁话筒的声响后面是覃局的一声长叹，只见他两道剑眉立了起来，犀利的目光令人生畏。

　　屋里好一阵没人吭声。覃局自语道："我们主要是雪中送炭，也锦上添花。但绝不能无中生有、不负责任地说好。"事后罗姐告诉韦力，覃局主管老干部工作多年，对养老行业既了解又有见解，在省报上辟有"话说养老"专栏，很具权威性。前一段时间，覃局向市政府建议，鉴于目前养老企业的发展困境，给予养老必要的帮扶措施：水、电、气、暖参照居民生活标准收费；适当减免生活垃圾、排污费用及事业性收费等。这些合理性建议，被市政府采纳并下文实施，在社会上引起很大反响和积极效应。一些企业也蹭热度，千方百计想让覃局在报上说一两句，做个软广告，打个擦边球，增强美誉度，以吸引客户。韦力逐渐地明了覃局的秉性，长期的职业生涯使覃局练就得既有原则性又有灵活度，在业内颇具影响力。

一次，中心接到求援电话，说有个窑洞养老院，生意惨淡，难以度日，想请覃局长帮助"号一下脉，开个药方"。覃局说："你不用来，我们过去看看。"周末，覃局带着韦力、大牛、小余去了，那是个叫桃花湾的地方，离市区将近20公里，一路上车多人密，一小时才到，有几个人在门口迎候着。

一位年约50的男子上前，恭敬地说："欢迎各位。覃局长，我们对您可是久闻大名啊！"覃局淡淡一笑："不客气，一起交流吧。"对方自我介绍姓龚，经营着这家养老院，旁边人介绍说这是龚院长。龚院长向下一指："就在这儿。"覃局看到在土崖畔边，有一凹陷的地块。"是靠山土窑。走，下去看看。"大家跟着龚院长往坡下走，深约十米。窑洞围着山坡开掘而成，数洞相连，成半圆状，弯弯的一排挺好看。窑洞周围盖了几处房屋，形成了靠崖窑院。

龚院长带着大家边看边介绍：这里两年前投资400多万元，建有单人间、双人间窑洞46孔，80个床位，具有环保、消防和卫生防疫等必备资质，手续齐全。刚开始试营业，老年人以半价每天40元体验入住5天，每日餐费全素是12元、荤素搭配16元。入住率最高达到85%，很热闹，后来住的人越来越少，最少时也就2人，天天亏损。"唉，真愁人！"龚院长紧锁眉头。

这窑洞宽3.2米，高3.5米，进深6米。与外面太阳的热烈不同，里面很凉爽，也干净整洁。窑洞前面有一个几亩大的鱼塘，四周山坡低处种了蔬菜，往上是桃、杏、苹果和板栗等果树。时值春夏之交，树荫浓密，凉风吹拂，是个避暑的好地方。这么有特色，为什么不红火呢？龚院长说："一是周围没医院，有个诊所只能应付头痛脑热，不具备医疗急救条件。后来也请了医生专门坐诊，还是不行。二是伙食单调，厨师是村里一位亲戚，做家常饭可以，老年人膳食营养搭配就差了。"覃局一听其资质，反问道："你弄个半调子医生坐那，医疗知识还不如有些老人懂得多，谁放心呢？还有就是活动区域的局限，想出去溜达，上那么高的台阶，我这腿脚还不错，走着都不省劲，别说那些腰酸背痛的老年人了。"

"过去总听说城里老人多，养老院不够住，想着风险不大，政府也鼓励我干。这儿清静，打打牌、钓钓鱼、种种菜、摘摘果子挺好。你看我投入这么大，把辛苦做生意赚的钱全扔进去了，还借了朋友几十万，每个月利息都还不起。老婆埋怨我说舒坦的日子不好好过，弄得被人成天追着屁股要钱，图啥呢？"龚院长叹着气。

覃主任微点着头。这个窑洞养老院他比较了解，作为民营养老院的一个样本，开业时《邑河晚报》曾报道过，名气不小。他沉吟说："宏观上这么说没错，全国老年人口都两亿多了，养老床位只有740万张，31个老人争一张床位，这竞争的激烈劲儿，远超小升初啊！当然，具体到某个区域，有的是老人住不上，有的是有床没人住。办养老院必须做足功课，扎实进行市场调研，摸清当地的情况：有多少人要进养老院？他们各自有哪些特点及未来需求？只说市场需求强劲、发展空间巨大不行，还只停留在一个模糊的、想象中的市场中。基本问题没搞清，怎么能有的放矢、精准对接呢？"

覃局看着韦力他们仨告诫道："互联网时代，信息量大又杂，要用科学、专业的思维和方法，筛选出准确、有效的信息，分清潜在需求和有效需求，然后再决策。什么事都不能只从面上笼统描述，而缺乏具体环境。"覃局又转过头来："金融危机那会儿，大批公司倒闭，也有不少人赚钱哪。后来形势好转，照样有人赔得跳楼。"

龚院长连连点头："就是，我们做生意这事看得多了。可我这次还是走偏了。"

"走不走偏还不一定。情况大致清楚了，我们回去研究一下，给你出个方案，尽量想办法帮你改善经营、走出困境。"覃局的眼里泛起温暖的光波，眉宇间露出果敢、自信，像山间的春风拂面而来。龚院长心中的雾霾顿时被吹跑了一大半："覃局长经验丰富，眼光独到，我抱着很大的希望啊。只要能经营起来，我一定重谢！"龚院长的神态充满渴望。离开后，覃局带领大家围着养老院转了几圈，仔细查看了周边的住户、商业、道路和地理情况，拍了些照片，覃局让大家结合市里现实，深入思考破解之法。

过了半个月，覃局召集大家开会讨论，采用头脑风暴法，探讨窑洞养老院的优劣势及解决之道。大家你一言我一语：优点嘛，住窑洞有新鲜感；环境幽静，自成一体，有山有水有鱼有果；空气清爽，草木丰盛；夏天热不着，冬天冻不透，绿色环保，制冷和取暖费用少；员工都是村民，运营成本低；果蔬采自当地，新鲜便宜……问题也不少，医疗是个大短板，老人犯病不能急救；远离村庄和商业区，购物娱乐不便；冬季寒冷，无处可去，整天待在窑洞寂寞、单调。大牛说他老家陕北土窑很多，比较潮湿，通风不好，老年人长住对身体有一定影响。覃局问："有什么补充？思路再开阔一些。"说罢看向韦力。

"除了改善自身的小环境外，不妨外延一下。它离桃花湾就一公里多，可以利用桃花节、桃子采摘节两个时段，借着大量涌入的游人，吸引游客来短住。还有学生放暑假时，可以和培训机构合作，办些绘画、书法、歌咏和写作等各种兴趣班。这里比较封闭，便于管理。孩子来得有大人陪，这又是个附加生意，说不定孩子的爷爷奶奶也来休闲呢。"韦力说。

"嗯，是个好点子。"覃局不断启发大家的思维，说还有几点可以考虑，"首先在山坡上增加设施，开展拓展训练项目。鱼塘对面山坡有几棵大树，枝干很长很粗，能承重。这地方能挖窑洞，说明土质细腻瓷实，因地制宜，在山坡上做文章。很多企业注重培养员工团结协作精神，这里开展拓展训练很不错。其次，可以弄块地让老人养花种菜，有事做待得住又有乐子。最后要通过多种渠道宣传推广，不能是热热闹闹开业，冷冷清清经营。"

覃局思索着继续说："前一段和几个朋友聊天，他们还在找这个呢。看，又是信息不对称闹的。窑洞养老院的问题主要是定位不准。从它开业时宣传口径和收费标准看，是鼓励长住养老。可是农村老人住不起，城市老人又住不惯。老年人大多患有慢性病，长时间住窑洞，容易引发健康问题。建议他重新定位，由长住式养老改为旅游式度假，以此去配置资源、拓展业务、开发客户，而不是守株待兔式地盲目经营。"

小余说："那里靠坡邻水，相对独立，环境幽静，宣传开了，说不定有人就看上了呢。"

最后，覃局总结说："咱们分析了问题症结，解决方案也比较切合实际。"他让韦力根据大家发言，写个项目整改报告。韦力立马动手，很快写了出来。覃局让互相传看，有什么建议直接写上去。覃局夸韦力思路清晰，逻辑性强，文笔流畅，写得不错。他在上面签完字，盖上电子章，让龚院长发过去。小余问："不签个协议，白给了？"覃局淡然一笑："龚院长一心办养老，很有善心。目前挺难的，让他先挣钱吧。"

半年后的一天，龚院长满脸喜气地来了，大发感慨："真是思路决定财路！"他按照中心的方案改进了经营策略，生意大有好转。热闹的采摘节，窑洞里住满了游客，养老院扭亏为盈；拓展训练，3个月内的预约已排满；有几位书画家说环境好，睡觉安稳，租金比市里低得多，签订了长期合同；有几个老年团队要在这候鸟养生呢！临走，覃局提醒龚院长不断改进，保持稳健发展，并告诫他一定注意安全，在水塘周围加上护栏。

为养老企业把脉会诊，有这么多学问；为他人排忧解难，造福百姓，韦力越干越觉得有意思。出于照顾老人的切身感受，韦力也急盼能有解决办法，把这类儿女们解脱出来，不能老人留不住、儿女也拖垮了。再说，还有自己的养老问题，也要找出路呢！

在深入开展养老工作过程中，韦力感到自身知识的不足，别说志愿者跟着只做面上的杂事，在中心还真是需要一定的专业水平。虽然自己在职研究生毕业多年，但工程管理与社会工作大有不同。要跟上覃局的思路和视野，要应对迅猛发展的养老形势，真有些力不从心。从哪儿学呢？韦力咨询了有关高校的相关专业，又和覃局一起商讨，几经比较，决定攻读社会学硕士学位。经过几个月的努力，总算顺利考上了。这个新型重点学科，是一门既注重理论又侧重方法，既注重学术又重视实践的综合性基础学科，她想借此为养老工作提供系统思路与方法。

年龄大，记忆力衰退，精力大不如前，学点东西真不容易，有时拿起书本就犯困。韦力把柠檬切开放在手边，不时嗅一嗅或舔几下，那强烈的酸苦味真提神啊！她一步步地攻克学习堡垒，每个阶段的学业完成都比较顺当，学分还较高，这得益于实践经验比较丰富、理解力较强这个优势。

一个燥热的下午，中心来了一对老夫妻，两人操着"石骨铁硬"特色的宁波口音，又拉又扯的，很激动。他们一字一顿地看准门牌后，进来一屁股坐下，就你来我往地对吵。好一阵，大家才听明白，原来是老太患有腔隙性脑梗死，时常头晕，右侧手臂麻木，就让老头做饭。老头下肢静脉曲张，肿胀疼痛，又最怕下厨，说干脆进养老院，不用操心一日三餐，简单省事。这一说，家里立马炸了锅。老太嫌费用高不愿去，儿子、女儿则嫌丢人极力反对。儿媳妇说："你们到养老院去，我们晚辈的脸往哪儿搁呀？街坊四邻还以为我们不孝顺、虐待你们呢！"女儿还有个顾虑："我住的附近有个养老院，条件就那样，不几天就抬走一个，你们看着不是折寿吗？"

等他们说累了，覃局把水杯往前推一下，递过去几张纸巾："喝口水，一把年纪了，别那么激动，有事好说好商量。看，吵得太阳都热烫烫的，热得你们一脸的金豆子呢。"哈哈！一下子把老两口逗乐了。覃局询问了他们的身体及收入等情况，说："我给个建议：你们也都快八十了，老大姐有脑梗，这病不知啥时候会发作，在家的确有风险，大哥身体也有毛病。你们不如住到养老院去，有医护人员在身边，更放心。费用有高有低，可以酌情选择。"

老太一听，态度缓和地说："我不是不进养老院，只怕花费太大，把那点退休金用光了，还想给孙子留点上大学呢。"罗姐笑了："真是个好奶奶，自己身体不顾，净想着第三代了。话说回来，你把自己料理好了，越长寿不是给孙子攒得越多吗？"老太笑了："是这个理。不知道有没有合适的养老院？"

覃局说："有。你家周围有三家，离得最近的是个体办的为民养老院，规模小点，设施差点，收费低，服务也可以。隔3条马路是一家企业办的老来乐养老公寓，设备全、条件好，开办时间长、经验多，收费中等偏上。还有就是咱眼前这家股份制'安和医养院'，医疗条件不错，收费中等，距离稍远点，6站路，公交站在你们小区门口左手拐弯，也方便。这几家价格你们都能承受，还有结余。比较一下，选一家自己满意的。"

"人老了，首先得考虑自己，尽量少生病，减轻儿女负担。说到脸面，这要看怎么做。你们住养老院，儿女隔三岔五来看，嘘寒问暖，你们过得比住家还好，邻里有啥可说的？你看这楼里的老年人，精神头不比在家闷着强？"罗姐也劝道。

老两口听了说这倒很实际，要回家好好琢磨下，连声说谢谢。一出门老头笑眯眯地说："都说这个中心不错，我说来咨询一下，就是有用吧。"两人说说笑笑地搀扶着走了。

小余和小黄都说，没想到覃局这么有幽默感和感染力。覃局说："一棵树能推摇另一棵树，一朵云会牵拉另一朵云。人之间的乐观情绪能相互感染，通过温暖善意的言行，很多矛盾可能缓解，整个社会就会更加文明、更有人情味。"

从罗姐那里，韦力知道了一些覃局的过往。这位老五届重点大学高才生，"文革"开始后，被分配到基层接受锻炼，历经农民、工人和技术人员等多种角色，对百姓有着真切的了解。改革开放初期，他被选拔进第三梯队，成为单位领导接班人的后备干部。他政治觉悟高，工作能力强，思维超前，很有包容性，是上下公认的干才、帅才。

覃局很欣赏巴顿将军一句话：衡量一个人成功的标准，不是看他登到顶峰的高度，而是看他跌到低谷的反弹力。覃局就是那种眼睛里写满了故事、脸上却不见风霜、具有超高反弹力的人。以覃局深刻的思考、睿智的运作，中心一定能有所作为，服务于广大老年人。韦力不由对覃局充满敬意。

晚饭后，韦力铺开课本，做完了一堆作业，开始缝补公公喜爱的藏蓝色暗花唐装，前襟已磨旧了，肘部剐开个口子。韦力想给他换件新的，他却说这就是刚买的，非它不可。老人家脑萎缩了，认知能力严重减退，没办法。

手机响了，是朋友向荣打来的，她正在天津带小孙子。韦力按下免提，边缝边听。

向荣说春节要到了，大儿子计划一家去"新马泰"（新加坡、马来西亚、泰国）感受热带风情。韦力说："那好啊，你也放松一下。"向荣叹了一声："唉，我和老莫快两年没见了。小儿子他们要去东北滑雪。你说这事……"

向荣原为会计师，退休后又帮几个小企业做财务管账，不坐班，月入上万元，比上班挣得还多。她爱人老莫是单位自动化控制系统专家，退休后又被返聘为某项目技术主管，成天干劲十足。他们时不时和朋友一起，短途长路地游游转转，退休生活过得自在乐呵。自从双胞胎儿子各自有小孩后，他俩就按下了"暂停键"，放下手头的一切，兵分两路，为下一代做贡献，现在老莫在珠海给小儿子带娃，老两口只能南北遥望了。过去是父母在哪儿家在哪儿，现在不同了。就像向荣说的：年过六旬"再上岗"，两地分居带娃忙啊。

"你说，上班时那么紧张忙碌，一年还有一次探亲假呢。现在可好，我们这算卖给他们了。老莫的前列腺炎又犯了，不好跟儿子说，自己买点药吃效果也不好，痛苦只有忍着。"向荣的语气里满是担心。

韦力问："就没别的办法了？"向荣说："孩子们比较自我，不顺着就会有矛盾。你不知道，这自带工资的全职保姆不好当啊！"韦力停下手中的针线活："你儿子都挺懂事的，有些事可能是他们没想到。有两个办法供你参考，一是两个儿子各自行动，去他们想去的地方，你们老两口一起过春节。再一个就是大儿子不走，叫小儿子一家来天津，他们兄弟也有几年没见了吧？天津有滑雪场，又有海滨风情和热带植物园，两不耽误，全家大团圆也挺好。你敞开来跟他们说，我觉得问题不大。"

向荣说："好主意，我跟他们商量下。"停了一下，又有些伤感地说："以后干脆提倡'娶'女婿算了，这样家庭矛盾会少得多。家务大都是女的做，日常烦琐、细碎的麻烦事多，锅盆难免碰灶台的，容易造成婆媳矛盾。互相小心谨慎，一句话说得不顺溜，就可能结下疙瘩。母女不一样，就是大吵一通也不介意，会和好如初。人老了，生理上衰退了，心理也变得敏感、脆弱，需要关心。不在乎花多少钱，一份小礼物、一句贴心话，就很温暖。这方面女孩比男孩细心，更了解父母的心思。咱也是做媳妇的，不是说儿子不孝顺、儿媳不通达。本是陌生人，要在一个屋檐下过日子，生活习惯、消费理念等都不同，要磨合，可能就磨得皮破了肉疼了，大家都难受。"

韦力说："你说的是个社会大课题，等着时代发展慢慢演化啰。年轻人有自己的思维方式，跟儿媳相处你也让着点，大事给建议，小事随她意。眼下你先处理好全家过节的事吧。"顿了一下，韦力说："想来简短视频一下，看看你的尊容。"

"嗯，还可以，不算多憔悴。咦，旁边那个小手包很漂亮，你挺时髦啊！"

向荣扭头看了一眼："哦，这是儿媳妇给买的，看着不赖吧，名牌呢。"

"好暖心的礼物。要多想开心的事，一切都会云开雾散的。"向荣笑着和她道了晚安。

补好衣服，韦力正准备休息，手机又响了起来，她刚接听，一连串机关枪样的高分贝抱怨"嗒嗒嗒"地朝她耳朵射来："你说这是什么事啊，气死我了！"是朋友爱兰打来的。

爱兰喜好画画，退休后全力以赴，技艺精进，担任了老年书画学会副会长。邑阳传统文化氛围浓郁，各类群众文化组织遍地都是，光绘画爱好者就有3万。爱兰所在的学会，副会长有十几个。作为市文联下属的二级社团组织，正副会长都是虚职，没有编制、不发工资、没有补贴，是自愿为大家无私奉献。有的人比较在乎名分，出席会议、宴会聚餐、外出交流等排名谁前谁后，合影谁站中间，心里都有些想法。

这个爱兰，每次聊天，恨不得把满肚子的烦恼一股脑给倒出来，没有个把小时打不住，小嘴吧嗒吧嗒地也不累，韦力的耳朵都起茧子了，手臂有些发麻，她干脆把手机放在枕头上，做了几个燕飞，舒展一下身体，趴在床上，翻开一本书看边说："这么多'画家'，有几个能让人记住？不如把精力用在提高艺术水平上，作品独树一帜了，自然会排在前面。那时可能还嫌烦呢！""这倒是，但哪有那么容易？"

凌晨一点多了，韦力上下眼皮在打架，说："明天有个活动，一块去吧。"

"什么内容？有谁参加？"

"一个告别仪式，有不少你熟悉的人都去。晚安哦！"

韦力说的活动在殡仪馆，一个非常优秀的女老总，因过度操劳患脑卒中猝死，留下一团乱麻般的身后事。

退休了，社会关注度降低，本属正常，但有人就不太适应，总要以各种方式刷存在感。对无谓之事放不下的人，到了生离死别的环境，往往会有所顿悟。

打发了爱兰，韦力伸个懒腰，放平四肢，一切静了下来。俗话说"好吃不如饺子，舒服不如躺着"，果真不假。忽听外面下起雨来，她起身去关窗户，一看夜空浩渺，割麦镰刀样的月亮明晃晃地挂在天上。嗯？韦力仔细感觉，原来是耳内作响，酷似"哗哗啦啦"的雨声。医生给韦力诊断说过，她神经功能衰退，劳累、上火，耳鸣会加重。一开始韦力很不适应，脑子里时常出现像知了鸣叫、火车开过等噪声，甚是心烦。后来，她试着在心里把耳鸣当作催眠曲，与之和平共处，久了也习惯了。

我的养老谁做主

　　这阵子覃局总朝两个地方跑，一个老旧的农业大学家属院，一所改建的师范学院，干什么呢？罗姐问韦力。两者间有什么文章可做呢？韦力一时也没猜透。

　　农大建于1958年，旁边滞后建设的家属院，因有担负国家重点工程的专家入住而略显特殊，尽管当时条件简陋，却设计合理、质量优良。4栋5层高的楼房呈围合状，橙红色坡型房顶在绿荫中格外亮丽，每栋楼前修了一排小平房，每家一间5平方米的储藏室，用于堆放蜂窝煤、冬储菜等生活杂物。别小看区区一小间，羡煞了多少人啊！当时一般家庭住房不过一二十平方米，这真是"奢侈"高配。

　　大学历来是思想活跃、行为前沿之地，当年，教职工们十分注重子女教育，节衣缩食地着力培养后代。晚上，别处大跳交谊舞、麻将扑克满桌飞，这里的孩子们大都埋头读书、研习技艺，不时从窗口传来念英语或拉小提琴的声音。社会上一些父母责骂孩子不爱学，总拿农大子弟做榜样。改革开放打开了孩子们的翅膀，他们或留学海外，或到一二线城市打拼。年轻人日渐减少，家属院八成以上的"空巢率"，远高其他社区。

　　一个甲子过去，当年扎小辫、留分头的姑娘小伙，被岁月洗去灼灼芳华后，只留下疏松的骨骼和发皱的皮囊了。他们坐在门前，昏花的眼睛似闭非闭，与之相伴的，是破旧的沙发、豁口的花盆，间或有一两只小猫安静地卧在脚下。

近日，一位老教授的离世，把这个被遗忘的院子突然推到人们眼前，引发社会关注。81岁的邢教授身体不错，两年前老伴离世后，远嫁澳洲的女儿很用心，托朋友在家政公司找了个保姆照看，几天前保姆家有急事匆忙回去了。邻居几天没见着邢教授，想着他平时爱参加《快乐老年》组织的周边短途游，谁也没太在意。直到闻到他家传出异味，找来民警开门，才发现他已去世3天，原因是突发脑出血。就在这时，附近的师范学院也出了事：一个家在山区农村的学生，因其父亲帮人盖房不幸坠地离世及家里债务压力等，一时想不开，跳河身亡。

农大家属院和师院直线距离也就七八百米，中间隔着一条水渠。后来水渠作废干涸了，各种建筑垃圾、生活垃圾呼地堆积起来。蚊蝇乱飞，气味熏人，两个单位中间就像隔着一座山。

近年来，市里大力治理环境，这条垃圾渠被作为重点整改项目。几个月时间，垃圾运走了，建起了街心游园，红花笑着、绿草舞着，两个单位成了近邻。

两件不相干的事，在覃局心里留下了深深的伤痛。

看着覃局又在沉思，韦力问："覃局在想什么？"

"'人谁不顾老，老去有谁怜。'我是空巢，知道孤独的心境；我曾受穷困之苦，理解走投无路的滋味。独处的老年人，一个微小的突发情况没能力自救，只能等着死神来临。风华正茂的年轻人呢，不到万不得已，谁会放弃宝贵的生命？我想把这两个院子'嫁接'下，你们觉得如何？"

"怎么嫁接？"

覃局缓缓说："师院的学生，有不少家庭经济拮据，现在学生宿舍楼没盖好，要在外租房住。农大家属院这么多空巢老人，他们精神寂寞，生活不便，面临着无法安度晚年的困境。如果学生和老人合住，以劳换租，省了住宿费，还有了安静的休息环境。

受老人影响，也许可以改改玩游戏、熬夜的不良习惯。师院学生很有爱心，能够排解老人的孤独感，老人遇急事也有人帮忙。小黄小余，你们同龄人怎么看？"

小黄说："这是个好主意，对双方都有利。不过操作起来挺麻烦，相处矛盾会比较多。"

"的确不错。把师院的人力资源、农大家属院的房屋资源利用起来了。不过他们有着两代甚至三代人的年龄差异，这个'代沟'可不浅，融合起来会比较难。"小余有同感。

韦力觉得："总体而言，是利大于弊，首先解决了双方的主要问题。在这个大前提下，在一起的意愿会比较强烈。其他矛盾可加以防范、调节。不妨尝试一下，但是前期准备工作要充分。"

覃局若有所思地点点头："和这两个单位沟通一下，听听他们的意见再说。"覃局带队，和师院学生会、农大家属院物业进行接洽。学生会觉得思路新颖，可行性不错，但具体问题多。物业比较谨慎，认为可一定程度上解决问题，但老年人的想法会复杂些。不过都表示是件好事，愿意和中心一起，尽力对新生事物进行探索。

中心召集大家开会，覃局提醒说："这事既要积极推进，又要谨慎小心。这两个单位刚出过人命，万不能再出事端。这一老一少，各有脾气个性，要把方案做得尽可能完善些。"覃局让拟订两张调研表：一张是农大家属院空巢老人接纳学生合住意愿表，一张是师院学生入住空巢老人家庭意愿表，最后一栏写其他要求和愿望。分别拿去给师院学生会、农大家属院物业，确定后打印发放，摸一下底。

一周后，统计结果出来了：收到农大家属院表格52张，收到师院学生会表格129张，反馈比预计的热烈。覃局看着统计结果，兴奋地说："看来双方的积极性比较高，需求挺旺啊。"他跟韦力说："你们几个再根据其他愿望，列出几条共同遵守的原则。

比如：双方自愿组合；一家最多住两个学生；学生要随和，不极端不暴躁，任何时候都不许对老人言语冲撞、肢体推搡，杜绝安全事故，积极主动做家务，生活上尽力帮助住家老人；老年人要尽力理解学生，不过多干涉他们的个人生活等。先进行10天的磨合与试验，有问题及时沟通协调。"

小余说："叫他们双方签个协议吧？"

"早呢！"覃局说。

"还要做什么呀？"

"你想啊，现在只说了动议，还只局限在理念阶段。真要实施起来，很多细节还没考虑，也没经验教训可借鉴。这样吧，咱们和农大家属院物业、师院学生会分别联办几期讲座，把一些理念、实操等问题抛出来，一是引起思考、扩展思路；二是听取意见，集思广益。人多点子多，肯定比我们几个人想得周全。"

哦，大家豁然开朗，知道办事路径了，很快就把讲座内容拟了出来。师院学生会讲座内容包括：老年人的心理与生理特点，怎样与老年人交流，如何教老年人学微信、上电脑、传视频，急救常识等。农大家属院物业的讲座内容有：当下年轻人的特点、大学生心理学、如何与年轻人相处、目前流行的网络用语等。农大家属院由物业、退休办和中心联办，师院由学生会、团委和中心联办。

几期讲座办下来，学生们都说大有收获，虽然平时也跟父母交流，但多从以前的惯性而来，没考虑到父母年老了，身体和心理都变化了，需要重新认知。许多老年人也感慨：儿女在学校、社会中不断成长，自己却没意识到，继续充当保姆角色，管这管那，造成与子女关系紧张的局面。很多人重新审视和处理与父母、与儿女的关系，有的甚至跑来诉说家中的矛盾，希望中心帮助处理。覃局说："好啊，有了愿望，就是解决问题的开端。我和市工会联系一下，让他们增援几个心理咨询师，帮忙解答。"一时间，两个院里好不热闹。

有个学生周末回县城家里，遇到他爷爷突发大面积心梗，心前区剧烈疼痛，面色苍白，大汗不止，继而昏迷、心脏停搏。他利用刚学到的心跳骤停急救法，赶快采取胸外按压、口对口人工呼吸等急救措施，救护车到达时，他已把爷爷抢救过来。医生称赞他方法正确、及时，说这种病非常凶险，稍晚几分钟，后果很严重。邻居们夸他上学不仅学知识，还会救人命。这件事在学生中引起很大反响。

小黄他们设计了意愿卡，写明个人的情况、希望合作者具有的条件、联系方式等，挂在家属院专门腾出来的"合作角"，各取所需。小余问覃局："做了这些铺垫，可以进行下一步了吗？"覃局嘿嘿一笑："我们的使命完成了，剩下的就是他们自己'找对象'啰。"

经过一个月的摸底选择，共有28个"空巢"家庭与41个学生组合成功，农大家属院、师院和社会对此评价都很高，并在媒体上引起热议。

社区里清一色的老人，大学校舍里是风华正茂的莘莘学子，两者"嫁接"，学生和老人自愿结伴互助，类似于国外的"多代屋"模式，农大家属院呈现出一种老者有生气、学生焕发朝气的新气象。

有时，韦力能隐约感受到覃局的焦虑隐忧和时不我待的心绪。覃局说自己已是古稀之年，趁着腿脚、大脑还动得了，能为老年人做点实事、谋点福利，就心满意足了。现代城市的气质，不仅取决于科技经济发展的"骨头"，更取决于社会精神文明的"血肉"。我们要为这血和肉奉献一点营养。"瞧，覃局多有情怀又有诗意！"小黄无比钦佩地说。

覃局对基层百姓抱有深切的热诚和关注。他说，只有离开那些华贵富丽的会议室、写字楼，令人目眩的会所、商厦，置身于最低处，才能看到社会真实的另一面，体察底层群众的生存情况。

多一些基于现实的思考，添一份悲天悯人的心境，我们的工作就有了更明确的方向。

受覃局影响，大家自觉践行着"当代雷锋"郭明义的名言：帮助别人，快乐自己。韦力被深深感动了，跟着这样的领头人，为社会奉献一点力量，很值！她情不自禁地倾情投入其中。

第二章 老年春秋多棱面

　　韦力时常满脑子都是养老的事，眼前不断地掠过一个个、一群群的银发老人，他们或快乐昂扬或痛苦挣扎，或奉献社会或卑微生存，这些老人都不同程度地感动、震撼着她的心灵，引起她的深思。

嗨，知足啦！

"小仓娃我离了登封小县……"低沉沙哑、富有穿透力的磁性嗓音，随着脚步声飘来，韦力和邻居们知道，这是金越根晨练回来了。

老金1980年从部队复员，在一个大型国有企业工作，妻子在农村带着仨娃，两人分居了20多年。后来老金单位照顾有突出贡献的老工人，把他妻儿户口转来，安排他妻子在劳动服务公司上班。妻子退休金不高，又患有多年的风湿病，这"不死的癌症"疼痛难忍，她的手脚关节都变了形，自费吃药是笔不小的开支。老金一般在商家大促销或超市要打烊时买东西，能省不少。妻子在小区捡废品卖，每月有二三百元的收入。两个女儿已出嫁，儿子顶替老金接班入职，小伙子踏实肯干爱动脑，多次解决生产技术难题，被评为厂劳动模范。老两口心里很敞亮，时常张罗一大桌子饭菜，让儿女们来家聚餐。多年的分居，让老金格外重视全家老小欢乐团聚的时光。

老金喜欢琢磨电器，有一手修理家电的好技术。邻里同事谁家需要，他都热心相帮，人缘很好。狄奶奶家有一台微波炉，是她儿子给买的德国原装产品，用了20多年从没闹过情绪，前几天忽然不运作了，找了好几个家电维修店，都说这个款式早已淘汰，没有原配件修不了。报废吧，狄奶奶真不舍得。老金去查看了一番，发现是面板出了故障，说试着修一下。他跑到家电维修大市场,一家家地看,终于找到替代品,花了35元买来安上。"哎呀,真管用!"狄奶奶高兴得合不拢嘴,连连说好。

每天一早,老金迎着晨曦迈开双腿,走向街心花园,穿过景观乐道,沿着河堤公园,拐进农贸市场,买些便宜新鲜的农民自产果蔬,一路哼唱着回家,锻炼了身体,又完成了采购。今天他特意买了条黄河鲤鱼、一块五花肉,邻居老洪见了说:"哎哟,这是要喝酒的节奏哦!"老金笑道:"革命小酒喝着美。"老伴儿已做好早饭等着,小孙女爱跳舞,家里伸胳膊踢腿施展不开,在外边就着太阳影子练形体刚回来,汗津津的小脸着实可爱。一家人围着饭桌,喝着小米粥,吃着蒸红薯、煮花生,就着鲜嫩的拌野菜,再来根酱黄瓜,爽口!把小孙女送到学校,老两口开始了自己的"两小时"休闲时光。

今天去看红叶,老金开着电动三轮车,两人直奔植物园。寻一背风向阳处,坐在柔软的小棉垫上。"这树叶美不美?"老金问老伴儿。"红得干净、透亮,老美了。"老伴儿说。"你年轻,干活出了汗,在台上唱完戏,那红扑扑的脸,看不够呢。可惜一年只能见一次,想得我呀睡不着,在床上来回'翻烧饼'。"老伴儿低头笑着说:"现在脸不红也不润了,成老茄子啦。""你一个黄花大闺女,当年公社宣传队的台柱子,不嫌弃我这小当兵的,拒绝了那些有钱有权人家的儿子,嫁给我这一个穷光蛋,生儿育女伺候公婆,撑起这个家,功臣啊!在我眼里,你还是那么好看。"老金握住老伴儿的手笑嘻嘻地说,"来,咱再来个顶脑门儿。"老伴儿一边说你还是那么没正形,一边左右晃悠着把头顶了过来。

老金沉浸在往事的回忆中。"还记得吗?你第一次来探亲,我带你去公园,老虎在笼子里一下子窜过来,吓得你扑到我怀里;看孔雀开屏,你咯咯咯地笑个不停。我要再带你去,你说啥也不去了,说看见老虎害怕。我知道,你是心疼那5分的门票钱,能买一个鸡蛋呢。现在呀，市里所有的公园，不收费随便逛。人家有钱的、身体好的，坐飞机出国游。咱没这条件，只能带你在家门口转，委屈你啰！"

老伴笑笑说："看你说的，不是非要跑多远，一定要看名山大川才叫旅游，心情好看什么景都美。再说了，这家门口的好山好水还没看完呢！"

这一下，更打开了老金的话匣子。"是呀，报上说咱全市建了150个小游园，开窗见绿色、出门进公园、四季看青草、全年有花赏，连外国人都漂洋过海来看呢！咱是睁眼可见、坐地就游，多好！这'15分钟'生活圈，医疗服务、健身运动、文化阅读和生态休闲，都是为了咱老百姓便利。上周六我带小孙子去河洛书苑城市书房，满屋子的书随便看，孙子看着彩色绘本多开心！咱上小学那会儿，花一分钱租本小人书只能看一小时。"老金忽然想起什么来，说"哎，你想看电影不？咱这附近的工人俱乐部可好了，有开水、空调、软座靠椅，舒服得很，拿身份证就能进去，每周都放映电影。以前咱俩在老家，看场电影像过年。有一次跑到离家十几里远的公社，看样板戏影片《杜鹃山》，回来都半夜了。"

老伴高兴地说："现在政府对咱老年人多关心，一般景区都不收费，少数只收半费，70岁以上逛景点、乘公交车都免票。真好！"

"这好日子咱得好好过。"老金说着，从衣兜里掏出一条围巾，"今天是咱俩结婚纪念日，来，戴上吧。"老伴欣喜中带着羞怯，慢慢站起身，任老金把红丝巾围在脖子上。"靠脸贴紧了，咱来个自拍。""我看看，照得真不赖呢。"老两口说笑着一路回了家。

多年工作的职业病，老金患有严重的腰椎间盘突出，严重时不能躺只能趴着，但他对生活却很感恩。他说："咱这代人哪，经历了从贫穷到小康的过程，亲眼见国家这几十年的巨大变化。

虽然吃了不少苦，可是大的方面，我们既没亲历国破家亡的悲痛，也没遇到兵荒马乱的动荡！现在盛世安稳，咱们安居乐业，衣食住行有保障，退休金每年涨，能赶上眼下这个新时代，真是幸运，咱平头百姓知足啦！"

老金并非全无后顾之忧，就像他老伴儿说的，这是没生大病，一旦卧倒在病床上，可就抓瞎了。老金却说："小车不倒只管推，操多了心不耐老。真得了大病，不是有国家扛大头嘛！你说啥叫幸福？一个个小快乐串起来，就是人生的大幸福！"他每天哼着小曲，脸上一副满足的神态，全家人成天乐呵呵的。

韦力有时和大伙儿聊起来，都说家不在于贫富，老金心里豁亮开阔、活得自如自在，这日子过得有滋味！

人生几何钱多少？家庭和睦最重要。凡事多从大处看，平常日子乐陶陶。

是"她"拯救了我

"太漂亮了！"一辆观光游览公交车刚进站，人们的眼睛就直勾勾地盯着。韦力也在观看的人群中，心中充满惊喜。

古朴的色调、雅致的装潢，宽松的皮面座椅，空调+LED照明，复古又现代，豪华气派，舒适宜人。满满一车乘客，兴奋地看看这、摸摸那，坐着它游览自己的城市！乘客们欣喜地把视线转向外面，邑阳，每天都是新的，总是看不够。车行至繁华路段时，上来几个人。一个小伙起身给一位大妈让座。大妈说自己常锻炼，站着腰腿舒服，年轻人忙工作还要充电学习，挺辛苦，让小伙坐。这样来回推让着，到了下一站，上来一位抱小孩的妇女，就让她坐下了。这时，一位须发皆白、精神抖擞的老者从后排走来，从携带的环保布包中掏出两本书，送给大妈和小伙各一本，以表达敬佩与谢意，他说这是自己刚出的新书《追问人生》。他说："如果人们都这样礼貌谦让，社会就会更加和谐美好。"

大妈和小伙双手接过书，都不好意思，说做了这点应该做的小事，还受到如此奖励！一个中年汉子走过来，拿过小伙手中的书翻看着，看到签名，一脸崇敬地问老者："您就是申如海老师？"老者点点头。

中年汉子伸出双手说："申老，您是我的偶像啊！从电视和报上看到您的事迹，我非常感动。"

中年汉子转身对大家说："这位就是被誉为'生命常青树'

的申如海老师。申老是新中国成立前参加革命的老干部，身上还留有打仗时的弹片。快90岁了，老当益壮。离休后第一个10年，他东奔西走查找线索，给当年参战牺牲的战友树碑立传，为全连30多位烈士找到了归属；第二个10年，又为本市各行各业的志愿者撰文写书，为家乡编续村谱。申老本身就是个传奇，他只有小学文化，但多年坚持读书、写作，不断积累、提高，已出版了6部作品！在这本书里，有事业、情操、情感、养生和老年五大内容。正是申老对人生的不懈追求，使他浑身充满活力，真是我们的榜样啊！"车厢内响起热烈掌声。

看着热情的乘客，申老激动地说："榜样说不上，我只希望自己不因年老而荒废、消沉。多年前，我刚离休不久，老伴就因早年肺损伤引起呼吸衰竭先走了，这对我是沉重打击。老伴是我的战友，她是部队宣传队的，活泼开朗。我们相伴几十年，她走了，我成天眼里都是老伴留下的痕迹：她穿过的衣服、用过的道具、看过的歌本，连空气中都是她的气息，她时刻出现在我的生活里。我觉得自己成了木头人，没有大脑没有魂了。我不知道到底是谁死了，是她还是我？孩子、战友和朋友们很担心，怕我撑不下去。"申老动情地讲述着，眼泪顺着脸颊滴落下来。

乘客中有人轻声抽动着鼻翼，旁边一位女孩双手递上纸巾，申老接过擦了擦眼泪，振作精神："不好意思，我有点失控了。女儿知道我喜欢写作，过去打仗间隙也常写点东西，强行给我报了老年大学写作班，我的注意力才逐渐转移过来，是学习和写作给了我生活的信心与乐趣。我告诫自己要坚强，要用自己的生命替两个人活下去。我的不老心得就是：读书、学习、写作，它们可以排遣郁闷、充实生活。文学，是安抚心灵、镇定思绪的良药，我从中找到了精神寄托，乐在其中啊！"说着，申老把剩下的书分送了周围的乘客。

中年汉子继续介绍："报道说申老每次出门，随身总带几本自己写的书，碰上好人好事，就以书相送。如果一时手头没书，就记下对方的地址，随后寄去。今天我算有幸遇见您了。申老您家里还有多少书？我想全部买下来，给我们公司员工每人发一本，年轻人太需要您这种精神啦。"申老谦虚地说："我本人没什么特别之处，只是想用这种方式，感谢和鼓励那些善良、阳光、释放正能量的人，为社会的文明尽点绵薄之力。"

掌声再次响起，送给申老，送给中年汉子，也送给今天的巧遇。

韦力静静地看着这一切，她的眼眶湿润了。

耄耋老人磨难多，不使光阴空蹉跎。追逐理想不停歇，青春常在更矍铄。

不管年龄多大、经历多少磨难，只要有爱好相伴、理想相随，就能从痛苦中解脱，从而青春常在。

我咋这么背

　　三代同堂，其乐融融，但也有避不开的烦恼。韦力的亲戚老葛就是如此。

　　"老葛，出去遛弯吧。"见老葛家房门半开着，邻居老季喊了一嗓子。"我不想下楼，你去吧。"屋里传来老葛有气无力的回答。老季从国外女儿家刚回来，一年多不见，老葛就像变了个人。老季和老葛是大学校友，毕业后一同分到这个研究所，住在同一栋宿舍，关系一直不错。老季想，得拽着他出去，老窝在家生闷气不是事儿。他刚一推门走进去，就听到老葛的3岁小孙女奶声奶气的声音："老兄，吃药怕苦，给你吃一口棒棒糖，再用温水漱嘴就不苦啦。"老季夸奖说："好可爱的楚楚，给爷爷出的好主意。"

　　老葛半躺坐在沙发上，瘦弱的身子弯成"C"形，端着水杯，慈爱地看着小孙女。见老季进来，他欠了下身子，老伴儿在厨房忙乎。

　　老葛儿子儿媳是上班族，早出晚归。两个孙子，大宝读小学，二宝上幼儿园，老两口管着吃喝、负责接送，累并开心着也烦恼着。老葛跟老季抱怨道："他们总嫌我们带孩子观念落后，消费习惯过时，啥啥都不是，训得我们一愣一愣的。任公司高管的女儿，正在闹离婚，为了争夺儿子的抚养权，一向让我们引以为豪的女婿几次上门吵闹，弄得议论纷纷的。我俩体质弱，总是头痛脑热十分难受，看病吃药，费事花钱，给折腾得够呛。唉，怎么赖事都让我摊上了？"

老季劝道："谁家没点鸡零狗碎？那些显赫的大人物还不是一样？"看老葛似有疑问，他说："你莫不信。就说蒋经国吧，治军理政很有一套，也有头疼的家务事。他唯一的宝贝女儿没考上大学，送到美国读书。一个漂亮的混血千金，却执意嫁给两次离婚的大龄纨绔子弟，蒋经国苦劝无用，气得号啕大哭。家家有本难念的经啊。"

"你说啊，咱这代人，比子女经受的苦难多、承受的担子重，一直艰苦奋斗，努力提升儿女的起点，为他们铺垫，这老了，怎么在他们面前却那么谨慎、卑微呢？我们对父母的恭敬和顺从，在他们这儿连个影子都没有。"

老季慢悠悠地说："这与时代有关吧。以前认为电脑很快，可是互联网更快；互联网还没弄懂，移动互联又来了；这还晕着呢，大数据又到了跟前。变化太快了，快得眼睛刚眨了一半就面目全非，衰老的我们在新事物面前变得无奈、无力，年轻人创造着新的世界，当然就得看他们的了。"

这话的确不假，在这知识爆炸时代，父辈的经验显得无足轻重。少了对长辈的依赖，敬重自然淡化。很多方面，父母与子女没法比：一辈子抠搜积攒的那点积蓄，在他们面前不值一提；在新知识、新观念上被甩了八条街，像上网、使用智能手机这些现代日常生活技能，高知老人甚至不如个小学生。当然，关键在于，家里就一个独苗，资源这么稀缺，自然百般呵护，不仅父母，连爷爷奶奶、七姑八舅都围着"小太阳"转，孩子在潜移默化中形成了自我意识，自然不太把老一代放在眼里。

缓了一下，老季劝道："这是个社会性问题。儿女大了，生活会让他们成长的。咱做父母的，孩子小的时候多陪伴些……"

老葛截住老季的话："还说呢，他们嫌弃小时候我们陪得少，缺乏温暖。你说那时候成天忙工作，还要加班加点，哪有那么多工夫和精力？说我们不会教育，当时还真是按教科书来教的，一套《科学育儿大全》都翻毛边了。就这样，这父母也当得不好！"

"谁说的？你们把儿女培养得很优秀嘛！"

老葛一撇嘴："那是人家自我成长的，不关爹妈的事。"

"不管怎么说，你们也是功不可没。"老季又说，"现在呀，代沟普遍存在，就看隔着几代，数字鸿沟把代沟进一步放大了。年轻人有自己的价值观和生活方式，多理解、包容吧。"

"你和孩子处得不错呢。"老葛说。老季笑笑说："其实也简单，想要告诫和建议的时候，回忆下老辈说自己时的感受；转发鸡汤文章时，想想比我们更老的人所发的垃圾信息。我的体会就是多思量、慢开口、少建议、不指点。"看老葛老伴有话要说的样子，老季对着她补了一句："你不是爱看外国名著吗？毛姆说的'年长者最大的修养，就是控制住批评年轻人的欲望'，这话未必全对，但咱可以试试，这样与子女相处，会不会好些。"

"唉，一个要物尽其用，一个要求新求异；一个要量力而行，一个要超前消费；一个习惯中国传统，一个青睐西方文化。差异就会造成矛盾啊。"老葛口气缓和了些。

老季又问："你刚才说到看病吃药，人老了怎么可能没点毛病？别说是人，咱单位进口的精密机床，成天在超净厂房里伺候着，还不得日保养、月维护、年检修。上次你啥病住院？花了多少？"老葛望向老伴儿，他老伴儿说："他前段时间低烧、口干乏力，牙齿变黑还小块脱落，有时关节疼肿。去医院查了个遍，大毛病没有，说是啥干燥综合征，花了将近5000元，除去社保，自己出2000元多点。"

"身体没大碍，多好！一般的医疗负担也能承受。"看老葛情绪有所缓和，老季拉起老葛，"开开心心带孙辈，其余时间养身心。把过去的特长、爱好拾起来，你原来不是校合唱团的吗？

还有游泳，咱俩参加的400米接力赛还得过亚军呢。少想多动，广交朋友，心就开了。"

老葛长叹一声："老了，不中用啰！"

"不要抱怨老。很多有才华、有颜值、有财富、有权势的优秀人才，还没机会登上开往老年的列车呢！"

老葛依然忧心忡忡："人无近忧，必有远虑。不敢想啊，万一我们卧病在床，会是啥样！"

老季拍拍老葛的肩膀安慰道："别想那么多。独生子女们一般没那么厚实的财力，也没足够的时间照料老人。往后，他们上面有8个祖辈、4个父辈，下面有一两个小孩儿，被称为'三明治'，压力很大呀！我们老了主要依靠的不是孩子，是靠硬朗的身体、丰富的内心，靠一帮老友抱团互助。养老要有新思路，哪里舒服、哪里好玩，我们就结伴去哪里。不能动了就住养老院。"他用京剧道白腔念着："春有百花秋有月，夏有凉风冬有雪。若无闲事挂心头，便是人间好时节呀！"

"人生识字忧患始。何况咱还多读了几年书，咋能不想？你说的也是，活在当下，自得其乐吧。"老葛跟在老季后面，走下楼去。

时代变化快，世事耳目新。代沟格外大，差异实难泯。唯有多包容，和谐健身心。

黄河"太阳"照清流

韦力做知青时的朋友老瞿，家就像猴山，是石头的世界。

地上放的、桌上摆的、窗户上架的、博古架上搁的，都是石头，连书架也被加固放满了石头，种类不少，最多的还是极富黄河流域特色的太阳石：在粗粝的石质衬托下，圆圆的石头雄浑、壮丽。难怪那么多人钟情它：官员祈求仕途顺遂、不断升迁高就；老板祈求个生意通达、蒸蒸日上。一时间，太阳石身价百倍，令人咋舌。

老瞿告诉韦力，他爱上石玩纯属偶然。一次周末，他回郊区老家，去邑河岸边的亲戚家串门，适逢亲戚搬迁，说他们村要建大型水利设施，村民们都搬到十多里外安家。这是消除千年水患、造福当地百姓的大好事！老瞿上了心，有空就跑过去，他要看看这山沟里的新变化。一天，遇见一辆大型工程车，正在把堆得高高的沙石朝外运，不经意间一瞥，忽见一块石头纹路酷似一幅山水画，遂用了两包烟把这块石头要了来，用水洗净。嗨，真不赖！

从此，他恋上了石头，没事就满河滩、山沟转悠。邑河石头品种多，图案丰富，有的如旭日东升，有的似丽日中天，有的像落日晚霞，还有的恰似海上明月。所谓河里石头山中来，多情的雨水，把山上石头推进黄河，又把它修饰得瓷实圆润、多姿多彩，成为珍贵的奇石。

老瞿这一捡，村民们看着好玩，没事时也跟着捡，用石头垒个猪圈、搭个鸡窝，搁在墙头，立在地界。一次市里组织各界人士参观水利工程，顺带看下农村新貌。有人对农家院里的石头很感兴趣，当场出钱买走。石头也能卖钱？村民们乐了，开始农忙扛锄，农闲捡石。三五成群，提着竹篮、恬着麻袋到处找。经过风霜雨雪的洗礼、磨砺，这些大自然的精灵，每一块都有自己的纹路：有千姿百态的人物肖像，有活泼可爱的动物世界，有气势宏大的山水景观，有秀丽小巧的树木花草，有神秘的文字、符号，也有让人审不透、看不够的怪石。这不起眼的石头，经过粗选、清洗、分类、切割、打磨，变成了农家的财富。

假期，老瞿把在西安美院读硕士的侄女叫回来，给村民讲课，进行美学、艺术启蒙。这些大字不识一个的庄稼人，在说书、听戏、看皮影等传统文化的熏陶中，对石块有着天然的亲和力与鉴赏力，经过简单的美术培训，艺术天分一下子被撕开，腾地喷发出来了。他们利用石头的自然纹理进行再创作：似水波的，画上一群鱼；像树枝的，绘上两只鸟；如云的，添上一轮明月。尽着他们的想象，随意涂抹。巧手的张嫂，正在画一个倚门远眺的少妇。本家姑子秀娟打趣道："我的嫂子哟，那是你在瞅兴旺哥吧？这个没良心的帅哥，怎么还不回呀！"张嫂忽地脸红了，用笔头敲一下秀娟："看你饶舌，叫你找不到婆家。这花纹像一个院子，这是一扇门，就势画个美人，不是很有趣吗？扯上我干啥？"秀娟嬉笑着跑开了。

村民还给石头起了名字：星空、玛瑙丝、邑河秋色、艳阳照农家、风雪夜归人等，贴切又富于诗意。大石头，美化园林、街心花园；中等石头，布置单位庭院、家庭小院；小石头，放于书桌、案几、窗台。"石"来运转，多美好的寓意！

"现世安稳，人们吃饱穿暖了，就要图个乐，城里人稀罕咱这石头，多好的事。妇女们不离乡不离土，在家门口有事干、有钱挣，还能顾家。她们选好石料，刷洗干净、晾干水分，用铅笔画上底线，再描上水彩，干了涂上油漆，慢慢阴干，一块石头艺术品就完成了。不怕雨淋，不惧日晒，不须浇水灭虫，省事美观。"老瞿说起石玩总是一套一套的。

老瞿曾邀请当年一同下乡的知青去参观，韦力看到石玩已形成产业。"村里的奇石公司，有几十号人，作品多次参加全国各种石展，名声挺响，销路不错，连美院的大学生也来咱这应聘呢。"老瞿自信地介绍着。他说自己干过多种经营，一直有个心愿——让家乡父老过上小康日子，以前多次创业都没成气候，这满地的石头倒成就了他的愿望，真是无心插柳柳成荫啊！

老瞿指指一个正清洗石头的小老头，说："看我这个表弟，患老年性关节炎，膝盖变形，腿总是疼，他老伴患风疹眼疾高度近视，两个儿子都没长成个儿，全家没一个能干重活的，就在这几亩薄地里刨食，是四乡八里出名的困难户。这些年他成天弄石头，很有眼力和悟性，又不怕吃苦，别人不去的地儿他都走到了，不仅捡了不少好石头，这无形中的锻炼让他的腿病也大为减轻。现在他盖起了3层楼，儿媳妇都已经娶回家了！"

老瞿打开手机展示说："看他捡的宝贝，这个多像人的大脑神经结构；这个猴脸，不但形状神似，那红白相间的色彩简直绝了；还有这个人物肖像，很像某位总统吧？有商家出价5万表弟都不卖，说他是中国人民的好朋友，下次他来中国访问，想要亲手送给他。你说人家有雄心不？"他表弟在一旁咧开了嘴。

盛世年华创意多，温饱农民也乐活。涉水滩涂去淘宝，艺术构思巧打磨。亦赏亦售能致富，黄河石头唱欢歌。

时代不同了，温饱的农民也有新追求。精美的石头不仅会唱歌，还能帮村民致富呢！

儿子激愤惹祸，父母煎熬前行

"奶奶，学校要交下学期学费了，明天带去。"

"要交钱了！唉——"随着一声长叹，祁老师大睁着高度远视且散光的眼睛，两脚一探一探地走向裂开皮的五斗柜。

年轻时的祁老师，人人都说漂亮，尤其那双有神的大眼睛，透明纯净。合影时女伴们都不愿站她旁边，怕把自己比丑了。小学教师的她，风光地嫁给了国营大厂的一名技术员，郎才女貌，令人艳羡。两人婚后专心工作，业绩突出，祁老师被提拔为教务主任，丈夫也升为部门主管，两人直到30多岁才要孩子。时光流逝，独子欣睿长得挺拔英俊，娶了个媳妇像百合一样水灵。这恩爱的小两口生了对龙凤胎，真是大喜事，祁老师摆下满月酒宴请亲友，欣睿的三朋四友也邀酒庆贺。谁知，这一喝就喝出了大事！

起因很简单：酒席上，欣睿媳妇吹弹可破的肌肤，以及因为兴奋而白里透着粉红的脸庞，十分讨人喜欢，有人乘着醉意撩拨了她。搁在平时，碰个杯道个歉就完事。可这血液中酒精多了，欣睿一时兴起红了脸，两人较起了劲，以致开打，对方把欣睿头打出了血。欣睿恼羞成怒，挥拳一顿猛揍，在大家拉架撕扯和对方的反抗对打中，不小心一拳打到对方太阳穴，引起脑膜中动脉大出血，对方当场毙命。"你咋这么鲁莽愚蠢、不计后果？你让我们怎么活呀！"祁老师极度伤心、恼怒，还得处理一连串后事：请律师、找证人，把开庭、审判、判决、上诉、民事赔偿等一串程序走完，整个人筋疲力尽，家底花个精光还欠了一堆的债，欣睿被判无期徒刑。受到突如其来的巨大刺激，儿媳妇精神失常走失，多次寻找无果。

一个幸福之家只剩下两老两小，失去中间大梁支撑，家和人都飘飘摇摇的，似乎随时就会坍塌。祁老师夫妇对儿子一向要求严格，没承想儿子却犯了命案，一辈子都在教育别人，却连自家儿子都管不好，真是脸面扫地！双重压力折磨着，若非有两个嗷嗷待哺的婴儿，他们早就决意一死了之！几个好友苦心相劝："你们走了，两个小孙儿可咋办呢？"

"咋办呢？？？"祁老师喃喃道，泪水就像暖阳下屋檐头的冰吊子，不断线地滴落下来。

很快，祁老师那头浓密的黑发大把脱落，变得稀疏灰白，明亮的眼睛也失去了光泽。是呀，苦咸的泪水终日浸泡，就是黑宝石也会变质。人啊，实在经不住心灵的煎熬！

再难，日子也要过下去。前几年，老两口只管小孩吃喝拉撒。这上学了，又多了学习、补习、兴趣班，花钱费心的地方多着呢。老两口成了"月光族"。隔三岔五的家长会，令人郁闷。孙女学习好，老师还客气，孙子却不成。他小时候经常哭闹，爷爷听得不耐烦，不断摇动着哄他睡觉。后来孙子发生抽搐，脸色苍白还伴有呕吐。到医院一查，脑子里有积液，患了摇晃婴儿综合征，治疗后会留下轻微后遗症。孙子学习不跟趟，问题就来了。一次家长会前，一位家长和班主任说到孩子的成绩忽上忽下，祁老师也关切地问班主任，自己小孙子最近学习咋样。班主任淡淡地答："稳定。"那位家长羡慕不已："看人家成绩稳定多好！"班主任用重重的语气说："很稳定，稳坐倒数第一就起不来了！"有人笑出了声，祁老师恨不得钻进地缝里。

更尴尬的是家长会上，老师问："孩子的父母怎么不来？跟你们爷爷奶奶说不清。"现在都是微信布置作业，要下载这个软件、安装那个程序，这对于祁老师夫妇很是吃力。当了一辈子教师，那种难堪让她最怕听到"家长会"三字。他们惧怕和别人交往，怕受到嘲笑。长久下来，她变得孤僻、寡言、神经兮兮的。

为了避开周围异样的眼光，也为减轻经济压力，他们卖掉现住的大三居室，选了城郊接合部一套小二居室，调剂些钱来还债，补贴日常开支。谁知买房又买来了麻烦，办理房产证时，才发现是小产权。事前房主说得天花乱坠，这会儿玩起了"躲猫猫"。无奈，祁老师告到工商局，几经波折，才勉强退了款。经人介绍，他们又寻得一套性价比不错的房子，正在庆幸之际，与人闲聊中偶然得知这房子曾出过人命，这不行！倒不是迷信，祁老师担心在这里会受到某种暗示，万一哪天撑不住了，自己会不会也……她坚决要求退房。房主好不容易甩了货，哪肯退，拍打着双方签订的合同说事。祁老师老两口豁出去了，无比执着，天天上门。房主看到两人饿狼样凶狠发红的眼睛，生怕再闹出什么过激事，只好退款了事。

如此几个回合煎熬，丈夫患上了阿尔茨海默病，情绪低落，丢三落四，对生活失去兴趣和信心。就像杂技叠罗汉下面的"底座"，祁老师承载着所有的重担。处理完房子纠纷，满身的疲惫，祁老师觉得骨头架都散了，躺在床上，似一堆散乱的积木。有个声音说："这积木都破损了，扔了吧。"晃晃悠悠中，被扔进了万丈深渊。终于解脱了！忽然，一声清脆的叫喊把她拽了回来："奶奶，我们放学了，肚子好饿呀！"犹如打了一剂强心针，"嗖"的一声，祁老师从床上下来，回道："奶奶这就去做饭。"

年底，学生们又来拜年看望，邻居把年货挂在门把手上，社区也送来贫困家庭慰问金。在寒冷的冬日，飘来阵阵温暖。但要真正从心底暖起，还得从心病治起。她给狱中的儿子写了一封信，毕竟是自己身上掉下来的肉啊，哪能不牵挂呢！现在街面上少有邮筒，她坐了3站车，走了半里多路，才找到邮局。把信丢进邮筒，她的心也丢了进去。

爆竹声四处响起，春节到了，雪花飞旋着飘落下来，那些男女老少在白雪中跑啊跳啊，笑声随着雪花洒落满地。祁老师买菜回来后，感到胸闷、头晕、呼吸急促，是"心碎综合征"又犯了。她快步朝家赶去，她很怕，怕哪一片雪花把她压倒了。

等在门口的韦力见到祁老师，简单介绍了自己。祁老师终于想起来，她们是在一次贫困家庭救助活动中结识的。韦力紧握着祁老师树枝般干硬冰冷的手，把装着钱的小纸袋放进她手里，泪水盈在眼眶，韦力微仰着脸，收着眼睑，不让它落下。韦力细心维护着祁老师的自尊，要让她感到，她接受这小小的帮助，对韦力来说也是一种恩惠，祁老师大睁着眼睛连说谢谢。韦力看到，那双眼眸就像一眼老井，泉水早已流尽，只剩下无望的眼神。

祁老师的经历，悲惨到令人难以呼吸，但也许，这还不是最悲惨的结尾。在以后漫长的日子里，不知她那瘦弱的身板，能否承受一个个山一样的负荷。

冲动是魔鬼，恶果砸心碎。重负未敢老，大山压欲坠。风雨路漫长，谁拭父母泪！

废品不废，老人不老

三个女人一台戏，三个大妈就是一台好戏。韦力所在的花园小区有了新鲜事。

"来，你那捆杂志放这儿。"精干时尚的古敏笑盈盈地招呼着，又拍着一摞摞的废品："都站好队哦！"古敏是小区废品分类小组的领头人，对物品分类情有独钟，家里收拾得整齐有序，哪怕找条薄小的背心，她也一眼就能看到。按她老公的说法："都成癖了！"

花园小区有500多户住户，8个垃圾点堆满垃圾。瓜果皮壳、烂菜老叶，流着脏水，飞着苍蝇，令人作呕。物业管理实在头疼，两个保洁员忙得团团转，再加人吧，成本又上去了。

古敏早晚在小区遛弯，看在眼里，觉得既不美观、污染环境又浪费资源。她和好友廖春丽、谢秋月两人商量："有人把垃圾搁在阳台上、堆在楼道里，引发邻里纠纷，还有安全隐患。咱能不能在垃圾分类回收、美化小区上做点文章？"她俩一听就乐了："好啊。"廖春丽是个农艺师，在她眼里，这些厨房垃圾，是生活垃圾的大头，发酵一下都是宝，她正想借题发挥呢！

谢秋月想出一个好主意："为保证效果，咱和小区旁的丹城超市联系下，用可回收垃圾兑换生活用品，看他们愿意不？"

廖春丽自告奋勇说："我去找物业常经理，商量把健身器材旁边的空地整理好，改成微型生态花园。"

谢秋月说："你俩定个具体实施办法，要简明易懂好操作。"

古敏想了想说："我写几条要求，配些简图，说明废品回收流程和兑换方法。"

廖春丽打着手势："我也画个厨余做成有机肥的流程，再详细讲解，保证大伙儿一听就会"。三人一拍即合。

第二天晨练时，三个人沟通消息：超市店长说现在生意比较清淡，这个活动既可为环保出力，也能增加人气，很乐意配合，所交废品他们负责运到废品站，兑换物品按她们要求购买。物业常经理正为垃圾问题头疼，上次区环卫部门检查时挨了批，也在想办法改进。他说这是件大好事，优化居住环境，提升生活品质，有利居民健康。那块空地，他尽快组织人整理杂草杂物，清空出来，再把库房里的旧货架拿来当花架。他们不懂技术，全权由古敏她们负责操办，物业大力协助。于是，古敏三人、物业、丹城超市共同发起开展"垃圾分类回收、厨余循环利用"活动，并打出了响亮的口号：让我们身边更洁净，让我们小区更美丽！

通知一出，小区可热闹了，都说早该弄了，并按告示栏中的简图认真琢磨。不少人报名应聘义工，经多方考虑，义工以老年人为主，充分利用大爷大妈时间充裕、热心公益、生活经验丰富、乐于奉献的特点，招募15人作为活动的主力军，再配上青少年各3名，增加各层面的号召力和影响力。一个手拿相机的小伙子，说要配合活动，抓拍不文明现象，予以曝光。常经理说："注意不要拍脸哦。"小伙子嘿嘿一笑："放心，都是同事邻里的，也就警醒一下。"

超市兑换物很有特点：对成年人，有日用品、健身小物件；对小朋友；有小贴片、卡通玩具、学习用具。都是正规厂家生产的商品，环保安全。廖春丽每天在生态小花园公益讲课，一步步地演示着。"这看起来脏兮兮、湿漉漉的厨房垃圾，怎么变成有机肥呢？请跟我来变魔术！3天后揭谜底。"廖春丽幽默的开场白吊起了大家的胃口。老年人本就聚群好动，天天惦记着家里的厨余垃圾，积极地去称重记账积分，按分值兑换花种和菜籽。

放暑假了，她们又为少儿举办垃圾回收利用专场。廖春丽很善于调动孩子们的情绪："大家都喜欢动画片《小猪佩奇》，我们根据佩奇的食物分类吧：佩奇能吃的是湿垃圾，不能吃的是干垃圾，能拿去卖的是可回收垃圾。小朋友们都会分了吗？"

"会分。"

"佩奇吃了会生病甚至会要命的是什么垃圾呀？"

"毒垃圾！"小朋友们齐声答。

"好！奶奶奖励每人一面小红旗。"

"谢谢奶奶！"孩子们的劲头更大了，还互相比着干。平时懒得一看的废品，现在细心地攒起来，美滋滋地去换小物品。一时间，大人小孩，手提车推，一起运垃圾成为小区一景。厨余发酵的有机肥料，养花种菜，看着舒心，吃着放心。培训的义工，都能单独制肥了，提高了居民的参与感，获得小小成就感。小区变得整洁、美观，人们相互说笑多了，人际关系大为改善。

快人快语的彭大妈说："我那小孙子呀，以前看见垃圾就躲得远远的，现在抢着收拾。"正说着，响起小孩稚嫩的声音："奶奶，还有一袋我爸刚扔的西瓜皮。"彭大妈快走两步，弯腰接过袋子，疼爱地说："哎呀我的乖乖，这么沉你都拿得动。"

侯大伯夸奖说："这个活动，培养了孩子们的劳动意识和动手能力。垃圾分类一小步，社区文明一大步。好啊！"

这事引起了媒体的关注，争相前来采访这自发的、充满正能量的民间公益活动。记者问70多岁的李奶奶："您老为什么对废品回收这么上心？"

老李奶奶中气十足地说："我们小时候没有废品一说，啃完的骨头，剥下的橘子皮，还有桃仁杏仁，晒干整好卖给废品收购站；麦秆泡软了编辫缝成草帽，毛衣烂了拆开织成手套、袜子。

样样东西都有用。"

一个小青年说："李奶奶，您这么说的话，那废品就是放错了地儿的宝呢！"

老李奶奶笑了："是呀，我见不得浪费，废旧物品总想再利用。"

"那年轻人快速淘汰、时尚消费就不好吗？只有拉动消费，才能促进经济发展啊。"另一小伙有不同看法。

李奶奶解释说："每个人都有自己的消费观念和方式，合理合度就好。我们老一代喜欢物尽其用，并不反对年轻人追求新奇。你们上班节奏快、压力大，使用便捷的新玩意挺好。这叫各有所好、各取所需。哈哈……"

记者竖起大拇指称赞说："奶奶说得好，应该做好废品回收工作，实现垃圾资源化、无害化利用，让咱小区、全社会都受益。"

几天后，《邑阳晚报》头条就有了《大妈发起废品利用，小区面貌焕然一新》的报道。

老人做公益利在当下，传承好作风泽被子孙。

结伴旅居，夕阳璀璨

又到了老年人"候鸟"养生季。闺蜜再三邀韦力出去转转，她何尝不想呀？可是守着身边几个风烛残年的老人，今儿个拿药，明儿个住院的，婆家娘家的姐妹们都不敢轻易出门。韦力只能眼巴巴地看着闺蜜优哉游哉，听她们讲有趣的海南之行。

一辆中型商务车大开着门，有人弓着腰使劲朝里钻，有人用力拉拽着不让上，还有人在大声叫嚷着。什么情况？附近的派出所接到报案很快赶来。

"都住手，就地站好！"一声断喝，惊得所有人都抬头张望。"我是辖区的派出所所长。有群众举报这里正在聚众闹事，怎么回事？"一个身着警服的男子边说边出示证件，人们都静了下来。一位颇有风度的长者拿出身份证，连忙迎上前回答："所长你好！误会了，我们不是打架，是争坐后排的座位呢。"所长看是本地车牌，望向司机，师傅点点头。"看你们也不像打架斗殴的人，对不起。"所长仔细打量着对方，语气立马和气了："您很像那个演唱《我爱五指山》的著名歌唱家哎！是来旅游的吧？"旁边一位气质优雅的老太介绍说："这是我们旅行团团长。"

团长笑着回答："对，来旅游的。今天去红色娘子军纪念园，距离有点远。有两位同志，一个严重晕车，一个腰椎不太好，大家让他们坐前排，他们谦让年纪大的坐前边，就争抢开了。""哈哈……你们老同志素质真高啊！好，旅游开心！"所长笑着挥手道别。

这个自由行旅居团，由5对夫妇组成，他们是多年的同事、朋友，不仅三观契合，连生活习惯、消费理念都相近。他们说，把人生百年分为几个阶段，那么退休后的20年这个阶段，是自由的黄金时代，要活出味道、活出风采来，不能在人生最好的阶段吃得最简单、穿得最凑合、活得最将就。他们年纪不小，心态却十分年轻，在团内，男女统称男生、女生；对个人称呼，则调侃地在男女姓氏后加上"生生""莺莺"（游览山西普救寺产生的灵感）。前者显得青春不老、朝气十足，后者则是伉俪和美、情意绵绵。当年错过了青春的灿烂，如今不能再放弃夕阳的绚丽了。

作为家有老小的"50后"，上要照料老人、下得帮带孙辈，任务繁重，凑齐时间绝非易事。每年他们都会安顿好家里，挤出一定空闲，北上南下、东行西游，旅居养生。这个冬天，来到海南岛。

这个十人大家庭，既协同合作又各有侧重，都有相应的职务：规划游览线路、景点的称为总师（设计师）；外联、购票、安排食宿的称为总务（服务）；买菜做饭、饭馆点餐的称为总长（厨师长）；管理财务收支、记账的称为总统（统计）；负责赛事的称为总裁（裁判）。团长策划总体行程，有人笑言："叫团总。"团长一咧嘴："怎么听着像过去的保安团！""那就叫团长吧。"为出行方便及体现团队士气，全团有统一的团服、团歌。活动期间，做到思想统一、行动一致。原则是：简约、自由、健康、快乐！

11月中旬，北方养生养老的"候鸟"尚未大批南下，他们打个时间差错峰游，不与职场人士争资源，作为先头部队前来"暖场"。没有熙熙攘攘的人满为患，没有忙不过来的疏漏与慢待，服务商从容应对，游客们随心消费。他们入住在龙腾集团养生基地，这里宽敞明亮，设施齐备，服务周全细致。站在房间阳台可看到湛蓝的大海，穿过繁茂的椰树林，几分钟就到海边。赤脚慢行，细腻的沙流从脚趾间滑过，似恋人的手指轻抚般柔软舒适。奔跑在宽阔的海滩，任海水亲吻、海浪拍打；对着初升的红日比起手势，寄托美好的愿望；用贝壳摆成心形许个愿，与孙辈来段视频互动；手舞丝巾高歌一曲《大海啊故乡》。游人稀少的海滩，任这群"老来疯"肆意张狂！

看着大家欢乐的模样，团长若有所思："有说《纽约日报》调侃中国大妈，旅游拍照标配四大件：墨镜、丝巾、太阳帽、自拍杆。咱们能不能出点新意？"话音刚落，大家就议论开了。

"这么美的海滩上有垃圾，很不协调哇。"

"花坛里的花开得真漂亮，有人随意采摘呢！"

"有人乱贴售房广告，有不少狗皮膏药……"

"各自发挥吧，我们要做知性的'中国大妈'！"团长夫人一锤定音。"莺莺们"个个有新招：环保达人"瑞莺莺"准备了削尖的竹棍和环保袋，随时捡拾垃圾；种花能手"凤莺莺"带了把锋利的小铁铲，对付可恶的"牛皮癣"小广告；绘画高手"谷莺莺"因材制宜，在背篓上用艺术字写着"花儿笑意痴，望君勿折枝"；摄影达人"汪莺莺"独辟蹊径，在单反相机背带上挂个小条幅，"文明游览，小心被拍"，还挺有威慑力的；爱美的"黄莺莺"在太阳伞上粘一缎带，字迹娟秀，写上"净化环境美化心灵"。大家相互一看，乐了，环保袋、小铁铲和提示标语，就是这群大妈的新"标配"。别说，他们这身"行头"也是一道靓丽的风景，引人注目。

他们游览到了临高角解放公园，这是1950年解放军解放海南岛时的登陆点。团长那96岁高龄、曾被评为邑阳"男神父亲"的老爸，作为第四野战军第40军120师的一员，参加了解放海南岛的登陆战役，在此留下了英勇的足迹。革命前辈，是人民的骄傲，是国家的灵魂，是中华民族最闪亮的精神坐标。这真是一场奇妙的际会，大家满怀敬意，纷纷拍照留影，让团长带回去让英雄父亲好好欣赏。

在他们眼里，海南风情处处新奇。在椰子大观园，各种植物千姿百态，令人眼界大开：圆滚滚的炮弹果、玉树临风的大王棕、挺拔秀美的槟榔树、柔和灵动的狐尾棕、珍稀名贵的霸王棕、有趣的裙子树、内藏清水的旅人蕉等，让人目不暇接。尤其是海南的象征椰子树，那独特、美丽的身姿，摇曳着在蓝天白云下，令人着迷。在台风科普区里，被12级强台风摧毁的椰子树，倒地而伏却生命不止，干枯坚硬的树根中生长出昂扬的绿叶。"太棒了！"大家一脸崇敬地摩挲着，感受这具有顽强生命力的"椰子精神"！走得累了渴了，在小摊上挑上一个帝皇椰子、香水椰子抑或贵妃金椰，总长挥刀"咔咔咔"地砍开口子，大家吸着甘甜的椰汁，再品嚼着椰肉，清香甘甜，海风徐徐吹拂，别有一番滋味。

下午的环球港口，水波粼粼金光四射，渔船出海归来，码头繁忙一片，活蹦乱跳的石斑鱼、基围虾，泛着银光的海鳗、带鱼等，应有尽有，鲜活又实惠。人们蜂拥而至，争相购买，然后一筐筐地抬上货车。买主手扶车帮一脸满足，船主手持二维码纸版合不拢嘴，金色夕阳映照着"莺莺们"的红脸庞，眉眼间笑意盈盈，妩媚娇俏。多美的画面！其中，几个"莺莺"忙不迭地争抢着瞄准镜头。

旅游在外，吃得可口是一大要事。总长提议下饭馆与自己做结合，有时间有精力、买菜方便时自己做；玩累了、想换口味下饭馆。两者兼有，既品尝了当地特色美食，又舒服适口经济实惠。这里海产品丰富，他们买些北方稀罕、价格较贵的海味，委托饭馆加工。一会儿，一桌地道的海鲜宴摆了上来，鱼虾蟹蛤的鲜香劲儿太诱人！大家就着小酒，一饱口福。闲暇时，兴趣来了，自己动手下厨。总长作为总调度兼配菜，出谋划策，发挥各人之长，让大家轮流坐庄掌勺。每天做得热闹热乎，吃得清爽清淡，彼此取长补短，互相学了几招。清蒸石斑鱼、椰汁文昌鸡；绿色是凉拌苦瓜，红色为富硒地瓜；圆的有水丝瓜，长的是水芹菜……林林总总一大桌，色彩鲜艳，香味四溢。"我来个航拍。"总务站在椅子上拍全景，发到朋友圈，引来一片赞叹。大家用公筷公勺夹入个人盘，"先公后私"享美味，最后照例是"光盘行动"。

饭后散步时，团长说："又到了每周交流日，按老习惯，谈自己的一点心得、感悟，或推荐一篇美文、一个好产品等，随便聊聊，互相启发。"团长说完，大伙就七嘴八舌地说开了。

"昨天在菜市场，我学到一个剥虾线去虾胃的小妙招，简单好用。"

"刚看完我儿子推荐的电子书《非暴力沟通》。它注重描述事实、表达感受，而不是进行判断和评价。这种沟通方式能有效避免矛盾和冲突，轻松地解决问题，构建和谐的家庭、社会人际关系。很不错，推荐给大家。"

"我在健康杂志上学到个健身小动作，叫回头望月，能够缓解颈椎疲劳。我连续做了半个月，症状明显减轻了。"

"快到'双11'了，网上在做黑巧克力促销活动，黑巧中天然抗氧化剂多酚含量较高，吃一些，对心血管有保护作用，这会儿买很实惠呢。"

"这两天凌晨，我在学着拍星轨。""打开我们看看，哎呀，漂亮。星星像一条条晶莹的流线，月亮多像一根荧光棒，夜空太神奇了！"

"我刚学会一首新歌，挺好听，唱给你们听听：因为我刚好遇见你，留下足迹才美丽。"

有几个人也随着唱起来。

"原来你们都会唱！深藏不露啊。哈哈哈！"

外出旅游，他们随身带着易携球拍和黑管、电吹管、口琴等轻便乐器，随时随地开展文体活动，开口就是个合唱团，伸手就组合成小乐队。基地的乒乓球室宽大敞亮，他们时常进行男、女比赛。别看都60多岁了，抽拉搓旋、正扣反扣、左推右挡毫不含糊，动作敏捷，颇有功力。"啪"，只见女队一个反抽，男队没接住，女队高兴地喊："得分！"男队则说："不着案子。"

"别耍赖，擦边了。"

"没看见。"

女队看向一旁观战者，说："让总裁来判。"

总裁一挥手："擦边球。"女队一阵欢呼："我们赢了！"男队咧着嘴："你们一个队的，不公正。"女队嚷嚷开了："团长夫人是终裁，不服再加一局！"球场一片笑声。

结伴旅居，是近距离、长时间的密切接触，既有诗情画意，又有人间烟火。这个团队从日复一日的繁忙中抽身出来，放缓脚步，品味人生，在集体活动中不断矫正、优化自己，并推进团队的学习、进取与融合。大家自觉维护整体和美的气氛，遇事先为他人着想，有活在前抢着干，外出多带食物与他人分享；谁的身体不适，互相悉心照顾；谁有什么嗜好或忌口，尽量关照、适应。性格、能力的互补，使他们更加融洽和谐，宛如相亲相爱的一家人。

旅游观景只是表面，主要是寄情山水，修炼身心。他们利用基地设施，唱歌、跳舞、绘画、练字；参观当地博物馆、字画展、文化园等，研习技艺，开阔视野、陶冶情操，追求一种有趣的夕阳之旅。他们深谙人生的要义，生活有目标才能更长寿，即便休闲，也要玩出特色和水平，并从中获得快乐。

一次翻阅电子影集，比照几年前的照片，他们无意中发现，大家都变了：女生变美了，男生变帅了。仔细瞧，虽然终归是老了，但是面容、气质和形体却比以前更好，而且更精神、更耐看。犹如发现了新大陆，大家一个个互相调侃。

"原先你紧皱的眉头平展了，人也平和了。"

"还有你以前总是撇着嘴，谁都瞧不上的劲儿，这嘴角也翘起来了。"

"那个谁，你成天绷着脸，一副苦大仇深的样儿，现在柔和多了。"

"还说我呢，你老是苦哈哈的脸也灿烂了，尽管鱼尾纹多了几条。"

"看他，谦恭的虾米腰也直起来了！"

有人自我调侃："咦，也是啊，我一直横着长的脸颊肌肉，这什么时候顺过来啦？"

是呀，生活越来越好，日子越来越顺，铢积寸累的小确幸，不期然地改变着周身的一切。快乐写在眼角，性情露在嘴边，心境刻在表情里，岁月呈现眉宇中。他们都过了耳顺之年，这大半生识过的人、经历的事、读过的书、行过的路，都一一外化在个人的表象中。这种源于心灵滋养的精神长相，潜移默化了生理容貌。

有人感叹，这个十人团，怎么这样融洽！其实，这得益于有个凝聚力强的好团长，得益于每个人下意识形成的"三自一包"高素质，即严格自律（不放纵、不矫情、自我约束）、高度自觉（积极主动、做好自己、服务他人）、完全自愿（发自内心，甘之若饴），再加上包容宽厚。一个团队，需要大家互相体谅，从最好处去设想、理解他人。首先是交往不累心，进而相处都舒服。

"退休后有精力、能走完一二十年黄金阶段，有这个和谐的团队，难得又幸运，我们都十分珍惜！"大家深有感触。

离开海南前，团长提议："晚上8点集合，录个小视频做留念吧。""穿衣服吗？""谷莺莺"认真地问。有男生做着鬼脸喊着："不穿。""瞧你那样儿，我问穿不穿团服。""哈哈哈！"笑声冲出窗外，盛开的三角梅也一摇一摆地乐了。

老友一群抱团游，"三自一包"乐不休。

文化养老精气神，夕阳璀璨映春秋。

"馅饼"好吃，陷阱难逃

年近70的老扈，近年来感觉到身体老不得劲，尤其是陆续把几个老友送上邙山后，更是心神不宁。多年任车间主任的他，勤思考、爱琢磨，到医院查完这科看那科，也没查出个所以然。

老扈想到眼下盛行的养生保健，就去听讲座做理疗，并非常认同这些理念：吃东西讲绿色环保，想健康要防患未然。主办方今天送盒散养鸡蛋，明天赠瓶老人酱油，还有保暖头套、臀部按摩垫，连内裤都能抗菌消炎呢。令人眼花缭乱的高科技新产品，老扈家里都堆满了。他平时跟儿子走动不多，跟保健品公司倒来往密切。老两口过生日，姑娘小伙们捧着鲜花、蛋糕来祝寿；生病了，掂着牛奶、麦片来探望，"叔叔、阿姨"甜甜地叫，人少时干脆叫"亲爸、亲妈"，看得邻居都眼热。

一天，老扈和邻居在楼下晒太阳，手机响了，一接听是陌生口音，邀请他去参加个活动。老扈前天刚换的新号码："奇怪，你怎么知道我的手机号？不参加。"他刚把手机放好，就迎面走来两个姑娘，原来人家就在这小区蹲守呢。她们递过来几张资料和一个小物件，老扈摆手不要。她们说老年人眼花了，这个指甲钳带放大镜，用得着。一个女孩举起胸卡说："我们是国家公益组织推广站的，这有我名字：胡岚。"老扈问推广啥，胡岚说："我们推荐正规、有效的保健品，促进老年人身心健康。"见老扈犹豫着，她补充道："我们站有营业证照，您老尽管放心。明天正好做活动，每人发一双价值68元的老人散步鞋，轻便舒适。"

老扈与邻居合计，推广站离得不远，瞧瞧去。第二天一早，他们带着老伴，来到一座写字楼最高层，墙上挂着醒目的大牌子：全国老龄委三无三有推广站。文字说明很吸引人：无病无灾无烦恼，有笑有乐有健康。胡岚看见老扈他们热情地招呼说："叔叔、阿姨来排队领号。"他们站在楼道排起的长队里，几个年轻人查看身份证，登记信息，发了个带号码的小纸条，说先听课，课后凭号领鞋。

200平方米的房间，几乎坐满了。主持人一阵热情的开场白后，介绍推广站站长吴敏出场。一个年轻姑娘健步上台，长长的马尾甩动着，充满活力。她深深地鞠躬后，甜甜地说："叔叔、阿姨，早上好！我是吴敏。咱们先做个调查，患有'三高'、冠心病、关节炎和气管炎等基础病的叔叔、阿姨请举手。"呼啦啦举起了一片。"还真不少！国家对老年人的关心太对症了！我们的宗旨，就是按照国家促进老年人健康十年规划，推荐最实用、最有效、经过临床试验和专家认证的老年人保健品。今天介绍的是：纳米海洋生物健康宝。"

吴敏用红光笔指着大屏幕，把这款产品的功效都介绍了一遍。

一个老大爷大声赞叹着："人家工作那么忙，还精神抖擞，我们整天闲着还这疼那痒的，吃不吃保健品大不一样啊！"有人问现在能买吗？吴敏粲然一笑："站里只宣传不售卖。"一些老人急了，问："这么好的产品，到哪买呀？"吴敏柔声说："请别急，先休息下。年纪大了不要久坐。上茶。"两排穿着白衣黑裤的俊男靓女走来，每人端着一杯热茶，躬身双手递给老人，喊着"叔叔、阿姨请用茶"，又送给每人一袋米醋，"您老听课辛苦了，喝点醋能够降低血液黏稠度。"品着清香的花茶，拿着软软的醋袋，老人们的心暖了、软了。

稍事休息后，吴敏笑着说："叔叔、阿姨要买产品，再过两天，就是本周五，我们集团在市中心体育馆举办保健品推介活动，价格很优惠。同时考核推广站工作，看为老人服务是否到位。大家到场就行，买不买无所谓。到会了，每人给发一份价值500元的富硒食品，对改善老年人心脑血管非常有用，可以邀请亲朋好友一块儿来。参会人数决定我们年终奖。忙乎一年，我们特想拿个大红包，回家孝敬父母。请叔叔、阿姨一定赏光！"吴敏双手作揖，言辞恳切。四周的工作人员齐声说："谢谢叔叔、阿姨！"声音洪亮。他们和老人们一对一交谈，赠送领物券。

胡岚再三交代老扈他们："叔叔、阿姨一定去哦，这是对我工作最大的支持！"在一片"叔叔、阿姨您慢走"的恭送声中，老人们提着鞋盒高兴而归。老扈回家一看，这鞋街上也就卖十几块，哪值68？老伴反驳道："穿上软乎又跟脚，白给你还嫌不好？"

老扈问老伴："后天去吗？"

"在家也是闲着，听听呗。"老伴兴致很高。

体育馆里是一片花白的脑袋，楼道里也挤满了人。工作人员搬来好多塑料凳，细心叮嘱着："叔叔、阿姨请坐，老站着腰疼。"耳边飘来宋祖英优美的歌声："今天是个好日子……"热闹、喜庆的气氛弥漫在空气中。音乐停了，主持人隆重推出北京顶级医院的营养学邹博士上场。在热烈的掌声和热切期待中，走上来一位身着白大褂的专家，儒雅、从容、稳重、谦和，一看就知识渊博气势不凡，给人强烈的信赖感。他充满敬意地说："国家研发团队历经数年，苦心钻研，攻坚克难，终于研制出纳米海洋生物健康宝。经过大量临床试验证实，长期服用，对老年人慢性病、基础病都有明显的保健治疗效果。空说无凭，科学讲究用事实说话。首先是高血压、糖尿病患者，看看他们的状态吧。"话音刚落，一排老头呼啦啦走上台，站在专家右侧，精神抖擞。"还有肺气肿、帕金森、老年痴呆症患者，他们服用后是什么样？"又一排老太太出来站在专家左侧，容光焕发。"最后我们看看，有严重后遗症的心脑血管患者情况。"立马又上来一排坐轮椅的老年人，停在台中间，挥动手臂，笑容满面。专家指着这三排老人说："不用我多说，这就是效果！"台上的老人齐声说："服了健康宝，身体就是好！"一起对堆得高高的健康宝竖起大拇指。

老扈感动之余，猜想价格一定很贵！像是大家肚里的蛔虫，主持人贴心地说："这些只在原生态、无污染的海滨区域生长的海洋生物，数量稀少，价格不菲。叔叔、阿姨别担心，全民健康是国策，经老龄委的艰苦努力，这款保健品大幅降价了，这是咱老年人的福音啊！"会场又一次响起掌声。

主持人问厂家代表价格降到多少，代表答说1年用量只要17000元。有人喊着："太贵了，老百姓吃不起！"主持人朗声说："知道叔叔、阿姨腰包不鼓，我们请金牌讲价师白彻先生上场！"一个有些腼腆、书生模样的男青年走上来："叔叔、阿姨好！我是白彻，'白雪'的'白'，'彻底'的'彻'。我干这行有7年了，推荐的保健品无数。健康宝，是一款真正让我动心的保健品，我的父母、岳父母和爷爷奶奶都在吃，效果没得说！我们这行特别讲口碑，所以我才敢斗胆推荐。今天我一定尽最大努力，谈个叔叔、阿姨满意的价格，好不好？""好！"声震屋顶。

经过几轮的激烈拉锯，价格艰难地一步步降到15000元、11000元。主持人问："叔叔、阿姨满意吗？"众人答："还贵！"又一番激烈的唇枪舌剑，终于降到8600元，还配送个价值400元的健康记录仪。"这可扒掉了我一层皮。"厂家代表悲摧的哭腔博得一众同情，甚至有的老人觉得拦腰砍一刀，太狠了。

主持人大声问："叔叔、阿姨满意吗？""满意！"场内一片笑声。"当"，随着一声锣响，白彻坚定地说："一锤定价！"厂方代表苦兮兮地说："我回去笃定要被炒鱿鱼。上个月老婆刚给我生了个胖小子，我想赚点奶粉钱，现在裤子都倒贴进去了。这可咋整啊？"说得老头老太心疼起来。主持人对着观众贴心地说："叔叔、阿姨别心软，咱退休金不多病却不少！我爸妈就是这样，我太了解了。当然，厂家这小伙也不易，咱这金牌讲价师太厉害了。我主持了很多场，从没降到这么低的。叔叔、阿姨要是同情他，多少买点，有需要有能力就多买。销量大了，他回去也好交代。再说，这个价只限今天，明天恢复原价。不吃药不打针，轻松治疗慢性病。国家还是为咱百姓着想啊！"话说到这份上，谁能不动心？

老扈掏出银行卡，对一直跟着的胡岚说："我要一套。"胡岚笑了："叔叔，这产品有记忆功能，您和阿姨合用容易混，不如一人一套分开记录，能更好地进行保健指导。这个价真的特别特别合算，家里人用得着就多买些，我给我爸妈哥嫂各买了一套呢。"想起工作繁忙的儿子儿媳，老扈也很干脆："那就买4套吧。""好的，一共34400元。"一时间，POS机"嘀嘀嘀"地响个不停，点钞机"刷刷刷"地使劲奔跑，把这帮年轻人忙得汗珠一个劲儿地朝下落。

回到家，老扈夫妇赶忙打开就吃。

儿子是高科技公司的项目经理，看到老爸喜滋滋买了这一堆保健品，知道他着了魔，不帮他刹车不行了。

"老爸呀，你这健康宝，成分大都是玉米粉。"

"人家是国家正规机构，不会骗人。"

儿子递给他一张表："我拿到理化试验室化验了，这是检测结果。"老扈一看傻眼了。儿子说："什么海洋生物提炼精华，怎么证实？"老扈嗫嚅着："有证书，是'中国'打头的。"

"名头很响。国家早就不允许商家名称用'中国''中华'字样了。什么记忆功能，能记一个就不能记两个？真能扯。"

"人家有专利！"老扈还不太服气。

"那个软件专利，只要履行登记手续就行，没什么技术含量。这些东西的成本主要在华丽高档的包装，纯粹大忽悠！他们的套路就是：你占小便宜，我赚大利润。'爱晚系'养老的百亿骗局，你忘了？"老扈彻底懵了，说得那么真切可信，怎么会是假的？他赶紧找胡岚，对方手机关机，当时说是24小时都能打呀？可能是周末吧。好不容易挨到周一，老扈找到推广站，胡岚不在，其主管一脸歉意："她妈突然犯病她去医院了。您老有事跟我说。"老扈从头到尾细说一遍。主管说："这个我解答不了。我带你找站长。"找了几圈没见着，主管去电询问，站长说在外面开会，下午才能结束。转来绕去，老扈自己倒不耐烦了，不就是3万多块钱吗，是自个儿愿买，人家又没逼咱，认了吧。

可老扈的儿媳不干，说："都说老年人的钱好骗不好赚，不能让这帮人再祸害老头老太了！"她到工商局查到有这个组织，但跟国家老龄委没一毛钱关系。正好"3·15"快到了，她找到好友韦力，要她这个笔杆子写篇文章，送到报社作为典型案例曝光，推广站这才将没有拆封的产品给退了钱。老扈这才彻底清醒过来。

儿子粗算了一下，老扈几年间买保健用品花了十多万，都是些粗制滥造的东西，不禁发火说了老扈几句。老扈却委屈地说："你想过我们的感受吗？人老怕生病、怕寂寞，这些年轻人亲我、在乎我，让我有尊严，心里熨帖。我花钱图个乐呵！"儿子说："您供他们吃喝，咋能不亲您呢？""我们供你吃喝长这么大，享过你的福没？上次你妈右腿骨折，疼得动不了，你们到医院几次？人家是天天来，忙前忙后，帮着检查、拿药、洗脚、剪指甲。智能手机我们不会用，多问几句你就烦，人家可是手把手教会我们。别说父子，你但凡拿出点对老同志的平和、耐心，我会一头扎进保健品堆里吗？你当我们都老年痴呆了？哼！"怼得儿子无话可说。

儿子低头想了一阵，因自己疏于陪伴，使得父亲对那虚假的亲情感到温暖、依恋。他红着脸说："爸妈，我平时确实对你们关心不够，二老多原谅。忙也是实情，以后你们有事我顾不上的，咱找智慧养老中心吧，那里服务周到，活动也多。我明天有个会，讨论无人机的航电系统改进问题，抽空我再过来，你们早点休息吧。"

看着他疲惫的背影，老伴数落着老扈："儿子也不容易，那么重要的项目，从立项、研制再到产品交付，责任多大？前几年还又黑又密的头发，现在白多少、掉多少了？"老扈听着气消了大半，低头不语。

保健用品不保健，保健是假真行骗。老人"眼花"辨识差，儿女关心早防范。

陷阱深深莫贪小，其乐融融家平安。国家治理严监控，保护老弱得安然。

农大教授回乡啰

农业科技大学的冯教授，出身于伏牛山皱褶深处的横岭，对老家的一山一水、一坡一地倍感亲切。想小时候，爬到树上逮知了，溜进小河捞鱼虾，睡在房顶数星星，生活虽然清苦，但也留下了令人回味的美好记忆。他感怀那里的父老乡亲，生活在不断改善，但还是两脚插进泥土里、面朝黄土背朝天终日劳作，收入微薄，日子艰难，他的心被揪扯着，不是滋味。看到有人贩卖假冒伪劣种子坑害农民，他十分气愤！种子是生命之始、粮食之母，马虎不得。冯教授发动几个同事和学生，成立了为农种子公司。他懂专业、思路广，多方联系、甄选，引进外地良种，同时帮助培养当地优良品种。利用自身的专业优势，他编写了《伏牛山区农业科技丛书》，和政府部门合作，指导农民科学种植、养殖。当地农民大为受益，公司也获得不错的经济效益，冯教授成为教书育人、创业经商双拔尖的优秀人才。

退休后，他急切地回到老家，那里是他的根啊！眼前一片连着一片的山峦，那可是山里农民的钱包。其中有些是承包者不愿或无力管的闲山，荒了真可惜。冯教授眼前看中的这座山峦因为山主外出跑运输了，无人料理，山上林木经常被盗伐。冯教授以4万元的价格承租20年，合同到期后，原有林木归山主，后来种植的按价值对半平分。

一进山，冯教授浑身就来了力气。一帮铁哥们做高参，对整座山做了规划：挖掉原有枯死的或生长不良的树木，种上高大树苗，围着山四周补齐，长大后就成了一道天然屏障，挡风阻沙，应对恶劣气候；往下栽上各种果树，旁边搭起鸡鸭鹅窝棚；在撂荒的坡地上，沿着河边垦出一溜菜园子；旁边辟出一大片，弄个健身园，搭秋千，挂软梯，立双杠；正中间垒成平地，盖起一座三层小楼，下面是教室和图书室，二层自住，三层是客房和储物间。老伴儿笑他："当了一辈子教书匠，还没吃够粉笔末！"他一脸认真地说："都说行行干行行厌。可我就怪，越干越喜欢。离开了课堂，我六神无主。"老伴儿摸透了他的脾气，二话不说，掏出银行卡，一把塞到冯教授手里。

一时间，挖掘机、压路机来回穿梭，木头、土砖、水管堆了一地，半机械半人工地整治开了。冯教授的朋友在微信群里一吆喝，一帮子同事、朋友、学生都来了。韦力被一热心公益的朋友给拽了来，她也好奇，想看这教书先生在山上能弄出什么新花样。一时间，出谋划策的、挥汗如雨的，到处都是人手。很快，一个农业科普站成立了，冯教授要为家乡带来新理念新科技，为改善农民生活出把力。山顶上建起的古朴八角亭，他和友人在那里观日听风、喝茶聊天、筹划未来。镇政府各路大员闻讯而至，道义上大力支持，工作上诸多期盼，很是热闹。

冯教授有着丰富的教学经验，又具有扎实的文字功底，他结合家乡的地理、气候和农产品特点，编写了一套适合本地农民的教材——《横岭农业科学种植简明读本》。农科站每周上课3次，冯教授用幽默风趣的语言，深入浅出地给大伙儿讲课，大伙儿听得懂、记得住，效果很好。村民们渴望的眼神，让冯教授下定决心一定要用知识武装他们，把农业科技交给他们，打开农民致富大门。镇农科所也多次前来，商量脱贫之道。

健谈又善饮的冯教授，和乡亲们在一起如鱼得水，大伙儿和这个大教授可对脾气了。饭桌上伸出指头比画猜拳，蹲在田间地头喷着瞎话儿。眼下，当务之急是打通购销渠道，冯教授最见不得农产品烂在地里、窝在农民手里，那是一滴汗摔八瓣换来的啊。"看这富硒小米，多好，人家城里卖15块钱一斤，咱山里信息不通、交通不便，就算10块也卖不动。还有蘑菇、木耳和山茱萸，都好着哩。"冯教授学生众多，分散在市里各行各业，人脉广，路子多，他在朋友圈一发信息，大家便纷纷购买。他让村里按家庭困难程度排个顺序，先卖最贫困的。每个周末集中过来，买卖双方直接交易。冯教授的同事、朋友来了一群，都是行家，一眼就看上了那金灿灿的小米，同事老锡抓起一把闻闻，一股子原米香味，立即表示："来30斤，分成5份。"冯教授搭话说："买不少呢。"老锡说："送人，钱不多东西好，拿得出手。"一向注重保养的沁阿姨来就直奔蜂蜜，只见小木板上铺着一张纸巾，倒有少许蜂蜜，她把纸巾提起来看看，啧啧赞道："没掺糖水，耐存放，好蜜！来6瓶。"郝奶奶问她怎么能喝这么多。"我习惯早上喝杯柠檬蜂蜜水，开胃润肠。这么地道的土蜂蜜，不多见了，买些送给大嫂小姑。"

在几个卖桑葚的农妇中间，有个十来岁的小姑娘默默地蹲在地上，她面前放着一个大簸筐，里面的东西与众不同。别人都是饱满的桑葚，看着都馋人。她的却是干瘪瘪的小条条，上面有一层白毛绒，活像毛毛虫。郝奶奶走到小姑娘面前，瞅了瞅问："小姑娘，你这卖的是什么呀？"

小姑娘羞怯地笑笑："桑葚干，奶奶你尝尝，很好吃的。"

郝奶奶爽快地拿起一条嚼了嚼说："肉肉的，很劲道，跟鲜的不一样。"听郝奶奶这么说，大家都来尝，果然味道独特，有嚼头，有人说比鲜的更好吃。你1斤我2斤的，很快就把一筐买完了。郝奶奶问小姑娘："你怎么都是桑葚干？没有鲜的？"

小姑娘脸色暗淡下来说："我爷爷上山腿摔骨折了，奶奶高血压头晕下不了床，我和弟弟摘不过来，就干在树上了，落了一地，今年还没卖多少，连交学费都不够。"小姑娘说着红眼圈了。

冯教授走过来，对郝奶奶说："这孩子可没少遭罪。前些年父母出车祸都不在了，她小小年纪就是家里的顶梁柱。学习很上进，还是学校的三好生呢。"又对小姑娘说："有你这热心的郝奶奶帮着，不愁卖不了。"

郝奶奶摸着小姑娘的头，慈爱地说："孩子，你家的桑葚我们都买了，待会儿就去你家地里捡桑葚干。"农科大老校长甄建国豪爽地说："你家还有啥？我们都要。"小姑娘高兴地使劲点头。

冯教授的朋友圈有个不成文的约定，买山民自产自销的农产品，遵循三不原则：不还价、不看称、不找零。冯教授说："在地里刨食儿不容易哦，跟农民打交道大方些，这不单单是买东西，还是做公益呢。我们的一点善意和付出，可能就解决了他们的一些难处；我们的一个笑脸，就像一片阳光，会增强他们对生活的信心。"

几周时间，就售出了20多家农户的农产品。新建图书室需要图书，冯教授一吆喝，朋友们和公益组织立马送来几百本。冬天要到了，山里寒冷，他又发起捐赠棉衣棉被的倡议，不几天就弄来几车，分送给急需的村民。

韦力看到，冯教授不断接应，嘴里吐出团团白雾，满头灰白的头发上挂着汗水，一个朋友调侃他自讨苦吃，他一瞪眼："苦啥？不就是牵个线搭个桥，让山里绿色环保的好东西卖出去，让城里人吃到货真价实的安全食品，这不是两利吗？要说苦，这个苦我吃着甜啊。"有人反问："农村也有卖假冒伪劣农产品的，你都能辨别真假？"冯教授眯着眼笑了："这个不难，打个电话或者微信上一问就知道，有的是行家支着儿，这卖家谁也不敢蒙我。要说哦，咱这山里乡亲，还是善良厚道、心眼实诚得多。"

根据当地的水土气候，冯教授单独指导或与镇农科所一起，培训山民栽种了核桃、柿子、板栗、苹果等经济林木，长势良好；

种植的丹参、柴胡、杜仲、连翘、金银花中药材，已变成钞票了；那漫山遍野的野菊花，制成菊花药，销路不错；苦香的野菊胎茶，每斤能卖到200多元；麻麻的小花椒，易栽植、好管理、收益高；还有红艳艳的朝天椒，生产基地种植、采摘、销售、深加工一条龙。靠着这些特色山货，不少山民脱贫了、乐开了，过上了好日子！

冯教授拿出100多万元家底，打造了一个横岭百果园，300多亩果园月月有果：8月份有香水梨和猕猴桃，9月有突尼斯软籽石榴，10月柿子树上挂满红"灯笼"，11月雪桃果实满枝头，12月冰美人葡萄熟了，1月份奶油草莓开始上市，跨过双节、春季……全年果实累累，香飘四方。冯教授还安排了村里残疾人和妇女就业，带动了周边的观光农业和农家乐。

冯教授腰包瘪了，精气神饱满了。

不忘祖辈的源头，记住时光的守候。牵引科技回家乡，扶贫致富在心头。呵护心灵的栖息地，留住永远的乡愁。

一朵美丽的"罂粟花"

久久惠民超市开业啦!

在邑阳中心大道的一排高楼后面,格致社区是个低调的存在,似乎一切的光鲜都被身后的繁华夺走了。久久惠民超市开在这儿,莫非看走了眼?

虽位置背街,但格致社区的身价可不低,初建时是数一数二的高档商品房,住户以改革开放初期下海经商者为主,也有少数公务人员和事业单位职工,其子女大都出国留学、定居,或在大城市落户,因而空巢家庭比比皆是,老年人比重明显偏高,小区广场的人群,闪耀着一片银色。

超市开在问鼎财富写字楼负一层。近几年生意不太好做,楼里楼外到处张贴着转让的小广告。超市有七八百平方米,洁净明亮。与别的超市不同,这里还摆了两排舒适的靠椅、精致的小桌,纯净水随便喝,布置得很温馨。

"农超对接,一降到底""利润少点没关系,只要顾客说满意",这标语还真贴心,社区的老年人溜达着来了。蔬菜水果真新鲜,价格也很实惠。清一色中年服务员,穿着统一的制服,笑吟吟地招呼着。

"大妈,这菜是一大早刚从地里摘的,您看,还带着露水呢。"

"大爷,便宜也有好货。这都是绿色农产品,一点不含糊。"

为打消老人们的顾虑,超市组织了免费采摘活动,到超市定点基地一看究竟。哇，果然，成堆的农家肥，四处悬挂着物理粘虫贴，还有卡通状的温湿度计。看着这绿油油的叶子菜，红艳艳的小番茄，甜又脆的大瓜果，老人们开心地笑了，把这物美价廉的果蔬，大包小包地带回家，还在朋友圈广而告之，恨不得让全邑阳的人都来分享。

超市隔三岔五地带着老人们到签约基地，看正宗土蜂蜜，挖铁棍山药，品五谷杂粮。活动只收交通费，午餐送一顿农家饭，清香的简餐很是可口。大家不但可以郊游看景，还可买绿色食品。一群群老年人出来进去，超市很快红火起来。人们除了采购，还坐这儿聊天拉家常，超市人气越聚越高。

不久，超市东边隔出了一个大间，装修豪华舒适，房养乐投资理财有限公司挂牌营业。大红的横幅让人过目难忘——"以房养老好，晚年乐陶陶""替儿女尽孝，为老人分忧""国家保驾很安全，固定资产变活钱"。说要解决有房产但现钱不多的老年人养老困境，引起了周边社区的普遍关注。

房养乐公司开办了一系列讲座，讲述以房养老的各种优点、操作流程等。以房养老，是以自己的住房作抵押，获得一笔款项，再用这笔钱进行投资理财，并按照约定，每月领取收益直到身故，此后抵押方获得房产处置权。公司举例算了一笔账：李大爷有一套住房，通过房养乐公司，将房产抵押给某金融机构，抵押额为160万元。李大爷还住在自己房子里，可获得6.6%的年化收益率，每月能领取一笔8800元的养老金。很多老人一听觉得不错，收益比银行高不少呢，养老有保障！有人也有疑虑：这个房养乐公司靠不靠谱？那个小贷机构能不能保证每月打钱？

"甲总从北京回来了，要亲自来现场解答问题。"这个消息在老人中间传开了。首都，国家政策从那里发布，权威啊！大家都十分期待。

房养乐公司总经理甲莲洁，50岁出头，白净的脸上架着一副金丝眼镜，一套合身的深蓝色西服，显得沉稳、干练。她耐心解答老人们的问题，慢悠悠的语调给人稳重可靠的信任感，言简意赅，很有说服力："国家强力推出的以房养老政策，就是帮助老年人盘活资产，提高老年人生活质量。我们公司坚决对接上级文件精神，把这件有利于广大百姓的好事落实到位，给有房者增加现金收入，缓解老年人养老、护理和医疗压力，让叔叔、阿姨们享受幸福晚年。"有人问到房养乐公司实力，甲总自信满满："我们刚刚完成一轮世界500强的融资，公司最不缺的就是钱！"见有人仍在担心抵押风险，甲莲洁让助手展示了公司的各种材料，融资资格证书、理财产品批准手续等一应俱全。甲莲洁充满感情地说："我的父母都是老干部，他们做了一辈子的群众工作，一心为老百姓服务。我要把这事办砸了，怎么对得起叔叔、阿姨的信任？我父母都不会饶了我！"听着甲总这番肺腑之言，看着一张张盖着大红公章的批文、证件，老人们心里踏实了。

韦力的老同学秦红霞，离异单身高消费的她，对这种国家倡导的新模式情有独钟。她与在加拿大定居的儿子进行了沟通，为小心起见，对房养乐公司做了一番考察后才放心地把自己心爱的住宅抵押出去，办理了以房养老各种手续。此后的每个月6号，房养乐公司准时把收益1.85万元打到她账户上。秦红霞喜滋滋地告诉韦力，以平均寿命算，自己还有十几年的时间，退休金加上理财收益，这种养老的日子太滋润啦！

秦红霞以高学历的司法干部身份，被房养乐公司当作典型大加宣扬，有着极强的示范效应，本来还有些疑虑的左邻右舍不再犹豫，快人快语的哈大爷说："人家老秦那是专门学法律的，她都抵押了，我们还有什么不敢的！"这一下呼啦啦地，小区的老年人陆续跟进，揣着房产证排队来签合同。一时间，久久惠民超市热闹异常，老人们就像看到养老的好光景，脸上的皱纹也光鲜起来。

谁料，5个月后，秦红霞再也收不到钱了。一大群同类情况的老人聚集在房养乐公司，着急地嚷着、吵着，有几个工作人员在支应着，说公司暂时遇到了资金周转问题，让耐心等等。一个老大爷问："不是说公司刚完成世界500强的融资吗？怎么会没钱？"一个员工哭笑不得地，悄声说："咳，那是糊弄人的说辞，说白了就是卖了点大国企的股票！"

第三天早上，老人们又来到公司，发现房养乐公司、久久惠民超市全都"板着脸"，锁上门了。人们惊慌地互相打探着消息，有人赶紧报了案。从警车上下来几个警察，他们按照预留的联系电话打过去，照样一个也打不通。又询问房子出租方，结果回答说他们什么都不了解，只知道房养乐公司跟久久惠民超市是一个老板，租赁期限只有一年。

警方对以房养老的客户进行登记，共有87套。正在这时，人群中挤出一个老奶奶，"咚"一声跪倒在警察面前，稀疏的白发和着泪水粘贴在脸上，她抽泣着说，自己的儿子儿媳早已离婚，孙子是她和老伴带大的，这套房子原准备留给孙子，孙子上大学后，他们的退休金不够用，才办理了抵押手续。"往后我们住哪里，这可怎么活呀？"老奶奶哭着说着，一口气没倒过来，竟一头栽倒在地，晕过去了，人们七手八脚赶紧把她给抬到附近的社区医院，现场一片混乱。

警方立案侦查发现，房养乐公司在取得所有房产证后，就将所有房子打包给了一家房屋销售公司，获得金额近1.55亿。甲莲洁涉嫌非法转移他人房产，构成诈骗罪被批捕，此时她和公司高管全部失联，警方发布了通缉令。

老人们怎么也想不明白，甲总那么质朴善良、诚实可信，怎么会坑骗他们呢？

后来不知从哪儿传来消息，说甲莲洁遭遇车祸身亡，同时一个视频在业主中疯传。视频中正在进行遗体告别，吊唁大厅上的名字正是甲莲洁。听到这蛇蝎般害人精死亡的消息，大家并没有高兴。"啊，卷走一个多亿，她忽然就这么死了？"视频里只有她的照片，没有时间、地点和其他人的正面照，大家都不相信视频是真的，可她就这样神秘地消失了。

国家施行的以房养老政策，其中一条是指将拥有产权的自有住房，抵押给保险公司，并按合同约定每月获得一笔养老金；抵押人去世后，房子归保险公司或商业银行所有。这么一项好政策，却被歪嘴和尚把经念歪了。可怜这些老年人，没做也没想做任何调查和咨询，就一头扎了进去，义无反顾地把房本交给他人，掉进了骗子所设的局。

尤其是秦红霞，承受着更大的压力，一个法学硕士生、曾经的中层干部，这么没有法律意识和防范能力，竟然掉进如此陷阱。各种电话求证、网上议论，亲友问讯，尤其是小区老人们的指责、谩骂，让她烦透了、快疯了。

痛定思痛后，秦红霞终于走出阴影，她要把这事当作反面教材，既剖析自己的法律盲点，警醒老年人，也反思作为法制战线的公务人员，对政策的片面理解、对人性复杂程度的忽视及为国家与社会的失误敲警钟。骗子正是深谙老年人的心态，抓住了人性的弱点，步步得逞。真是骗子套路深，投资需谨慎啊！

韦力在劝解秦红霞的过程中，也在深入思考：在这个骗局中，有关部门职责缺失，只管发资质证件，未履行后续的监管职责；业主没做充分的调研，盲目信任，以致上当受骗。这都是深刻的教训啊！

以房养老新观念，顶层设计思路宽。人心叵测藏险恶，骗术翻新疏防范。

监管必须有作为，严惩不贷出铁拳。群众权益有保障，老人方能尽开颜。

半路出家舞乾坤

元旦前夕，韦力正忙着采购过节食品，忽然接到老同事肖晶的电话，说她有个舞蹈专场演出，请韦力去看看。多年不见，这位只在小学学过两年戏曲、以后几十年跟舞蹈八竿子打不着的图书管理行家，竟成了舞蹈专家！肖晶住在邑阳卫星城邑滨市，带着惊奇，韦力早早赶了过来，被肖晶安排在靠前正中位置，并让助理柳春花陪着。

这是城郊的一个部队大礼堂，宽大的舞台，喜庆的气氛，大幕徐徐拉开，"乘梦飞翔，舞动十年——肖晶民族舞庆典暨新春联欢会舞蹈演出"，隆重开场。著名青年歌唱家刘一帧，用她动人的嗓子，连唱三首鼎力助阵。肖晶组建的著名紫竹舞蹈队激情劲舞，演绎了十多个风格迥异的精彩节目。肖晶领衔蒙古舞《天边鸿雁》，独跳新疆舞《痴情的迷恋》，把这两个特点鲜明、难度颇大的舞蹈演绎得独具风采，韵味十足！

庆典活动高潮迭起，欢乐不断，一群爷爷奶奶级别的舞者，在肖晶的引领下，用执着和优雅传递着美好信念与乐观精神，赢得阵阵热烈掌声。柳春花告诉韦力，这样的舞蹈演出每年都办，既是一年一度的检阅，也是对美好未来的展望。

肖晶跳舞纯属偶然。十多年前，她退休后去陪女儿，住地毗邻公园，就重拾爱好跳舞晨练。本不是科班毕业的她，刻苦研习，不断提升自身舞蹈水平，大家被她优美的舞姿所吸引，一起围上来："老师您跳得太棒了，教教我们吧！"从此，每天清晨，肖晶带着女儿给下载的音乐、老公用车拉来的音箱器材，开始了民族舞教学，为广大舞蹈爱好者、健身者搭建了一个学习、交流的平台。学员从最初的十几个，不断地发展至三百多人，年龄从30岁到70多岁，多为退休的老年人，缺乏舞蹈基础、身体比较僵硬。肖晶就像春日暖阳，温暖着每个前来学舞的人。无论年龄大小、接受快慢，她都极为耐心，诲人不倦，使每个学员都学有所获，不断进步。跳舞使他们忘记了年龄，焕发了青春活力。和风里、暖阳下、鲜花旁、绿树中，随着动听的音乐翩翩起舞，既活动了筋骨，塑造了形体，增强了听觉、视觉，也舒畅了情绪，修炼了心性，于身于心都大有裨益！

肖晶根据老年人的身体条件、性格特点重新编排的舞蹈，除了人们喜闻乐见的汉族舞蹈外，还有比较经典的蒙古舞、新疆舞、藏族舞等少数民族舞蹈，并针对性地摸索出一套独特的教学法，因人施教，细致分解，反复示范。学员们自豪地说："肖老师教舞方法多、路子对，多难的舞我们都能学会！"就连舞蹈零基础的巩大爷也跳得有模有样。

为了多方面展示不同风格，肖晶分类组建了几支舞蹈队，她集编、教、导、演多重角色于一身，还受聘担任四个单位的舞蹈教练。像参赛舞蹈东北秧歌《正月十五观花灯》，她指导一干学员用心揣摩、体味该舞精髓，辛勤苦练，通过丰富的面部表情、手中上下翻飞的红手绢、柔美娇俏的身段，营造出活泼、热烈、喜庆、气氛，把大姑娘小媳妇新年结伴看灯的喜悦心情表现得淋漓尽致，极为传神，得到了观众的极高评价，荣获全市社区文化大赛一等奖。

肖晶经常带领舞蹈队走进社区，深入基层，到养老院慰问老人，给各种公益活动助兴，省市的大型庆典活跃着他们的身影，绿色军营里有他们欢快的足迹……

多年的坚守，终不负肖晶倾心付出：桃李众多，获奖频频。邑阳电视台两次为她及其紫竹民族舞蹈队制作专题节目，并推荐到北京电视台，体育频道《快乐健身一箩筐》栏目邀请她及其舞蹈队进行现场精彩展示，著名主持人李向显赞誉她："民族舞跳得特别好！"肖晶还率队到首都舞蹈学院演出，舞蹈专家们对她大加称赞，说她的这个"民间舞蹈大学"办得好。谁能想到，一个并非舞蹈专业的退休老太，痴迷于民族舞的推广，潜心教学，独树一帜，竟在人才济济的帝都崭露头角，成为公园文化一道亮丽的风景线。

"肖老师简直是个陀螺，整天马不停蹄。忙、累，是她生活的常态。"柳春花这么形容肖晶。大家心疼她太辛苦，肖晶说："虽然忙点累点，但我很开心。能以自己所长，带领大家共同娱乐，既强身健体、陶冶情趣，又弘扬了民族文化，多好啊！"

肖晶一再强调，要想教得好，首先自己要跳得好。作为非科班出身又多年未接触舞蹈的她，购买有关图书，到处查找资料，努力"充电"，不断提升自己的舞蹈理论水平与专业素养；结合学员们的特点和每个舞蹈的主题，自己重新加工、组织编排。她移植、改编的舞蹈达100多支，把现代舞元素融进传统民族舞，动作简约舒展，舞姿优美洒脱，无论舞者、观众，都得到了美的享受、乐的传递！跟随肖晶的舞者通过多年锻炼，健身效果很明显。余奶奶欣喜地说："跟肖老师学舞，受到美的熏陶，会装扮自己了，朋友们说我变美啦！"白阿姨自言跳舞是健康减肥："我刚来学舞时体重128斤，现在减轻了32斤，身体轻盈多了。"史大爷晃动着腰身，眼睛笑成一条缝："我这跳了5年多，颈椎、腰椎疼痛大为减轻，关节炎也好多了，真比吃药还管用。"八旬铁杆观众岳大爷很开心："我风雨无阻天天来看，分享幸福、分享快乐，心态也越来越年轻了！"

一路走来，经历了诸多艰辛和困难，但肖晶毫不畏，缩毅然前行。单位数十年军工精神的熏陶、磨砺，赋予她特有的坚韧与执着；帝都包容大气的传统文化，给她以丰厚滋养，使她不断升华，无论是教舞还是日常交往，她热情大方、乐于助人，极具亲和力。柳春花给韦力讲了这么一件事："有一位女学员，和她丈夫先后不幸患癌，情绪极度低落，几近崩溃，经济也很困难。肖晶广泛发动亲朋，又和公益组织联系，为女学员多方筹钱筹物，解决其燃眉之急。在女学员病重期间，肖晶带领舞友每班两人日夜轮流值班，她老公天天为病人搭配营养餐，悉心照护长达半个月。在女学员的最后时刻，肖老师帮她净身更衣，使病人满怀温暖离去。我们几百个学员都非常佩服，社区的人都十分感动！"听着柳春花动情的讲述，韦力的心被融化了，这真是比金子还要贵重的情意啊！

肖晶的人格魅力和温暖的善举，展现出人间浓浓温情！学员们都说，跟肖老师在一起特别温暖特别快乐，肖晶很认真地说："本来跳舞就是寻开心、找快乐，我这个团队就要形成这个氛围，开心地跳，尽情地玩，人老心不老，才不会辜负这个好时代！"

对民族舞发自骨子里的热爱，使得肖晶在传承的同时，也被民族舞深深滋养。韦力欣喜地看到，肖晶的一颦一笑、一招一式，都充满青春活力。她的脸庞光洁俏丽，四肢矫健柔美，根本不见年逾七旬的老人踪迹。尤其是她那不服老、不服输又善良谦和的样子，真的很美！

看到台上训练有素的舞者、四周扛着"长枪短炮"的记者、满场意犹未尽的观众，韦力笑着调侃道："都说做过图书管理的人是天才，近看如你，此言不虚呀！"肖晶杏眼一瞪："别逗啦，你给捧得那么高，不怕我摔下来，你牺牲个朋友？""哈哈哈"，大家都开心地笑了。

真是：日既暮而犹烟霞绚烂，岁将晚而更橙桔芳馨。故末路晚年，君子更宜精神百倍。

舞者肖晶一枝花，民族舞台展才华。心系群众健康乐，公益路上暖大家。

古稀之年不老松，老有所为人人夸。

得，跟癌症和平共处吧

祝亚芳再一次从鬼门关转了一圈，出院回家了。

在阳光小区，说起祝亚芳，大家都觉得不可思议，三场大病五次病危都惊险闯过，大伙儿佩服她的顽强与坚韧，夸她是"特殊材料"。本就不笑不说话的祝亚芳，眼睛眯成一条缝："我是'三合一'复合型人才，能轻易垮了？"

临近退休，祝亚芳在单位体检时查出了乳腺癌。犹如晴天霹雳，她一下子蒙了，觉得天要塌了！正计划着好好享受人生，忽地来了这个！整整三天，她哭得天昏地暗。亲人的温情、朋友的劝慰、单位的关爱，逐渐使祝亚芳冷静下来。情绪稳定后，她走进手术室，做了双乳房切除手术。接着是化疗、放疗、服药、输液，剧烈的反应使得她饭都难以下咽，睡不能安眠，枕头上脱落的头发一抓一把。经历一年多的痛苦折磨，性格刚硬的她把头一抬，安慰自己：身体这部分的历史使命完成了可以下岗了，轻装上阵，走好余下的路吧。既然命运做了这般安排，那就坦然接受。

祝亚芳在丈夫的精心护理下，自己主动配合，饮食调理、心理调适、活动健身，努力消除药物不良反应，身体逐渐恢复，浑身又充满了活力。鉴于祝亚芳出色的业务能力，她被一个企业聘为运营总监。亲友劝她，别再拼了，好好保养身体吧。祝亚芳觉得能力所能及地发挥余热，投入喜爱的专业中，能更充实、踏实，真正感到快乐。工作之余，她时常和朋友外出旅行。一次翻越秦岭回来，感到两腿有憋胀感，一按一个坑。到医院进行病理活检，医生诊断为肾淀粉样变性。治疗一段时间，效果不理想，出现肾功能衰退的情况，引发了尿毒症，生命垂危。从此，祝亚芳成了医院的常客，进行激素和免疫抑制剂联合治疗，以保肾为主，血液透析、化疗等配合使用，病情得到控制。那段时间，人们见祝亚芳一直浮肿着，小心翼翼地问她身体怎么样，祝亚芳调侃地说："生活这么好，把我给喂肥了，皱纹都撑没了。"

又过了两年，帕金森又盯上了祝亚芳。这个老年人健康和生命的"第三杀手"，渐进地损伤着她的运动和吞咽功能，直至生活自理困难，她不得不坐上了轮椅。

过了药物"蜜月期"后，药效减退，即便加大药量、增加次数，震颤、肌强直等病状仍不断发展。后来采用了新科技，在她的颅骨上开了"天窗"，安装了脑起搏器，将微电子植入脑内，通过脉冲发生器刺激病灶，并根据病情不断调节电流、电压和频率，控制症状。

韦力和高中的两个女同学来看祝亚芳，约在百花园见面，这是她们以前最爱去的地方。老远见祝亚芳的手在摆弄着，口中念念有词，韦力问："你在玩抖音吗？"祝亚芳说："抖音玩不成了，我在抖手。"韦力仔细一看，祝亚芳的手不停地颤动着。祝亚芳说："脑袋里的调节装置又该调了，现代科技在我这儿得到了充分验证与发挥。"

韦力感到祝亚芳说话有些吃力，语调低沉，语速缓慢。她在用劲表达着，尽量说得清楚些。她们温和地看着她，逗她高兴，让她别着急，慢慢地说。

姐妹们夸祝亚芳意志坚强，祝亚芳感慨道："有句话对我启发很大：如果生活给你打击，你就把它做成打击乐。病了，一切都要重新定义。你们吃饭是享受，我吃饭是任务；你们外出是为了观赏美景，我是换新鲜空气。得不断调整心态，把疾病当作老朋友在我这儿长住下来。思维不变不行啊！"

大家猜想祝亚芳的经济压力一定很大，她说医保付了大部分费用，自己在多年前买了重疾险，几次手术后，保险公司又给赔付了一些，余下的个人可以承受。祝亚芳有些自得地说："我还买了夕阳红养老保险呢，又多了一笔意外之财。"

韦力说："那么早就买了寿险，真有远见！"

祝亚芳摇着头，说不是远见是怜悯。那年，推销保险的业务员是个刚毕业的大学生，说一个月还没出一单，再卖不出去，就要被辞退了。看他那愁巴巴的样儿，她动了恻隐之心。年轻人闯社会不容易啊，"夕阳红"这名字又这么美，她当即就买了。"现在已经开始领钱了，多活一年我就多赚几千。"祝亚芳老伴在一旁小声说："她把这钱捐给了'春蕾计划'，帮农村女孩完成学业。"祝亚芳白了他一眼："说这干啥！"韦力她们向祝亚芳投去敬佩的目光。

"我活着，退休金就年年领着，这是对我上班工作的奖赏。活得越长，奖励越多啊。早年医生说我最多活两年，现在已过了10年，早超标啦！活一天就赚一天，心里乐啊！我就要和疾病赛跑，像跑马拉松，每跨出一步，就离终点近了一步。"

这时，祝亚芳老伴递来一个小药盒，里面是花花绿绿的药，提醒祝亚芳按时服药。韦力问："你每天都要吃这么多药吗？""嗯，省了不少饭钱。"大家哈哈笑了，夸祝亚芳有超强的乐观精神。

祝亚芳向好友吐露着心路历程："刚开始我也想不通啊，我这么努力地工作，善良地待人，积极地健身，怎么上天还加给我一身的病痛呢？太不公平了！后来慢慢想开了，你说，这病放在谁身上公平？谁该得病？不幸得上了，就与它握手言和吧。要说，我是很幸运的，几进几出手术室，同病房的病友都到地平线下安歇了，我还在这吃着喝着说笑着，老天爷没把我收走，是厚待我了，一定要好好珍惜每一天！我经常到附近的幼儿园，听孩子们欢快的嬉笑声；到小学去，听学生们朗朗的读书声，心情就大不一样。以笑的方式哭，在死神的陪伴下活，这既是不得已，也是一种生活态度。这样一来，我觉得生活依旧很美好！"她还告诉韦力她们一个秘密，说自己办理了遗体捐献手续，让全身这'特殊材料'发挥最后一次作用。祝亚芳说得挺轻松，姐妹们心里很沉重，紧紧地拥抱着她。

告别时，大家走向公园出口，正好一群解放军战士也要出去，他们要祝亚芳先过。祝亚芳使劲地说："请——列宁——同志——先——走——"在场的人都乐了，大家无不为她的幽默所感染、感动。

一个战士说："来，我们把阿姨抬过去。"小伙子们把祝亚芳的轮椅高高举起，像是抬着一个凯旋的将军。

乐观不仅是一种性格，更是一种能力和品格。人生在世，谁也不知道会遇到什么、发生什么，能做的就是乐观面对。

娇弱身染病，开阔心无恙。与其哭不公，不如笑声朗。科学待病魔，和谐共久长。

搭伴同居，智慧养老

宁阿姨突发疾病，引发了欣阳小区一种新的养老方式。

宁阿姨的老伴几年前病逝，一儿一女都在外地工作，75岁的她独居。一天晚上，宁阿姨在电脑上查资料，觉得有些口渴，头也晕乎乎的，想起身喝水，却忽然右侧身子使不上劲，险些跌倒，幸好左手抓住桌边，才又坐了下来。她没敢贸然行动，摸了摸脉搏，心跳正常，立马在微信、QQ上发信息：我患急病，求救！同一栋楼的武大爷看到后，赶忙从几个老友集中放在自家的一串钥匙里找出宁阿姨家的那把，和老伴去打开房门，简短询问情况后，立刻和宁阿姨的社区家庭医生联系，医生判断症状像脑梗，让服用阿司匹林，并马上联系了就近的中心医院。救护车把宁阿姨送到医院，经全面检查、化验，诊断为脑梗前兆。医生说因为送诊及时，避免了脑梗发生。

宁阿姨儿女知道后，坚决要接她去同住，否则他们上班不安心。宁阿姨觉得自己身体平时无大碍，生活完全能自理，跟子女长期接触，在生活理念、快慢节奏上存在差异，难免产生矛盾，还是住在自家更逍遥自在。另外，她也不想离开住了大半辈子的地方。宁阿姨说得实在，她们这个年龄的是看着邑阳一天天长大的，有感情！但她又不忍儿女牵挂，真是两难。

这事引起了同楼唐阿姨的关注。70岁的唐阿姨是个热心肠，邻里的大事小情都愿搭把手。她老伴两年前突发脑出血走了，独生女在外地安了家，身边没啥负担。她想，自己年轻几岁，身体不错，如果和宁阿姨做个伴儿，就能防范这种意外风险。自己说不定哪天也有个啥事呢，身边有人踏实些。两人是知根知底的朋友，不如干脆同居吧。她找到宁阿姨，把自己的想法说了说，宁阿姨非常高兴，拉着唐阿姨的手一个劲感谢："这可好，我一个人无话可说无事可做，太憋闷了。"

"嘀嘀。"唐阿姨的手机响了。"我接个电话。""接吧。"唐阿姨对着手机说："祝大姐，什么事？——参加葫芦丝学习班？——好的，我跟任课老师沟通下。"她扭脸跟宁阿姨说，有个朋友要插班，任课老师是她的高中同学。正说着，手机又响了，她不好意思地说："又来了。"宁阿姨笑着："没事，你接。""巧珍，正好，我正要给你回话呢。那个皮肤科专家出差了，回来跟我约时间了就告诉你，放心吧。"唐阿姨晃了晃手机："我这电话有点多，你不嫌烦吧！"宁阿姨笑了："忙点好，多热闹。不像我成天冷清得很，都快痴呆了。"唐阿姨交友范围广，各种信息比较多，她像有一双火眼金睛，能够识别真假优劣，朋友们有事都喜欢找她。

她俩把同居的事跟子女商量，孩子们都很赞同，还提出了处好关系的一些建议。她们又跟几个老友说了，大家都连声说好。于是，两人开始了合住前的准备。她们共同出资，对宁阿姨的房子进行适老化改造：去掉房间门槛和通道障碍，卫生间地面做防滑处理，马桶、浴室、过道加装了把手和扶手栏杆，各个房间及卧室床头装上按铃等，把不常用的东西集中到唐阿姨家。宁阿姨的两个卧室都朝南，阳光暖暖地照在两人身上，她们开始了结伴同居的互助养老生活。

唐阿姨说："年龄大了，我们不想生活太麻烦，就找智慧养老平台，可轻松了。平台为居家老人提供了八大服务，像助医、助餐、助浴、助洁、助行、代办、康复辅助等都很实用，需要时，预约好就有专人上门，服务挺好的，收费也合理。我们在老年大学学会了网上购物。大一点沉一点的东西，点下鼠标，下单付款，货就送到家了，真是太方便了。"为了进一步排除隐患，唐阿姨她俩还让养老平台安装了智能终端，上面有两个特殊键格外醒目、实用：家庭医生键和急救键。有健康需求时按家庭医生键，受理中心便连通社区机构，及时提供健康咨询、预约挂号等相关服务。遇到突发疾病就按急救键，一分钟内，个人信息就上传到急救中心，急救中心调出个人基础资料，确保病人在最短时间内得到救治。安全管理方面，提供紧急呼救、行踪监护、安全活动范围监护、心脑血管异常报警、夜间生理安全监测等服务。

宁阿姨有过急救经历，对这点特别满意："装上这个，我睡觉可踏实了"。

重阳节运动会，好动的唐阿姨一下子报了4个项目，宁阿姨提醒说："你这气排球和乒乓球比赛，中间只隔了10分钟，两个场地之间要走4分钟，急匆匆的难以发挥水平，不如去掉一个。"唐阿姨一听有道理，采纳了。宁阿姨只报了下跳棋，唐阿姨觉得太静，应该增加个活动腿脚的，所以宁阿姨又选了个推铁环，两人玩得都很尽兴。

唐阿姨开朗活泼，动作麻利。宁阿姨沉静安稳，办事细致，她开心地说："我俩互相提醒：吃饭细嚼慢咽——防噎，外出走慢踏稳——防跌，情绪喜悲适度——防血管爆裂。"每天拉着家常干着活，吃好喝美，两人合伙比一个人舒坦多了。

同一小区的游大伯、裴阿姨两个孤寡老人，想结秦晋之好，却遭到双方子女的反对，闹出了一场不大不小的风波。

游大伯的儿子觉得父亲经济条件比较好，有一套145平方米的住房、每月6000多元的退休金，身体也不错。而对方是农转非，退休金只有2000多元，体质也弱，怕日后父亲经济上吃亏、家务上劳力。自己平时对老爸挺上心的，经常送吃送喝，逢年过节全家带着他去旅游，不明白老爷子还有啥不满意的。激动之下大吵一通，弄得左邻右舍以为怎么着了。

裴阿姨的女儿则认为母亲心灵手巧，干活勤快利索，这要再婚了，不成了人家不花钱的保姆？父亲感情上也难以接受一个外人。再说了，70多岁的人了，再找个老头儿，私底下还怕别人说闲话。

子女的态度，犹如寒冬里的西北风，把两人的热情吹得一干二净。不同于纯粹靠牵线搭桥找老伴，他俩有着不错的感情基础。

裴阿姨在老伴走后，一直情绪低落、消极，抱着活一天少一日的想法熬时光。在朋友的劝说和游大爷的强劲追求下，逐渐转变了想法，想着找个说话的伴儿，有个精神寄托和依恋。他俩同住一个小区，本就互相熟识，参加了社区组织的几次短途游后，了解进一步加深。游大伯看中裴阿姨善良、温和、包容、能干，她自己晕车难受，还把靠前的座位让给年纪大的人，忙乎着照顾其他身体不适的同伴。裴阿姨觉得游大伯老而好学，积极接受新事物，乐于助人，豪爽中不乏细致。他出行时总带着充气腰垫，自己不用，总是给腰椎不好的人垫着。一次爬山，裴阿姨穿了双新旅游鞋，脚上磨出了泡，走路有点跛。晚上篝火晚会上，游大伯没见到裴阿姨来，赶紧返回住处，看到裴阿姨正在费力地用牙签挑脚。游大伯用随身行带的灸针，帮着裴阿姨把水泡刺破，挤出水给包扎好。他摸着这双脚，感觉好凉，心疼得他赶紧用一双大手紧紧捂着，觉得热乎些了，又给放到自己腿上，轻轻按揉着。他说人的脚底有33个穴位，64个反射区，分别跟五脏六腑相对应，经常按摩，能起到保健、治疗作用。

裴阿姨惊恐地缩回脚，连声说："不用不用，没事了。"她担心别人看见不好。

游大伯说："你自己弄总不如我来揉顺手。以前我老伴儿患腰肌劳损，大夫交代要多按摩、常艾灸，我就专门去学了这两种手法，老伴说疼痛减轻了不少。你感觉一下，这力道咋样？我知道你有顾虑。咱互相帮一下，别人能说啥？咱们这个年纪了，又怕别人说啥？"看着游大伯那真诚的态度，裴阿姨没法再拒绝。

别说，他还真是训练有素，手掌力度透过表皮直达肌肉筋骨，裴阿姨的脚立马暖和舒泰了。她在家里也常用泡脚按摩桶，但这次，她觉得双脚格外轻松，心里更是暖融融的。

过了一小会儿，裴阿姨还是慢慢收回了脚。

游大伯的话是这么个理儿，但多年幼儿教师身份，使她难以放开，加上多年寡居，自然养成了她的矜持。游大伯有些失望的眼神一闪，立马又恢复了常态，裴阿姨则露出温和的笑容，给游大伯以适当的安抚。游大伯心里明白，眼下他俩这种一般邻里关系，她自然顾虑跟他有肌肤接触。

面对子女的阻拦，他俩仔细琢磨，为了自己晚年安康，不能轻易放弃，但也不宜硬来，还得努力说服他们，尽力把事办好。

游大伯对儿子说："你们对我很好，总惦记我、关心我，我很欣慰、满足。但人老了怕寂寞，白天在外面活动还没啥，晚上一进屋，连个说话的人都没有，头痛脑热想喝口水都难。你们俩工作忙、出差多，还要顾着孩子学习，我不能啥事老找你们。别看我精神头挺足，其实身体毛病不少。上个月我突发脑梗，倒在地上动不了，想叫人又喊不出说不清，硬躺了一个半小时。那时候我才体会到：父子间最无奈的事，是我躺在冰冷的阳台上，却喊不应同城的儿子！最后我用小铁铲敲栏杆，被楼上你曾伯伯听到，找来开锁公司，折腾好一阵进了门，送我到医院去。幸亏是小中风，不然后果就严重了。你在政府机关工作，不能给你造成啥影响，我嘱咐他不跟别人说这事。老年人，危险随时会有，身边没个知冷知热的伴儿不行。日本有不少老人'孤独死'，我可不想这么走了。"

儿子眼睛酸酸的，愧疚地说："爸，您按自己的想法办吧，我们不拦您。"

"我也理解你们的想法，我会妥善处理的，你要相信老爸的眼光和能力。"游大伯自信地说。

裴阿姨和韦力两家是世交，她很信任韦力，让她帮着给拿个主意，韦力当然举双手支持。她去做裴阿姨女儿的工作："别看你妈一天到晚挺充实、挺乐呵的，其实心里很空落。你爸走了十几年，她撑起这个家不容易。现在身体是没啥大问题，慢慢年老体衰了，你能成天陪在她身边吗？万一出个啥事，哪有身边有个老伴全天候地看护着放心？你妈心里也是想减轻你的负担。再说了，这年头，只要合法合理合情，不妨碍他人，还怕谁背后嚼舌头吗？"

这入情入理的一番话，说得裴阿姨的女儿很不是滋味。她跟裴阿姨说："只要妈觉得合适，心里乐意，我没啥说的，打心里希望您快乐、幸福。"还张罗着购置了老两口的生活用品。

趁着周末，两家人在一起吃顿饭，儿女送了漂亮的鲜花，说些祝福的话，温馨和谐。

游大伯、裴阿姨两人签了份协议，明确两人为同居关系，互帮互助、关心体贴，各人名下资产仍属本人，百年之后，互相之间不存在财产分配问题。这消除了子女间可能存在的猜忌，利于三个家庭的和睦相处。裴阿姨喜好整理家务、烹饪、养花，游大爷善于摆弄电器、摄影、上网，生活中正好互补。

有人说老了还学上网干啥，怎么都能过。游大伯反驳道："不学还真不行，现在工资领取、社保卡变更、水电暖气交费，哪样不用电子卡？就是不想做饭了点个外卖，也要会网上操作才行啊。"

旁边的梁大妈说："说得容易，一用就卡壳。你瞧，这又死机了。"游大伯拿过手机一看："你这东西太多，内存满了。"

"不应该呀，昨天我才清理过。"

游大伯翻看着说:"你只是放到回收站'最近删除'里了。"看梁大妈一脸迷糊,又解释道:"这么跟你说吧,你把家里的废物扫到垃圾筐里,没有拎出去倒掉,垃圾还在你家里。"

梁大妈恍然大悟:"哦,你这么一说,我就清楚了。"

一旁的吴大爷则愤怒地抱怨:"上网上网,最是麻烦!那次我老伴三叉神经痛,慌忙赶到医院,非说要先在网上预约挂号。这儿刀割似的疼得要命,那儿却一直说什么规定!我们都七老八十的人了,不会上网,难不成连病都看不了?"

游大伯也很感慨同情:"科技发达是好事,但不能把老年人排除在外。有关部门的确得改进工作。规章都是为人服务的,一定要人性化,让老年人也能享受科技进步成果。当然,对还能学习的人,咱还是要搭上智能化的快车,不能被数字鸿沟给挡了道。"他玩笑着摇摇手中的卡包:"信用卡、拉卡拉,方便生活刷刷刷!"这个大活宝,把大伙都逗乐了。

适逢裴阿姨遛弯儿回来,白净的脸上泛着红晕,游大伯连忙打开手机:"咱来个自拍。哎,笑一下,对了,保持5秒钟,得了。"游大伯把手机伸到裴阿姨眼前:"看,笑得多自然。谁说咱72岁?明明是27岁嘛!"有人羡慕地说:"这才是老来乐呢!"裴阿姨露出难得的笑容。

游大伯和裴阿姨的同居生活,在最容易产生误解和矛盾的经济方面,他们采用"公""私"分开的方式:每人每月拿出一定数额的退休金,存入共同账户中,用于日常生活支出、外出旅游、礼尚往来、对子女的资助和给孙辈的奖励,以及看些小病;"私"则是"自留地",用于个人兴趣爱好、大病住院及其他开支。共同账户中账目清楚、支出透明,两人坦诚相见,谁也不藏着掖着。两人处得好,谁多点少点都心甘情愿。

这一代老人大多比较理智,他们说子女孝顺是子女懂事,但他们有自己的家庭和生活重心,有自己的生活方式与活动空间,父母可以接受他们的孝敬，但主要还是靠自己，要安排好自己的晚年。与子女保持适当距离，更有利于亲情维护。

空巢家庭越来越多，孤零零的老人寂寞度日，采用这种"同居"方式，开启抱团生活，出入有同伴，家里不孤独；身体有不适，能够早发现。早晨锻炼、上午买菜、唱歌、练书画、跳舞，下午打扑克、玩麻将、喝茶聊天等，和志趣相投、有共同经历的老友一起消磨时间，开心又安全。

儿女再孝，也不能24小时跟在身边，而老年人骤然发病、出现意外是分分钟的事。社会发展了，经济条件改善了，父辈有能力也有权利解决自己的养老问题。他们既不想给儿女添麻烦，也不愿个人受委屈。传统的家庭养老，加上便捷的社区保障和服务，自由结伴、同居养老不失为一个好办法。他们说，等到再老些，不能自理了，就住进养老院。

目前，银发异性搭伴养老日渐增多，为杜绝财产纠纷，避免复杂的法律登记，按照时下流行做法，大都选择非婚同居。这倒是简便了，但也存在诸多隐患。期盼国家从法律层面进行定性和规范，更好地保护老年人的合法权益。

孤寡老人度晚年，结伴同居不鲜见。互帮互助能救急，子女放心无挂牵。

"互联网+"来助阵，居家养老遂心愿。法律空白无保障，自拟协议想周全。

第三章

养老机构面面观

　　国家政策带来的强力效应，掀起了全社会的养老热，一时间，各类养老服务机构蓬勃发展，数量达到15.5万个，各种养老床位744.8万张。

　　韦力常常在想，社会上这些老年人，或者自己家人，需要入住养老院时，该怎样根据自身状况和需求进行适当的选择呢？

　　她的脑海里，如电影一般，浮现出不同类型的养老服务机构。

高端医养来袭，功能齐全

　　韦力利用读硕集中上课机会，和同学司亦默到健然医养集团参观。这是一家国际标准的候鸟式连锁医养机构，以高端豪华、医养融合、持续照护为特色，闻名遐迩。韦力想去考察学习。司亦默父母年皆90岁，住在省疗养院，医疗条件不甚理想，便一同前来打探情况。

　　网上预约后，一大早她俩就来了。这里距市区近30公里，南望湿地公园，北邻皇陵水库，东接森林公园，西至高速公路，环境清幽，交通便利。区域里石山溪流、鸟鸣花艳、名木葱茏，江南园林的造型，精致典雅。

　　迎面，硕大的电子屏幕写着：你给我信任，我送您幸福安康的晚年！悦耳的《欢乐颂》乐曲四面环绕。大厅中央摆放着一架金色钢琴，一个身着宝蓝色长裙的老太正在轻快地弹奏着，细长的手指虽不再光润，却柔韧灵活；颀长的身材，姿态优雅。大厅屋顶呈半圆形，香槟金华丽清新，暗纹饰精美考究，出口为拱形门，装饰成一弯月亮，明媚豁亮，据说是意大利知名艺术家的杰作。

　　一群人跟着客服边看边听介绍。这里集医疗、康复、护理和文化、娱乐为一体，硬件一流、软件优质、功能齐全。走廊两边光亮的木质栏杆，廊顶上璀璨夺目的水晶吊灯，拐角处精致的各式摆设，功能厅里的高级艺术挂件，韦力和司亦默的眼睛都看直了。

　　地板上铺着银灰色清浅花纹地毯，一望就知道是高档纯手工羊毛产品，顿时从脚下涌入被包裹的温情。司亦默贪婪地东瞅西瞄，忽地脚下一歪，客服小姐机灵地赶紧扶住她胳膊。"哎呀，幸亏我这是半跟，要是穿的高跟鞋，非崴了脚不可。"客服粲然一笑说："这里老人都穿平底鞋，他们喜欢这绵柔的感觉。"司亦默略显尴尬："哦，那是挺舒服的。"

　　书画室里，墙四周挂着大家名作，宽大的鸡翅实木案几，黄河澄泥砚，汉白玉镇纸，笔架上是大小粗细不同的贡品狼毫，笔号齐全。几位老人在挥笔泼墨，一笔一画的专注劲儿，好像世界都不存在。韦力仔细看去，就近一位阿姨画的风荷牡丹，滋润的花蕾，舞动的枝叶，风姿灵动；一位老伯在写狂草，信手挥洒，笔墨酣畅，桀骜的秉性显露无遗。

　　有人感叹："建这么一个医养院，投资得多大啊！"客服自豪地说："我们引进外国成熟的高端医养社区经验，大投入、厚基础，目的在于打造活力养老、文化养老、健康养老、科技养老的中国范例，要的是长久效益，布局意在远方。"好大的气势！

　　转了一大圈，周密完备的安保设施，精巧专业的用品用具，浓郁淳厚的艺术氛围，温馨雅致的生活气息，令人讶异。"每个细节都精心打造，到处都是适老设置，真是老年人医养的天堂。"人们赞叹不已。

　　来到恒温游泳馆，偌大的泳池里有三五个人在悠然畅游，长长的泳道清澈明净，宛若根根蓝飘带。电子监测牌上显示水温为28摄氏度，多诱人啊，恨不得一头扎进去。工作人员来回巡视，不时给池边托盘的小茶杯换上热水。韦力她俩转身准备离去时，一个老太走出泳池，司亦默抬起的脚步迟疑着又停下，她定睛望去，又朝前走几步，惊喜喊道："宋姨，是您吗？"老太仔细打量着司亦默，有些迷惘。"宋姨，我是默默，召之北的小女儿。""哦，默默，真是你吗？长大了更漂亮了，我都认不出了。"老太激动地紧握司亦默双手。少顷，司亦默说："宋姨还是这么美丽高雅。您赶紧穿上衣服，别着凉了。"老太披上雪白的浴巾，到更衣室换了衣服。司亦默给两人介绍："这是我的朋友韦力，这是宋姨，部队有名的'百灵鸟'，我父母的老战友。"司亦默告诉韦力，宋姨的先生是抗战时期的著名诗人，他那奋发昂扬又极富文采的诗作，为民族革命战争激情呐喊，发挥了千军万马的作用，被誉为"革命的小铜号"。司亦默急切地问："叔叔还好吧？""老了，不认人了。走，到家去。"和老战友女儿不期而遇，宋姨异常兴奋，一左一右紧挽着她俩的胳膊。

路过"流金岁月"展室，宋姨带她们进去走了一圈。里边摆放着很多老物件：老式镀金唱片机，全套《红楼梦》越剧唱片、八路军战士服、老式莱德照相机、新中国成立当天的《人民日报》、抗美援朝志愿军搪瓷杯……宋姨说每天都陪着老头子来看看，放些抗战、解放时期的老歌曲、老诗歌，想着维持他的记忆。"看，这是抗战时期的冲锋号复制件，感觉特别亲切。""的确不错，很有年代感，高仿精品。岁月的留声机，用实物讲述历史。"韦力赞叹道。

宋姨的房间，是70平方米的二居室，一间卧室加一个客厅兼书房，一位须发皆白的长者倚靠在高背椅上，正专心地玩着"星期五"桌游。司亦默快步走上前，喊道："'小铜号'叔叔，您好！"

老人笑着伸出手，迟缓地咕噜着："你好！"宋姨叹口气："握手很热情，却不知道你是谁。""小铜号"打完招呼，又旁若无人地自己玩着。宋姨说："老头子丧失了大部分记忆，很多事情都忘了，患了阿尔茨海默病，记忆力、思维判断能力和语言表达能力像被橡皮擦慢慢擦掉一样，开始是对近期的事儿容易忘，后来逐渐加重，不断地遗忘，现在已丧失了很多记忆，只对早期的大事件、酷爱的东西还残存一点印象。像这本1950年版的《走向那里》、1955年版的《梁山伯与祝英台》连环画，老头子都快翻烂了，这是他的精神食粮和心理寄托。"

韦力环顾四周，室内简洁紧凑：豪华的布艺沙发，精巧的实木书架，宽大的舒适床铺。灯光柔和防眩，边角圆润防撞，扶手易抓防摔。宋姨满意地说："健然注重细节，很专业。可以按各人需求定制，像阳台上这个景观造型，是我们原来家对面那座山的样子，是老头子的心头好。"

"健然最为我们看重的，就是这个医疗康复医院。设备和医护人员都很专业，配有国际先进的监护与抢救设备，医护团队全天候提供救护服务，第一时间快速医疗。看，到处都是紧急报警铃，拉响它，医护人员3分钟内就会赶到。一次我们几个老友正聊天呢，老头子感到头疼、心慌气短，一下子歪倒在椅子上，我吓坏了。他是高血压三级，属于极高危状态。大家立即按铃呼叫，从医务人员赶来到进手术室，只用了5分钟，抢救及时，没留下后遗症，恢复得不错。"宋姨说。"这可是人命关天的黄金时间，真是反应神速啊！对患有多种疾病的老年人太保险、太实用了。"司亦默说。"这两栋楼之间有快速通道相连，确实很快！"宋姨指指外边。

司亦默问："叔叔身体怎么样？""不错，能吃能喝能睡。不惹事、不乱跑，一坐半天。这里的活动很丰富，我们也选择性地参加一些。"宋姨点开电脑，打开电子相册翻看，继续说："这是你叔叔参加的诗歌朗诵会，这是我在舞蹈班、模特班的。"司亦默伸过头仔细看，连声称赞："您二老真是英姿勃发啊！这里边不少是知名的文学艺术家、企业家和教授呢。"宋姨说："好多各行各业的精英，都是了不起的人物。"

宋姨说："今年春节我们去了海南，看见大海，你叔叔开心得像个孩子，他从小在汉江长大，是个'浪里白条'。"司亦默看着照片说："阿姨的泳装照多棒，叔叔笑得好开心哦！哎，这里伙食怎么样？"宋姨朝左边一指："这有开放式厨房，炊具齐全，可以自己做。我不想费事，就在食堂吃挺好的，每人每天80元。专业营养师根据体质搭配，保证营养摄入。我俩血糖高，有定制的低血糖餐。食材由专门的种植基地供应，有机绿色安全。咦，你爸妈在哪疗养？条件还好吗？"司亦默答道："医疗条件不太好，我就是想再选一个。"

"人老了事就多。你们工作忙压力大，当父母的谁忍心拖累儿女？我们不怕死，就怕病了拖着、熬着。父母过得好，儿女们都省心、放心。快让你爸妈过来，我们老战友在一起多好，你们姐儿仨就不用那么操心费力了。老了老了，竟能赶上好时候，住上这样的养老院，让我和老头子舒服地多活几年。"宋姨满脸惬意。"宋姨，这儿费用挺高吧？"司亦默问到最关心的问题。宋姨伸出手指头："入门费290万，这个以后可以退。我们两个人每月另交房租、伙食和服务等费用16000多，治疗费另算。"司亦默有些吃惊："费用真不低啊！""是呀，幸亏房子卖了些钱。"

司亦默曾听父亲说过，新中国成立初期，"小铜号"叔叔用稿费3200元，买下了位于昔日帝王御园旁边的一座四合院。当时的中等月薪只有30多元，拿笔巨款买个封建王府的旧宅子，大家都笑他痴。宋姨说："老头子历经磨难都没'自绝于党和人民'，除了信念坚定外，还有很重要的一点，是他从窗外青山得到启示：得天地精华的草木尚且一岁一枯荣，何况人这脆弱的血肉之躯？他就这么坚韧地活着。家里除了满屋子书报，别无值钱之物。人们说他穷酸，他却自诩富翁。"司亦默十分理解，感慨道："不同人的眼里，同一东西的价值有天地之别。"

宋姨感慨道："没承想，近些年房地产暴涨，这座旧宅从乌鸡变成了凤凰。中介和买主把门槛都踏平了，我都绷着没出手，不是待价而沽，而是心中不舍。住了几十年，4个子女在这里出生、长大，每个角落都留下了全家的印记。去年老头子患病，得了小脑萎缩症，机能衰退、健忘。住院治疗、专家会诊、各种理疗，折腾一番，全家都快拖垮了。不得已把房子卖给了一个儒商，价格不是最高，但是认同他使用房子的思路，能够留住这座宅子的'魂'。去年儿子把我们拉回去看看，保护得还不错。"

"我们奔忙一辈子，穷得叮当响，无意中却发了财。留够了我们老两口再活10年的花销，剩下的全分给了孩子。这些年啊，儿女受我们连累，没少遭罪，算是一点儿补偿吧。"宋姨满是歉意。

辞别宋姨夫妇，一出大门，韦力大为感叹："高品质、高品位，绝对'高大上'啊！真是贵族养老。所谓的中产，只能望尘莫及啊。"

司亦默应道："哪哪都好，就一样不好。"

"价格太高！"两人齐声说。

韦力沉吟着："如果荷包足够鼓，健然确是最佳选择。对于普罗大众，只能一声叹息。广告语这样改：'您给我殷实的家底，我送您幸福的晚年！'如何？"司亦默大笑："不错，给亲友介绍，这个最贴切。"

高端医养真新鲜，安享晚年把心安。美轮美奂横空出，优质优价酌情选。

风景区内养老，治愈身心

坐落在白云岭后面的干部疗养院，下了高速，越过一片连绵的小山丘，拐进一条蜿蜒的公路，大约5公里就到了。人们只知道那儿有个神秘的疗养胜地，却难见其真面目。

疗养院背靠千亩山林，坐拥宽阔庭院，四周满是挺拔的杉树，遒劲的苍松和深绿的翠柏，精心栽植的各种名贵花木组成各种奇特造型，实现四季皆有花香、常年碧树成荫的效果，空气清新，宁静幽雅。休闲、健身、娱乐设施丰富多样，有休闲会客吧、影视厅、娱乐中心和网球场、羽毛球馆、室外综合活动广场等，集医疗、康复、保健、娱乐和培训为一体。

此地处于温泉带上，来自地下2000多米的高温热矿泉，水质滑润，富含益于人体的多种微量元素。这种理想的淡温泉水，出水温度68摄氏度，含大量无味、无色的硫酸盐，属于可饮可浴两用泉，经常浸泡，可调理身体、促进健康，对多种慢性病，尤其是皮肤烧伤有独特疗效，让创伤皮肤恢复弹性，被誉为"汤疗"。

疗养院地处著名的4A级风景区，花红树绿，景色迷人。

韦力受外地朋友之托，到附近购买新药，送给在此疗养的劳动模范段秀丽。到了大门口，经过严格的证件检查和人脸识别，再与被访者通话确认后，才获准进入。道路两侧，树木高大葱茏，花坛修剪整齐，不时有从隐蔽在花丛里的小喷泉喷出水雾飘散过来，分外清凉。不知来自何处的桂花清香，沁入肺腑，韦力不禁猛吸几口，由鼻腔到喉咙再入五脏六腑，一路沁润！

一栋栋四层小楼，精致而洁净，门前一排排木质长椅、一个个卡通造型的垃圾桶，整洁干净。花圃里的月季朵大色艳，绽开了笑脸不时点头。来往的医护人员，步履轻快，装束整洁，迎面碰上都微笑致意，令人温馨愉悦。这样一个环境优美、管理严格、服务专业的地方，真是太适合疗养了。

段秀丽住的单间，约25平方米，窗台上放着一盆盛开的君子兰。两个布艺高靠背沙发，坐上去正好贴合身体弧线，各部位支撑到位，妥帖舒适。无处不在的防滑垫、防摔抓手、隐形夜光灯、呼叫按铃、红外感应报警器等，新颖又实用。段秀丽告诉韦力，她是在一次实验时，机械温控冰箱启动产生电火花，引爆了冰箱里微泄漏的有机化学试剂，灼伤了皮肤，烧伤面积达11%，其中深度烧伤有6%。目前已经治疗得差不多了，只是每到夜间会神经疼，休息不好。听说这药效果不错，吃一下试试，希望尽快好了就回去。韦力说这药刚研发出来不久，临床试用疗效比较好，还未批量生产，托人买了一些。她让段秀丽先用着，有需要了再跟她说。韦力看了看房间，说这里条件挺好，体检、诊疗、康复配套齐全，一人一间宽敞又清静，不妨多住些日子，把病彻底治愈了再走。

来换药的小护士随口说："还有大房间呢，分等级的，最大的是带客厅、会客室的两居室，有100多平方米，各种配套设施很全。"

段秀丽咧着嘴角笑笑说："皮肤病治疗是个持久战，两三个月效果不明显。我上个月到了退休年龄，单位说要办有关手续。再说已经住了十个多月了，也想家。"

是啊，家，是个让人怀念的地方，女性到哪儿都把家放在心上，这个被称为"拼命三郎"的女劳模也不例外，她说的"家"

也包括单位，说曾梦到和同事在那里一起讨论课题进展。

告辞出来，韦力和门口的管理员闲聊起来。这个管理员健谈又直爽，他告诉韦力，为适应当前改革的新形势，这个疗养院已经改制，变成养老院了，原来入住的疗养人员大都走了，只剩了少数身体尚未恢复的劳模、有特殊情况的干部。新入住者基本都是来养老的。

韦力一听，这可是太好了，立即问道："门口的大牌子还写着疗养院呢？"

"大门的招牌还没换，正在设计方案。"

"真不错，这么好的地方，能造福更多的老年人。怎么收费呢？"

"这都是早前国家投的，土地是划拨的，盖房子、配设备都是财政拨款。现在的成本主要是工作人员的工资，能收多高？肯定是福利性质呀。"

韦力喜不自胜，脑子里立马蹦出向谁谁谁推荐的一长串名单。

"怎么办手续？带着身份证和体检表来交费吗？"韦力又问。

管理员哈哈大笑起来："哪儿这么简单？要排号等。就这100多张床位，非常紧张，现在登记预约已排到950号了。"

韦力追问道："这么紧俏？那得排到猴年马月！"

"可不是？出一个才能进一个。按照人均预期寿命估算，现在登记排队到住进来，恐怕得到15年后了。"

"天哪！真是可望而不可即哦。"韦力差点叫出了声，接着又问："咦，你们改制向社会接收老年人的政策，怎么从没听过发布信息呀？"

管理员露出一幅奇怪的神情，反问："你听过一些热门单位招人，高技术人才咱不说，其他一般岗位人员补充有在社会公开招聘吗？"

韦力迟疑一下，想了想，摇头说："没听说。"

"就是呀。那你说这儿还用大喊大叫吗？有一丁点儿风吹草动，床位早就内部抢光了。"

"真是啊，贵的住不了，便宜的又等不了。这可难住人了！"

一些公办养老院，硬件和服务都很不错，土地、房产、服务都是政府出钱，资源丰富，价格低廉，这样的"特殊产品"当然极受欢迎。但这只是一些独特的样本，不可能是普惠性的。就像这个干部疗养院，虽已改制，但并非完全市场化，还有一定的门槛和资质，外人难以进入。

干部疗养改养老，稀缺资源门槛高。信息封闭不知情，近在咫尺住不了。何时彻改市场化？公仆百姓同逍遥。

基地"游学养"，路在何方

　　一辆豪华大巴在主楼前停下，下了一串拉着行李箱的老人。从酷热喧嚣的城市过来，清凉宁静一下子包裹着全身，大家惬意地伸着懒腰，大口呼吸着。这个九龙泉山下的安悦游学养老基地，掩映在一片竹林中。基地大楼沿着小湖泊而建，湖水映射着弧形长廊，波光闪闪。满目青山，植被茂密，空气清新花草摇曳，山花飘香，瀑布高悬，真是养生、度假、养老、享老的好地方。

　　基地建筑很有特色，最吸引人眼球的，是学习中心的造型，整体看来酷似一朵硕大的牡丹，中间是个花蕊样的大圆厅，四周为扇形花瓣，分布着一个个多功能教室，设计巧妙。

　　安悦集团根据形势，不断探索，将老有所学、旅游旅居和养生养老有机融合，以文化熏陶性情，学传统开启智慧，创造了"游学养"一站式老龄产业新模式，践行文化养老、健康养老和开心养老理念，精心设计了以老子、孔子和苏轼三位历史名人为龙头的国学课程，运用创意手段，打造侧重精神滋养的旅游产品，让学员在吸纳传统文化精髓的同时，修身养性、陶冶情操、回归初心。

　　每期"游学养"在一地少则半月，长则三五个月。"游学养"以基地为连点，组织开展满足老年人需求的游中带学、学中含养、养中享乐的新形式，集旅游、度假、养生、养老和悦读、游学于一体，让老年人获得从身体到精神的全方位养护。集体入学的庄重仪式感，也释放了老年人埋在心底的求学激情，让晚年生活多姿多彩。基地的三星级酒店标准住宿、当地自助餐饮、特色线路旅游、文化养生学习、独立自主管理、贴心细致服务、交友休养旅居、慢品慢学慢游，成为核心招牌，吸引了很多希望高品质养老的长者。

韦力的邻居曹淑娴和侯建国夫妇随团而来，开始一个月的"游学养"体验。进了房间，家具是传统的纯木制品，厚重致密，原木纹路清晰可见；墙上的抽象画魔幻、洒脱；设施用品上有精美的公司标识，听说董事长特别重视企业文化，看来名不虚传；茶几上摆放着一束野菊花，略带苦涩味道的清香使大脑格外清醒，即时贴上写着一行小字——山菊花，甘苦微寒，清热解毒，可消肿，治目眩，泡水口服。曹淑娴笑了："好贴心哦。"她拿在鼻子下嗅着，味道甚浓，直入肺腑。推开窗户看去，湖中小鱼游来游去，不时从水中欢快跃起，缕缕水草随波舞动，妩媚而友好。曹淑娴兴奋地拍了视频发给韦力，要狠狠地诱惑一下她。

基地每周安排两天学习，两天游览，课程设置有书画、国学、养生、心理、戏曲、歌咏等，其余时间可自选学拳、习操、练瑜伽。授课老师大都是行业翘楚，专业功底扎实，教学方式生动、活泼，师生互动频繁，课题轻松和谐，氛围活跃。说到游学，老师摇头晃脑道："孔圣人可谓游学的鼻祖，他一生率弟子周游列国长达14年。所谓游学博闻，盖谓其因游学所以能博闻也。最有名的便是：孔子从鲁国跋涉千里，抵达东周王城洛阳，拜访周朝的守藏室史老子，留下了传世佳话。至今，这个千年帝都还立有'孔子入周问礼乐至此'的古碑呢。"学员们应和："我们这是发扬孔子之道，步先贤后尘呢。"老师话题一转："不管你曾是专家还是科学家，现在都是老人家。咱康养享老，要玩出名堂，也要成名成家！""哈哈……"教室里响起开心的笑声。曹淑娴他俩在高校教了一辈子书，都是一本正经地授业、解惑，对此感到新鲜有趣。

与那种上车睡觉、下车拍照的行色匆匆不同，这里讲究缓慢地游，细致地品，体味当地文化内涵，深入思考，感悟人生。该基地的观光游览侧重于附近的古镇文化。

其一是极负盛名的客家古镇洛带。其浓郁的客家文化令人印象深刻，诗书传家，底蕴厚重。洛带特色美食油烫鹅，先卤制，再烟熏，后油炸，皮酥肉嫩。"肥而不腻，香味入骨，吃了还想吃，叫人食而难忘啊。"几个学员摸着鼓鼓的肚子说。

其二是五凤溪古镇，它依托千里沱江，顺山势沿河道而建，蜿蜒曲折，高低错落：半边山江半边城。它始于汉，盛于唐宋。其青瓦屋顶，石板街面，穿斗房檩，木板门面，保留着山江古镇的原生态；一草一木，诉说着曾经的繁华与荣耀；一砖一瓦，传递着远古时光的厚重记忆。古代寺庙、民居衙门上的飞檐翘角，似京剧旦角之风眼，俏丽妩媚，凝之，犹如与古代美人神交，令人心旷神怡。

小镇倡导慢生活。"掏耳朵"（采耳）生意格外兴隆。侯建国轻轻拍一下老伴说："看他们眯着眼、努着嘴，一脸满足、受用的样子，真是陶醉在这'小舒服'里了。"喝茶，当地居民一大嗜好。竹林旁、榕树下，徐徐清风里，倚在竹椅上，边喝边摆龙门阵。一个长须飘飘的大爷，咂摸着茶叶，说他孙子正为报考清华还是北航纠结呢。互联网时代，知识改变命运，深山正与城市同步。

黄龙溪为古镇游的最后一站。这里以古街、古树、古码头和古衙门等"十古"著称，以古为美，因古闻名。木柱青瓦的楼台房舍，雕刻精细的围栏窗棂，纵贯全镇的清溪不徐不疾地行走着，吱呀呀的大型水车悠然地转着圈。建于清乾隆年间的总爷衙门，是全国唯一保持完好的"三县衙门"，雕梁画栋，肃穆雅静。审理室里，左侧写着"回避肃静"，右侧挂着翠竹诗画，中间高悬"天理国法人情"匾额，颇具意味，令人深思。

古镇斑驳的印迹中，蕴含着丰富的历史文化和年代沧桑，气质婉约，风韵独特，娴静而从容，兴盛不喧嚣。盛世下的商埠，透着岁月的静好。

古镇游后，老师出了几个思考题：客家人迁徙的历史背景、中国人的喝茶起源。大家各抒己见，讨论热烈，各种观点激烈碰撞、相互启发、颇为受益。曹淑娴夫妇喜欢这种氛围，学学转转，开阔视野，增长学识，既结交了同行友人，又健康养生。

喜爱唱歌的申佳、杨和薇夫妇收获满满。在大学文工团时，他俩就是一对二重唱组合，唱着唱着就成了恋人，羡煞了一众同学。他们这次参加了声乐班，说是"一坐进教室，就激活了全身的细胞，充满活力"。任教的苏闵老师，曾是解放军某部歌舞剧院的台柱子，获得过全国民族唱法一等奖。她专业过硬，善于发现并挖掘学员的潜力。杨和薇说："本打算来听听课，有所提高就行了。闵老师发现我声线不错，音域可以更宽广，耐心教我发声知识和技巧，硬是帮我们把二重唱水准提高了一大截，在重阳节歌咏比赛中夺得头筹。正确的发声，提高了肺活量，增强了肺功能，我的慢性老年肺气肿改善了很多，这意外之喜让我好开心啊！"

看着他俩笑意盈盈、朝气蓬勃的美好神态，不禁令人感叹：人不能永远年轻，却可以终身美丽。

文化艺术具有极强的感染力和疗伤作用。失独的梅爱华自从女儿走后，整日以泪洗面不能自拔。她在老师的劝告下，转移注意力，将书法融进日常生活，竟痴迷其中，达到忘我的程度。她的书法水平突飞猛进，还带有独特的忧思味道，自成一体，大受赞扬。她逐渐走出痛苦，精神状态不断改观，还现身说法，为同类家庭赠送书法作品，并予以开导。她说书法是自己排除忧伤孤独、调节心情的好方式，并由此感染了一拨失独父母，帮他们开启了新的生活。

"游学养"另一个优势在颐养。这里住宿舒适方便，吃的是基地专门种植的绿色果蔬，随时随地有医护保障。在研习中体验，在远足中感悟。游学的本质是文化的融合，是一种人生的体悟与感受，它打开了老人的新视野、新境界，满足了颐养天年的高品质诉追求。

基地的吃穿用度比较讲究品质，服务和收费属于中高水平，学员每人每月花费在8000~10000元，如果到远处或外国游学，费用相应增加。即便这样的收费标准，不少基地仍是入不敷出，房屋建筑、花坛绿地、医护设施费用和工作人员工资，确实是沉重的经济负担。究其根源，此类机构目前数量众多，而客源并不充沛，仅有40%左右的入住率，大部分房间空着。客户多为"50后"，经济并不是很富裕，又有节俭习惯，消费动力不够强劲。

"游学养"座谈结束时，学员们充分肯定游学的生动性、实践性，旅行拓宽了思路，增长了见识，深入感受了当地文化和自然景观，赞誉这种老年教育的新形式与时俱进！

问题也显而易见。侯建国说："'游学养'就像平时吃大餐，很精彩很过瘾，但只适于阶段性进行，不是常态。东西南北游了个遍，时间一长，感觉似乎缺点人间烟火。远离原有生活环境，少有社会参与和自我奉献，难以体现价值感、成就感。这对身康体健、富有活力的年轻老人来说，不太够劲，是个缺憾。应该和当地人文环境适当结合，发挥好大家的作用。"

一位企业老总说："学员感到费用不低，基地却是勉力支撑，还得进行必要的改造与调整，才能确保'游学养'的持续性！"

"课程个性化不足。不少是把以前的通用教案稍加改动拿来用，老龄化特色不够，不尽适合老年人。"曹淑娴补充道。

申佳、杨和薇则对旅游方面感到不太满意："旅游线路安排、导游讲解节奏上，没有进行足够的适老化改进，年纪大的觉得太紧张，比较吃力。"

一位70多岁的江红卫男士有同感："中间穿插安排的那次爬山，坡比较陡，游客也多，存在一定风险。应该安排到人口密度小、地势平缓的景点去，避免意外事故。还有餐饮方面，在切块大小、易咀嚼消化上需要改进。我的假牙就差点给卡掉了。""哈哈哈"，大家一阵大笑。

看了曹淑娴一路发来的信息，韦力对这种颐养形式大为赞叹。她觉得，作为健康老人，每年抽出一定时间，到生态宜居、旅游休闲、文化娱乐和康养护理的"游学养"基地，过一段时间的新鲜独特的集体生活，体验不同的人文风情；接受养老新观念的熏陶，与当地风俗人情做深度交流，身体休闲放松、精神开阔愉悦、友情高度融合，让人充满活力。这对于长期居家的老年人来说，是很好的调剂、补充和提升。

从上述实践来看，还需进行课程与活动的适老化设计，进一步发挥"游学养"的功能和作用。

连锁基地游学养，方式新颖"高大上"。亦游亦学心不老，青春永驻伴夕阳。

主题康养，天宽地阔

抬眼望去，简直是个缸的世界。

大大小小的各式陶缸，像全副武装的战士，护卫着一条宽阔的蜿蜒大道上山。站在山路尽头俯瞰，由陶缸摆成的行、草、隶、篆、楷五种字体的"康"字，镶嵌在山岭上，尤其大篆粗狂苍茫、朴厚浑融，小篆流畅婉转、匀称圆润，将书法艺术与陶器艺术默契交融，美得使人不忍移步。这独特的造型给人留下了陶艺康养社区的第一印象——绚丽而震撼。

韦力发小的女儿于霖是社区的运营经理，经她几次游说，那里的好处韦力都能背下了：堪比"深呼吸小镇"，年平均气温21摄氏度，每立方厘米负氧离子2万个；行走其中，可与奇树比肩，和鸟雀私语，携清风共舞云云。韦力满怀新奇，亲历这趟康养旅程。

连绵不断的山峦，如少妇侧卧的曲线，凹凸有致、丰满温润。山上，有的地方山花烂漫，五彩缤纷；有的绿满山岗，一眼望不到边。在大自然的装扮下，犹如巨型调色板，娇俏夺目。花红草绿之中，不时露出的几孔老窑洞，风雨侵蚀的深灰色麦秸垛，三角斜坡的农家草屋，半截石碾子上的一扇石磨，给人山村的古朴和寂寥之感。看似破旧无用的事物，艺术化地稍加摆设，就凸显了典型的农家特色，成了自然和谐、颇具观赏价值的山乡人文景观。这些传统村落遗迹，是长期农耕文明的重要体现，对游人而言，它是赏心悦目的世外桃源，又是代代相传的人间烟火。韦力不禁脱口而出："真有味道！"

作为古代皇家官窑所在地，这沟沟坎坎中，散落着不知哪朝哪代的土陶碎片。借助于迅猛崛起的康养，立足当地曾经兴盛的土陶产业，将古老的土陶文化底蕴发掘出来，建成了康养社区。一进大拱门，青石铺就的小道旁，可对镜理妆的是盛满清水的缸，可树下打牌、路边歇息就座的是倒扣的缸，最惹人怜爱的是缸中睡莲，亲密地贴着水面说悄悄话呢。

"太壮观了！听说这里好，没想到竟然这么好！"摄影达人蕊翎兴奋地说，身材娇小的她和"大炮筒"长镜头，反差明显。"布局艺术，韵味十足，随便拍都是桌面呢。"拍摄高手老汪来回观赏着，啧啧称赞。那些胸前挂着"长枪短炮"的，喜不自胜，连按快门，其他人也在用手机照个不停。

陶艺社区的建筑设施注重细节，考虑到康养老人有的记忆衰退了，把不同功能的房屋、地板、墙面、门窗用不同色彩区分；用绿荫走廊连接所有建筑，以便防雨、防滑、防晒；上下坡均有栏杆，间隔一段有座凳，方便腿脚不好的老人；桌子是可调节高度的，方便老人坐在轮椅上恰好够着；室内防眩灯光，温和舒适不刺眼；每位老人配备有监测报警手表，一旦老人摔倒或发生意外，手表即刻向监控中心发送报警、位置信息，便于医护人员迅速救助。饮食方面，有专业营养师精心科学配餐，讲究营养和色彩搭配，让人一看就食欲旺盛；为糖尿病等慢性病而饮食忌口的老人，量身定制食谱；依个人情况，老人每天或选用美味可口、营养均衡的套餐，或享受个性化的定制餐饮；每日定时更新的网络智能点餐，为老人们提供细分服务。

看完社区概貌，于霖跟大家聊开了："老年幸不幸福，关键在健康。康养，从理念上来说，就是以健康产业为核心，将健康、养生、养老、休闲、旅游等多元化功能融为一体，具体到实践中，康养就是'健康＋养生'。本社区主要以陶艺文化为引领，为老年人提供保养、调养为目的的保健服务与休闲养生活动。"

"很多老年人，因长期不良生活习惯形成了一些慢性病，又缺乏对早期老年疾病的识别能力，错过了最佳治疗时机，致使小病拖成大病，甚至熬成重病。老年人慢性病的患病率是全人群的4倍多，而且病程长、医疗费用高、难以治愈。其实，大多数慢性病能通过改变生活方式进行控制和干预，预防是最经济、最有效的健康法则。多数居家老人存在功能健康问题，严重影响身心健康。在这里，就是要通过学习培训，增强健康意识，提升健康素质，进而提高健康生活行为能力。中医讲究治未病，康养是越早越好。世卫组织提出健康老龄化、积极老龄化，意义也在于此。"

有人问："咱这陶艺康养有什么特色呢？"

于霖指着身边的陶艺彩图说："特色在于，利用陶品工业闲置资源，挖掘与展示陶艺文化，低成本、高效率地为老年人提供养生养老优良环境，力求健康长寿。同时也带动当地村民脱贫致富，共享经济发展成果。这里曾有过辉煌的官窑历史，改革开放后，又成为花盆和厨用陶具的生产集散地。随着形势发展，现在陶具已停产，仅保留部分设施，用于美术设计创作和儿童陶艺体验。我们和地方政府紧密合作，利用这废弃的建筑、场地、万余只陶器和自然环境，打造康养社区，'养'是过程，'康'是目标！"

"陶，内涵丰富。陶埙，是我国古代最早的吹奏乐器之一，音色朴拙低沉、苍凉悠远，好似远古的回响，被誉为最原生态的天籁之音。前不久，我市小选手参加省民族器乐大赛，获得陶埙一等奖。王安石说：'文王能陶冶天下之士。'这个'陶'又蕴含熏陶、教化之意。我市首个康养小镇选在这里，大有深意！天时地利加上人和，在陶艺康养社区一定能养生养老。"于霖侃侃而谈，调动了大家的兴致。

随后，于霖组织大家参观陶品的制作过程：揉泥，做坯，印坯，修坯，晒坯，刻花，施釉，烧造。这一看就激发了众人热情，在泥坯棚里，大家都情不自禁地抓起泥团。是呀，小时候，泥巴是玩具是伙伴，退休老人谁没玩过？此时尽情地把玩、揉捏着，勾起了深藏的童趣。

作为康养社区，这里对健康养生颇下了一番功夫。学员一入住就体检，建立电子健康档案，社区针对个体问题，给出对症解决方案。每周安排两次保健讲座，结合实际讲解老年病，并进行考核，保证学员掌握必要的疾病预防、早期发现、紧急求救、及时医治、合理用药知识。通过健康运动、休息睡眠和文化娱乐，以及其他心理和精神方面的康养活动，促进和保持身心健康状态。培训急救方法，倡导互助互救。社区设有医务室，日常小病由坐诊医生负责，大病可远程视频问诊，送医则一站式直达。距离27公里的县三甲医院，以及市里的中华健康快车基地医院，与康养社区定点合作，辟有绿色通道，便捷快速。

说到老年病，于霖讲得挺到位："像阿尔茨海默病，65岁以上的老年人发病率在5%以上，75到85岁的在15%~20%，它无药可治，不可逆转。能做的，只有早期预防。叔叔、阿姨一定要多动手、多用脑、多运动、多交流，才能少发病。还有心脑血管疾病，平时我们常听说，某某突然死了，没有任何征兆。其实，每次猝死都是日积月累，都有身体提示的各种信号，只是被本人和家人忽略了。"

康养真是学问大。一时间，大家聊的都是七大营养素、体质指数和心脑血管指标等。不时听到贴心提醒："这么高，还得努力哦。"

晚上，在晒坯车间改建的大舞厅，大家随着音乐起舞，跳得热烈而尽兴，身上出了一层汗水。音乐停了，坐下品味着清香的艾芽茶、茵陈汁。忽然，灯灭了，正疑惑怎么断电了？只见屋顶缓缓打开，露出了满天星辰。"哇！"一阵惊叹。静谧深邃的夜空，满天繁星眨巴着眼睛，似乎在和大家眉目传情。坐在屋里观星星，多么新奇、浪漫！大家兴奋不已，为这独特的创意所折服，为浪漫的夜景所陶醉。韦力脑子里跳出赫尔曼·黑塞的话：眼睛映满了星空，耳朵装满了音乐，这就是人类精神生活最美好的境界。

韦力到处转着聊着，社区的日间照料比较周全，设有推拿按摩、艾灸、熏蒸类理疗项目；教学广场舞、太极拳、八段锦、健身操，也可自行参加乒乓球、卡拉OK、棋牌、书画类活动。大家热情高涨，积极参与，交流心得。韦力选听了几门课，悉心体会。

傍晚，大家出来转悠，走到村边一个古老的戏台上，四周的残垣断壁，成了一个个小摊位，卖的都是农家自种的当季果蔬。看这菜黄瓜，五短身材面色微黄，颜值不高，吃着清香。不像城里大超市的黄瓜，头顶黄花亭亭玉立，看着很美，实则硬邦邦，口感不好。

售卖最多的是干花工艺品。"太有山区特色了！"颇具艺术气质的萧樱买了一大把干花，和村民聊起来。卖主是个口齿伶俐的姑娘，她兴奋地说："这是歪打正着，前年这里大麦灌浆时，正逢大旱，山里缺水，都是望天收，眼看长势很好的大麦就要绝收了，我忍不住在麦地边哭起来。正好有几个人路过这里，其中一位劝我别伤心，他们帮我想想办法。后来知道是市美术学院的叶老师来采风，住在康养社区。叶老师走进麦地，拔了几把麦子仔细看着，要了我的手机号，带着麦子走了。过了半个月，叶老师要我过去，走进叶老师的工作室，我眼前一亮——那些干毛枯燥的麦子，变成了润泽金黄的工艺品！叶老师告诉我，这是六棱大麦，穗子长、麦芒长，做成干花很好看，方法简单，不用花多少钱。我花了点钱买颜料，在叶老师指导下做成干花，到市里去卖。嗬，可比麦子值钱多了。消息一传开，村民们很稀罕，这瘪麦咋比饱麦还金贵呢！后来村委会出面组织，请叶老师开办培训班传授技艺。叶老师又从这满山的野花中，挑出几种最多最旺的，像麦秆菊、天竺葵、孔雀草，制成干花，再配上晾干的芦苇、竹叶和狗尾草，用彩色丝带扎起来，就成了一束精美的干花，有的还出口了呢。村里好多人家凭这走出了贫困。"

姑娘抹了一把汗，脸笑得像一朵花："这让我们开了眼界，要致富就得学习科学知识，讲究科学方法。山里头藏着这么多宝贝，我们不能端着金饭碗要饭吃。""我需要的量大，有货吗？"萧樱从事工艺品贸易，网店和实体店生意做得挺红火。"村里有贸易公司，阿姨需要的话，可以组织货源。"

于霖补充说："这里山货很多，尤其是农产品，没有污染，营养丰富，口感很好。叔叔、阿姨多去转转，采购些日常需要的，也帮助农民增加收入。"大家都笑了："这个可以有！"

在康养社区，个人根据自身体质，选择不同的项目和方法。和韦力同来的徐奶奶，刚安顿下来就直奔理疗室。她因为关节有少量积液引起腿疼，医生说不用手术，让她每天围绕关节附近的阿是穴、膝眼穴和犊鼻穴各灸十几分钟。听说这里的艾灸挺好，她坚持灸疗，逐渐感到腿痛明显减轻，走路有劲了。有着"茶艺肥肥"美誉的阿红，一头扎进塑身室，去了5次，腰身就由外溢变成直线，找针线要把裙子扣朝里挪挪。"不用吃药打针，不用限制饮食，这就减下1寸的虚膘，太神奇了！"她那精致的脸庞上，漾起三月的春风。她老伴方达也说多年的慢性非萎缩性胃炎轻多了，一米八的个子以前吃饭像猫，人称"方二两"，瘦得像竹竿。现在不仅胃口见好，经健康手环监测，夜间深度睡眠时间也长了，脸上气色大不一样。

已住了3个多月的鑫阿姨患有"三高"，在家每天都要吃一把药。在这儿从饮食、运动到理疗，全方位调理。前几天一化验，血脂快接近正常值了，血糖也降了下来。说起来大家都有不同的收获。韦力呢，则感到大脑清爽多了。

韦力仔细观察着，和管理人员交谈得知，这里的康养客户，大都知识水平较高，经济状况较好，身体尚无大碍，他们追求精神欢悦、心灵纯净，希望融入文化内涵丰富、人文情怀浓郁、康养功能齐全、服务体系优良的环境中。

韦力仔细梳理各地康养信息后感悟到，眼下的康养，正在成为各地经济转型发展的热门产业，发挥着积极作用。同时，也存在明显弊端。

康养产业是个系统工程，包含慢性病管理、医疗护理、健康检测、营养膳食、老年心理学及相关的文化娱乐等，目前社区功能不够齐全、完善：康复专业医生急缺，社区挂钩医院所设康复科，仅有按摩、牵引、拔罐、针灸等简单理疗，缺乏专业人才；师资队伍参差不齐，涉及专业多，客户往来频繁，任课老师是随机调配，有的经验不足，治疗效果欠佳；护理员大都很年轻，对老年人身体特质不太了解，难以满足老人们的细微需求；运营管理方面，大多还停留在环境的营造、硬件的配置上，对康养群体的新要求应对不足，存在着产品与需求不相匹配问题。韦力觉得，康养宣传调门高，名实差距大。

康养行业的核心竞争力，主要在满足精神需求、体现个人价值上面，生命的意义还在于付出。中国政法大学原校长、年过八旬的江平就自豪地说，他作为政法大学终身教授，担任博导参加些社会活动，社会职务成为他满足感的重要来源之一。

康养项目远离老年人原有生活环境，老年人不易发挥个人所长，不能为社会做贡献，难以产生实实在在的获得感、成就感，就少了很多满足与快乐。

有权威机构断言，未来20年，将是中国康养产业的黄金时期。目前，在国家政策飓风的裹挟下，康养以始料未及的速度，一夜间横扫大江南北，各类康养项目让人眼花缭乱。一哄而上的粗放发展模式、缺乏产业特色的有力支撑、专业人才极度短缺等问题普遍存在，远未形成一个系统的、完整的产业体系，康养产业的发展和完善，还有很长的路要走。

　　全民健康新战略，老人康养从头越。政策"风口"凭借力，海阔天空任飞跃。

　　集合要素费思量，优化精选不可缺。立足本地找优势，综合发力兴产业。

昔日样板，而今痛点

"提领子，盖房子，小老鼠钻洞子。左钻钻右钻钻，吱吱吱吱上房子。"

"好，做得不错！哎，吕阿姨，你把衣服拿反了，要里子朝外。"

韦力走到一个大房间门口，听见里边参差不齐的儿歌声。一瞧，是护理员正在教一群老人穿衣服。上了年纪，病魔缠身，大脑失灵，穿了一辈子的衣服，现在不知怎么穿了。

韦力在一个朋友的60岁寿宴上，得知朋友的亲戚在这个知名养老院工作，很感兴趣，想看看老样板"幸福安泰养老院"现在的发展情况。寿宴过后，她就来找朋友的亲戚、原副院长冼玉英了解情况。

一见面，韦力就感受到冼玉英良好的职业素养：饱满的精神状态，整洁的工装，温和的笑容，穿着平底白布鞋，走路轻快利索。冼玉英热情地向韦力介绍说，这个养老院建于20世纪90年代初，有348个床位。在当时的社会经济和医疗条件下，无论规模还是设施装潢，都属一流，曾被树为地区同业标杆，是政府关心群众、抓好民生的实物体现和样板工程，在一些特殊的日子，总有各级领导前来参观、视察，是百姓养老的首选之地。

多年过去了，它的建筑设施已经老化，陈设破旧。作风、技术都过硬的老职工陆续退休，接班的年轻一代不太中意这工作，懒散的状态更加剧了这里的潦倒和寂寥。没有足够的资源投入，职工待遇不高，加速了技术骨干的流失。

"多年前建院时还是郊区，城市长大了，把它团团围住，变成了市中心。收费不太高，交通也便利，原有的名声还有些影响，多是经济条件一般的老年人来，入住率近七成，营收勉强能够维持日常开销。"冼玉英慢悠悠地说，她也退休了，是被返聘回来的。

穿过主楼，进到后院，偌大的场地只有三三两两的老人在遛弯，更显空旷。造型优美的花池几近干涸，当年倾国倾城的荷花不知魂归何处。"那些荷花珍品'红台''玉碗''小舞妃'多好看哦，都没有了。"冼玉英一脸惋惜。

喜旱莲子草、黄菖蒲、白刺苋威猛地攻城略地，趁机扩充地盘，你把胳膊伸过来，它把长腿撩过去，不动声色地纠缠着。

用于康复锻炼和娱乐的简易设施沉稳低调，待在原地自娱自乐；仰卧起坐器不甘冷寂，使劲用褐色装扮着自己，谁亲近它，它就慷慨地送他一抹铁锈红；长长的两根秋千绳索，多年共事不免产生龃龉，一个忠于职守，一个撂了挑子，跟它们搭档的那块木板，气得歪斜着扭过脸去。

周边一排办公室寂静无声，门上的大铁锁不屑于随波逐流，信念坚定：不动，就是不动，就是金钥匙来请，我也岿然不动。

走走转转，一些房间空着，老年人集中在外观好些，或是向阳的房子里。这些失能成半失能的耄耋老人，不是躺在床上就是坐着轮椅，偶尔互相聊几句，有的自己嘟囔着，谁都听不清，老式电视机里播音员在自说自话。

在最后一栋楼靠里的房间，一个墙角的床位上，一个老人戴着手套，被安全绳绑着固定在床上。韦力问："干吗给绑着呢？"

护理员说，一松开老人就会乱动，摔下来危险。

"总拴着多难受。"

冼玉英解释说："这是没办法的办法。一些老年人，并不想住这儿。有些做儿女的，认为老年人缺乏判断和认知能力，往往自作主张代为安排，哄骗父母说去看看医生或者说来参观一下，然后就直接办理入住手续，老人有被遗弃的感觉，心情自然不好。这些子女对父母漠不关心，一年半载不来看看。可一旦在养老院出了事，转眼就成了大孝子，弄来一大帮亲戚，哭闹个没完。养老院被闹怕了，也赔穷了。"

护理员说绑个把小时就给翻个身，帮着活动活动，不会伤着。韦力思忖着保险缺失、法律缺位的老年人护理，确有苦衷。如此度日的老人，实在可悲可怜。

韦力跟冼玉英探讨说："有的地方开始试行长期护理保险，如果引进这个险种，是不是就能解决这个难题呢？"冼玉英有些迷茫地说："应该是个强有力的保障吧！这个目前还是空白，真希望能够尽快实施。"冼玉英说院里还发生过多起老年人因心梗、脑出血、摔倒和噎食等，没能及时抢救而失去生命的情况。一些重症病人的救治，最重要的是抢"黄金时间"，若能及时抢救，是有可能挽回生命的。前些年没这个条件，现在院里也和就近的社区医院、权威的三甲医院签署了医疗合同，通过绿色通道，先暂时解决了急救问题。其他很多难题就搁在那儿了。

老典型遇到了新问题。"闲置这么多，太浪费了。院里位置这么好，地盘这么大，不会没有资金愿意进入吧？"韦力问。

"的确是，这些硬件条件很有吸引力，有不少房地产开发商、大型养老机构都来谈过，要么进行彻底改造，要么在原地扒掉重建，要么在别处新建养老院进行置换。设想都很好，但都谈不拢。"

"为什么呀？"

冼玉英叹了口气道："哎，这涉及产权问题。建院时市里、区里和街道都出了钱。现在这儿成了黄金地段，利益分配上大家各有想法。"

韦力问："那按出钱多少计算股份、分配利益不行吗？"

"以前出钱有先后，现在权力有大小，不好弄啊。"

一会儿，冼玉英又露出欣喜的表情："最近听说，省民政厅给牵线搭桥，市民政局积极协调，一个全国连锁养老集团准备收购这里，开出的条件比较优厚，谈得还比较顺利。将来签约后，进行全面改造，还开设老年病治疗中心，将预防、治疗、康复、护理和养老服务融为一体，养、医互为补充，既能满足老年人的养生、养老需求，又能解决基础性慢性病管理、医疗和康复，弄成前楼治病、后楼养老。"

韦力甚感欣慰，如果谈妥，那将是老年人的福音。

老标杆遇到新问题，有"痛点"就会有商机。

只要大处着眼，定有破解机遇。

医院扩建养老，缺了一角

　　夏都医院是一家上万人大厂的职工医院，根据养老院一床难求的新形势，挖潜改造，将紧靠里边的一栋四层单身宿舍楼，改建成一所有165张床位的颐养院。配建有老年食堂、洗浴室、棋牌室、阅览室、治疗室、康复室、中医推拿室、针灸室、理发室及便利小超市等设施。房间配备呼叫系统、独立卫浴、彩电，全天供应热水。入住者多为厂里老职工，也有少数周边社区的老年人。因是医院下属机构，就医方便，又紧邻厂家属区，回家溜达一圈也不远。颐养院收费比较亲民，能够自理的老年人，每月每人费用为一人间3200元，2人间、3人间、4人间依次各降低300元；半自理的老人，每人增加400元；完全不能自理的，每人再增加1000元，入住首月给予8折优惠。附近群众挺认可，通常入住率在9成以上。《邑阳晚报》做过专题报道，称赞这种改造老旧建筑、医养结合的新形式。乐邑养老咨询研究中心也挺感兴趣，覃局让韦力他们来调研过。

　　移植了医院管理方式的颐养院，对每个入住的老年人建了一份健康档案，详细记录入住后身体的各种变化，包括患病治疗方案及用药。一旦患病，可从"养老"直接转换为"住院"模式，就地诊治，医保报销。医生对每个人的身体情况心中有数，可快速、准确地对症治疗，做到大病、重病监测预防，常见病、慢性病治疗、康复，急、危症及时抢救医治等。配备的非接触式生物雷达监测设备，便于子女和机构远程实时了解老人的健康、安全状况。颐养院充分利用医院的医疗资源、特色专科门诊等服务设施，提供安全规范、普惠周到的医疗服务，大力提升对入住老人突发急性事件医疗救治、健康保障能力，切合实际地打造出医养结合产业新模式。

颐养院考虑到老人们的餐饮、住宿、娱乐、就医和康复等需要，配备了经验丰富、富有爱心的医护管理团队，24小时提供服务。平时有护理员领做发音操、舌头操，预防老年性吞咽障碍；酌情培训老年人心肺复苏术、海姆立克急救法，使其掌握基本的急救知识；对每个病患老年人采用"双心疗法"，生理医治和心理疏导双管齐下，让病患获得双重健康；在罹患严重基础病的重点老人病情监控上，很是用心周到，配备了腕式监测仪，采取人盯人的办法，让老人结成对子，观察对方情况，及时报告，以免延误，形成了且养且医、人人互助的新模式。

一天下午4点半，正在院里遛弯的焦奶奶觉得天旋地转，头疼欲裂，一会儿就晕倒不省人事。与她结对子的吕奶奶和一旁的武大爷赶紧叫来护理员，将焦奶奶紧急送到前面的急诊室。经检查，CT片上发现焦奶奶脑部出现蛛网膜出血，进一步做脑部造影，确定其脑右后侧长了一个动脉瘤，尺寸和位置都很危险，需要立刻手术，否则动脉瘤一旦破裂，就会造成颅内大量出血，极易引起死亡。在和焦奶奶家人协商后，医院通过神经介入手术，将焦奶奶脑中的"定时炸弹"成功摘除。这个微创手术，只在焦奶奶腿部皮肤上留下了一个1毫米大小的穿刺点。焦奶奶一周后就康复了，从前面医院走回了颐养院。据主治医生说，这种疾病，一般来说，约有六七成的病人没有及时送往医院，失去了抢救时机，十分可惜。

大家都感叹，这守着医院养老可真放心，有什么急病，抬脚就到。平时检查、取药、看病治疗像串门，对患有慢性疾病及高龄的老人尤其便利。

但作为医院改造而成的养老机构，限于先天条件，在其他方面就比较逊色。比如，餐厅设施老旧，一进门就闻到一股腐味，环境不咋样；饭菜味道一般般，基本都是大锅菜，不太适合老年人的饮食习惯，吃几天就没胃口了；娱乐方式也很单一，基本就是棋牌麻将看电视，阅览室很小，只有3份报纸和几本杂志。

老人也不能总是坐呀！可院内活动空间狭小，还空荡荡的，只有几件笨重的健身器材，运转还不灵光。有一段绿色走廊和一个小亭子，安装有一些木长椅，总是坐满了老人。按武大爷的说法："转来转去就是屁股大一块地儿，每天看看天看看地，瞅瞅我瞅瞅你。"

老楼房设施陈旧，冬天暖气不足，夏天电扇空调不够凉，上下都得走楼梯，对于腿脚不好、腰酸背痛的老年人来说，很不方便，难以满足老年人方便舒适的养老需求。

覃局和韦力分析认为，医院扩办养老院，在治疗、护理以及康复上更加便捷、专业，确有独到优势，但医养结合不是简单的"医院＋养老院"。要打造一支专业的管理团队，构建医养一体化的服务体系，搭建以老年人需求为中心的完整的服务链条，除了疾病医疗、综合护理、后期康复照料外，必须健全饮食营养、保健养生和休闲娱乐一体化的服务模式，其中任何一项有弱化或不到位，医疗强而颐养弱，成了"跛脚鸭"，都难以达到医养融合的现实目标。

医院增设养老院，医养结合真方便。治病急救都放心，饮食娱乐要完善。

家门口的颐养公寓

听朋友柯丽莎说，她家附近新开了一家和佳颐养公寓，很有特色，尤其是吃的菜，真是绿色健康。韦力随柯丽莎过来瞅瞅，也为家里老人做个备份。

柯丽莎住在邑阳城西，是厂矿企业扎堆的工业区，近几年，老年人口呈火箭式增长，老龄化率高于全市平均水平将近8个百分点。"一五"计划期间，邑阳作为国家重点工业城市，1954年开始，全国各地陆续有数万名科技人员支援邑阳，外援人员在城西人口中占1/3还多。作为曾留学苏联的技术专家，柯丽莎的父母就是那时从上海调来的。这些职工都垂垂老矣，就连他们的儿女都陆续进入了老年期。独具慧眼的和佳颐养集团，在这老龄化最严重的区域开力了这所颐养公寓。

这个颐养公寓是由学生宿舍改造的。这所省办大学扩建搬到大学城了，学生宿舍空下来，被和佳颐养集团租用30年。共有3栋6层的楼房，成"品"字形排列，正中的A号楼刚开业，其余两栋尚在改建中。

柯丽莎的母亲患有肾病，功能不全，"三高一低"症状比较明显，时常恶心呕吐，下肢水肿，住在2楼向南的房间。她俩进去时，老人正在阳光里眯着眼养神。

房间约16平方米，还住着一位同样情况的老太。高低适中的实木床，柔软的铺盖，多功能的床头柜，电视机放在悬臂式支架上，可随意调节高度、角度，墙上一幅山川秋日图，阳光明媚，五彩斑斓。卫生间有防滑地板、扶手和支撑板，设施齐全。每层楼中间位置设有护士站，护士每天给老人测量体温、血压、血糖等主要指标。平时服务及时周到。

韦力把水果轻轻放进床头柜，跟着柯丽莎走了出来。

"不是说11月天冷了再来吗？怎么提前了？"韦力问。

柯丽莎一脸无奈地说："我们住的老宿舍暖气不行，原想着等天冷了送我妈过来。这不国庆黄金周吗，护工的儿子要结婚，她回家了，我和弟媳轮流看护。一天24小时照顾一个半身不遂的病人，真不是个滋味。我妈人高马大，140多斤，弄起来很费劲，光翻个身我就出一头汗，吃喝、擦洗、大小便一摊子事，夜里也睡不踏实，累得实在吃不消，假期没过完就赶紧送过来了。"

"伺候病人是挺累人的。在这儿还行吧？"

柯丽莎满意地点点头："不错。有医生在身边，首先是放心。另外护士有经验，知道怎么用劲，比我们弄得好。吃的是营养餐，蔬菜大都是有机菜，很合我妈胃口，她在这儿比较习惯，我们有空就过来看看，抬脚就到，挺方便。"

公寓组织参观新科技蔬菜供应基地，柯丽莎提议去看下。韦力说好，长长见识，权当郊游吧。

大巴拉着满满一车老年人，来到脑洞大开种植园，这名字挺新奇！一眼望不到尽头的薄膜大棚，看上去规模不小。一看橱窗里的介绍，有2500亩。大家朝着种植区走去，经过圆弧形的长廊，头顶上翠绿的叶子里，吊着一个个橙色的扁圆瓜。负责接待的种植基地吴主任，是一位干练而泼辣的中年女性，热情地介绍说："这是板栗味小南瓜，甜甜糯糯，口感很好。"走到另一段长廊，垂下来一片圆溜溜的小葫芦。太美了！大家纷纷举起手机、相机，"咔咔"地照个不停。

进到一个大棚，外面一层是白色薄膜，里面还有2层帐幔样的黑色盖布，用来调节温度。棚内果蔬都是无土水养，白色管槽整齐地层层叠放，一排排的鲜嫩叶菜绿油油的，真想掐来就吃；红彤彤的圣女果排着队悬垂着，好像一串串诱人的糖葫芦；两头小中间大的麒麟果，入口即化的品质叫人想立马摘回家；红薯长在空中花盆里，挤挤挨挨地坐成一圈！"快看，茄子长在树上哎，真稀罕！"一位老奶奶惊叫着。吴主任解释说："这种平常的茄子，我们培育成可以结果六七年，每年结果五六次的品种，味道也好。"韦力仔细看，茄子树上就像挂着紫水晶，泛着高贵的光泽，还有高高的辣椒树等，都跟以前的认知大不一样。

"种植业也讲混搭了？"韦力指指鲜艳的火龙果、长圆形的大青芒说，这类热带水果也入伙了，看得柯丽莎瞪大了眼睛。

"蔬菜没有土也长得这么好，靠什么供给营养？"有人问。

吴主任微笑着伸手翻开一块白板，这长着红叶菜的板子下边，是密密麻麻的根须，白花花的好清洁。吴主任说根据季节、温度，每天定时换水，冲刷根系，补充营养液。水培蔬菜生长期短，蔬菜没有黄叶、没有虫害，不需要喷施农药。

整个大棚都是机械化作业，只有一个穿着淡蓝色工装的女工，戴着浅色太阳镜，从容地巡视着。

吴主任说，民以食为天，食以安为先。这种水培蔬菜，可控性强，能根据气候进行温度、湿度、光照、水分和营养的有效调控，保证蔬菜在最合适的环境中生长。这种在轻材料中生长的植物生长法，使植物营养供给稳定，蔬菜根部能直接吸收养分，绿色安全，而且美观。吴主任摘下一条叶片，放进嘴里嚼着说："你们看，这都是货真价实的有机菜，供给养老院，让老人们吃到安全、放心的绿色蔬菜。"

一场参观下来，韦力她俩大开眼界，这完全颠覆了以往的种菜印象，菜还可以这样生长，新式菜农就是这样管理菜园子！科技发展真是了不起！

　　有人高兴地当即采摘，买了很多有机菜；有人订购了种菜的管子和水泵，准备在家里阳台试种。看到了新鲜事，学到了新知识，收获满满，大家开心地一路欢笑着。回到和佳公寓，有人当场报名要住进去。

　　柯丽莎告诉韦力："我现在买菜不用去超市了，就在和佳集团的App上下单，下班回来看老妈，顺带把菜带回家。这儿的费用，我妈这种半自理的情况，每月5000多点，比请护工多几百块，可是省心、省事多啦！"说着，露出一脸的轻松。

　　鉴于入住的老年人大都行动不便，不能外出旅游，公寓采用请进来的方法，老师把课堂设在公寓内，根据老年人的要求和提议，针对性地开展老年课堂，让老年人学习消费知识，培养兴趣爱好，提高生活乐趣。韦力看到墙上张贴的活动图片，有唱歌、写毛笔字、剪纸和做操等，还有讲解喝茶的学问，以及保健食品的选用等。柯丽莎指着一张养生课照片说："我妈注意贴秋膘，讲这个，老年人爱听。"

　　韦力看了公寓里外情况，这里利用闲置建筑改建养老院，让宝贵的城市资源发挥应有作用，解决了百姓所需。地处工业区，尤为适合周边的老人，儿女探视方便，伸腿即到；医疗方面，离几个大厂职工医院、一个部队医院都比较近，公寓和它们建立了合作关系，发生紧急情况时，救治方便；住宿条件不错，适老化改造也到位；食用蔬菜大多为有机菜，吃着安全放心；各种服务也细致、周到。

　　不足之处也明显存在：地处闹市区，周遭比较嘈杂，心脏不好或对环境比较敏感的老人，睡眠会受些影响；存在一定的工业污染，空气质量不太高；公寓内空地狭窄，老人平时遛弯受限，只能走过马路，到对面的小公园去；各个房间挨得很近，人住满了，整个空间就显得有些拥挤；挂牌与医疗机构合作的医护站几乎空着，医院大都人手紧张，很难分配出优质资源驻守这里，合作往往止于协议、流于形式。

　　和佳颐养院，建在家门口。儿女方便来，就医不发愁。

　　吃着有机菜，住着"学生楼"。有伴不寂寞，整天乐悠悠。

感恩做养老，有温馨有缺憾

湖边的院子是退休医生余惠玲个人创办的敬老院。

退休离开工作岗位后，余惠玲感到可自由了，天天唱啊跳啊游啊玩的，很开心。这么过了一年多，又觉得缺点什么，思来想去，她觉得这种单一的快乐很浅显、空虚、无聊。随着农村空巢家庭日益增多，看到身边的白发乡亲孤独无助，她心里很不是滋味，觉得应该为家乡的父老做点事，心里才充实、踏实。她毅然卖掉家里拆迁补偿的4套房子，在内行朋友的指导下，办起了这个具有78个床位、设施还算齐全的敬老院，配有冷暖空调、热水器、饮水机、液晶电视、自动洗衣机、有线电视、宽带等服务设施和生活设备，可为老人们提供比较方便、安全、舒适的养老生活环境。开业前，先把工作人员送出去培训，让他们学习、掌握护理知识。

老人们可根据自己的喜好和经济状况，选择豪华单人间、标准双人间、温馨三人间。一群训练有素的护理员，热情周到、和气细致地为老人服务，无微不至，非常合老年人心意。每周按时查房3次，及时观察老人的体貌体征，有异常情况再做进一步检查。

韦力老家的小叔小婶也就近住了进去。

一大早，惠玲就和员工们打扫院子，浇花剪草，把小院打理得清清爽爽，干净宜人。

"惠玲，来看看呀，我这义齿怎么装不上了？"

"好，居阿姨，我来帮你。"

"今个儿天气不错，我们想去外边街心花园转转，惠玲，好不好呀？"

"哎，臧老伯，好的，咱们吃了早饭就安排去。"惠玲那清脆、热情的嗓音不断在敬老院回响。

饭后，惠玲带着20多个老人出门了。温柔的太阳张开了笑脸，像是给老人们披上了一件外衣，暖和又柔软。清爽的风吹拂着，使人格外舒心。小鸟飞过头顶，落在路边的树枝上叽叽喳喳，在给老人们保驾护航呢！

新建不久的街心花园，花儿艳丽，小草青翠，黄色的小蜜蜂飞来飞去。惠玲和几个护理员忙着给大家拍照，时尚的龚阿姨摆好姿势，招呼着："来，惠玲，给我录一段吧，我要把视频传给小孙女儿"。惠玲一边"哎、哎"地答应着，一边过来帮龚阿姨整理衣裙、调整姿势，然后录像。

旁边观看的人哈哈打趣道："看你美的，笑得眼睛都成一条缝啦。"惠玲录完后回放，大家看了不错，也纷纷凑上来要录上一段。一时间，这个老伯要戴上墨镜、那个阿姨要披上丝巾，把几个护理员忙得手脚不停，这帮老人玩开心了，看得周围的人羡慕不已。

这个养老院最大的特色是温馨。惠玲像对家人一样对待老人们，用心经营、细致管理，各方面安排得妥帖周全：知道有些老人对白色有恐惧和排斥心理，就把院里的墙壁刷成天蓝色，护理人员的工作服定制成淡藕荷色，让人感到安宁又温馨；老年人耳孔萎缩且左右耳孔大小不一，就给配备个头偏细的棉签，且一头大一头小，使用非常舒适；老年人穿的拖鞋底带有凹陷，可以与地面产生一定吸力，既不影响行走又可避免滑倒等。在惠玲的倡导和影响下，全院就像一家人那样和睦相处，互谅互让互帮互助，老人们乐呵着过每一天。

惠玲说，这一切就为圆自己一个梦，那就是让她这个吃过百家饭、穿过百家衣的孤儿，为那些曾经接济过、关心过她的老人们尽一份孝心，使家乡的老人们老有所养，过得舒坦自在。

随着时间流逝，问题也开始显现。工作人员都是从附近农村招聘的，素质参差不齐，一个护理员因个人感情问题，情绪波动很大，一不高兴，上班马虎敷衍，甚至在老人身上撒气。她所负责的老人中有个巩大爷，为人直率，批评她不留情面，该护理员很是恼火。一次巩大爷被健身器材卡住，她帮助调整时，故意用把手在巩大爷的头上碰了一下，大爷头上被磕了个包。巩大爷找院长投诉，这个护理员说是巩大爷自己不小心磕的。两人各执一词，碰巧那里监控坏了，没法依据客观事实来妥善解决问题。

尽管后来惠玲把那个护理员辞掉了，但是，有人担心这种小型私人养老院制度不够健全，管理不够规范，害怕再出现什么问题，有几个人借故转走了。

养老院位于市郊区，周围没有医院，曾是医生的惠玲设了个康复诊所，对老年人的慢性病进行日常护理和保健，但对急性发作的心脑血管疾病，却没条件进行救治。一天凌晨，身体一向还不错的高老伯，突然感到憋气、胸疼，同时大汗淋漓汗，伴随着恶心症状。室友急忙叫来惠玲，惠玲采取急救措施，同时呼叫120。幸好天色尚早，路上车辆稀少，救护车及时赶到，将高老伯送到医院，才保住了高老伯的性命。

医生提醒说，早晨6点到9点这段时间，是心血管的"魔鬼时间"，因为呼吸、排尿、排汗几种因素，使得血液黏稠度达到最高，极易发生心源性猝死。有这类潜在危险因素的老年人，一定要及时发现，争分夺秒，避免患病老人在转移、送医过程中被耗掉"黄金时间"，痛失最后的挽回时机。

经过这么一次惊险事件，高龄及患有心脑血管疾病的老人觉得，这里条件毕竟有限，蕴含一定风险。逐渐地，这些身体欠佳的老年人离开了，转到有医疗保障的养老院去了。惠玲自己也很后怕，万一有个闪失呢，后果不堪设想。她也在思考如何解决这个难题。

韦力的小叔小婶也想转走，可这里温馨又实惠，还有些不舍，就问韦力怎么办。韦力说，二老觉得在这儿很开心，你们身体还不错，心脑血管方面也没多大问题，可以先在这住着，自己多留心身体的变化。院长不是在想法改进吗，到时看情况再定也可以。

养老须有比较可靠的医疗保障，人老了，身体机能下降了、衰退了，有些部件甚至损坏了，就像一部机器，谁知道什么时候停摆、罢工呢？这个敬老院，养老服务和医疗护理处于割裂状态，有养而无医。老年人是医养结合服务刚性需求群体，没有医疗的养老必然缺乏安全保障。要真正解决医养结合问题，就要配置医护团队，老年人出现重大疾病时，能够全面、全程对接医院，确保老人得到及时救治。养老机构缺乏及时就诊的急救医疗条件，显然存在很大隐患，是个亟待解决的头等大事。

老人突发情况多，医疗急救如救火。千钧一发不容缓，黄金时间分秒夺。既养且医妥安排，确保安全乐呵呵。

上"托老所"去

近年来，社区养老驿站大量兴建，韦力住地附近也开办了一家，老邻居陈秀英与这个驿站有了交集。

55岁的陈秀英退休了。忙完工作上的交接手续，站完最后一班岗，理论上她就切换到了休息模式。可在家里，婆婆的失智症不断发展，在侍候老人这个岗位上，她的任务却更加繁重。丈夫只能下班后帮点忙，主要还得靠自己。

正好社区新建了幸福晚年驿站，提供就餐、体检、代购、代缴、日间照料和健康讲座等服务项目，设置了棋牌室、阅览室、手工室、书画室、游戏室、电脑房等活动场所。适老化服务也挺周全：在进门处有一排排挂钩可以挂包，有一个个插孔可以插拐杖；担心老年人着凉，椅子上铺有柔软的坐垫；营养师每天搭配主食果蔬，保证营养充足；饭前饭后，有专门护理人员带着做餐前开胃操，餐后消食散步，促进消化吸收。

陈秀英去打听了，像婆婆这种中等症状的也能送去。工作人员告诉她，在这儿老人多，说说话聊聊天，做些集体活动，对这种病更有益。这真是太好了！陈秀英松了一口气。"晚上得接走，驿站不管住宿。""这没问题，婆婆在别处还睡不着呢。"陈秀英的婆婆寡居多年，全身心都在儿子身上，晚上要看儿子盖好被子才放心去睡，多年如此。

驿站配有体检机，可自助智能化健康检测，坐在专用椅子上，戴好有关设备，一会儿便可采集到血压、血氧、血糖、体温等数据，并在电子屏上实时显示，让本人心中有数，同时上传给定点医院。假如指标异常，医生会给出治疗建议，小病在社区医院就近治疗，大病通过绿色通道送到大医院诊治。驿站还配有具备专业护理能力的医疗人员，承担康复、护理、心理咨询等服务。这让陈秀英更放心了。

这里老年人还真不少，也有少数失智、失忆、部分失能和患有帕金森的。陈秀英的婆婆被安排和几个同类老人一起，专门做些增强注意力的小手工，像缠毛线团、打中国结，或者把各色鲜艳的纸杯排列组合，以健身益脑。这里的亲子七巧板活动空间配有几个仿真娃娃，会说会笑，有老人带着孙辈嬉戏游玩，孩子们清脆的笑声，让婆婆他们很是开心。

黄奶奶被女儿用轮椅推着，到心理咨询室做心理诊断。黄奶奶小腿骨折治愈后，医生说可以下地走路了，但她却不敢迈步。女儿让她走两步，她紧抓住女儿胳膊，战战兢兢一寸地朝前挪，还"哎呀，要倒了！"地喊叫着，十分畏惧。大夫分析黄奶奶这是由转换性障碍引起的，是心理上的情绪在身体上的表达：身体虽然痊愈了，心里却过不去这个坎，是典型的一朝被蛇咬十年怕井绳。他嘱咐家人要耐心，这个渐进过程急不得，以免适得其反。同时要想办法打消黄奶奶顾虑，减少她对小腿的关注，鼓励她多和老人们一起，边慢慢聊天边散步，自然地消除恐惧。说得母女俩点头称是。

一天陈秀英接回婆婆后，老人从口袋里掏出个东西，神秘兮兮地叫儿子过来，只见婆婆打开手绢包，拿出个鸡腿，说是中午发的，想着儿子爱啃鸡腿，悄悄带来让儿子放学了吃。陈秀英心里一热，丈夫的眼睛湿润了："老妈很多事情都忘了，我这个嗜好却记得这么清。"陈秀英说："心理老师说了，失智的人认知有障碍，但感情没有障碍。我们得注意跟老妈做感情交流，这有助于延缓发病速度。"每天，陈秀英接回婆婆后，陪她聊天，引导她和其他老人接触，带她到街心公园转转，不像原先的沉默不语，婆婆开始断续地说几句驿站的事。

这天，陈秀英把婆婆送到驿站，晨报到了，老人们拥上去争着看。马大爷举着报念道："社区饭桌大惠民。"大家议论开了：

"这多好，真正是为老百姓着想。"

"这么便宜。早餐2元，午餐晚餐各5元，荤素都有，自己在家都做不下来呢。"

陈秀英在职时负责财务管理，她心里犯嘀咕："好是好哦，但这么大的群体，政府补贴能补到何时？"马大爷也担心地说："养老也要有市场、市价、成本概念，媒体说的是个数字，企业面对的可是票子！北京有名的标杆双旗杆驿站不是都关门了！"

担心驿站前景，他们几个走到门外议论起来，这个说："以当前的经营环境和物价水平，驿站以低于成本价提供服务，不合乎经济规律。"那个讲："这样宣传让社会产生误解，会影响行业发展，不可持续，最后必然是'多方共输'。"也有人出主意："没有合理利润，哪能保障稳定、优质的服务？应该鼓励养老机构合理定价，政府可通过补贴、募捐等形式，补给机构，以降低养老服务成本，让养老市场健康、正常发展！"大家越说越有共识，觉得驿站必须解决好持续性经营问题，至少做到收支平衡或有微利，不要热闹一阵子，然后没影子。不但经营者和社区受损失，消费者也很受伤啊！又有人提供新信息，前几天，区里的'公益流动食堂'已停业，说是赔不起，干不下去了。

驿站站长姜永伟听到了，过来小声说："咱社区情况有点特殊，收入差别比较大。看这背靠背的两栋宿舍楼，临街那栋是通信公司的，收入比较高；背后这一栋，是新中国成立后第一代纺织厂，就是倒闭的红星毛纺厂的，其员工平均退休金不足4000元，年纪大、疾病多、负担重，经济条件有限。上面要求保民生，驿站只能先照顾低收入人群。我们也愁啊。"陈秀英说："理解理解。能不能这样：驿站适当提高收费标准，按'成本＋微利'来定价。把服务对象按收入划线，对于低收入、失能失智和80岁以上高龄老人，补贴进本人卡里，吃一顿补一次，把有限的福利用于最需要的人！"

马大爷提议说："咱设个公益箱吧！方便有心人捐钱捐物，既培养了人们的公益意识，又适当降低了驿站经营压力。"

陈秀英说："作为理性的消费者，我们不愿驿站收入过低，支撑不住。对媒体叫好、偏离成本的低价收费，要实事求是地分析，不被绑架跟进。要引导消费者为社会认可、合理的养老服务付费，促进驿站经营进入良性循环。大家真心希望经营、消费两旺，市场与老人双赢。"

姜站长郑重地点点头："你们一心为驿站的长远考虑，我很感动。我们会认真考虑的。"他请示社区后，实施了餐饮收费新方案，既照顾到低收入人群的养老安老，又兼顾驿站的长期稳健经营。同时开设了"时间银行"，倡导："今天存储爱心，明天获取幸福"。由身体比较健康的老人或社区其他居民组成的志愿者，经政府有关部门培训后，为高龄、行动不便的老人提供服务，既缓解了驿站人手不足的问题，降低了人力资源成本，又让志愿者发挥个人所长，获得了乐趣。

70岁的老曾，年轻时是专业篮球运动员，因膝盖受伤退役。他特别逗乐，一件普通的事，从他嘴里出来就格外生动有趣，听得人开怀大笑。他专门陪行动不便的老人聊天，几个情绪不高、有着轻度抑郁的老年人，跟他在一起，明显开朗多了。驿站将他的服务存进"时间银行"，日后换取等时的服务。

这一来，驿站热闹了，人们按驿站公布的需求清单及实施细则，结合自身情况，选择提供或受助项目。大红捐赠箱放在醒目位置。人际交往空前密切，更增添了许多欢声笑语。

　　驿站这种托老所，解决了子女无法陪伴老人的后顾之忧，又提供了必要的医护服务，因具有老年人保持原有生活圈子、环境熟悉、邻里熟识、实惠便利特点而大受欢迎，是符合当下现实的一种有效养老方式。

　　鉴于这个驿站处于人均收入差异较大的闹市区，乐邑养老咨询研究中心把它作为一个样本进行观察，韦力带着小余来调研过。综合此类驿站的普遍情况，中心认为：设置在社区里的养老驿站，各方面条件一般。普遍的问题是：收费高了居民承担不起，收费低了难以平衡成本支出，可能会累积一堆赤字导致关门，所以，驿站必须合理制订服务价格。此外，辖区具有经济条件不错的群体，可以开展公益、慈善活动，给养老驿站适当补贴。可适当引进一些可供自由选择的经营项目，比如老年人需要的理发、采耳、修脚、足疗、按摩和老年用品超市等，还可设高端些的其他项目，引导消费，以弥补主营业务盈利能力的不足，也让老年人有更多项目选择，满足多方面的养老需求。

　　幸福驿站接地气，服务周到费用低。

　　盈亏平衡把控好，稳健经营众受益。

小微养老院，社区百合花

  和韦力所住楼盘背靠背的小区，新开了一家微型养老院，听说比较红火，吃过晚饭，她就溜达着过来看个究竟。

  "妈，来，咱泡脚啰。"一个清脆的女声传了过来。这位中年妇女说她就住在后面隔一栋楼里，每天晚上都过来，看望年近80岁的老母亲。

  这是一家在居民区内设立的微型养老院，酷似全托的老人版"幼儿园"。这个"一碗汤的距离"，把老人和晚辈温情又理性地轻轻隔开，减少了一个屋檐下不可避免的摩擦，又不妨碍亲情的传递。这不，一到晚上就热闹了，好几个子女过来和老人聊天。"爷爷，你看，这是我今天得的小红花。"一个男孩蹦跳着喊道。"哎哟，我的小宝儿，老师又表扬你了，真棒！让爷爷亲一下。""爷爷胡子好扎人。"接着飞起一阵欢快的嬉笑声。

  50岁的胡玉玲退休了，身体不错，闲着也闷得慌，再说还要为儿子将来结婚攒点钱呢。她想，出去打工吧，有个身患糖尿病、日常生活严重依赖她的老母亲，她不安心。思来想去，她琢磨着何不办个小微养老院，招收些附近的老年人，既解决了家庭难题，又增加收入。她把这个想法跟物业说了，得到允许和支持，她就着手把小区一栋居民楼里相邻两套空着的住房租赁下来，都是三室两厅，面积近300平方米，厕所、暖气、空调设施齐全，稍加改造，就成了有16张床位的微型养老院。室内张贴着传统年画，悬挂着大红中国结，阳台摆放着长寿花和吉祥草，增添了浓浓的家庭氛围。

　　刚开始，一些老人拉不开面子，不愿住进来。倒也是，儿女离得那么近，街坊邻里都认识，住到养老院算怎么回事呢？对此，开朗的牛大爷很是想得开："这个不矛盾。儿女对咱好，那是他们孝顺。但两代人各有各的习惯和想法，总在一起难免磕磕碰碰。就像刺猬，隔开点挺好，离得太近了，互相扎得慌，都不舒服，何苦呢？距离产生美，还更好相处。"牛大爷第一个报了名，他的儿子儿媳很支持，开园那天，一家人高高兴兴地帮着把东西送过来，平时没事过来瞧瞧，挺热乎，打破了家庭不和的传言，也打消了不少家庭的顾虑，很快就有老人陆续入住，不到一个月就满员了。

　　胡玉玲的烹饪技术不错，有多年的餐饮服务经验，她知道老年人喜欢软、烂、热的饭食，同时注意营养搭配、颜色调配、粗粮细作，她做的饭菜很合老年人口味。食谱每周一公布，每天不重样。如果有人提议要吃点什么新鲜菜，一般都能满足，很是和睦。老人们围坐在一起，不时聊聊家常。叶奶奶性情爽朗，嘴里含着饭大声说笑，细心的熊爷爷提醒道："咽完再说，危险哪。"

　　"增加肠胃负担吧，能有多大危险？"

　　熊爷爷笑了："看你不相信吧。哎，你知道宋子文怎么死的？"

　　"这个不知道。"叶奶奶茫然地瞪着眼。

　　熊爷爷郑重说道："作为国民党要员，在险恶的政治斗争中，宋子文躲过了6次暗杀，却在美国安度晚年的日子里，和朋友聚会，吃着说着，被鸡骨头卡住气管，呼吸不畅，导致心力衰竭，77岁就见上帝去了。我们上了年纪的人吃饭，一定要小心哪！"大家吃了一惊。

　　熊爷爷又指着当天的晚报说："看，又一个小事引起的悲剧：被鱼刺扎伤，一条小腿没了，说是海洋创伤弧菌感染。别看事不大，后果很严重。"说得大家不断点头。

平时，老人们有的玩棋牌，有的看电视，有的聊天。胡玉玲也组织些简单实用的保健操，一起拍拍打打，坚持做，都说效果不错，气氛温馨融洽，大家像家人一样和谐相处。除了供应一日三餐，这里还为老人们清洗铺盖、衣服，按时测量血压、督促服药等。也巧了，牛大爷住进来不久，生日就到了。胡玉玲送给他一个小蛋糕，牛大爷头戴寿星冠，吹着蜡烛，看着可神气，还拍了几张寿星照，发到微信群里。又给他做了一碗长寿面，里面卧个鸡蛋，配上几片绿油油的小青菜、几块红艳艳的西红柿、几根细嫩的香菜，淋上少许芝麻油。小锅面，那个香啊，其他老人闻着都馋得慌，巴不得自己明天就过生日。

这里还能半托，谁家有事外出，把老人放在家不放心，"临时寄存"过来，按小时收费。胡玉玲是个畅快人，不太计较，都是老街坊，低头不见抬头见，互相帮个忙也是常事，跟大伙处得不错。

入住的老人都是比较熟识的邻里，性情也了解，大家在一起拉拉家常，交流看病治病经验，沟通锻炼效果。他们聊天有话题，不感到生疏、寂寞。老人若有什么事，跟子女沟通也方便。就像牛大爷说的："这种'微型养老院'就在社区，离家很近，都是老熟人，聊得来。收费不高，服务也好，吃喝有人管，娱乐有伙伴，遇事有人照顾，真好。"

老年人非常注重的医疗问题，也不是事儿。社区医院就在附近，出了居民楼，走个十几分钟就到。一旦老人身体不适，就近就医，家属也放心。

在这里，既有居家养老的小环境，老人能受到家人般的照料，还有机构养老的集体氛围和省事便捷，不出小区就能享受养老之乐。

社区微型养老院这种模式，是多样化养老方式的探索与尝试，符合实际，接地气，满足养老多元化需求，受到广大居民的欢迎，市民政主管部门也予以认可并准备大面积推广。

韦力认为，这种嵌入社区、没有围墙的微型养老院，适于患有轻微慢性病、基本能够自理、支付能力一般、对养老品质要求不高、比较恋家的老年人。就现实而言，有着巨大的市场需求。

微型养老院，长在家旁边。时时有人帮，事事可代办。邻里一家亲，和谐暖心田。

上述这些养老机构各具特色、各有长短，有着各自的受众群。

韦力翻来覆去，把它们缕了一遍又一遍，除去市场选择的高端养老、政府兜底的保障养老这个橄榄型两小头外，对于既有一定品质要求，又能承受适度费用的广大康养老人，目前的养老环境和服务产品都不甚理想。

第四章

何处颐养是吾乡

　　无数健康有活力的老人，如何做好养生保健，为步入养老阶段做好过渡准备？作为业内人士，覃局、韦力及与之合作的养老机构，都在深入思考、不断探索中。

论坛遇知音

省会议中心，中西部养老产业发展高峰论坛即将在此举行。

许多知名的地产商、养老机构纷纷亮相。精美的宣传展板，密集的展出摊位，一摞摞的彩页资料，行色匆匆的会务人员，被簇拥着的官员、总裁，还有吸引眼球的各色美女，盛况空前。

韦力作为邑乐养老咨询研究中心代表前来。办完手续，拿着钥匙，韦力来到909房间。一进门，正在放物品的女士直起身，友好地伸出手，自我介绍说："你好！我叫靳雨欣，临青市的，也刚到。"说话干脆利索，同时递上清爽的名片：《老人悦读》杂志兼九州网站"老年产业"栏目副总编。韦力握着她的手，柔软却有力量，眼神纯净明澈，一身干练的休闲小西装，浑身散发出一股感染人的朝气。

韦力说："你们很有前瞻性，那么早就关注老年群体了。办得很不错哦！"

"这个杂志呀，最初是为离退休干部办的，后来发展为社会性的老龄刊物。九州网站'老年产业'栏目是后来跟它配套创办的。"

"知名网站，信息量很大哦。在纸媒不是歇业就是转型的当下，杂志能活下来不容易！"

靳雨欣拍拍手边的杂志说："这得益于占位比较早，有单位集体订购，销路还行。良心媒体吧，至少没有乱七八糟的东西。"

得知韦力来自乐邑养老咨询研究中心，她笑言自己早已久闻大名，只是没机会接触，这下得来全不费工夫。两人相视一笑。

相距30多公里的临青市，是邑阳举足轻重的工业重市，有石油化工、机械制造和电子工程等行业的一批国有大中型企业，还有与之协作配套的大量民营企业，经济实力和社会综合发展位居全市前茅，人均寿命长，老年人比例大，很早就开始研究养老问题了。

本届论坛围绕"生态乐游、健康旅居、文化养老"的主题，养老服务业专家、社会知名学者分别详细解读了国家养老政策，阐释了养老政策着力点、养老产业的发展动因与机遇。权威老年产业研究机构明确预测：最近5年为康养产业发展的最好时期。同时指出，尽管发展迅猛，我国的养老床位仍十分紧张，短缺数量约200万张，养老服务供需矛盾极为突出，老年产业发展空间巨大。省市发改委、卫健委的有关专家指出：老去的夕阳世界，背后站着新生的朝阳产业，康养是积极应对人口老龄化的客观要求和迫切需要，是现阶段培育经济发展新动能的战略举措，要尽快促使健康、养生、文化、休闲、旅游、金融、地产等相关产业有机融合发展，推动养老服务业态整体不断丰富升级，走上新台阶。

不少学者提出：康养是未来的大趋势。积极加强老年基础病的预防控制，让更多老年人不生病、少生病、晚生病、有尊严地离去，康养社区度假、康养小镇等会强势崛起。还有人提出立足居家服务、尝试长期托养、社区日间照料的"家院互融"养老服务新模式等。会议内容丰富，新观点频出。论坛嘉宾们的深入分析，极具说服力，给与会者极大的鼓舞和信心。

靳雨欣有些不以为然，她小声跟韦力议论着："面上看来都挺好，实际上是'九龙治水'，没有主管，发展缓慢，纸上重视而已。当下，全国上下都在热热闹闹说养老，具体到现实中，还远不是这回事。譬如说你在社会服务类别里能找到养老机构吗？在国家机构设置里能找到独立的养老服务部门吗？养老产业概念如何定义、下属各专业怎么进行科学界定与分类？这都不明确，怎么能职责分明、合理稳健地发展呢？都说要丰富老年人精神文化生活，从中央到地方，广播电视台多了去了，有一档展示老年人才艺的专门栏目吗？前一段时间，我想买几本养老方面的书，你猜怎么着？在京城著名的图书大楼、图书城，'热点'图书里竟然没有'养老'；几家有名的大书店里，店员都说没有'养老类别'。食疗类的养生书倒比比皆是！"

"书店可是市场的前沿阵地，这从一个侧面也说明些问题。"韦力有些惊诧。

韦力发现靳雨欣思路清晰，能够拨开诸多令人炫目的新概念，直击本质。对于某著名地产公司老总的精彩言论，靳雨欣哼哼鼻子："理论上讲得很好，实际他们只关注养老地产。""只有地产、只重视硬件，没有养老服务或者服务不到位，注定不能持久。"韦力也有同感。

对于我国养老业的未来发展趋势，靳雨欣认为："就大量的养老机构实践样本来看，比较切实可行的，是以我们中华优秀传统文化为基础，借鉴美国的产业思路，引进日本的专业照护技能，将三者有机融合，这是比较符合我国实际的养老产业发展模式。当然，说了这么多，关键还得让老百姓感到服务满意愿意去、价格合理能承受才行。现在民营机构在土地、融资、人力资源上成本很高，养老服务的'面包'价格自然随着'面粉'不断攀高，就必然形成一边想住住不进，一边客户招不来的错配现象。怎么能健康有序发展呢？"

韦力赞道："不愧是无冕之王呀，思路开阔，得向你学习。"靳雨欣谦虚地说："哪里，你的见解对我也很有启发。我这工作接触的是最基层，就像煮肉，撇去上面的浮沫，能看到里边有多少肉疙瘩。我们一介文人，只在自己的一亩三分地上发发议论，最终决策还是靠地方领导。当然，以我们的所见所思提出些建议，也会有助于养老产业的良性发展。"靳雨欣边聊边把一个瘪瘪的化妆品管剪开。见韦力有些好奇，她自嘲着："真抠门，一点不留。挤不出来就朝外掏，起码还有十分之一的量呢，丢了可惜。女儿送的生日礼物，意大利品牌，挺贵。"韦力看出这是个性情中人，坦诚、真挚。

三天的会议，除了讨论会议内容，两人还就未来养老方式、个人生活聊了很多。靳雨欣说再有几个月，与单位的返聘合同到期，她就恢复了自由身。"那你准备干什么？"韦力问。

靳雨欣忽闪着大眼睛说："有几个自媒体要我去。几十年都在单位干，现在想轻松些，做个自由撰稿人吧。想干就干点，不想干就休息。人生苦短，享受下自己想要的生活。"

"没什么家务负担吗？"

"没有，父母都不在了，只一个女儿在广东东莞成家立业，我是一人吃饱全家不饿。"靳雨欣说自己4年前离婚了，前夫人不错，对她很好，家庭责任感也很强，只是两人性格不契合。她想要诗意的生活，工作之余四处旅游、逛街购物、看演出看展览，而他的兴趣则是下棋、钓鱼、打游戏。爱好不一样还在其次，关键在于他是红灯思维，两人不在一个频道上。按朋友的说法，他们一个脚踏实地，都踩进土里了；一个仰望星空，快抓着云了。上班时都忙工作，还能凑合。退休后，天天面对面矛盾凸显，尽管都在极力迁就对方，但彼此确实包容不下了。女儿结婚有了归宿，就下决心分了。她爽朗一笑："对另一半，应该是有要求但不强求，多提醒少埋怨。我俩没处好，我有责任。说来好玩，他的现任妻子还是我给介绍的。"

"有意思，说来听听。"

原来，靳雨欣闺蜜的离异表妹，和她们一同出游玩了几次，靳雨欣觉得她那随遇而安、不紧不慢、比较随意的性格和前夫很搭，就从中撮合。靳雨欣说："他们结婚一年多了，两人很合拍，前夫跟她比跟我在一起幸福。我们做夫妻不合适，当朋友很好，偶尔还一起聚会。"韦力笑了，夫妻不成情意在呀。

韦力除了养老方面有收获外，认识靳雨欣这个颇有见地、性格爽朗、为人坦诚的好姐妹，实属意外惊喜。靳雨欣觉得韦力有学识、有情怀，作为养老工作志愿者，既契合现实又不失理想，两人十分投缘。韦力问她："个人问题有何打算？""顺其自然吧，有合适的再牵手，如果生活没给我这个机遇，就维持现状呗，我不会为了'脱单'而将就。"

靳雨欣说有个暗恋她的单身老同学，总跟她套近乎。这个纯粹的理工男，表达感情的方式执着而直白。夏天时他说："天气热了，到我老家东北避暑吧。"冬天了他又说："我在三亚有套房子，挨着海边，一块去游泳吧。"要不他就说："你不是爱美食吗，一块儿去成都旅行怎么样？"鸡汤类文章也是不断地发……他总是闹不明白，自己为靳雨欣设想这么多，怎么就不能打动她呢？靳雨欣无奈地摇一下头："过了大半辈子，总算明白一些了。这个年纪了，如果不是爱，很难去跟一个男人朝夕相处、同床共枕，违心地改变自己。人这一生很短，和有趣的人在一起，生活会因为丰富而变得悠长。否则，就算活到一百岁，也不过行尸走肉而已。咳，遇见个合意的太不容易啦。"

韦力很有共鸣，说："是呀，经历越丰富、见识越宽广，越难以让他人走进自己内心。"她打趣道："喜欢啥样的，我给你踅摸一个。"

"简单，有情有义有趣就行。人得有情，有大义，要善于在平淡的日常中找点乐子，过一种有趣的人生。你看咱汉字多有意思，'活'字是三点加个舌，不就是吃点香的、喝点辣的、说点有趣的吗！"

　　韦力伸出拇指，赞道："活字妙解！你这'三有'，说简单也很不简单。你这么可人，定能如愿！"靳雨欣双手作揖："借你吉言。"两人笑着紧握双手，带着对彼此的不舍依依惜别。

　　回到中心，韦力把会上的情况做了详细介绍，整理、提交了书面资料。覃局根据这些重新充实了中心的发展思路，把康养的一些新理念、新思路、新方法加了进来。

你来了，春天就来了

　　靳雨欣回去后，谢绝了单位的一再挽留，毅然离开。这个从正规纸媒又拓展到网络的老记者，深谙媒体的风格特点及运作方式，能够准确驾驭重大题材，常能推出视角独特、质量上乘的作品。尤其是前些年策划撰写的中科院院士考察西北高科技行业的长篇文章，内容丰富翔实，语言通俗易懂又生动风趣，为广大读者了解高科技产业划分、科学决策过程、科学泰斗的治学风格打开了一扇窗，被戏谑为"新西行漫记"，在业内颇有影响。

　　重阳节，临青市科教系统举行老年运动会。作为运动爱好者，靳雨欣参与组织工作。靳雨欣的好友郑筱珏参加网球赛，患有老年性骨质疏松的她在赛前训练中，不慎骨折伤了脚，脚踝肿得像馒头，疼得龇牙咧嘴，一时找不到合适的人替补。弃权吧，这个极富看点的男女混双赛泡汤了，组委会觉得太可惜；早已摩拳擦掌的那三人只能放弃，也很遗憾。郑筱珏央求靳雨欣替她打，靳雨欣自认是个二把刀，近期又疏于练球，不好意思到高手中掺和，但架不住郑筱珏连鼓动带哀求的极力劝说，只好硬着头皮上场。

　　男女混打，本就吸引眼球，加上四个赛手衣着鲜艳，身手矫健，着实叫人眼前一亮。起源于欧洲贵族的网球运动，比较注重赛场穿着。两个男士身着白色T恤、黑色短裤，精神矍铄。靳雨欣和搭档上穿修身米白T恤，下着天蓝网球裙，清爽又带点温柔。一开始，靳雨欣心里没底，首次发球，紧张得竟出了双误。但很快她发现，对面那个楚亦山颇具绅士风度，每次给球都恰到好处。靳雨欣在前场，他会给一个高度适中的网前球，她侧身上前跨步进行截击，挥拍扣杀；如果她在后场，他就来个速度适中的长球，靳雨欣从容地拉个漂亮的弧线球，稳稳地落在对方底线深处，被惊险救起。"好球，太精彩了！"场外一片叫好声，场上气氛也很热烈。她感觉不是在你争我夺地比赛，而是教练在不动声色地喂球，但在观众眼里则很有看点。和这样的对手交战，靳雨欣超常发挥，越打越顺手。她那敏捷的步伐，不管远近，都能追上飞球，拉上几个回合。几次扣杀角度也刁钻有力，显示出她实力不俗、颇有功底。这场球犹如高手过招的观摩赛，引得阵阵热烈掌声。

赛后，楚亦山做东，请大家去饭馆小聚。店老板是他的哥们儿，提着个笼子过来说："朋友在山上逮的野鸡，刚送来，正好你们尝个鲜。"楚亦山仔细打量一番，哈哈一乐："我们和它不熟，就不打扰了。这帅哥，来求偶的不得排着长队，哪天放它找女朋友去。"说得大家都笑了，就这样幽默地婉拒了野味，又不使老板尴尬。道别时，楚亦山对靳雨欣说："打得不错，以后和我们一块儿玩吧！"两人交换了联系方式。不知为何，靳雨欣的心竟微微颤抖了一下。郑筱珏说老楚人很好，对你很关照。靳雨欣呛了她一句："初次打球，别八卦哦。"

老楚原为某大型国企科技发展中心主任，在计算机软件方面造诣颇深，退休后被同学拉到自己的公司做技术总监。虽置身于发展迅速、竞争激烈的科技圈，老楚的业余生活却保持着慢节奏。他穿着简洁、舒适、得体，专注自己内心着迷的精神文化活动——阅读、收藏、球类等。

靳雨欣注意到，老楚崇尚简约生活，物善其用，讲究品质。他平时很较少添置什么，如果需要，一定是在购买能力内选最好的，在使用物品的同时，品味其中的文化内涵。他参照《身体科学使用手册》，用心保健自己，给电脑配置可升降支架，坐、站交替，变换体位操作；坐时用记忆棉腰靠垫，保护腰椎；阳台上放个阅读台，太阳晒着脊背站着阅读；外出旅行，使用越野登山手杖，减轻腿部压力；他家是邑阳很早就安装了净水机的用户；为了应对雾霾，又买了空气净化器。朋友笑他说："你出了门还不是得呼吸这有滋有味的东西，何必呢？"他老楚不以为然道："至少我在家可以自由地享用清爽空气。"他说身体也是一架精密机器，只有悉心保养爱护，才能更好发挥作用，少受病痛折磨。

老楚和妻子是大学同学，感情深厚。妻子早年在黑龙江建设兵团时落下哮喘病根，不时犯病，备受煎熬，为此两人约定做丁克一族。妻子晚年病情日趋严重，厉害时上气不接下气，憋得满脸通红。虽然多方医治，终是无力回天，撒下他走了。"她很少享受过好日子。一个连呼吸都困难的人，生活是沉重的。"老楚淡淡地说，心里却是重重的疼。亲友们张罗着给他介绍对象，他说想静一静。他有自己的生活情趣和感情寄托方式，没有深深的爱恋，纯粹为了生活方便而组合的两口子，可能比自己一个人还无聊、还麻烦。"晚年幸福的秘诀不是别的，而是与孤寂签订一个体面的协定。"他对马尔克斯《百年孤独》中如此一说颇为赞同。

遇见靳雨欣，让他心头一动，两人似乎有着天然的默契，同一话题，棋逢对手，谈兴颇浓；不同谈资，也心有灵犀互相启发。共同的认知，使两颗孤独的心逐渐靠近。按正常路径发展，前景可期，可事情却在无意中发生转折。一次聚会，有个医生朋友与他握手时说他温度有点高。老楚没在意："嗯，这两天有点低烧，可能着凉了。"朋友说："还是检查一下吧，这个年纪了，小心点。"逼着他去做了检查，甚至还查了巨细胞、病毒抗体和癌症标志物等，倒没查出啥问题，体温仍在37.6摄氏度上下，浑身没劲儿。开始以为扛几天就行了，过了半月仍没好转。朋友以他的职业敏感性提醒说，他曾有几个病人，都是长期不明原因的低烧，而后确诊为癌症。楚亦山心头一惊：死神发来邀请了？尽管没有其他临床症状，但得有思想准备。老楚一向处事从容、淡定，考虑问题深远。他早已立下遗嘱，明确不做无谓的ICU抢救及身后诸事安排。他的信条是，活着尽量少惊扰别人，走了也不给亲友留麻烦。现在他开始重新规划生活，首先就是调整与靳雨欣的关系，他要逐渐地冷却下来。

一个晴朗的午后，应老楚之邀，靳雨欣来到咖啡厅。背景音乐若有似无，清柔舒缓宛若仙乐，靳雨欣赞道："好令人安静的旋律！"老楚说："我喜欢这种风格。现在流行重口味、强刺激，吃的要超辣超麻，看的要薄、露、透，听的要震耳欲聋，过于追求感官刺激，人的原始感觉被破坏了、麻木了。其实，原生态很好。比如吃吧，一把紫香椿、2个鸡蛋、3棵小香葱，一盘可口的小菜就OK啦。生活的真谛在于品，清淡点儿才能品出原味、美味。"老楚那浑然天成的幽默谈吐，听得靳雨欣很开胃。她是个粗线条的人，常年的忙碌，少有闲暇去仔细感受。

老楚告诉她，公司最近启动了个大项目，进度紧、难度大，以后空闲少了，可能不会去打球了。

"这么忙？那更应该坚持锻炼哦。"

"是啊，你说的也对。"他看着靳雨欣想说什么，却又把目光移向别处，端起咖啡喝了一口，抿着嘴沉默了。老楚不敢再开口，他怕自己稍不留神，心会跑到嘴唇上去。凭女人的直觉，靳雨欣觉得老楚有什么事。不便说？不想说？是另有她人还是他本就不靠谱？两人只是互好有感，人家也没给过自己任何承诺，不好问。

没有确诊，老楚不便明说，免得小题大做，可又明显存在这种隐患。他很珍惜靳雨欣，但身体的骤然变化，拽住了他向前的脚步。他不能拖累她，更不忍伤害她。身体既已警示，老楚开始在各方面做"减法"，对靳雨欣，他确实不愿放弃，心中还存有一丝侥幸，两人就这么不咸不淡地吊着。有时深情酷似无情。

靳雨欣曾把与老楚的相识告诉过韦力，从她轻快的语气中，韦力感到这个老楚走进了靳雨欣的内心。只有灵魂相通，才能和谐共鸣。过了一段时间她逗靳雨欣："你和那个人怎么样了？老楚他杵不杵呀？"靳雨欣摇摇头："不怎么样。杵不杵谁知道呢。"口气淡然，表情却很落寞。韦力不禁心疼起来，难得遇见心仪的人，这刚开个头，咋就像要结束了呢！韦力知道，最叫人难受的是遇见了、快要得到了，却又忽地失去，在心底留下了一道不会愈合的疤，隐隐作痛。

春节了，靳雨欣琢磨着不让老楚冷清，想安排些朋友聚会。老楚回说自己在老家，谢谢她费心。靳雨欣深感失望，为排解心中郁闷，她把事情排得满满的。养老产业发展很快，新信息频出，约稿很多，她白天奔忙着，晚上无聊地打发着时光。下意识地，她又从手机里找出那张网球赛合影，老楚那睿智又年轻的样子，像要从照片里走出来，看得心里一揪一揪地伤感。渐渐地，靳雨欣迷迷糊糊睡着了，依稀听到微信一声响，她赶紧打开手机，哦，是他发来的：月上柳梢头。她立刻回道：人约黄昏后。他们来到老地方咖啡厅，老楚说带了本书来，她说过想要看的。靳雨欣默默地点点头："知否知否，你让人念得心都碎了。"老楚看看她，把书递过来，她去接，无意间两人的手指碰到了，她的心激烈战栗着，小鹿乱撞，急忙抽回拿书的手，掩饰地说："真好，我早就想读了。"说完咯咯地笑出了声，这一笑，她把自己笑醒了，泪水冰凉地在脸上横行着。她想睁开眼，眼皮却像两扇沉重的铁门，怎么也打不开，只好用手使劲地把它们抬起来。

太阳穿过弯曲的秃树枝，洒落在大地上。多日的重度雾霾把天空涂抹得一片灰暗，刺人的光线失去了往日威严，变得柔弱无力。没了老楚的讯息，一切都黯淡无光，就像这寒冬里的白太阳。靳雨欣的思念漫无边际，深不见底，真是相思始觉海非深。

日子就这么没滋没味地流逝着。不记今日周几，不知今夕何年，管它呢，瞎混吧。

一天，靳雨欣忽然接到老楚的电话，她轻轻深吸一口气，压制住加快的心跳问他在哪儿。他说在一个好地方修仙，问她有没有兴趣过去转转。修仙？出家了？靳雨欣又是一惊，疑惑中坚信老楚不会走这一步。既然相邀，眼下正好有几天空闲，何不去看个究竟。

按老楚提供的位置，靳雨欣来到远郊一个叫青峻山的地方。跨过河流上一座弯弯的石拱桥，老楚在桥头的风雨亭里正在张望。四目相对，互相打量着，少顷，都疾步上前，老楚紧握着靳雨欣的双手，轻声说："你瘦了，你受苦了！"靳雨欣觉得心脏猛烈地跳着，像要跳出来，在这青山绿水中欢快地舞蹈。

待情绪稳定下来，老楚指着群山说："这就是秦岭的余脉——青峻山！"

靳雨欣贪婪地捕捉着眼前的画面：河流峦峰，满目碧翠，远山近景，水天一色。山不高而奇峻，水不深而清澈。再看近前，亭台、小径、长廊，好一个森林氧吧！好一个休闲胜地！久居城中，忽地置身于温婉秀美的山林，好景致点燃了好心情，她心中的忧郁被山风吹得落荒而逃。

老楚有些急切地说："在这个美丽的地方，我要和你说些并不美好的话，先请你原谅。这一段时间，我很矛盾，对你是既不舍又不忍，没给你说什么，也不知道怎么说才好，的确有顾虑、有压力，怕失去你又不愿连累你，就这么煎熬着。"老楚说话时眼睛看向远处，靳雨欣直视着他。"我一直在调整，亲情、友情，包括——"老楚顿了一下，"包括爱情都在逐渐淡化，以免给大家增添无谓的痛苦。家里的东西，亲友们喜欢什么就拿什么，现在给算礼物，人一走就是遗物了。"

或许感觉气氛有些沉闷，老楚打开平板电脑，换了一种轻松的语调："你看我收藏的瓷器。从上大学起到工作后出差，走哪儿都要看都要买。这件明代青花残瓷，颇有陶渊明'采菊东篱下，悠然见南山'的意境，破了一半，北京的专家给整修好，挂起来像嵌在墙里一样自然。这一件是糖罐类器皿，明黄底色，做工精美，配色艳丽，大有皇家气派。还有这景德镇瓷'探春踏雪'，一袭白袍，两枝蜡梅，简洁又婀娜。"

靳雨欣看着图片，不禁赞叹说："太美啦！""还有大量的邮票，我成长各阶段的都有。有苏联的、俄罗斯的邮册，美国、法国、意大利的新旧邮票。方寸天地，无限乾坤哪！"老楚露出喜爱的眼神。

靳雨欣心疼地想：身体有恙，自由就打了折扣，人生不得不受影响。

老楚说一位知心的老领导告诉他，有个亲戚也低烧几年，原因不明，后来又莫名地正常了。专家解释是病毒感染引起的持续性低热，目前尚无特效药，只有通过增强自身免疫力逐渐恢复。老领导刚从一个叫银色乐园的养生机构体验回来，他说那里很不错，建议老楚也去感受一下，换个环境或许有益，健康比什么都重要！医生也告诫说，药物不良反应大，不宜长期服用，食疗效果不错。听他们说得很在理，老楚立马辞了所有兼职，跟工作彻底拜拜。到乐园半年后，他想通了，身体可能本就没什么问题，不能硬给憋出个病来。如果真有事了，也要乐观面对，更要积极生活，抓紧最后时间，过好剩余人生。生活有种种不如意，但毕竟是美好的。清人李渔不是说嘛，只有心中有"闲趣"，一茶一饭、一言一行，皆是诗意。

老楚退休后被聘用，虽是顾问性质，但身在职场，要跟上公司的节奏，要承受高科技公司的强度，时常感到累。在这里，他身心放松，有规律地锻炼，健身养身，增强体质。参与些感兴趣的文体活动，交流沟通，释放情怀。没有压力，可以自由干点事，是更契合的颐养。"这里的人文环境令人身心愉悦，安逸舒适。乐园有个创意梦工场，在那里，我参加了老年手机软件开发，惬意地干着自己喜爱的事情。你知道，这是我的爱好和强项，我清楚老年手机技术的边界在哪里，知道如何去设计和改进。现在这款应用软件'夕阳梦境'已升级到第三版，它对老年人摆脱孤独、增添生活乐趣很有帮助。它合乎老年人的使用特点：节奏慢，画面简洁，人机界面友好，采用老式的点击式，在乐园试用很受欢迎。不知不觉中，我身体已没任何不适，又回到从前那种状态了。这时候，我最牵挂的人就是你了！你验证一下，是不是？"老楚转过脸，炽热的眼神看着靳雨欣。

靳雨欣叹了口气："我觉得自己于你无关紧要，已经被遗忘了。"

老楚反问道："怎么会呢？见你一眼就忘不了。雄性是视觉动物，第一印象肯定讲颜值。哪个男人不喜欢漂亮的女子？熟悉以后，内涵、气质就是主要的了。所谓始于外观，终于三观。你是两者兼备。"

靳雨欣望着老楚，什么话也说不出来，也什么都不想说，她轻轻靠在老楚的肩头，任泪水默默流淌，是欣喜，是幽怨，是担心，还是对未来幸福的期许？说不清。现在，只想有个可靠、结实的港湾，让她这只小船停泊。老楚长吁一口气说："人生苦短，何必纠缠。时间将会把我们热爱的一切都剥夺走，一定要好好珍惜，一小时、一分钟，都要过好它，给时间以生命。你说呢？"靳雨欣微微颔首。

老楚诚恳地说："现在我全部坦白完毕，听从你发落，我尊重你的任何决定。"靳雨欣轻声抽泣着，一头扎进老楚的怀里。老楚轻抚着她的头发，缓缓说："你知道吗，最后一次和你见面后，我一直在'过冬'，冷得快不行了。你来了，春天就来了！"这能让天上白云泛起红晕的蜜语，彻底地攻陷了靳雨欣，泪水再次汹涌而出。没想到老楚那么一个理性的人，竟如此多情。她深深地陶醉了。

太阳挂在远处的山顶，橙黄色的光线穿过树林，一抹夕阳斜插在靳雨欣的鬓角，明净柔和。一阵山风吹来，略显凉意，老楚脱下外套搭在靳雨欣的连衣裙上："披上吧，树叶可以在风中舞蹈，你可不要在风中感冒，尽管我喜欢你飘逸的姿态。"

两人站起身，靳雨欣掐了一根毛茸茸的芦苇，轻扫着老楚的脸颊，老楚孩童般地大笑躲闪着，清静的河边响起欢愉的嬉闹，给宁静的山峰带来阵阵甜蜜的回响。

老楚建议靳雨欣在里这好好考察一下，多方面做个比较，觉得不错，可作为根据地，阶段性地长住下来，中间到外地旅游、旅居，这样养心养身、轻松自在。靳雨欣当然乐意留下，她不仅想好好陪老楚，而且自己也对这个银色乐园产生了浓厚兴趣。只是她手头还有个课题没了结，不能多待，办了个三天体验卡。

老楚满是感慨地说："我们老年人也要与时俱进，不能坐着全球速度最快的高铁，飞奔而去，最后却回到原点，那岂不白活了？"靳雨欣明白这话的含义，她和老楚间，即便是一个眼神的交汇、一次手指的触碰、一句启唇而未出口的哑语，彼此都心领神会，激动不已。

回来后，靳雨欣赶紧把手头的几篇稿件写完交差，约了韦力，急切地告诉好友自己感情上的新进展、养老上的新发现。韦力很高兴，她说这看出老楚的为人：靠谱！

关于银色乐园，韦力很惊奇："听说过，有印象，的确是个新模式，具体不太了解。"靳雨欣说："他们很低调，从未在媒体上宣传过，和很多企业的套路大不相同。要不找个时间，咱俩一块去看看，顺便把他介绍给你。"

"好啊，很期待哦。"她俩约定下个月去青峻山走一趟。

世事难料，韦力婆婆突发脑出血，她停下手头的事，天天泡在医院。婆婆病情刚稳定，老公公却在如厕时不慎跌倒，没能抢救过来。等处理完一堆家务事，已是两个月之后了。

初识青峻山

一个天气晴朗的日子，韦力和靳雨欣踏上了去青峻山之路。乘坐直达快速公交，奔驰在宽阔的水泥路，很快就进了山。碧空白云，山明水秀，秋色如染。成熟的黄栌、鸡爪槭，漫山遍野；依偎在山壁胸脯上的爬山虎，分外惹眼，着一身艳红，倾泻而下，进发着铁水般的热情；金黄色的野菊花开得肆无忌惮，哪哪都是。一片片不同色彩的植被，把山野涂抹成一幅灿烂的油画，饱满、浓烈，富有张力。

山路弯弯，野花丛丛。盘山公路平坦流畅，中间红黄两色的隔离线格外醒目，随山势缠绕弯曲，如仕女腰间束带般柔软秀逸，猜不透它会把带尾甩向哪里。道路两侧长城垛状隔离墩，忠诚地护卫着。每个急弯处都立有一面大圆镜，标有提示语：鸣笛慢行。远见前面一个陡峭的山峰，走到近前时，汽车变成了孙悟空，从山肚子里一穿而过。

在银色乐园大门，两侧的大标语极为醒目："每个人都能找到自己合适的位置，每个人都可选择快乐养生的方式。"

靳雨欣说，这可不是吹的，可选很多，每个人可有N种可能性。

走近看，这大门把手真有个性：一只肉色敦厚的大手伸着，拉开门，握握手，温暖一下子弥漫开来。

整个乐园充分利用地山势地貌，高低错落有致，依山而建的低层小楼、原味民居的叠层套房、与水毗邻的联排院子，很有怀旧意味，有些用天桥相连，形成一片山间类别墅式的古朴建筑群落。任性的小径随意地四处伸展，树下种草，草边有花，林中鸟鸣，远山近景，一派生机，多么符合人们原始的住宅愿景。建筑原本就是挡风遮雨的，人们骨子里还是向往大自然，这就是温馨、舒适、简约、自在的家啊！

可这儿又像是儿童乐园。那个巨大的乒乓球拍下，摆放着一桌四椅，这是要在球拍下喝茶吗？紧跟在大型红、黄、绿颜料瓶后面的，是一条鲜花盛开的花道，是谁把颜料瓶打翻了？

各处的座凳造型奇特，废轮胎被涂上亮丽色彩，用作支撑，活脱脱一个可以飞驰的大轮椅；被风吹开的书页，你会担心坐上去把书压坏了；彩色铅笔状的长条木椅，真觉得可以拿来绘画呢；四处放置的遮阳伞造型各异，地上长出的彩色大蘑菇，水上挺立的绿荷叶，天上飘来的一片云，半空一棵硕大的小叶榕，下垂的根须还可以打秋千呢。韦力觉得眼睛看不过来，心也顿时年轻起来。

老楚在乐园的小会客室等她们。靳雨欣介绍后，老楚握着韦力的手说："新相识，老朋友。""未谋面，似重逢。"韦力回道。这个老楚，果然是既可远观也可近赏啊。

三人愉快地闲聊着。老楚说："银色乐园真是个好地方。哦，对了，我自作主张给你们约见了一个人，一个非凡的女杰，乐园的董事长钟怡茗。"

韦力一怔："董事长叫什么？"

"钟怡茗啊。"

韦力喃喃道："钟怡茗，怡茗，真有这么巧？"

"你认识她？我是觉得你们肯定投缘，和她说我有两个朋友，钟情养老，也颇有心得。钟董很感兴趣，说正好有空，来见个面。我这先斩后奏，唐突了哦。"老楚不好意思地说。

"与我一个学姐同名。这样安排很好。"韦力连声说。

韦力紧盯着会客室门口，钟怡茗一出现，果然是那熟悉的面孔与神情。老楚刚叫了声钟董，韦力就快步迎上去，喊道："怡茗！"钟怡茗略感惊讶，旋即张开双臂："哎呀，韦力，怎么是你？完全没想到啊！"两人紧紧相拥，难掩内心的激动与喜悦。

钟怡茗上下打量着韦力："以前的小胖墩儿，现在变苗条了。你呀，真赶潮流：当年流行健康美，你长着一个红苹果脸，超级可爱；现在时兴双眼皮，你就把那只眼睛也弄成双的，与时俱进哪！这皮肤保养得不错！"

韦力搂着她的肩膀："你可真会调侃，眼皮单变双不是老的特征嘛，这脸上是抹了一层腻子。你还那么精神！咱俩多年没见了，你还好吧？"钟怡茗笑了："还不错。"韦力赶忙扭头跟靳雨欣和老楚介绍说："这位钟董——"钟怡茗打断她："叫名字。""从命。怡茗，是我大学时高两届的学姐。这位是靳雨欣，我的朋友，他俩正在进行时。咱们能意外相见，多亏了这二位'媒婆'哟。"

韦力望着靳雨欣和老楚，神秘一笑。钟怡茗说："好啊，银色乐园里，金色黄昏恋。我们都沾沾喜气！"说完和靳雨欣亲切握手。靳雨欣像是情窦初开的少女，羞怯得脸颊绯红。钟怡茗招呼大家坐下，边喝茶边聊。

韦力介绍说："我和怡茗不在一个学校，也不是一个专业。怡茗学政治经济学，我学计算机，我们学校紧挨着。在一次全省举行的高校大学生辩论赛中，怡茗是反方辩手，我在组委会帮忙。怡茗在辩论中沉稳大气，极富思辨能力，表达观点而不倨傲、不逼人，引经据典又不落书袋，语气平和却步步为营，具有极强的说服力、感染力，结论不容置疑。辩论完毕，在辩手中刮起了一阵'钟旋风'，自然地她也成了我的偶像。比赛结束后，组委会犒劳工作人员，每人一张中华新星音乐会门票，多难得啊！我缠着领导多要了一张，和怡茗进行了一次奢侈的精神享受。听完音乐会很兴奋，也没公交车了。十来公里，我们就一路说着走回郊外的学校。"怡茗欣喜地回味着："是呀，难忘的记忆。"

韦力问："你不是在省城当大学教授吗？怎么来这儿做养老呢？"

"随波逐流呗！七年前，学校在邑阳大学城建分校，我过来的。打听过你，说是调往外地了。"

"是啊，那时我正好被派到外地筹备分公司，错过了。"

"这么多年，大家结婚生子、工作学习，疏于联系。没想到哦，竟然在这里相遇。"钟怡茗感慨道。

老楚插话说："该遇到的总会遇到。"

韦力和怡茗的不期而遇，更增加了欢快气氛。钟怡茗说："双节快要到了，乐园举办了一些活动，你们走走看看，感受一下这些乐活老人的精气神。"

靳雨欣自然由老楚陪着。老楚正加紧把老年手机升级换代，靳雨欣拟以乐园为样本，写她的养老系列专稿，俩人各自忙不停。

钟怡茗让韦力住在自己的房间。安顿下来后，钟怡茗说："走，到我办公室坐坐。"她的办公环境与很多"一把手"不同，没有宽大的老板桌、高靠背老板椅和时兴专用工夫茶桌。布置简约，色调清新，办公桌后面贴着大幅书法作品：成大事者必谋大格局、青山绿水就是财富源泉，还有冯承素临摹的《兰亭集序》影印件。韦力知道怡茗爱好书法，大学时还得过全市高校书法奖呢。

靠墙，偌大一个书架上，摆着各种书刊。韦力抽出一本《生活本来单纯》翻动着，见里边的标注密密麻麻，娟秀的小字都快洒出来了，不由问道："这么忙，你还能看这么多书？"

"我把时间按半小时的颗粒度来安排，总能把海绵里的水挤出一点来。"钟怡茗说自己是清醒时干事，迷茫时读书。每当遇到事情难以进行时，权且放下，静心读一点闲书，做点无用之事，给大脑做个休整。不知不觉中，忽又豁然开朗，有了新的思路，一个创意可能就在此刻产生。韦力感到，怡茗在书海里安放心灵、休养精神，她的思想总是充满智慧的光芒，可能就得益于这种超然物外的境界吧。

多年没见，两人要说的话就像河水流不断。韦力把自己如何成为养老志愿者、都干了些什么、对养老工作的感悟一一道来。钟怡茗说："不错呀，社会学硕士，名校里的热门专业，含金量挺高啊。"

"什么呀。是觉得既然干这个，就不能浮在面上，多学点专业知识，掌握些定性、定量的社会研究方法，对于更深地理解和实践当下的养老事业会有帮助。学了以后，才知道很不轻松。"

钟怡茗耸耸肩："对你这学霸来说都不是事儿。"

韦力摇摇头："不行了，现在新理论发展很快，学校要求挺高、管理挺严的，每门课过得都很不容易。好在大学那些年，基础打得比较扎实，加上实践经验多点，还能对付。"

"这个年龄学东西，讲究实用，立竿见影，解决现实中的问题，实际经验肯定有助于加深理解。"

"这些老师课讲得真好，社会实践安排非常讲究，注重书面理论和社会现实的整合，没白学，十分受益。"

"学不学真不一样，我可想再坐到课堂上了。"钟怡茗颇为感慨。

"我这是小小一步，你肯定又跑出了好远。哎，你是怎么转干这行的？啥时候开始的？资本背景如何？现在情况怎样？"韦力一连串地发问着，她多想知道好友的一切。

钟怡茗笑了："我这说来话长，你要耐着性子，让我从头慢慢给你絮叨吧。"

由此，韦力完全进入了学姐钟怡茗的世界。

工业遗产的启示

钟怡茗坐在直背靠椅上，望着客厅的大幅摄影《广漠胡杨》沉思。

少顷，她起身在这个三室二厅的家中转悠着，悉心布置的家具，精致而现代，原色纹路地板散发着大自然气息，墙上工艺壁纸艺术味道浓郁，风格各异的灯具彰显着居室特色。她驻足在书房的全家福前，满脸惬意。儿子一家四口在上海安家，同在上海的亲家身体不错，就近照料外孙，其乐融融，自己倒是落了个清闲。哎，真是个不大称职的奶奶。去年春节儿子一家回来，孙子孙女见了自己显得生分，真是出力少亲近就少啊。丈夫作为审核专家，受聘于某著名质量认证机构，外出公干之余，旅游、摄影，张弛有度。两家老人都已离世，没有其他负担。现在，终于卸下经济学院副院长的担子，一身轻！找闺蜜聚聚，畅饮几杯。

钟怡茗拨通了鲍春喜的电话："哎，好一阵子没碰面了，有空没？"

话筒里传来鲍春喜焦虑的声音："老母亲走丢了，我和保姆正在找呢。"

钟怡茗一惊："又丢了？跟派出所联系没？"

"正和巡警说呢。回聊哦。"

老人患了失忆症，不认人不识路，不能独立生活了，真够愁人的！钟怡茗想了想，又打给欧阳秋，她正在老年大学上声乐课。

钟怡茗放下电话，心想大家都忙着，那就改天吧。

几天后，三人在欧阳秋的咖啡店相聚。欧阳秋一身讲究的服饰，精致的妆容，优雅而干练。"哎呀欧阳，你是越来越美啦。身在职场，到底不一样！"一见面鲍春喜就调侃着。欧阳秋嫣然一笑："在快节奏的当下，谁有工夫忽略你粗陋的外表去探究你丰富的内在？第一印象很重要！"

"你这逆生长了！让我们怎么办？"

"钱花哪儿，哪儿就好。你多在身上投资，一定靓丽夺目。"欧阳秋回敬道。欢快的笑声在三姐妹间回响。

这是欧阳秋新开张的第三家连锁店。此地原是一国企的大型装配车间，企业破产后没怎么使用。共1900平方米的面积被隔断成12家。经过精心改造，既保留了原有工业建筑风貌，又具有现代时尚元素。高大的现浇架构、四周宽大的窗户，说明了它的前世功用。

欧阳秋的咖啡店有上下两层，一层营业厅260平方米，除了一个小雅间外，全部为敞开式，主要有书刊借阅、销售和咖啡、茶点餐区。一排排整齐的书架、舒适的座椅和绿植，咖啡香味弥漫在空气中，真是阅读、休闲的好地方！

穿过一楼营业大厅，从外楼梯上到二楼。"二层有120平方米，半开放式，算主题屋吧。"欧阳秋指着屋子的招牌说。大家进入一个名为"流金岁月"的房间，里面摆满了图书、杂志、报纸，迎面一排《解放军画报》和下面一排《解放军文艺》引人注目。

鲍春喜拿起一本翻看："1979年的，这么早的你都能找到？"欧阳秋颇为自得："很有年代感吧！最早还有20世纪60年代出版的呢，还没上架。这是我的一个战友费心巴力帮我淘的，她转业到北京废旧物品回收公司，近水楼台。"她指指旁边一排的陈列柜说："同类的还有这《解放军报》《革命战士歌曲选》，看这发黄的纸张，亲切的画面，唤起了多少老年人，尤其退役军人的美好回忆。"鲍春喜赞叹着："不错，特殊的年代，特殊的记忆！"

在"军营文艺角"里，贴满了欧阳秋和战友们的各种演出剧照，上高山雪原、下边防哨所、走基层连队，简陋、艰苦的环境与场景，质朴但充满激情的演出，演员和观众激动的神情，令人感怀。在朝北的一面墙上，挂满了废旧弹壳做的飞机、大炮、坦克等各种军事训练器械模型；还有弹壳项链坠和弹壳戒指。鲍春喜拿起一个戒指试戴在手指上，很有感慨："残酷的战争武器，变成了爱情信物，真是别出心裁。"

"这不正说明人们爱好和平，向往美好生活嘛！"欧阳秋笑道。

见摆有几枚簇新的手榴弹，钟怡茗放在手里掂量着："这么轻？"

欧阳秋拧开盖，一股酒香扑鼻而入："这是空酒瓶。过年时战友聚会喝完酒，我拿了几个回来，好玩吧。"

"把酒瓶做成手榴弹造型，这么逼真，很有创意！"钟怡茗觉得很有意思。

还有很多军事题材的书刊以及军用品，如军帽、水杯、水壶、黄挎包等，几套不同时期的军服引人注目，那旧得发白的五零式军服，多么熟悉的军绿色；一套半新的五五式军服，是配合实行军衔制推出的，由徐悲鸿设计，也最为华丽精美；还有一套崭新的八七式军服，是军服史上的一个转折点。在房间的各个显眼位置，悬挂有历年的军人英雄及其事迹解说，有邱少云、麦贤德、欧阳海、雷锋等彩色大幅画像，英武之气油然而生。欧阳秋说一到周末，这里被学生们挤得满满的，还准备再扩大些呢。正看着，鲍春喜低头发现了什么："咦！这个'意外惊喜小心滑落'是啥？"说着用脚尖点了一下地板上的圆红点，只听"咝"地一下，酷似钢条状的方框竟轻轻打开了，是画上去的！鲍春喜就"哧溜"一下，沿着螺旋状半圆梯缓缓滑了下去。欧阳秋笑道："我们就从这儿下去吧。"二人也跟着滑到一楼。原来是利用车间高达9米的层高，巧妙地设计了这个滑梯，以满足青少年的好奇心和娱乐愿望。

鲍春喜在惊奇中站起身，来到了迷你健身房，这里配置有沙袋、拳击袋、高低杠等，一概军绿色，很有军营味道。"有特色！很符合你这个退役军人的作风和气质。"鲍春喜赞叹着。

钟怡茗细细打量一番说："环境大气、敞亮又厚重，与你的经营理念相吻合。正好也修旧利废，把原有建筑高大坚固的特性充分展示和利用起来。这种当代艺术、工业建筑遗产和城市时尚消费环境的有机结合，新颖别致哦。厂房建筑体现出简洁朴实风格，讲求实效与功能组合；前卫理念与传统意识共存，精神文化追求与经济商业并取，精英阶层与社会大众互融，太棒啦！"鲍春喜环顾四周后大发感慨："你这开业不久，客人还不少呢。"

"还好。"欧阳秋笑着说，"周边环境不错，与主干道相邻，交通便利，又闹中取静，东边有个部队院校，北边有几家军工单位，南边有几栋高端写字楼，客源比较充足。"

欧阳秋顿了顿继续道："这几年，邑阳兴建城市书房，掀起了全民阅读热，我这也是顺势而为。这个咖啡书店，有各类图书上万多册。最有特色的是军事题材阅读区，小范围交流设有小隔间，环境雅致，安宁静谧。除了主打咖啡外，还备有茶水、饮料区，老年人和少儿都能各取所好，消费群体比较广泛。"

鲍春喜啧啧赞叹："定位准、选址好，真有眼光，把废旧厂房变成了时尚文化消费区。"

"也是找了很多地方才选中的。这个由苏联设计、援建的老厂房，建筑特色鲜明，施工质量过硬，老是闲置多可惜呀。周围都是居民区，人口稠密，尤其是紧邻新建成的商务中心，商务人士的休闲、应酬也需要相应的环境。我就把它盘下来了。一开始的设计、改造花了好大的劲儿，费了很多精力，好在有一帮朋友擅长此道，我们充分保留并突出原有的工业元素，向曾经辉煌无比的邑阳制造业致敬！辛苦一个夏天总算弄好了，出的汗就像下大雨，好在效果还算不错。"欧阳秋比较欣慰。

鲍春喜赞许不已："这是邑阳的'798艺术区'。厂房废旧利用有了租金收益，你也扩大了经营范围、节约了成本，一举两得。"欧阳秋笑了："市、区有关部门还说要给挂国防教育基地、青少年教育基地的牌子呢。弄这个店除了扩大经营需要外，就是朋友们聚会有地儿了，以前那两个店太小，光是顾客就坐满了。以后这就是咱们的根据地啦。"鲍春喜高兴地努努嘴："不错，以后来蹭吃蹭喝。"欧阳秋做狠狠状："哪能便宜你！找出一个问题，送一杯咖啡。"鲍春喜嘻嘻笑着："这没问题，挑毛病比干活容易。"钟怡茗驳她道："要找得恰如其分、具有实用性、前瞻性，也得消耗不少脑细胞呢。"欧阳秋淡然一笑："以你们的智慧和经验，这都不是问题！"钟怡茗没再吱声，她眼神缥缈地看向远方。

看完上下整个店铺，来到一楼的小雅间落座。服务员给每人端来一杯卡布奇诺咖啡，配上几碟小点心，大家边吃边聊。钟怡茗慢慢品尝了一阵后，语调低沉地说："立新她走了。""啊？"两人同时惊愕地叫了。鲍春喜急着咽下口中的咖啡，差点呛着："她不是一直在老家县城照顾母亲吗？怎么突然就……""上周我在省里办事，其间接到她老公电话，赶去见了最后一面。你们知道，她母亲脑梗后遗症，半身不遂躺了两年，立新请了个护工一起伺候，十分劳累。不得已四处托人，才在两个月前弄了个不错的公办养老院床位，入住前给老母亲洗澡时滑倒了，造成髋部骨折，卧床静养着，谁知，又患了什么深静脉血栓导致肺栓塞。这髋部骨折被称为'人生最后一次骨折'，后果很严重！"

鲍春喜"啊"了一声惊叹道："这么可怕？"钟怡茗叹口气："见面时立新已不能说话，我从她的手势中明白，她很不舍，舍不得家人、朋友。她让我们都保重自己。原想叫你俩过去的，她老公说不折腾大家了，我就代表你们送别了。"欧阳秋伤感地说："才60出头，走得太早了，唉！"鲍春喜用手支着头，喃喃道："立新退休还没怎么缓过劲来，就全力照顾老娘，这说没就没了。"

立新是她们的密友，多年的"死党"。退休前在邑阳某科研院工作，因贡献突出，她所承担的科研项目获行业科技进步一等奖，她也被授予"市级劳动模范"称号，还获得了省五一劳动奖章。她为项目攻关连轴转，曾晕倒在工作现场，真是拿身体在透支。立新对朋友真挚诚恳，直言不讳又很风趣，深得大家敬重和喜欢。这个突如其来的噩耗令她们十分伤心。"唉，要是立新母亲能早点进养老院就好了，她也不至于把自己累垮了。"鲍春喜眼眶红红的。欧阳秋唏嘘着："老年人在浴室很容易发生危险。我们老年大学有个学员，洗澡时脚下一滑，摔伤了脊椎，一个多月就走了，也才64岁！如果立新家里厕所面积再大些，配备适老设施，安装防滑地板、防摔扶手、厕所呼救系统什么的，会起到防范和辅助作用，也不至于摔这么狠，抢救也会及时些，后果不会这么严重。"

"这上有老下有小的阶段，真是非常操劳！人有时是很脆弱的，咱们都得加倍小心哦，要善待自个儿。好了，说说你们自己吧，最近怎么样？"钟怡茗转移了话题。

鲍春喜打了个哈欠，开始倒苦水："我这退休了'再就业'，比上班还忙还累！我照顾父母和婆婆三个老人，天天为他们调配营养、求医问药、进行心理疏导等，但这些我也不擅长。我和老伴儿统筹三个老人的吃喝拉撒医，还要和一个保姆、一个护工斗智斗勇。小姑子这个'大龄圣女'体质很弱，自顾不暇。我们两个60多了，要负担三个80多岁的老人，心理和生理压力都很大，比我管理一个大型企业都费劲。看，原来厚厚的头发掉得都能数清了。"说着，鲍春喜把手指插进头发里，轻轻一捋，指缝中带出几根银丝来。钟怡茗看着憔悴的鲍春喜说："3个老人，真够你累的！兄弟姐妹远在国外鞭长莫及呀。"欧阳秋提醒鲍春喜说："你这把老骨头可得悠着点儿。""唉，亲在未敢言老，我还年轻着呢。"鲍春喜苦笑着。

"我在老年大学教声乐，轻车熟路挺有乐趣；咖啡店聘有专人管理，生意还行。父母身体基本能自理，不用太操心。我那调皮可爱的小孙子，有他爷爷这个老跟班儿照管着。只是我那小姨遭罪，患冠心病加糖尿病，煎熬着呢。身边没子女，靠保姆照顾。我去看了几个养老院，有的硬件很好，可是医疗、护理跟不上，收费很高，服务质量真不敢恭维，不敢送，怕还不如在家。人老了，病了，的确可怜、可怕。"欧阳秋长叹一声。

钟怡茗说："你们家境都不错，至少经济上没问题，都已不堪重负，对于更多的困难家庭来说，问题可想而知。"说完她的视线缓缓飘向远处。鲍春喜问："你这思想家，又有什么想法？"钟怡茗说："前一阵子，我出门随便转悠一下，过去没留意，这仔细一瞧，还真是，商场、公园、满大街都是银发，老龄化的确很严重！"

"不是说嘛，人类18世纪发现了儿童，19世纪发现了妇女，20世纪发现了老年人。生活水平提高，医疗保健加强，人均寿命延长，导致'银发浪潮'滚滚而来。联合国把这个老龄化现象，列为21世纪最具挑战性的社会问题。"长期任教老年大学，欧阳秋对老龄化状况很清楚。她转身拿出几本杂志，朝茶几上一摊："喏，都是说这个。"钟怡茗和鲍春喜一看，醒目的标题跳入眼帘：

《党的十九大提出积极应对人口老龄化，加快老龄事业和产业发展的战略部署》

《大力发展老龄产业，增强全社会的养老服务功能，提高老年人生活质量》

《近1.76亿独生子女，其养老压力之大，前所未有》

《"四二一"家庭结构挑战传统的居家养老模式》

《大健康时代来临，"健康+养生"势在必行》

……

鲍春喜叹道："电视播过一个专题，揭示了老年人晚年的困境：农村老人比较贫困、生活艰难，城镇中老人经济上有保障，但缺乏精神慰藉。印象最深的是有个老人说，现在物质生活提高了，但很孤单、空虚呀！'孤独终老'是我国养老的典型特征。"

欧阳秋又拿出一份报纸："我们邑阳的老龄人口占比18.5%，已超百万，其中空巢家庭占67%，老龄化程度超过全国、全省平均水平。政府的养老资源缺口很大，养老服务的数量和质量严重匮乏，根本无法满足目前的养老所需。"几个人不禁深深感叹："不敢想象啊，老龄化汹涌波涛，说不定哪天把我们也吞没了。"

三个闺蜜难得的一场欢聚，因为好友立新的突然离世、说起老龄化引起的个人养老现实，气氛变得沉重起来。一时间，大家都沉默着，感觉那比较遥远的情境，像座冰山，忽地立在眼前，使人不得不立刻认真地直面它。

钟怡茗忧心地缓缓说："这对养老提出了严峻挑战，每一个老年人都概莫能外。远的不说，看你俩的情况。鲍春喜家三个老人，长住医院吧，病又没到那程度，再说医院床位也很紧张；在家呢，医护条件不具备，既操劳又担心。如果建个健康护理机构，把这三个老人和欧阳秋的小姨送进去，进行健康养生、心理辅导和文化娱乐什么的，老年人有伴不寂寞，精神头儿好就少生病。"

欧阳秋问："这不就是养老公寓吗？""是的，属于养老机构性质，但侧重于精神、文化方面。首先解决精神上的寂寞、孤独问题，同时进行基本照看护理。鲍春喜不用这么吃力地照料老人，腾出手来搞好擅长的管理，用所长避所短，就会事半功倍。"钟怡茗解释道。

鲍春喜表示赞同："嗯，是个新思路。这样各尽所能，大家都轻松，效果还更好，这就是资源优化配置。推而广之，如果社会上按这个思路来做，养老这盘棋就下活啦。只是这费用从哪出？""这个问题不大，现在城市老人大都有退休工资，有的子女还给赡养费。他们辛劳一生，积攒了一定财富，也是时候享受了。提供给他们一种想要的生活，从而培育、引导、激活'老年人消费蛋糕'，这个'银色经济'做好了，社会将是多赢的局面！从你们面临的问题、立新的遭遇中，我想到这些。就整个社会而言，就是这种情况的扩大化，只是群体更多、难度更大、专业更广、问题更复杂而已。"钟怡茗说。

欧阳秋轻搓着手指："这要做起来，困难很多，涉及方方面面，从国家、省里到本市，虽然陆续出台了一些政策，但配套措施还不到位，比如融资、土地、税收、运营等这些关键环节，相关支持政策比较滞后，企业难以运作。""这是个社会性难题。可我们不能就此被家庭养老拖住：累个半死，没了自我，还做不好。在不远的将来，难道还让子女继续承担养老之重？我可不愿自己如此昏昏地老去？"鲍春喜有些想法了。

欧阳秋沉思着接上话："有位哲人说'懂得怎么老去，是智慧中的重要课题，也是伟大艺术生活中最难的一件事'。这确实需要我们好好想一想。"

钟怡茗分析道："可以肯定，养老将很快由家庭问题变成社会问题，成为我国社会经济发展最严峻的问题之一。换个角度看呢，也是机遇，就是将养老产业发展与经济转型相结合，与解决就业、拉动内需相结合。问题在于如何将这个趋势与需求进行良性转换！"

"哦？说说看。"鲍春喜颇有兴趣。

钟怡茗继续道："社会的整体情况是未富先老、未备先老，突出表现在老年人自身抗风险能力差，国家社保收支不平衡，缺口很大。但是，也有相当一部分老年人是有经济保障、有消费能力并追求高品质养老生活的。作为重工业城市，我市在20世纪80年代，科技人员已达到总人口的25%，远高于全国平均水平，经济条件相对同类城市要好，退休人员对生活质量要求更高。"

欧阳秋点着头："是呀，我接触到不少老年人，他们不满足于一般性有吃有喝、唱唱跳跳，希望高品质养老。眼下养老产业供给严重不足，商机无限呢。"

多年做企业的鲍春喜很快有了思路："先易后难，可先在这部分老人中做个试验，针对他们的养老需求，办个有特色、中小规模的养老院，为其他层次的养老提供借鉴。目前，年龄在50到65岁之间的首批中产阶级正在进入退休阶段，中高端养生养老市场必将迎来旺盛时期。"

"对经济保障不足的老人，可以参照国外流行的以房养老模式吧？"欧阳秋问。

"鉴于我国的传统习惯，房子还是要陪伴终身并最终由子女继承，'以房养老'目前无论是政策配套还是思想观念上，都有很大难度。"鲍春喜的看法不尽相同。

钟怡茗顿了下说："以房养老可在无子女、失独家庭，或子女远在外地、外国的空巢家庭中尝试，用他们城里房产进行置换：以大换小、以中心换偏僻、以城里换郊外，由此获得补充养老资金。这需要社会多方面统一配合，暂时难以大面积实施，只能个体操作。"

欧阳秋指着一篇文章说："关于机构养老，我市政研室的这篇专题报道说得很清楚。"

她俩凑近一看，重点用黑体字标注着："社会化养老"势在必行！按照国内普遍认可的"9073""9064"养老服务格局（指90%的老人居家养老，7%或6%的老人在社区养老，3%或4%的老人在机构养老），老人以3%的比例入住养老院，我市就有3万多人。目前全市养老机构床位才一万多点，缺口巨大。同时，养老机构的供给格局亟待改变，应大力发展满足中等收入老年人的中档养老院，将养老机构的结构从"哑铃型"调整为合理的"橄榄形"。

养老也存在供需错位：大量老人入住不了，大量空床无人住。去年全国城市养老床位利用率仅为50%左右。公办的绩效差，民办的生存难。许多老年人，既无力承担高额费用，又不愿入住低价劣质的养老院。这种"高低两端"，说明很多养老机构没真正抓住需求的牛鼻子。

欧阳秋叹道："这既浪费资源又效率低下。需要进行资源整合，专业化分工。可以就养老问题做个尝试，让我等退休老太发出萤火虫般的最后光芒。"鲍春喜兴奋起来："这一说，我浑身来劲，对！人力资源整合，社会分工细化，专业人员归位，追求效率效益。养老解决好了，社会的基座就稳定了。这既是家庭问题，也是社会问题。养老体系建设呀，可能成为解决诸多社会问题的一个重要抓手。"欧阳秋乐了："呵呵，鲍春喜这是高屋建瓴啊！"

钟怡茗语重心长地感慨道："我们的人生如同环环相扣的精密齿轮，卷子、位子、票子、房子、孩子……一路奋力奔波，退休后的晚年，我们又将如何安顿自己的身体和心灵？我琢磨，退休是职场生涯的结束，同时是另一种新生活的开始。什么是快乐和幸福？就是听从内心的呼唤，充分利用主客观条件，全身心地做自己想做、社会需要，又具有开拓性、挑战性的事。我们做养老，既安顿自己，又利于他人。我不希望自己的生活固定于一个模式，想要再尝试、探索，让人生变得鲜活而富有激情。老年人也应该有绚丽的秋天乃至生辉的冬天！老人潮来袭，如滔天巨浪，冲击着社会，拍打着个人，必须只争朝夕啊！都说岁月不饶人，我们也不能绕过岁月。"

她转身看着窗外自语："多美的世界，不能就这样了却此生！"

欧阳秋赞赏道："好一个积极的老龄观，这正是当下最缺乏的！我们决定不了自己生命的长度，但可以增加生命的宽度、挖掘生命的深度。造福现在的老人，就是为自己创造美好的未来！"鲍春喜强调："发挥自己所长，干点更有意义、更有价值的事情，解放自己也造福别人！服务他人，快乐自己！应该一试。"

听完两人的想法，钟怡茗深为感动："不愧是事业型的女将，不愿虚度这夕阳时光。这是件大事，要仔细琢磨，分析其可行性，把情况摸清后才能决断。我们先做个调研吧，从我们自己的需要入手，推己及人，深入研究老年消费者的需求，特别是本市的养生养老市场。虽是民间个人行为，但我们要有广阔的视野、先进的理念，起点要高。国外成熟的经验也可借鉴，重点是国内有代表性的养老范本，带着问题，有的放矢地查找资料，了解实情，深入思考，得出结论，然后再走下一步。具体由鲍春喜你负责吧。"

鲍春喜满口应承："没问题！怡茗你的半月板受伤刚好，外地就别去了，你侧重收集下境外的信息。国内调研提纲我先拟出方案，大家再商定。哦，我们系统的企业家协会正组织一个休闲游呢，本来我不想去，那就借此机会去看看。除开这个时间，我和欧阳再选几个地方，重点把本市情况摸清楚。"

"老龄化社会、老太婆三个，吾将上下而求索。"欧阳秋说完，三人都笑了。

"在还能奋斗的年龄选择了安逸，可能会后悔终身。有句话我很赞同：对未来的最大慷慨，就是把一切献给现在。"钟怡茗一语总结。

那一缕乡愁

　　两个月后，三人再相聚。钟怡茗仔细端详着她俩："你们走了不少地方。旅游加上调研很累呀，欧阳秋这下巴更尖了，快成网红脸啦。鲍春喜的脸晒黑了，成了时髦的麦色。""嗨，那就更美了。咱名花有主，晒成碳也不怕！"几个人说笑着。钟怡茗说："这段时间咱们也常沟通，大致情况基本清楚。我先简单来汇总、分析一下。"

　　钟怡茗先从美国的太阳家园说起，这个世界著名的退休社区典范，一般建在郊区，占地大、容积率低，房价只有同城市区的1/3，对老年群体很有吸引力。太阳家园以方便老人为第一宗旨，环境舒适，娱乐与保健设施齐全，活动场地宽敞。这里的老人极具活力，跳舞、打球、花样游泳，甚至还举办老年奥林匹克运动会，据说其寿命比美国平均寿命长10岁。太阳家园的特点是：以健康活跃老人为主要客户群，产品定位精准；属于住宅开发性质；依靠所在城镇提供大市政配套，减少前期投入、降低投资风险；具有鲜明的"候鸟型"度假特征。

　　其次说到德国的乐龄合作社，它最大的特色是建立了多代屋，是一种互助养老模式，老年人、年轻人都能参加，既宜于老年人的潜力开发，也能增强代际交流。参加者可把自己的服务时间存储起来，以后获得同等时间的免费服务，也可以选择领取小时工资，类似"时间银行"。这种方式鼓励老年人自立、互助，年轻人则通过现在服务老人，为自己未来养老储备服务时间。

还有日本，这个全世界公认的养老范本国家，以介护保险制度为核心，依靠完善的社会保障体系及先进的医疗技术，使得医养结合模式不断融合发展、日臻成熟，其服务理念就是"一切从老人的感受出发"，并形成了分工明确、职责到位的康复、陪护和健康维持三级综合服务。根据日本人固有的居家养老传统，推出了小规模、多功能、便利店式的社区养老院，一般只有二三十张床位，服务内容涵盖白天日托、全天24小时的入住照料和居家上门服务，特色在于设施设备充分考虑适老化，服务专业、周到、细致。当然，日本完善的护理保险制度和优厚的老年公共福利，是我们远不能及的。

接着说到香港，它的整个养老服务体系中，政府、商界和非政府组织三者角色定位有别、职责分明：政府负责规划、投资、监督、指导；民间机构则承担了约90%的养老服务；香港大学等高校开设有相关课程，培养专门人才。香港的制度保证、人才培养和法规监管三管齐下，确保其养老服务专业化、高效率运行。

最后说到台湾。那里实施持续照料退休社区，一般设在离城区50~100公里的远郊，服务内容从医疗、康复、护理直至临终关怀。欧阳秋插话说，那里的"长庚模式"非常有名！钟怡茗说是呀，他们满足老年人的根本需求，提供高质量的医疗及康养服务；尊重老年人的心理需要，开展丰富多彩的适老活动；尊重老年人的人格需求，开设老年大学，使老有所学；安排老年人做工，发挥其专长，尽其所能，按劳取酬，使老有所为，赢得尊重。台湾养老业规范有序，可供借鉴的就是：弘扬中华民族爱老尊老的优秀传统，制订长期的养老护理计划并付诸实施，鼓励多方投资参与，共建一个多元化、多层面的服务体系。

钟怡茗最后分析说："一个很有意义的数据是：德国、瑞典等国家，在进入超级老龄社会以后，老年人的消费总额占总消费额的比重达25%以上。老年人的高消费，对经济和社会发展具有明显的拉动作用，一定程度上抵消了老龄化的不利影响。这些都可供参考。"

欧阳秋看着钟怡茗说："这些先进的理念和做法，适合我们国情的可以参照，的确开阔了思路。""那我来谈谈我和欧阳秋实地了解的吧。"鲍春喜对欧阳秋说，"咱俩按分工重点说，有遗漏的互相补充。"

鲍春喜把调研的情况一一道来。

她俩通过多种方式，调研了不同规模、性质、地区、配置和盈亏的养老院：参照权威养老平台信息，着重考察经营十年以上、已盈亏持平或稳健盈利的养老机构，对养老产业概貌有一定了解；参加了中部及西南地区举办的老龄产业博览会；注重对本省养老状况进行考察，走访了近百位入院老人及其亲属，对本市的养老供需情况及问题，也大体摸清了底。

调研首选样本，是国内养老地产的先行者、颇负盛名的北京太阳家园国际养老公寓，它是医护型全程化养老社区，设有医院、超市、银行、温泉、老年人活动中心等，配套设施比较完善，当年入住的居民有1500多户。其核心配置是太阳家园医院，2004年成立后一直正常运营，但在2016年年底，因经济纠纷忽然停业，社区其他养老配套设施也停止服务，入住的老人陷入养老困境，引起了北京各大媒体的持续关注。

综合多方情况来看，北京太阳家园折射出的社会化养老困局就是：养老社区建设具有前期资金投入大、回报周期长、利润率不高等特点，"养老地产不养老"的问题突出，成为制约其健康持续发展的难题。当然，失败的原因还有收费过高、客户不足等。迄今为止，这个行业还没有明晰可靠、可复制的盈利模式。

"原来名头那么响的养老先行者，说垮就垮了！"欧阳秋遗憾地说，"看来即便是势头很好、很有市场前景的项目，也并非铁定成功。"

鲍春喜概括道，也有一些养老院运营很好，极受欢迎，可惜数量太少。其共性是：市场定位准确，客源充足；价格合理适中，客户可以接受；设施配置齐全，具有养老特色；管理规范严格，服务质量优良。所以一定要把握市场，找准定位：既不做高端配置、高级消费，让人望而却步；也不搞低价竞争、低质服务，使人不愿入住。

她们在调研中看到，那些开办失败的知名养老机构中，一种是很多大型企业进军养老产业，实际上是借养老之名，做养老地产，房子卖完了，项目也结束了，不能真正养老。鲍春喜说她一个同学的父母，在南方某著名养老社区，花高价买了房，准备在那里安度余生，谁知不到5年就黄了，扔下一大群投诉无门的老年人。另一种是没有提供真正的养老服务，房子根本就卖不动，成了名副其实的空城、鬼城！这在全国也为数不少。

还有，养老院的位置也很重要。选对了位置，几乎成功了30%。在持续运营的前几家机构中，绝大部分都在城里，交通便利。一些位于郊区的养老院环境很好，但由于医疗不便，影响了入住率。

鲍春喜特别强调："最后是前期投入问题，地皮和房子如果按市场价计入成本，无论在哪儿都很难实现收支平衡。必须争取一定的优惠政策，或通过某种合适的方式解决开办费用问题。"欧阳秋插话说："再就是运营管理了，特别是在对人的管理和市场营销方面。前者和服务质量密不可分，后者和入住率有直接关系。像房地产龙头企业万科，据说做了100多个养老项目，至今都没有形成有效的商业模式，没有找到稳定盈利的途径。这个值得我们重点关注。"

钟怡茗点着头说："这些经验教训对我们来说很有用，前车之鉴，可以少走弯路、歧路，减少资金和时间的浪费。"

　　欧阳秋接着说到本市情况，首先是对目标客户的摸底，主要以健康、活跃、年轻老人为主，选择了大家熟悉的行业和领域，如科教文卫系统、军工单位和规模以上企业，了解人员特点与需求，便于进行新事物的探索与试验。

　　这些单位的老年人比较集中，同事、邻里熟悉，有亲近感；群体之间生活理念相近，可协调性强；遇到突发性难题可通过组织做工作，不致酿成恶性事件；经济条件普遍较好、文化素养高、观念新，都有不错的养老资产，积累了较厚实的消费能力，有足够多的消遣时间，希望能有符合自己生理、心理特点，集老年休闲、健康、学习、生活和娱乐为一体的新型养生养老模式。他们最看重的是文化养老需求，大体分为三个层次：一是自娱自乐，包括吹拉弹唱、琴棋书画、打拳、摄影、文学艺术、旅游观光和教育学习等；二是人际交往，人老最怕孤独，需要融入社会群体活动，参加各类兴趣小组，同类相聚，听讲座，吸取新知识，开展纪念性活动或趣味性运动，增强活力；三是发挥余热，利用个人所长，为社会出力，从而赢得社会及亲友的尊重，获得成就感。这类老年人被称为"乐龄人士"，就是放下繁杂事务，享受快乐人生，实现从物质养老向文化养老、精神养老的转变，做到学有场所、玩有良伴、乐有舞台、干有项目。

　　怎样把这些富有活力的老年人，从居家养老中吸引过来呢？

　　她俩深入了解得知：已退休的这些老人，大多出身于农家或在农村生活过，对农村有种天然的亲切感，心中怀有难以割舍的田园梦。他们所向往的养老场景是：白天在清风暖阳下娱乐或劳作，夜晚，三五好友围桌而坐，闻着花草的清香，听着知了的欢鸣，喝茶聊天，内心宁静和满足。具体来说就是，养，有优美的自然环境、洁净的空气和水源；学，有合适的专业教师、可心的学习伙伴；吃，营养均衡、绿色环保，安全放心；玩，群体优势更专业、人以群分更开心；游，大好山河换季游，科学安排省钱又尽兴。总之，把普通的居家养老数日子、熬日子，变成生动鲜活、有趣省心、诗意盎然、艺术氛围浓厚的团队生活。

她们针对性地筛选了本市10多个样本单位，通过朋友介绍，到其退休办和工会通过召开座谈会、发放问卷、电话访谈、网络问答等形式，住宿、餐饮、保健医疗、娱乐活动、学习、发挥余热与专长、旅游、老年用品需求等八个方面进行调研。在收回的近5000份问卷中，离退休人员有3900多份，有近一半的人对此很感兴趣，期望早日建成；其余问卷中，在职的有57%的人希望提早退休，尽情享受养老生活，其中又以女性更为明显，占到77.6%，这与我们日常所见十分吻合，参加社会活动的女性远多于男性。

在进行座谈、摸底过程中，她俩顺势宣传养老新理念：不是身体动不了才去养老院，而是为了追求更高品质的晚年生活，老有所乐、老有所为。并列举社会知名人士入住养老院的事例，进行宣讲，效果很好！听众中不少高知和老干部很有同感，他们欣然接受离家养老的理念：不能老是宅在家，得给儿女腾出事业空间，也给自己留出实现爱好、尽情娱乐和享受的空间。很多老人说：原来还可以这样？真是快乐养老啊！子女们说：父母在家待着，我们一心挂两头，住进了这样的养老院就放心、安心了。单位领导说：职工过去都是一门心思靠单位养老，现在你们帮大家转变了思路，于老人自己和家庭、单位都有益。真是一件大好事！

对此，欧阳秋明确提出："这就是特色，就是吸引力，就是将来保障客源的核心竞争力！"

"我市退休职工数量庞大，一直在探索养老问题。目前的情况是，市场需求旺盛，供给严重不足。关键在于怎样在两者之间找到切入点。"钟怡茗点题了。

这的确是关键问题。大家陷入了沉思。

鲍春喜打破沉默："我们可以集中力量于某个特定目标，然后针对这个去细分市场，创造出我们独具特色的产品优势和服务优势。""嗯，有道理，仔细考虑下。"钟怡茗说。

"我再说下土地。"欧阳秋看看她俩，"就目前政策而言，拿地有三种途径。一是通过招拍挂，这是常规做法，好地段竞争厉害，价格很高；二是政府划拨，只需缴纳补偿、安置等费用，价格很便宜，但受制于土地使用性质，长远来看，企业自主经营发展受限；三是直接和农村乡镇政府合作，获得土地使用权，这个需要有相关政策支持和法律保障。现在只要建养老院，不管哪种方式，政府都会大开绿灯，市里和周边也有一些合适用地。我整理了一下，你们看看。"

钟怡茗点头道："土地先行。有了地，才能说别的。这个得好好议议。"

她们之前确定的选址原则：生态环境优良——便于养生养老；交通方便——宜于老人出游、探亲、就医；水质良好——没有污染；周边环境简单——拆迁投资不太大；少占良田——保护耕地。欧阳秋据此初选了市内3处、近郊3处、远郊2处共8个地块，拍成视频。

三人一起观看分析着：这个不行，拆迁量太大了；那个被挤在一片建筑中间，交通不便；这里紧邻农贸市场，比较嘈杂；那里在化工厂附近，空气质量不好；还有这一个离医院比较远、路段拥挤等等。淘汰了5块，筛选出了3块不同特点的地，钟怡茗说去实地看看。

过了两天，欧阳秋请了位朋友凌志军一同前去现场查看，这位邑阳的房地产资深人士，对全市的土地情况很熟悉，还参与设计过几个颇具规模的养老机构，经验相当丰富。

察看的第一个项目，是一个倒闭工厂的职工宿舍，被改造成了老年公寓。学校负责人介绍说，现有设施，已按照国家规定进行适老化改造。前边是街心花园，后面有学校操场，水电暖样样具备，娱、学、养一应俱全。他们大体上一看，的确不错。再仔细一瞧，发现在临街一面，为了扩大面积，把窗户改成了飘窗，伸出去好大一截。欧阳秋目测觉得超出标准了，以后可能存在整改隐患。鲍春喜看到室内的适老改造很粗糙，水管、电线走线也不规范。他们商议觉得不够理想，作罢。

第二块是城郊接合部，一个围挡着的大院子，和区属二级医院相距5公里，离环城路和郊区公园都不远，环境看着还不错，几栋建了半截的大楼静静地矗立着。售价便宜，钟怡茗她们几个有些心动，但又有疑虑。钟怡茗问："这么个环境和位置都不错的楼盘，为什么做不下去呢？"

凌志军说："刚开工时，各方面条件的确挺好，可是慢慢地问题就显现出来了。这个楼盘产权属于家族企业，老爹、儿子、女婿和亲家都有股份，各有想法，以前就有的家务矛盾，在这个项目运作当中进一步激化，还谁都不让步。本来是个好项目，最后弄成了烂尾楼。虽然价格很诱人，可是牵扯到背后的复杂关系，即便买到手，以后运作也很麻烦。对外宣称是资金链断裂，了解底细的人知道问题远不是这么简单，都不愿接盘，致使它的要价标底不断拉低。"哦，原来如此，这个也被否定了。

最后一个，就是远郊的青峻山乡，那是钟怡茗熟悉的地方，唤起了她心中五味杂陈的回忆。

青峻山，位于市区正北方60多公里，道路全线打通后，约需50分钟车程。它处于三省五县交界地，四座山峰环抱中，南北交界带上，是平地与丘陵接合地。山脉最高峰约960米，四周山川丘陵沟壑交错，地形险峻复杂。全乡山区、丘陵、平原比例分别为38%、46%、10%，剩余为河流。南边这道青峻山脉，像一道巨型屏风挡在市区之间。东、西、北三个方向，又被高高低低的丘陵挡住，与外部阻隔，历来"三不管"。道路崎岖难走，通信不畅，信息不通，农业仍是"靠天吃饭"，经济状况保持在改革开放前水平，农民处于比较贫困状态。显而易见的优势，就是很好地保持了环境的原生态。

越野车载着他们，沿着一条宽阔的公路飞驰。这是附近大型水利工程建设时的专用公路，等级高、质量好，历经十多年，路面仍然平坦、结实。他们很快到了山脚下，举目四望，连绵不断的山脉呈黛青色，眼前这一段路真是挺拔而陡峭，是示威抑或欢迎？钟怡茗提醒说："准备坐过山车吧。"欧阳秋满不在乎地说："没事，越颠簸越有驰骋感。好在咱不晕车。"

他们爬上一座小山，看到前面有座最高的山峰，钟怡茗说那就是青峻山，山脚下那条河叫汀泽河。

大家放眼远眺，眼前为之一亮：青峻山险峻秀美，植被丰富，苍翠欲滴的浓绿中，一块块乳白色的巨石镶嵌其间，宛若一副气势磅礴的国画，神秘朦胧，意境悠远；汀泽河绿中泛蓝，清澈见底，沿着崇峻的山脉，蜿蜒曲折，萦绕缠绵，终又牵肠挂肚而去。河中分布着一些半岛和水湾，环境幽静，空气中弥漫着鸟叫蝉鸣。真是青山不墨千秋画，绿水无弦万古琴。欧阳秋大吸一口气，不禁喊道："仙境啊！"

几个人都被这景色深深吸引了，拿起手机一顿猛拍，都说这里太适合养老了。

钟怡茗待大家看得差不多了，说："咱翻越青峻山，过下汀泽河，去看看我的'老东家'"。

他们沿着坑洼不平的沙石路，向东北方向行进。车子在搓板式的土路上颠簸着，一会儿车头仰起人往后倒，一会儿又车身倾斜，几乎全身重量压向车头。彼时沙土飞腾，黄烟飘荡；此刻又大石耸立，在石缝中穿行。突然一个山坡兀立眼前，车子几乎要站立起来。又一个急转弯，强大的离心力简直要把人甩出去。鲍春喜不自禁叫道："好险！这驾驶技术杠杠的！"钟怡茗望着司机赞赏地说："那是！小禹原来是工程兵部队的优秀驾驶员，跑过青藏公路呢！"小禹腼腆地笑笑："当兵的，什么路都要走。"

好不容易翻过了山，驶过一座陈旧的水泥桥，河水在这里平缓地流动着，桥面不太宽，一脚油门就过去了。翻过几个小山丘，眼前就开阔起来了。葱茏的树林里，隐约可见到许多灰色的建筑。钟怡茗说："这就是KH研究院，我曾经挥洒过青春的地方。"四周是坚固的高高围墙，大门里边，迎面耸立着一尊毛主席挥手的雄伟塑像，两旁对称地站立着4栋红色建筑，像是忠心耿耿的卫士。楼顶的五星红旗用力地飘动着，道路旁边的高大松柏巍然挺立，遥见当年的豪迈与威严。"这些陈旧的场景见证了一个特殊的时代。"钟怡茗充满了感慨。

在大门旁边的门卫室，钟怡茗掏出身份证递了进去，仔细一看还是熟人："乔师傅，你好！还认得我吗？"

"你是钟怡茗啊，没怎么变。当年咱们攻关，天天在一起，晚上加班大伙一起吃饺子。一转眼，过去这么多年了。"乔师傅惊喜地赶紧从屋里出来，两人高兴地握着手。

钟怡茗说："日子好了，时间就过得快。你身体还好吧？"

"没问题。这不，退休了没事干，就来看大门了，消磨时光。"

"我带了几个朋友，想进去看看。"

乔师傅连声说："好啊，欢迎你回来，欢迎大家参观。这里平时太清静了。我叫个人陪陪吧。"

钟怡茗在细线绳拴着的发黄的小本上做了登记，说："不用了，我们随便走走，别惊动他们。"

"好，尽管看。跟你走时变化不大，只是大都闲着，没什么声响咯。"乔师傅叮嘱说到处长满了杂草，注意别扎着。

钟怡茗给大家介绍说，该院建于20世纪60年代，那时国际局势紧张，中央决定把东北部沿边沿海一线地区的工业，特别是军工业向西南、西北13个省、自治区转移或复建，史称"三线建设"。KH研究院就是在这种形势下开建的，根据战备及重点工程保密需要，按照先科研生产、后生活服务的原则，两者分开布局，在平地上设计大楼、实验楼和小批量试制车间，保障设施。职工宿舍则随山就势，在坡地上见缝插针，平整一块建一栋，高高低低、大大小小，鳞次栉比，倒也好看，像座山城。

钟怡茗说："我在这儿工作了5年。入院时，正赶上院里的鼎盛时期，仅科技人员就有2000多人。我们发扬'团结、拼搏、求实、开拓'的精神，每天听着军号上下班，特别有劲儿。'任务高于一切，质量就是生命！'院领导以身作则带头大干，科学决策合理巧干，全员的工作热情十分高涨，科技人员刻苦攻关，完成了多项国家重点项目，取得了许多重要成果，有的达到国际先进水平，真是个火红的科技年代！后来随着形势转变，偏僻山区的军工企业面临诸多发展困境。20世纪80年代末，按照国家'关、停、并、转、迁'政策，研究院就近迁入了邑阳市区，这里的辉煌时代结束了。"

"那时有一句响亮的口号：备战备荒为人民，好人好马上三线。我很多同学都到西南去了。"鲍春喜说。

钟怡茗之前做足了功课，和以前的老同事、现主管后勤保障的副院长沟通过，知道这边的整体情况。她介绍说："看，这一排排的科研大楼、生产厂房、车间和后勤保障基础设施，一共有12栋建筑都闲置了。这些建筑，质量过硬，耐久年限为100年，现在还有50多年。不光这些硬件，还有院里在此留守的退休职工，都是个顶个的技术好手。"

钟怡茗伸手一指："看，现在整个大院只有30多个人，冷清多了。主业搬走后，只剩下铸造、锻压等少数大型设备，就这几个专业的厂房还在少量生产，可还得有一套保障设备和人员为它服务。我和院领导沟通过，摸了一下底，他们也很想改变大马拉小车的状况。"

"如果产量很低，效益肯定不高，甚至严重亏损，为什么不外包出去？"鲍春喜问。

钟怡茗说："军工产品，首先是保质保量保节点，很多时候不计成本。科研产品的试制都是小批量、多品种，产品要求高、周期短，一些特殊要求，外包往往达不到标准。院里也尝试过，一次有一小批产品外包出去，到关键时候掉链子了，耽误了整体进度，酿成了重大事故。院里一直在为是否保留这块业务纠结，迫切希望能有个妥善的解决办法。如果在这儿建养老院，把他们的余力借用过来，对双方经济都很有好处。"

钟怡茗又说到邑阳，作为国家早期布局的重工业城市，经过半个世纪的大规模发展，遗存的工业建筑遍及全市。就全省来说也有不少，在西南部，那里曾是兵器工业聚集地。不少企业异地搬迁，留下许多厂房建筑，沦为当地农民饲养牲畜的棚圈，非常可惜。如果合理利用，可以化腐朽为神奇，为当地百姓及城里人养老再谋新福祉！

"这个确实应该，也可以充分利用。就像欧阳秋的那个咖啡书店。"鲍春喜很有同感。

钟怡茗指着周围群山、丘陵说："这就是青峻山乡，我当年插队的地方。"

大家仔细观察着，显然，青峻山是一座屏障，既屏蔽了外面的干扰和发展，也造成了这里的落后，但同时也维持了环境的原生态。

钟怡茗说："如果在这儿做养老项目，一个显著的问题，就是要重新修建穿越青峻山的公路，这个投资比较大。但从长远看，也为以后开发旅游资源埋下了伏笔。"

关于青峻山研究院与市里的交通问题，钟怡茗说待会儿回程时拐过去看一下。

离开青峻山，车子向着西南方向行进，颠簸着走了一段路，回到了来时的那条公路上。钟怡茗设想说："如果把从穿越青峻山到研究院的那段路修好，再与这条路连接上，和市区的交通就融为一体了。"

钟怡茗问小禹："多少公里？"小禹瞄了一眼平视显示器："7.2公里。"

"嗯，这就是青峻山乡到这段路的距离。"钟怡茗肯定道。

看着一直没吭气的凌志军，钟怡茗问："凌总，你觉得怎么样？"

"一路上我的脑子就在不停地转，到青峻山来看到的，给我的震撼太大了。"凌志军很是感慨说。

欧阳秋笑问："哪方面？"

"三个没想到：一是环境这么好，景色这么美，没想到；二是研究院的闲置资源这么多、可用价值这么大，没想到；三是钟院的思路这么开阔，你们三位的意志这么坚定，没想到。我觉得的确可以打开发散型思维，重新评估一些似乎是约定俗成的铁律，比如养老院选址，通常认为要规避远郊区才能保证足够的客源，但选择青峻山，剑走偏锋，全面比较来看，应该是上佳方案。"凌志军说得很肯定。

"所见略同啊！"钟怡茗她们几个会心地笑了。

经过实地勘察，综合比较，分析优劣条件，青峻山，就是她们心目中理想的康养之地。

资金筹措，是重中之重！都知道民间有很多资金，但苦于没有合适的投资渠道，真到出手时，又顾虑甚多，心有余悸。钟怡茗早就琢磨了："我考虑，全部自筹，以股份形式入资，投资主体多样化，可引进外资。前期为友情投资，因为前景和收益未知，就要广靠人脉。中期收会员费，建筑出土后可以预收。后期收取服务费，乐园运营后营收。目前民企在银行贷款政策上有限制，民间倒是不差钱，就看如何把它吸引过来。"

鲍春喜沉思着说："整体看来，民营养老机构，能做到既受市场欢迎，又能正常获利的极少，比当初想象的更难。我们要做，就必须充分发挥本地特色和优势，整合社会转型中的过剩资源，扬长避短。既要顺应趋势，满足需求，也要挖掘潜力，引导消费，这样才能互为依托，达到目标。从大环境看，由于养老产业投入资金大、回收周期长、收益率不高、公益属性强等，民间资本投入积极性不高啊！"

"的确，符合老人需求又运营良好的很少，省内一家经营不错的夕阳美大型养老公寓，到第9个年头盈亏才刚刚持平，它还是依托背后的大财团。业内的普遍看法是：即使运营不错，回本周期最快也需要7年，不是资金雄厚的大企业根本撑不下去！当然，也有利好政策。国家'十三五'规划提出，积极推动医疗、养老、文化等领域非基本公共服务加快发展。市里刚出台社会养老机构用地及产权管理新政策，但愿都尽快实施。"欧阳秋补充道。

钟怡茗神情严肃地说："在追求理念、服务领先的同时必须注重商业价值，否则难以持续。做养老事业尤其要长久，老头老太对你那么信任，把一辈子积攒的血汗钱拿来，你忽然做不下去了，老人们可经不起折腾啊，我们自己也于心不安哪！持续经营对养老机构而言至关重要，必须把准市场脉搏，以需求为导向，做好风险管控，完善调整机制。做必成功，否则不做！养老是个系统工程，的确难度极大。我们要变挑战为机遇，比如把房地产面临调控、光伏产业遇冷、钢铁产能过剩等产业危机为我所用，采取集约化建设和经营，就可能出现新的商机。"

"就是呀。"鲍春喜接上话，"那些航母型的养老社区，有其长，但也有致命弱点——船大掉头难！国家提倡社会福利社会办，只要我们多方调动社会力量，充分利用有利条件，根据邑阳的市场情况、资源运作能力来规划，把目标客户精准细分，先做小众市场，使其专业化、系列化，积累到一定经验和财力之后，再展开来做大众化。干成这事很有把握！"

　　欧阳秋语气坚定地说："调研过程中，我们也反复衡量比较，在当前形势和政策支持下，以我们现有的资源和能力，做个中小型养老项目、定位中档+少量高档，既有品质又收费合理，弥补严重的供不应求问题，应该是前景看好。"

　　钟怡茗再次斟酌道："那好，我们再进一步仔细梳理一下，从必须具备的几个条件入手，政策要吃透、资金要到位、地址要选准、客户要锁定、医护要专业。充分进行项目论证，比如经济上是否现实、合理？财务上何时能盈利？技术上是否先进、适用？要为将来的股东会提供科学、翔实的依据。这些都要做到精准可信，方可最后下定决心。"

　　鲍春喜重申说："那我们就按这'五要'分头做工作，随时沟通，基本落实了再集中商定吧。"钟怡茗和欧阳秋点点头。

真金白银的考量

中午，钟怡茗正在吃饭，鲍春喜和欧阳秋来了。

鲍春喜举着几份文件兴奋地说："怡茗，你看，有新消息啦！"

钟怡茗一看，是市里出台的《年度十大重点民生实事规划》，其中有关于发展养老产业的一系列新举措：明确用地优惠政策，如优先保障养老建设用地，将民间养老服务设施纳入城乡土地利用规划，城市土地可以划拨、农村土地可以流转，加快审批速度，实行养老专属土地招拍挂等，用于养老服务；加大资金扶持力度，市、区两级资金按1:1配套支持，每张养老床位可获得4000元建筑补贴、120元运营补贴；减免城市配套费，给予用工培训补贴；鼓励社会力量兴办养老服务机构，加大养老服务人员培训力度，为特殊困难老人购买居家养老服务；鼓励、支持将闲置厂房、办公用房和改制后的疗养院等，改造成养老设施，兴办养老产业，满足老年人的迫切需求。

鲍春喜分析说："作为重工业基地，客观上我市已具备比较充足的养老环境：经济环境较好，人均收入相对较高；老龄化程度高于全国，'一五'时期，从老工业基地援建调入的大批科技人员，为我市发展建设做出了重大贡献，他们都已退休多年，到了亟须养生养老阶段，解决养老问题刻不容缓。市里高度重视，要把养老作为基础性、普惠性的热点问题抓好。经过努力，我市已列为创建国家养老服务业综合改革试点城市。这对于养老产业发展非常有利，有了大方向就能避免走偏，具体干事好操作，与相关各方好协调，给我们投资树立了信心。"

欧阳秋补充道："目前养老的趋势是，公办养老院负责失能、半失能、高龄老人，高端养老有消费市场选择，而处于中间状态、有最大量老年群体的普惠养老是个短板，这一块大有文章可做。现在的养老需求，不仅是衣食住行的基本需要，而是扩展到了健康长寿、文化娱乐、社会参与以及自我发展等更多领域。"

钟怡茗点点头说："天时也！我们要多层次地开展工作，寻求一切助力来促进、发展养老，就像蚂蚁，虽然力量微小，只要数量众多，也会产生极大的推动力。"

"政策开了绿灯，下面就是钱的问题。资金是一切基础的基础，咱们谁有可靠的朋友、合适的渠道，都去联系。我们需要的投资人，既要有实力，三五年甚至七八年，可以不必动用这笔钱；也要有定力，不会因有更好的投资机会而动心，要抽回资金。由此确保乐园在起步阶段的稳健经营。"钟怡茗强调说，鲍春喜和欧阳秋心领神会。

作为省政府的智库专家，多年参与省内经济政策制定、企业改制重组，钟怡茗在企业界朋友很多，但从未与他们有过金钱方面的交往。考虑到当下的社会现实，她既信心十足又有些忐忑。她列出一串名单，从交情、品行、实力和发展方向等综合反复考量后，从中精选了6人，想了想，又从中选出3个最有把握的人。

她先找到公司发展势头强劲的吴总。之前吴总和她说过，看好养老产业，期待有机会合作。钟怡茗把筹建银色乐园的情况说了，吴总接住话头说："钟院长，是这样，我的确一直对养老很有兴趣，也真想和你合作干点事。前不久跟几位副总还议过，他们都还年轻，对养老项目兴趣不大。投资是大事，我不能一个人大包大揽。抱歉哦——"

钟怡茗很理解："年轻人有他们的思路，养老项目暂时不会入他们的法眼。没关系。"

樊总是企业界颇有声望的企业家了，很有宏观眼光，钟怡茗想看看他的情况。电话拨了好一会儿才接通，一声沉闷的"喂"声夹杂在物品的响动里。钟怡茗问道："樊总挺忙啊？"

樊总连声说："是啊，最近有些忙。再有几天，就彻底不忙了。"

"哦，怎么回事？"

"我这家族企业也要到点退休哦。前几天我的儿子、女儿跟我说，您老年纪大了，不能这么一直操劳，该享受生活、安度晚年啦。这是要我交班嘛！也是，他们这些年历练得差不多，能够独当一面了。我是该退下来享受咯。哈哈！"

平日里时常抱怨干得太累、总想放下担子的樊总，这笑声里带着些许失落。钟怡茗劝慰道："儿女们有这想法正常，你就好好休息，多保重啊。"

樊总倒是通透，主动问道："你那个养老院筹备得怎么样了？企业那边我没有决策权了，我个人投300万，以后老两口去你那颐养天年吧。"

"樊总你不用为难，没关系的。"

樊总着意提高了嗓门："哎，这点钱没问题。"

"谢谢樊总！"

变数都不小哇。钟怡茗顿了一下，再打给财力雄厚、私交甚好的栾建勋，他经营着一个颇具规模的花卉苗木公司，生意兴旺。电话一接通，就听栾总小声匆匆地说："我在法院，说话不方便。这样吧，钟院，咱们11点在中心公园的咖啡厅见。"带着疑惑，钟怡茗准时到达，不一会儿栾总也到了。几个月没见，栾总变化真大呀，一贯讲究形象的儒雅之人，现在一副胡子拉碴、神情憔悴的样子。

在一个幽静的角落坐下，没等钟怡茗发话，栾总问道："还记得那个裘兴臻吗？"

"是那年承办了出口企业联谊会的裘老板吗？"

"他跑路啦！前一段他请了一群老总去参观他的厂子，说为他新引进的项目把关。厂子给人实力雄厚、发展迅猛的印象。现在看这正是他设下的局。"

"哦，怎么回事？"钟怡茗惊愕地问。

栾总大致讲述了事情的经过。两个多月前，裘兴臻找到栾总，说要进口一批昂贵的精密加工设备，享受进口退税优惠，但要先交后退，他一时资金不凑手，想借个400万，20天后就还，按银行利率的3倍计息。企业一时周转不灵、互相借钱是常事。栾总叫财务把账上现有的250万借给他，办了相关手续。利息多少不重要，主要是相互了解、资金安全。时间到了，裘兴臻没消息，栾总这边正好要用钱，3次打电话都没人接。

栾总心头一紧，感到奇怪，找了过去，园区门卫说，这几天来要账的把门槛都踩平了。栾总冒了一身冷汗，赶紧找周围人，了解情况得知：裘兴臻租用的高新园区厂房，早已退租。找到他家去，两套住宅已被消息灵通的亲戚和员工占住，值钱的东西也被搬空。栾建勋在客厅博古架一角，看到一件标有"沃德"字样的精美物件，这是交行赠给高端客户的新品，说明裘兴臻近期在该行业务量不小。无奈，好不容易找到他儿子，对方却苦着脸说他也不知他爸在哪儿。

岂有此理！栾建勋派两个彪悍的员工，天天堵在他儿子门口。3天后，裘兴臻用个陌生号码给栾建勋发了条短信：你不要找我，也找不到我。我进口设备被人骗了800万，没办法，只有找朋友帮忙渡难关了。栾总你也不差这点儿钱，看咱俩交情上，帮兄弟一把。咱哥们儿有缘，来生再见。寥寥几句，风轻云淡。"再见你个龟孙的头！"栾建勋气得火冒三丈，让公司的法务部收集证据，准备打官司。起诉过程中，栾建勋逐渐得知，裘兴臻把那次与会的人几乎借了个遍，少则十万，多则几十、上百万。还把他的朋友、同事、邻居都拉入火坑，借了40多个企业和个人，总计1200多万。最缺德的是，他以高新技术高投入高产出为诱饵，把他周围一群老同事的养老钱骗走了100多万，气得有的老人都不想活了；还把他一个远房亲戚要买经适房的首付款骗走了，弄得两口子差点闹离婚。

大家发疯似的到处找他，他却像风似的踪影全无。他的老乡曾在老家一个高档小区晃过他一眼，随后带着警察蹲守了几天也没逮着。

平时看他豪车进出，生意红火，八面风光，哪会想到有风险？再说他有房有车、有公司有设备，跑得了和尚跑不了庙，借给他怕啥？哪承想，他的"庙"早已被抵押给了N个债主，几十台设备、车辆已作价变卖，资产全都挪空。老婆也和他办理离婚手续，金蝉脱壳了。一个看来诚恳、忠厚的人，万没料到他玩儿这一手！

渐渐地传来些小道消息：有个黑白两道上的债主给他儿子捎去话，说他爹再赖账不还，就卸掉他两个儿子左右各一条腿，栾兴臻很快如数还清所欠的180万。债主们怀着一线希望，走上了诉讼之路。他那个远亲，聘请律师、立案起诉、登报告知，并抵押了全部家当：一套60多平方米的老房子、一辆二手小货车，做资产保全，加上律师费，七七八八又花去一万多。

债权人操的心、着的急，夫妇拌的嘴、吵的架，来回奔波的时间精力……心头那把无名火，能把路上的沥青烧着！

"那段时间，正赶上几个合伙人之间出了些问题，这笔烂账使得矛盾进一步激化，我这一阵子就是跟律师、法院打交道，熟悉那些弯弯绕绕的法律条款。学习法律最有效的方式就是打官司，虽然有律师，但他们给的意见我得选择决定，真是焦头烂额啊！"栾建勋说着，从衣袋里掏出包香烟，左手拿着烟盒，右手两个手指轻轻一敲，弹出一支来，放进嘴里，正要点燃，忽又想起什么，把烟拿下横放在鼻子下嗅着。一个从不抽烟的人，短短时间，动作这么娴熟，食指和中指间被熏成了焦黄色。这个被戏谑为"永葆青春的奶油小生"脸上，竟有了几个大大的"括号"。

钟怡茗想，该是多大的折磨，才能这么快地在脸上写满沧桑啊！她拿起火机，打着火递过去，对心力交瘁的栾建勋说："这笔钱不是个小数目，的确很压人。但事已至此，别太过焦虑，困难总会过去的。"栾建勋苦笑着说："商场摔打这么多年，什么困难没遇到？叫人最痛心的不是经济损失，而是裘兴臻处理事情的方式。一个多年的哥们儿，又是生意上的朋友，遇到大难处，实话实说拿走钱，说声'对不起，这钱暂时还不了'，这我能接受。但他用这种下三烂的手段，活不见人死不见尸，叫人实在太憋屈！"栾总的手臂在空中挥舞了一下，又无力地落在了桌子上。钟怡茗看到，这一拳像打在了棉花上，无处发泄的愤怒令他抓狂。钟怡茗忽然生出一种莫名的感伤，很多时候，激化矛盾的并非矛盾本身，而是处理矛盾的态度和方式。人之间所谓"铁哥们"感情，在利益面前，如此不堪一击。

好一个费斯汀格法则的典型案例！钟怡茗默然着，面对残酷的现实，说什么都苍白无力。

栾建勋倒是反过来提醒钟怡茗："平时都是你好我好，一旦出现利益问题，才露出真面目。钟院长你建养老院，这件事很好，但很不好做。有句话送给你：永远不要高估人性的善，永远不要低估人性的恶。一定要多加防范！"钟怡茗点着头，叮嘱栾总多保重。

三个很有实力、最有希望入资的企业，出现了意想不到的新情况。钟怡茗一时惊住了。她呆坐在凉台上，久久一动未动。晚风吹来，她打了个激灵，脑子清醒过来，她意识到她必须重新评估筹建养老院的可行性。

那个夜晚，钟怡茗书房的灯一直亮着。

　　理出头绪后，重拾信心，钟怡茗再次进行筛选，果断地删除了几个，又继续联系新拟的候选人。第一个是桥梁构件厂的项总，他的厂凭借技术领先产品畅销，把公司经营得有声有色，没想到它但却陷入了三角债。"现金流停滞了，像人身上的血，不流动了，人也差不多快完了。"总经理项新辉大倒苦水，"这种状况再不改变，工资发不下来，技术人员都流失了，我这些年豁出健康、输掉妻儿攒下的这点产业，就耗尽了。"顺着声波，钟怡茗似乎看见了项总那紧锁的"川"字眉。

　　钟怡茗又打给风险投资基金老总辛正刚，辛总直言不讳："钟院你有这份善心善缘，的确很难得，但作为企业必须讲回报。养老产业风险大、收益低，确实不是当下投行的优选。不过从长远的多元化布局看，我很看好这个行业，对你本人也非常信任。这样，我斟酌一下，投500万吧，钟院你别嫌少哦。""哪里哪里，谢谢辛总支持！"

　　另一个公司董事长洪梅沁言辞恳切："我们班子前段刚开完经济形势务虚会，其中特别分析到养老产业。起因是一个合作伙伴在养老地产投了一大笔钱，陷进去了，那是个填不满的无底洞，他现在是进退两难。这个产业高管们都不看好，我不能拿股东的血汗钱打水漂。咱姐妹说实话，我劝你也谨慎行事，这一行真的不好干，咱不要给自己晚年惹个甩不掉的麻烦啊！""嗯，谢谢提醒，你忙吧。"钟怡茗觉得这话也实在。

　　钟怡茗喝了几口水，刚把心静下来，手机就响了，是房企大老板蒯兴业打来的："钟院长，知道你的养老公寓正在筹资，我们也想投一些。""哦，你怎么对这个感兴趣？""你也知道，我的公司近些年发展很快，挣钱很多。人无远虑必有近忧嘛，我这个游走在政策边沿，也不能持久。你办养老有公益招牌，挺长脸，再说对你我也信得过，盈利是早晚的事，资金长久安全。"钟怡茗心想这人倒是直爽，但这个钱不能收，她说："谢谢蒯总。

我们融资已达上限，不准备再接收资金了。你这实力雄厚的大老板，要投肯定是大手笔。我们这是探索性的，未知数很多，风险很大，资金盘子不能太大，这也是对投资人负责。如果你个人想少放些进来，是可以的。""是这样啊，那就算了。"钟怡茗松了一口气。

果真，平时大家都是说些场面话，真刀实枪，才能探到底儿。不可否认，他们说的也都是实情话。

是时候拿出撒手锏了，能否成功在此一举！钟怡茗拨通了老乡燕子的电话。她们都生长在青峻山乡。

燕子，旅德企业家，改革开放后第一批弄潮儿，见识眼光独到，她利用自己的专业特长和所在区域产业优势，最早从事轴承出口生意，资产数亿。燕子父亲身为建筑结构领域著名大师，在国内外享有盛誉。

小时候博闻强识、敢于担当的钟怡茗是燕子最贴心、最信任的大姐姐。

燕子年年被评为优秀学生，高考一举夺得本地区理科状元，轰动一时，很让父母感到欣慰和自豪。但她并未按照父母的愿望，报考老一代之所学，而是选了最基础而又颇具男性化的专业——机械制造业。尽管父母大不赞同，但燕子喜欢，她认为，人类发展史，就是制造业的发展史，科技水平和经济实力的显著标志就是制造业是否发达。尤其是她看到一篇报道，介绍德国人精益求精的工作态度、严丝合缝的精密机械设备、可用至半个世纪甚至百年的产品品质，更有文章末尾一句话深深地刺疼了她：中国人可能永远也造不出这样的产品。她大受刺激，也很不服气，中国人哪点差了？！

大学毕业后，燕子的再一次选择，让父母瞠目结舌，她决定到德国留学深造，居然选择了国际贸易专业。父亲很是不解："那都是虚的，只有实实在在的工程技术才是真功夫，或者说可以公平论高下，别的专业人为因素太多。"燕子可不这么想，她觉得父亲辉煌的专业成就遮挡了他的视野，当今这个时代，技术并非唯一的决定性因素，而商战策略往往是决胜的关键。对自己而言，商贸或许比单纯的技术能帮助自己走得更快、更远。

在燕子看似柔美的外表下，有一颗坚毅刚强的内心。儿大不由娘，燕子带着自己的理想奔向了未知的世界。在与各国学子共同学习、交流的过程中，她愈加认定自己的选择。在接待国内一些高级别企业家代表团时，燕子被叫来当翻译。在这些活动中，她窥见中德之间存在着巨大商机。她细心地了解双方需求点，扎实做好各种人脉及技术储备。硕士毕业后，燕子婉拒了导师希望她继续读博的建议，毅然进入世界八大轴承名牌之一的德国龙头企业，沉下身子，从生产到工艺，从技术到管理，潜心钻研，对德国该行业的关键技术、工艺流程、管理结构和贸易渠道等做了全方位考察、学习。

4年后，燕子带着满满两大箱资料回国。适逢国内实行改革开放政策，中德贸易飞速发展，经过缜密的市场调研和政策研究后，一个中德贸易公司诞生了。凭借多年的深厚铺垫，燕子在两国之间来回奔忙，生意做得风生水起，赚取了丰厚的利润，成为行业知名企业家。

一晃30年过去了，事业稳定、家庭和美的燕子蓦然回首，发现一切都在不经意间悄然改变：原来活力十足、温婉美丽的母亲弯下了挺拔的腰，电话里聊着聊着，脑子就"断片"了；才思敏捷、口若悬河的父亲除了建筑，谈起别的是说了上句没下句，变得沉默寡言；她那有着钢铁般意志与体质的哥哥刚子，被一场突如其来的严重车祸，彻底摧毁。本指望哥哥照顾双亲，可他自己已是自顾不暇。病痛的折磨使他几度想要结束人生，只是牵挂着亲爱的妻子女儿、父母和妹妹，他才坚持下来，为亲人活着。燕子曾打算把亲人送到香港或日本，到条件更完善的地方养老。

他们坚决不去，说老了不愿背井离乡，风景再美也走不动了，美食再多也吃不了，还是在故乡故土待着踏实。无奈，燕子只好请了两个金牌保姆、护工帮忙照看。可他们仍是郁闷寡欢。

这一切引发了燕子的深思：人生的意义是什么？自己奋力打拼又是为什么？

这期间，在刚子遭遇车主肇事逃逸、一家人紧急治病的忙乱悲痛之时，钟怡茗挤时间伸出援手，请来朋友协助料理，寻找保姆照顾生活。刚子个性刚硬，他不是想要多少赔偿，而是要对方一个道歉。钟怡茗请公安局的朋友，帮助查找肇事者，尽快了结案件，解除了刚子的精神痛苦。这些无微不至的关切让燕子倍感温暖。

听说母亲犯病很厉害，燕子放下手头的生意，匆匆赶回国内。冷清的家里，父亲望着几本世界著名建筑图册枯坐发呆，母亲烦躁不安地无名发火，哪有一点家的温馨？看着墙上父母亲年轻时照片，何等的意气风发啊！旁边挂着父亲伏案照及辞赋：切磋研讨到白头，纸笔作春秋，窗外荣华如烟梦，残月挂西楼。莫回头，只俯首，不尽黄河滚滚流。燕子眼眶一阵湿热。

手机响了，是钟怡茗的电话。"燕子在家呢，你爸妈还好吧？""怡茗姐，我在家。我妈还是一时清醒一时糊涂，受强刺激的后遗症，没办法。我爸还可以，就是精神上太孤独。我哥车祸后恢复一直不好，勉强能自理。我回来这阵子，陪着我妈说说话、唱唱英文歌，和我爸聊建筑艺术，他们明显好些了。我爸对棋牌麻将啥的没兴趣，什么都不会玩，只爱琢磨专业技术，成天抱着那些建筑大部头盯着看，与别人没交流，这哪行啊？真愁死我了！"

"我有个设想，咱们见面聊。"

"好啊，我也正想找你呢。"

两人相见，钟怡茗询问了燕子家人的身体情况，然后直截了当地说想办个养老院。她介绍了自己的整个构想，并着重谈了融资规模和经营预期。

燕子说："大好事！前几次聊天你提到了，我知道你的心思：自己未来的归宿，其他老人的乐园。资金没问题，我很乐意投。只是目前养老经营环境很不完备，这是一条荆棘丛生的艰险之路，你干这事太操劳了，我真不忍心哦！"

钟怡茗反问："投资这么大，风险你想过没？"

"想过，宝押在你身上。"

"我也没多大谱。运用底线思维吧，从最坏处准备，争取最好的结果。我先按银行同期利息给你预计收益，到底最后做成啥样，还真不好说，但我一定竭尽全力。"

燕子直视着钟怡茗说："这么多年了，这个我从不怀疑。我的要求有两点：一是你未来的养老公寓把我爸妈哥嫂照顾好，让老头老太舒服开心地安享晚年；二是带动青峻山的老乡富裕起来。做到这两点，我就连本带利都有啦。青峻山的自然环境很好，公寓建在那儿是上佳选择。"

钟怡茗开玩笑道："就为了山里那野菜饭、瓜叶饼？嗨，其实我也看好那里。"

"还真是哦。世界各地山珍海味吃了无数，只有那里的菜饭能唤起我浓浓的乡情。真是胃知乡愁啊！"

人们所谓的幸福，绝非虚空，它是人生经历中的某些细枝末节突然被触动、被唤醒而产生的满足感和愉悦感！这是人世间最美好、最温暖的情愫！青峻山的农家生活，这不经意间的收藏，就像陈年老酒，年代越久越淳厚浓郁，越值得回味。燕子在外打拼这些年，在潜意识里，最牵挂、最感恩的就是那里。五年前燕子和钟怡茗一块儿回村里，看到村里人仍然很贫苦，就一直放心不下。

"说实话，我挣的钱的确不少，三个儿女学有所成，有自己的事业，都很独立，你说我留那钱有啥用？我和丈夫能花多少？百年之后，乡愁牵引着我叶落归根，头枕青峻山，脚蹬黄河水，一圆我这海外游子思乡梦。放心干吧，相信你一定成功！"燕子动情地说。

一切都在不言中。两人"啪"地击掌笑了。

燕子这边一落实，其他的事就好办了。鲍春喜、欧阳秋先后报来，有一些企业和个人也准备投资。

钟怡茗很高兴："好啊，开局不错，第一期资金差不多了。其他方面的事情也有了初步眉目。"

她们接洽乡政府，商谈青峻山的开发与保护、土地租用、治安环境和汀泽河的治理等，具体围绕这几个方面进行深入沟通：首期所需土地的流转问题；作为民生、微利行业，希望得到当地政府大力支持；投资60万元为乡里扩建敬老院，收养全乡"五保"、孤寡老人，请乡政府划拨5亩土地并购买服务。双方交流充分，达成了共识。乡政府非常欢迎她们前来投资开发。

KH研究院留下的一大片建筑、设施，钟怡茗早就考虑要用它大做文章了。她们和研究院这边洽谈，就其闲置的房屋建筑租用和能源供给问题进行具体商讨，主要包括：水电暖供应、职工住宅、医疗资源和大礼堂等建筑的租用。这是该院的一个大包袱，双方谈得相当顺利，很快达成了合作意向。

综合分析，三人一致认为：以现有条件，兴办养老公寓切实可行！但要注意避免失败致因：大社区、大投入、高标准、高消费。依托现有建筑、医疗、山水景色等资源，控制初始投资规模。锁定目标人群，稳定客源。以国家政策做引导，集社会力量做支撑，选规模单位做范本，稳妥起步。

钟怡茗做最后总结："只要风险可控，条件基本具备，通过努力可达目标，那就坚定不移地干。要跳出框架创新，打造养老品牌，为老人们建造安乐窝，为养老事业做个先行者！我国目前面临的养老问题，不仅政府有责，整个社会也有责任。作为普通百姓，我们无力改变大社会，但可以营造小环境。无数个小环境好了，大社会也会温馨和谐。"

第五章 | 青峻山苏醒啦

　　不同时代，区域价值大不相同。著名策划家王志纲说：农耕时代，平原最值钱；工业时代，沿海最值钱；休闲时代，山岳最值钱。

　　绿水青山就是金山银山！

落户"深闺"里

经过一段紧锣密鼓的准备，三色梅快乐养老公司（暂定名）第一次股东会暨董事会在青峻山召开。

筹备组组长钟怡茗开宗明义："各位股东、各位朋友，针对即将成立的养老机构情况，在前期的多次沟通中，向各位做了简要介绍。养老产业作为新兴的朝阳产业，前途光明、前景广阔。但经营收益呢，目前看尚不确定，中期看也是微利行业，十分感谢各位股东兼具家国情怀和战略眼光，承诺给予我们长期的、理性的投资。今天我们召开股东会，选举董事会、监事会，把一些重要的事情确定下来。首先请各位确定出资额暨公司注册资金。"

燕子首先发言："我出资8600万，我自己名下600万，当个不管事的股东；剩下的8000万打到怡茗姐账上，以她的名义入股，我看好她牵头的养老事业，我希望她当董事长。当然董事长这个位子很不好坐，是个苦差事啊！"

钟怡茗连连摆手拒绝道："燕子你仍按8600万元出资，不能打给我！"

筹备组成员鲍春喜环视众人一圈说："咱们还是按规定，以签字为准。"

经签字确认，与筹备会上的投资意向吻合。鲍春喜宣布出资结果："总投资额为1.321亿元人民币，各位股东出资份额，请看手头的投资数额一览表，我不一一念了。中外合资企业出资

8600万，国内企业出资3160万，个人出资1450万。这体现了我们投资多元化的指导思想，也有利于企业经营运作。"

会议投票选举董事5名、监事3名。没有悬念，钟怡茗以全票当选董事长，众人热烈鼓掌表示祝贺。钟怡茗双手合十："任重道远，压力山大！"股东笑了，七嘴八舌道：

"钟院长任董事长，当仁不让啊。"

"压不垮你！你是优质弹簧，越压越强。"

"非你莫属，别人谁敢挑这副担子哦。"

"钟院出任董事长，必需的！"

钟怡茗连声致谢之后询问道："即将成立的这个经济实体，我建议名字叫三色梅恒久颐养公司；这个养生养老机构，叫银色乐园，寓意老年人快乐享老，怎么样？"诸位股东一听，连声叫好。沈总击掌赞叹："不错！梅花傲然迎雪开！你们三位女将迎难而上，精神可嘉，可赞可佩！银色乐园，银发老人的快乐家园，好！"大家也纷纷称赞这名字贴切，有特点、有风骨。

"没有各位股东的鼎力支持，就没有她的诞生。我给各位鞠躬了。"钟怡茗动情地说并起身致谢，与会人员忙拱手致意。随后，钟怡茗提议："我提名聘任鲍春喜女士为公司总经理、欧阳秋女士为副总经理，同意请举手。"全员同意，会场响起热烈掌声。

钟怡茗微笑着环视会场："首先说说我进入养老行业的想法。退休，意味着进入老年阶段。从50岁（女干部55岁、男性60岁）结束工作到70岁左右，算是养老阶段的前期，走过了人生最辛劳的路程，身体尚好，有点积蓄，闲暇较多，自在无忧，被称为人生黄金20年。

"去年，我国人均预期寿命是76.7岁，世卫组织预测的健康预期寿命仅有68岁多，有近8年的时间是带病生存，在2.4亿老年人当中，近1.8亿人罹患各种慢性病，患有一种以上慢性病的高达75%，大多数老年人活得不健康啊！长寿不健康的问题既普遍又突出。因此，一个人从退休到离世，可分为两个阶段：健康养老阶段和医疗照护阶段。前者是健康活力老人养生范畴，后者就是高龄及失能老人的医疗照护了（这个有4000多万人，属于国家重点建立健全的长期照护服务体系，是托底保障的福利事业）。那两亿健康活力老人怎么度过这重要的养生阶段，并为以后的养老打好基础，关系到国家的发展、社会的安稳和个人的幸福。"

钟怡茗继续说："的确，有研究表明，人的健康和寿命，60%取决于个人生活方式。现代医学也表明，医疗对健康的影响有限，个人行为、生活方式和社会环境才是健康的决定因素。衰老无法抗拒，但能科学延缓；疾病在所难免，预防可以改善。所以，科学规划，创造一种环境，改变生活方式，加强保健养生，调节调适情绪，维护身心健康，力争活得更健康、更快乐、更长久，这就是银色乐园的创办宗旨！"

近年来，国家出台了一系列政策文件，提出：积极促进健康与养老、旅游、互联网、健身休闲等融合，催生健康新业态、新模式。这使得"康养"一下子站在了风口上，要借这个政策东风，把康养做起来。如果说以前是凭感觉、凭直觉在干的话，现在则是有理论依据、有政策靠山了。银色乐园的目标，正好与健康中国、健康老龄化不谋而合。

正如有关专家所说：健康老龄化，是应对人口老龄化的低成本、高效益的战略举措。对老年人自身来说，能够尽量长时间地维持健康、保持独立生活能力、享受较高的生活质量；对社会而言，可以最大程度降低患病率，减轻老龄化带来的医疗卫生及社会养护等负担，减少对社会经济的负面影响。

眼下的现实是，养老产业是典型的微利甚至亏损行业，甚至有权威机构分析说，盈利遥遥无期。民政部的数据显示，民营养老机构一半勉强持平，40%常年亏损，盈利的不足9%，大都面临着生存危机！

那么，对这个既无雄厚财力，又无自有土地、房屋等必备资源的小公司来说，凭什么能够办起来、活下去呢？康养是个新概念，是具有广阔发展前景的新产业。钟怡茗她们设想，就是以优质的自然资源，比如青峻山的绿水青山、优质的空气、无污染的土壤；周边丰富的人文旅游景观，如宏大的水利枢纽这一水利资源，黄河全流域九曲十八弯的微缩景物，用实景方式讲述从发源地到此处的黄河故事；研究院的军工遗存，打开科技研发的一扇神秘之窗；不远处的考古新发现等文化生态资源；汀泽河边上的千亩荷塘；南边山岭的茶叶、玫瑰花基地，山区野生果林和植物博物馆等自然资源，组合成相互关联的旅游整体，打造一个以自然生态文明、文化娱乐休闲为特色的山林康养区域。这一独特的自然与人文资源，对于周边城市以及外地的康养大军，会有很强的吸引力。

钟怡茗阐明了经营宗旨："我们不和人家拼高投入、大产出，而采用轻资产运营的康养模式，充分发挥我们的核心价值和经营理念，利用手头的有限资产，把硬件做精、软件做细，让老年人获取美好生活体验，吸引更多的人不断入住。目前社会上并不缺钱，我们也不是筹不到钱。很多人手握大把钞票在寻找好项目，有些企业和个人想加入，我们谢绝了。一方面考虑到如果对接资本市场，会让乐园的发展受制于资本方，可能产生有悖于我们经营理念的短视行为。另一方面，有的企业面上看来发展不错，但隐含着一些危机和风险。综合衡量，给筛掉了。我们做养生养老，不单纯以短时期内的盈利能力来评判，而在于长久的社会价值和经济收益。道不同不相为谋。只有共过事、知根底的朋友，才能放心合作。

"从客户群来说，邑阳作为早期的重工业城市和现代化古城，聚集了各方面大量的优秀人才，他们思维活跃、理念先进，凭借自身的知识和技术能力，成为稳定的中高收入者；还有受益于改革开放，较早投身商海而发家致富者。他们大多又是独生子女家庭，这些人作为我国率先存在的中产阶级，将成为中高端康养市场的主流，也是我们乐园当下的主要客源。我们将分析他们的现实需要和潜在需求，从而定制相应的服务。

"我们倡导的康养，其本质是延长寿命，是快乐、健康、高质量地延长，而不是卧病延长。"

性情爽快的邵总插话说："对啊，没有身体健康，就没有生活质量。就像巴金，那么好的医护条件，被延长了6年生命，个人其实是痛苦不堪。诚如巴老所言，是生不如死，他是为亲人而活，令人心酸啊。"

钟怡茗点点头："当物质条件比较富裕时，健康就成为最重要的东西。我们要让客户在乐园多元化的供给中，实现高品质快乐养老，促进健康的长寿。"

关于乐园的经营理念，钟怡茗说得很明白，就是以文化、精神养生为宗旨，为老年群体提供一个尽情展示、发挥自我，突出个人兴趣、特长，实现剩余人生价值的人文环境；利用青峻山的资源禀赋，做好山、水、气、绿康养基本要素的好文章，打造出山区旅游、休闲、度假、养生的新亮点，将健康理念融入日常生活、融入康养服务中；生态养生，文化养心，以养促健、以养降医，创造出独具特色的新模式，低成本、高质量地实现健康老龄化，让客户过上一种有作为、有价值、有尊严的健康生活。

以庞大的老年人数量和需求而言，康养产业前景广阔。但投资大、见效慢、培育周期长，经营成果短、中期难以显现，也是不争的事实。乐园承诺：保底收益与银行同期利率相当；如果比实际要高，则按实际效益分红。以各位股东的经营能力和独到眼光，这些钱放到哪儿都比投这儿强！这区区收益不足以谈投资回报。大家绝不是冲着赚钱，而是心系养老事业、奔着个人信用和多年交情来的。几位女将对此十分清楚，也非常感动，这是干事创业的坚实基础。

钟怡茗郑重承诺："为防范信用风险，我们先小人后君子，我以自己的全部家当，抵押609万。如果我在公司经营中出现背信弃义、违法乱纪或者独断专行、胡乱决策行为，大家可以采取法律手段。"

燕子和几个股东同时说："怡茗大姐（钟董），你——"

钟怡茗做了个停止的手势，对公司律师林啸说："你说吧。"林啸打开文件夹，举起来展示着："这是两套房产证，一套是董事长现有住宅，面积157平方米，折合市场价136万；另一套位于北京北四环，32.6平方米的学区房，折合市场价473万，是董事长父母留下的。这里附有两套房子的评估报告和房产证。与其说董事长抵押全部的身家，不如说是抵押了自己的人生信用。"林啸的声音有些颤抖，有人眼圈发红，有人喉头发紧。会议室里一片沉寂。

钟怡茗接过话头："这样可以督促自己背水一战。我也希望各位信守诺言，按时出资，不中途撤资。如果谁经营上急需用钱，我会积极帮助解决。"

德高望重的居总郑重地说："对爱惜声誉胜过生命的钟董来说，这是价值连城的承诺。没得说，我完全信任大姐！""君子一诺，五岳皆轻。"辛总接上说。会场又一次响起了热烈而厚重的掌声。

钟怡茗继续道："另外，我们经营班子三个人的入股资金260万，3年不参与分红，我提议并征得了鲍春喜和欧阳秋两位老总同意。这样做主要是给经营高管压力，促使大家全力以赴去拼搏最好的结果。"

辛总连连摆手说："这不合适，应该和其他资金同股同权。"其他人也纷纷插话，要一视同仁，一同对待。

钟怡茗真诚地说："这点钱占比不多，表明我们几个初始发起人的决心，就是要深思熟虑、看准方向、奋力拼搏，求得最佳结果；和各位股东，尤其是大股东一起共担风险。资金的使用，会严格按照股东会的决议执行，并实时接受监督。现在组织机构框架已经确立。关于KH研究院的现有资源、青峻山的自然状况、乐园的总体规划、主要项目进度、资金安排和财务数据等情况，会议文件里都有详细说明。一些股东也和我进行了交流。从大家的反馈意见看，目标是一致的。如果还有什么疑虑，可以继续提出讨论。今天主要就四个重点问题做进一步阐述，鲍总请。"

鲍春喜对钟怡茗点点头，清了清嗓子："我先汇报选址问题。KH研究院，周边青峻山乡，诸位大都去看过，我不再多说了。从开办养老机构所需的综合要素来看，这里的确是最佳选择。"

选址在此的优势，鲍春喜一一进行了说明，她说选在青峻山有个关键因素，盘活KH研究院的存量资产，银色乐园长期租赁院里的房屋建筑，比如大量闲置的单身楼、鸳鸯楼、家属楼、平房，以及几块生活区用地等，进行适老化改造，相比其他养老机构高价拿地建房，先期投入最小，可以省下大笔资金用于后期运作。

另外，建设乐园配套供应蔬菜、鸡鸭鱼肉等副食品的生产基地，可用流转方式拿地，用地成本很低。这是邑阳的一个创新举措：将农村集体资产的产权转让、出租、入股、抵押等流转交易，统一在农交所公开、透明进行，避免了企业和村干部绕过村民"暗箱操作"，也从法律上保障了企业权益。

近些年，国家尽力解决农民养老问题，这里老年人的养老金每月205元，有一定保障，但并不充足。经多方调研摸底，乐园确定按每亩每年1300元的价格，向62户村民支付土地流转金，高于村民一年种地净收入的15%，以后每5年递增10%。此举将农民拥有的土地使用权，转化为生活保障或购买老年服务的能力，这样，农村老人养老就进一步落实了。土地流转出去的农民，乐园已和当地政府商妥，安排其中合适的劳动力从事生态农业。

鲍春喜着重强调："流转土地交易后，办理50年使用权属证书。一是可以用法律约束双方。乐园取得土地经营权后，基础建设投入远超土地流转租金，这个用来防止村民悔约纠缠闹事，避免造成重大经济损失。二是使用权属证书能进行抵押融资。这种农村土地产权交易模式，对于投入大、周期长的生态农业产业来说非常重要，具有极大的现实意义，也缓解了前期资金用量大、资本调动迅速的状况。"

刚打完一场马拉松官司、略显疲惫的沈总提醒道："政府这些举措很好，有利于减轻资金压力。凡事宜未雨绸缪，越是带有试验性质的事情，越要有法律保障。事事法律先行，要和当地政府签署有关法律文件，不踩法律盲区、雷区。做到既有利于企业安全与发展，也有利于客户的稳定与安康。"

玄总也赞同道："目前，公平竞争的商业环境尚不完善，我们一要合法合规合理，二要保护保重自己。"

鲍春喜望向钟怡茗，点点头说："嗯，可以考虑律师提前介入，早点把关。流转拿地，我们要把节省下的资金用于房屋、道路、设施设备适老化的等配套改建设及人力资源培训。虽然这里地势复杂些，但少了很多开发城区土地的人为因素干扰，起码没有'钉子户'，工期可按规划进行。"

酷爱旅游的滕主任说："我们国内外旅游，到处找好风景。没想到啊，眼皮底下，竟有这么个风水宝地，真是踏破铁鞋无觅处啊！"

有几个人也感慨道："是啊，昨天实地一看，这样的美景真不多见。城里人为雾霾所困扰，这里是一块难得的'净土'，既有北方的粗犷大气，又有南方的温润俊秀。不仅是老人们休养身心、颐养天年的好地方，将来建好配套设施，也是城里人休闲度假、游览观光的理想旅游胜地。"

霍总，这位自嘲长着一副"生动猫脸"的驴友，激动得五官都移了位："六年前我野游来过，当时感到很惊艳！同行的一个财团老总，很想在这儿搞旅游开发，后来人事调动去了外省，这事儿就搁下了，去年见面他还在念叨呢。山不转水转，没想到现在我跟它结缘了。"

鲍春喜笑了："霍总跟青峻山是'二回熟'呀，真是缘分！我们来远郊区建养老院，更深一层的社会意义就是：减轻城市养老负担；促进青年人进城创业，提升城市竞争活力；增强城市和周边乡镇的经济联络，缩小社会经济发展差距。政府对此高度认可，大力支持，这对我们民营企业十分重要！对客户来说，养老的正面作用也更加明显：显著降低养老成本，减轻养老负担；满足老人崇尚自然、向往田园生活的需求，并且养老品质大为提升。"

"正应了这句话：农耕时代，平原最值钱；工业时代，沿海最值钱；休闲时代，山岳最值钱。绿水青山就是金山银山哪！"钟怡茗补充道。

"三线建设"的宝贵遗存

选择青峻山，这里有非常充分且可利用的宝贵工业遗产，很有现实意义。

钟怡茗感慨地插了话说："国际上把偏于投资熟悉的本国市场称作'母国偏好'，我也有类似的情结，那就是'故乡偏好'。"

"在青峻山生活和工作过，我深切感受到农民的艰难、贫穷、无奈和坚韧，知道在这山峦深处有一支科技队伍，孜孜不倦地奋力拼搏，以工匠精神为国家研制国之重器。他们让中国在世界上发出最强音，自己却沉默，沉默到父母都不知道自己在干啥，沉默到世界上几乎没有这个人，献了终身献儿孙，甚至可以为祖国建设、为远大理想贡献自己的一切，这就是中国知识分子的精神风貌和高尚情操！我为此感动、感慨，也无比自豪、自信。这段宝贵的经历，奠定了我人生的理想信念。"钟怡茗话语里充满感情。

钟怡茗讲了那些年的经历，说自己对那一带比较熟悉，了解那里的自然状况，知道怎样去改变它，清楚农民需要什么，而自己又如何能帮到他们。知道如何与他们打交道才能形成共识，才会少费时多成事。

玄总说："昨天我们一帮子早些到的，欧阳秋总带我们去转了一圈。研究院虽然老旧了，但还是很气派。里面的设计大楼、生产厂房、职工宿舍和保障设施，结构框架真挺不错，礼堂、广场、体育馆，都暗示着它曾经的繁荣与兴盛。"

"这就是我要介绍的基础设施了。"鲍春喜兴奋地接上说，"经专家组全面评估，研究院的主建和基础设施经过大修、维护，再运行30年没问题。这就节省了大量的建设费用，缩短了周期，降低了运转成本。租金加上修建连接管网及道路的资金，经济上仍十分合算。将来进行适应性改造后，会产生可观的使用价值。变废为宝，让闲置的科研、生产基地焕发新活力，符合城市集约发展、盘活存量的要求，市政府非常支持。研究院也十分积极，希望借此能减轻他们的沉重负担。研究院这些承载了我国工业化发展的老建筑，进入'退休'行列，它们也和我们一样心有余力，想再发光发热啊！如何运用创新思维，进行适当改造、重组，挖潜，赋予它们新的生机，造福于老年人，是我们着重关注的大事。当年研究院搬迁进市，留下的房屋建筑、大型设备、水电气暖和通信设施等大部分闲置。这些基础设施的设计、建设，各环节把关很严，质量堪称一流。虽是剩余残值，但鉴于其军工特性，品质相当优良，维修配置得当，都是非常难得的优质资源。还有留守、退休员工的技术技能与经验，都很不错。"

钟怡茗指着一份文件说："养老建筑的国家标准，我们把它作为最低要求，在此基础上，创建并执行乐园自己的企业标准，到市建设局备案后，硬件和软件争取达到示范级标准。

"与外部的交通问题，考虑到将来工程建设及运营后，车流量较大，这个要做长远规划。一个方案是打造青峻山的公路。把现有的这条狭窄沙土路进行改扩建，穿山打洞，硬化路面，估计得950万左右。另一个是延长市公交线路。市公交集团承诺，乐园建成后，可将公交专线从研究院延伸过来，把乐园设为终点站。

"关于医护人员和医疗设施，这些是养生养老的重要保障，大家商量打算利用研究院原职工医院的现成资源。该医院具有二甲资质，拥有15间门诊和2座6层住院部，109张床位。现在要重新招聘、充实、培训队伍，添置一些新的先进设备，增设受老年人欢迎的中医理疗保健项目。经过软硬件配置后，能提供体检、急救、常规诊治、理疗以及情绪疏导、心理咨询、危机干预等精神慰藉医疗服务，保障初期的医护所需。计划到二期大规模建设时，再进行大修改造，作为治疗、康复的住院病房。"

沈总问："研究院现有资产大有可用价值，怎么不考虑给买下来？"

鲍春喜笑了，说："那可买不起。研究院摊子太大、闲置太多，算起来资产原值将近两个亿，买不起也不合算。我们只租赁有用的，他们也减少了空耗费用，就两利啦。"

资源整合借力行

"现在养老产业大都是亏损状态，咱们乐园怎么能确保盈利呢？"居总直入要害问题。鲍春喜微微一笑说："下面我就要说到，第三点就是盈利模式问题。乐园在土地、基础设施上省了大钱，接着就要开源了。首先是对入住客户收取会员费，既稳定客源又增加现金流。房子主体建筑封顶后，按规定可收取会员费了。准备预收会员费每人10万元起，上不封顶。愿意多交的，享受相应每月费用折扣优惠，折扣率大于银行同期利率，以此鼓励客户多交多存。但怎么让客户放心，就要做足文章了，首先是安全，其次要增值。"

樊总提醒说："这块儿可得小心！北京有家养老机构卷走数十位老人的800多万押金，后来老人们官司打赢了，可钱也没了。闹得沸沸扬扬的，有关企业还涉嫌违法，这事在社会上负面影响很大。"

"我也看到这个案子了。我们的做法，是和邑阳银行合作，建一个养老押金专户，这个专户的资金只能用于规定项目，由银行全程监控，让客户放心。资金余额保本理财，利率略高于银行5年定期利率。国家在这方面的制度跟进相对滞后，相关监管措施不到位。我们意识到了，主动要求银行介入监管。既是自律，也是创新。这样对各方都好。"鲍春喜胸有成竹地说完了。

心思缜密、凡事爱琢磨的辛总翻看着手头资料，问："入住率决定着企业的生死。乐园必须达到68%的入住率才能盈亏平衡，有那么多健康老人来住吗？光看全市的目标客户大数据可能还不够。不知对此有何举措？"

鲍春喜进一步解释道："现在是数据时代，充分利用大数据进行宏观分析是重要基础。具体到开办乐园，还要进一步细分需求，掌握更加翔实、精确的小数据，才能有的放矢，精准发力。这已委托给专业的数据中心，进行数据采集、综合、分析后，再分类使用。据不完全统计，全市每年约有1.35万的空巢老人，去往各地候鸟式养生养老。乐园一要吸收这其中的部分老人就地康养；二要和外地养老机构合作，联合推出异地休闲度假模式。

"作为全国知名的宜居旅游、文明城市，邑阳这几年宣传力度很大，在全国很有影响。在前期摸底时，本市的老年人报名相当踊跃，客源较广，主要集中在这几个方面：一是科研设计单位，本市国家级科研单位较多，退休人员集中，养老问题急迫，这也包括KH研究院；二是高等院校，有众多的退休教职员工；三是大型水利工程单位，工程竣工后，许多当年的建设者留下来就地休养；四是大型厂矿的退休职工等。意向报名近2600多人，按照9:1的毛入住率算，确保80%以上的入住率问题不大。受千年农业文化传统熏陶的中国老人，热衷于农事体验，心中都住着一个诗意的田园梦。

"当然，健康活力老人在乐园康养，不会长年住这儿，他们要回家、要外出旅居，这就有个周转问题。乐园已和外地的同行、旅行社达成初步意向，这边人走，那边人来，不断产生'流量'，进而产生影响力，逐渐打造银色乐园的康养品牌。

"这种'会员费+月费'的盈利模式，可以较好地兼顾长、短期现金流，会员费能够缓解前期的资金压力，月费则保障服务运营的可持续性。以乐园的性价比，可以吸引源源不断的客源支撑长久经营，这点我们信心十足！"

　　"另外，运用二八定律，着力挖掘那些经济条件好、养生要求高的客户，多方面满足他们生理和心理的高端、个性化需求，优质优价，创造性价比更高的养生服务；现在各种假期多，乐园提供短期托老服务，为小长假及黄金周期间需要外出的家庭看护老人，解决他们的急需，也增加乐园收入。

　　"积极老龄化只有健康、长寿还不够，必须有社会参与，并从中体现社会价值。我们尝试采用一种积极的方式，让老年人不再是负担，而是成为一种低耗高效的资源。有兴趣的话，他们可以参加有偿劳作，这也是排解孤独和改变'老了没用'等不良心理的好办法。从摸底情况看，七成以上的客户都热衷于参加乐园的各种劳动。最受欢迎的有田园、手工、服装、小装潢和宣传布置，还有保洁、绿化、择菜等。我们设计了科学实用的'乐园券'（内部使用），让老年人在发挥余热的同时，抵扣所需费用，减少支出。康养需求，不仅局限于衣食住行这些基本物质需求，而是延伸到心神愉悦、健康颐养、文体娱乐、社会参与及实现自我价值等方面。创造条件，鼓励和促进他们适当参与社会生活，提升生活质量，利用所长为社会做贡献，让老年人的价值与成就得到认同和肯定。此举也使得乐园运营成本大为降低。"

　　薛总肯定地说："这好！北京大学的哲学系被公认为'长寿系'，85岁以上的哲学名家占了几近一半，其秘诀在于他们把生命和事业紧密融合，保持平和淡然心态：生理养生节欲，心理养生节情，哲学养生明理。他们觉得自己还是对社会有用的人，精神不衰带来身体长寿！"

　　"是呀，研究表明，具有明确生活目标、适度参加劳作的老人更长寿！"鲍春喜笑着说。接着她还谈到乐园的风险控制，主要有五方面的风险隐患：政策风险、资金风险、工期风险、人力资源风险和经营风险。逐一进行了详尽分析，制订相应对策和风险防范机制。在资料中也附有乐园运行风险控制表。

鲍春喜对乐园各期的设计布局进行解读，整个工程建设规划为两期。

第一期，用地约126亩，35亩建设康养设施，主要建设康养乐园。拟接收50~75岁身体健康、能够自理的健康活力老人。根据现有建筑实际情况，山势地形计划改造盖2~4层楼12栋、平房3栋，共计建筑面积约29000平方米，自然形成错落有致的整体造型。床位控制在350张以内。绿化、通信、道路、照明等基础设施同步开工配套建设。不是高层建筑，不用深打地基。不像城里历史文化遗迹多，开工建设必须先探墓。这样工期大为缩短也省了很多费用，工程周期大约为12至15个月。作为康养模式的试行者，乐园在投资速度、规模上力求稳健，切实把控各种不利因素。配套建设的生态农业基地，需要先准备流转土地65亩，种植蔬菜、水果、花卉等。

"搞生态农业这跨度有点大吧。里面的水挺深，要做好不容易呀！"樊总眯着他那深邃的小眼睛说。鲍春喜赞同这点："的确不易。我们也是谨慎再谨慎，生态农业是试验性的，这个和省农科院合作，由他们提供技术支持，双方有分管责任。我们在这里做企业，只有农民富了、乐了，我们才能持续稳健发展。这既是乐园发展的需要，也是企业的职责所在。"

青峻山位于浅山丘陵区，主要种植小麦、杂粮等，但一年的产量只够农民口粮。省农科院专家实地勘查发现，当地的混合土壤和生态环境，发展特色种植大有可为，非常适于种植核桃、山楂、葡萄等经济林木，还有被称为"铁杆庄稼"的枣、柿子和板栗，在树下栽种三七，药食两用。山区昼夜温差大、光照时间长，水果蔬菜品质高、口感好，市场需求很大；流经其间的汀泽河可以兴办养殖业，形成立体生态农业示范基地。

由农科院专家对村民进行种植、嫁接修剪、施肥用药、病虫害防治等技术指导和知识培训。乐园还将和扶贫办合作，充分利用国家帮扶政策和资源，大力发展经济作物，搞立体种植、养殖。种上果树之后，在树间种瓜果、药材，引水养鹅鸭、养鱼虾。通过立体种植、养殖，最大限度地提高土地综合利用率，最终建成一个集经济林、有机菜、环保粮、绿色禽蛋于一体的立体生态农业区，实现村民致富目标。

改建工程要点，是突出适老化安排，这是创新的核心！从餐饮管理、医疗保健、日常起居、健康安全、文体娱乐、讲座学习、小制作等硬件到老年人的精神、文化需求管理，都要精心布局，真正使老年人感到这钱花得值、超值，有一种回家的感觉，看了就要住，住下就不想走。乐园准备聘请富有经验的专业团队，打造堪称样板的康养乐园！

第二期，侧重建设养老乐园，扩大接收半自理、不能自理和高龄老人。这一期将对研究院的职工医院进行改建，并在其附近新建一座医疗大楼。计划用地950亩，其中18亩用于建设酒店式养老公寓、老年医院、康复中心、养老休闲娱乐设施和养老产业商业区等。这部分土地将通过招拍挂竞买，或者跟研究院合作，在其科研区建设，这个取决于市规划部门的审批情况。

鲍春喜还谈到申请划拨5亩土地，为青峻山乡建设一所幸福敬老院。现存的敬老院修建时间久远，最多收住20多人，中间经过多次翻修，如今已破旧不堪，现场查看发现已成危房。准备投资60万，重建一个围合式二层楼小院，设置45~50张床位，专门收住本乡三无户、五保户，让无儿无女的孤寡老人和残疾人生活安定，这属于社会福利，主要发挥托底保障作用，确保这部分特困群体的基本生活。乐园投入基础设施，进行日常的管理运营，乡政府购买服务。约3个月可以建成，这将为银色乐园积累初步的管理经验。

关于老人们的最后归宿，鲍春喜说也有个粗略构想，打算和园林局合作，在距离乐园9公里的国家森林公园里建设绿色森林公墓，生态树葬，不用钢筋水泥，不立冰冷墓碑，而遍植名树贵木，记载当事人重要事项等人文史料，既祭奠逝者，又泽被后人，犹如微型植物园、博物馆。这个以后再详细规划。

一期规划中的65亩土地，用于生态农业新技术研究开发试验。按照工商管理规定，要再注册一个生态农业发展有限公司，进行专业种植。准备采取边改建设、边生产的方式，一边进行房屋改造，一边搞农业开发，为后期大规模开展生态农业积累经验，也让土地流转后的村民有事可做。

二期工程将采用"公司+农户+基地"的经营模式，以辐射乐园附近约900多万亩山地，增强造血功能，带动周边80余户农民增收开源。

据政府部门统计的"榨菜指标"，近年来全省外出务工农民返乡人数大为增加，青峻山乡去年回乡的有240多人。让返乡农民在家门口务工赚钱，解决农村留守妇女和老人做主力、农田撂荒、农村治安，以及留守儿童的教育、安全等一系列问题，可为乐园创造一个安稳、祥和的良好外部环境，还相对降低了运营成本。

市农业局领导很有远见，非常支持。他们的想法是引进一个企业，就可能壮大一个产业，并因此带动、吸引相关企业。筑巢引凤，这个"巢"不仅是当地环境，率先进入的企业发展好了，也是当地招商引资的"巢"，是另外一种软环境。全市山区面积多，这是生态农业第一家，具有示范效应，将会最大限度给予技术、土地甚至一部分的财力支持。乡政府和村民们也急切盼望乐园快点开办起来，认为这是最符合其自然条件的开发规划了，承诺全力以赴鼎力相助，他们甚至把这看成青峻山脱贫致富的法宝！

做企业曾大起大落的钱总提道："与政府部门打交道，既要符合国家政策导向，又要注重法律法规，每个环节都要有明确的合同、协议或备忘录，以备不时之需。地方领导变动快，往往因人施政，一人一变。主管人一变，企业就很难受。我建议哦，多依靠政府政策支持和引导，少享受领导个人许诺的一些优惠，以防后患。"

滕部长点着头说："我也有同感。现在政府亟须发展养老，会大力支持。一旦企业发展好了，也许会遇到意想不到的问题，谨慎为好。"

"问题不大吧。现在的父母官也跟以前不一样啦。"连主任有不同看法。

鲍春喜回应道："我们在法律的框架下办事，不靠人情发展。要做未来的百年企业，必须自立自强。当然也不排斥合法合理合规的各种支持。"

鲍春喜继续介绍说："乐园将遵循尊重自然、顺应自然、保护自然的理念，贯彻节约资源和保护环境的基本国策，时时处处做到厉行节约、物尽其用。对于青峻山，在坚持环保、自然、生态的原则下，进行可持续开发。比如用电方面，青峻山的太阳辐照度属于二类地区，光照条件满足光伏发电需要。将利用屋顶安装设备发电，自建光伏发电站，减轻雾霾、环境污染问题，既环保又节约费用。作为原则，这一点在后期运营时会贯彻始终。

"乐园拟安排第一期工作人员按照护理人员与服务对象1:8的配备比例，加上管理和其他服务人员，至少可增加就业55人。与某些企业只招35岁以下的人不同，董事长特别强调，乐园要招聘35岁以上的下岗工人，为他们提供用武之地及就业门路。这样降低了用工成本，还能享受国家的优惠扶持政策。"

股东们纷纷称赞乐园这样安排很好，这个用工举措也切实可行，中年人的敬业精神、工作经验和体力都处于最佳时期，是非常不错的中坚力量。

打造现代"桃花源"

作为不可再生资源，近些年地价不断飙升，成为养老产业不可承受之重。

连主任指着青峻山地图说："招拍挂拿地比流转价格可是高得多哦！"

"嗯，招标地块价格确实高，但能自由支配，可以配建商品房、公寓和商业中心等旅游产品进行出售，与第一期的产品互补，形成养生、养老、疗养、度假、商业和休闲活动为一体的综合性服务基地。同时配建一个中小规模的超市，主营日常生活用品和当地的特色绿色生鲜瓜果，价格与市里相同甚至更便宜，子女来探望老人时，顺带采购一些，一举两得。这样在双休日和法定节假日，必然又带来一批稳定的客源。大多数老年人在岗时，没时间也没机会消费。退休后，他们积累的消费能力和消遣时间需要释放，希望到具有休闲、娱乐、学习功能，并符合老人生理和心理特点的养老机构去康养。可以说养老事业迎来了休闲时代。"鲍春喜展望着未来前景。

钟怡茗感慨道："这让我想到香港的茶楼，每到周六周日中午，生意非常好，青年人带着孩子、伴着长辈一起到茶楼喝茶。香港家庭住房小，孩子多，工作压力大，但他们有着每周一次的'上茶楼'活动，享受天伦之乐。我们也要打造自己的'上茶楼'活动。设想一下，蓝天白云之下，青山绿水之间，鸟语花香丛中，一家老小其乐融融，该是多美好的场景。"

燕子一脸陶醉的神情说："我把陶渊明的诗句改了个字，'狗吠花巷中，鸡鸣桑树颠'。这应该是最动听的声音了！"

儒雅的连主任也满含诗意地来了几句："老子说：'躁胜寒，青胜然，清清可以为天下定。'虫鸣鸟叫取代苍凉，青葱清凉取代烈火燃烧，天下一派安宁清静。我们赖以生存的环境只有天清爽、水清澈、空气清新、万物清和，社会才会安定和谐，人民才会幸福安康！"

鲍春喜加重了语气："当然，关键的关键，还在于突出适老化设计，这是创新的核心！我们拟请国内知名专业团队，全力打造堪称专业的养生养老乐园！"

"好啊，我先预定一处树葬。百年后与青山河流为伍，和花鸟林木做伴，遥望从小长大的古城，快哉！"燕子真动情了。钟怡茗坚定地说："这里望得见山、看得见水、记得住乡愁，正是我理想中的养老生活。我们要把'夕阳事业'做成'朝阳产业'。"

股东们哈哈笑了："听您这一说，我们就想来啦。"樊总很兴奋："董事长描绘的这个远景非常振奋人心，令人期待。"钟怡茗自信地说："还是那人、那地、那山，但生产模式变了，种植品种换了，人的思维也大不相同了，可以说，一切都将焕然一新！"

玄总高兴地接上一句："这可真是山水与人文共生，乐园与历史同行啊！"

滕部长冲玄总点下头："你这总结，精妙！"

与会人员对鲍春喜叙述的"三为四心一宗旨"乐园核心理念和目标深表赞同。"三为"：为子女减轻负担，为老人欢度晚年，为国家分忧解难；"四心"：老人开心，家人放心，社会安心、政府省心；服务宗旨：一切为了老人，为了老人的一切。如此，必定是老年人的乐园。

　　鲍春喜还强调要妥善处理五大关系。与政府的关系：政策指导、取得支持；与当地村民的关系：互利互惠、共同成长；与自然的关系："保护+利用"、永续发展；与客户的关系：鱼水相融、相互依存；与社会的关系：低调内敛，适度互动，共识共赢！这些都很切实具体。

　　作为良心企业，乐园准备承担一些社会责任。对特殊人员，制订有相应的优惠措施。比如年满55周岁及以上的老劳模、老专家、老民间工艺大师以及为国家做出过特殊贡献的老同志，经济困难者，给予5~8折优惠；十分贫困的，费用全免。第一年先设5个名额，以后酌情调整。

　　热衷于公益活动的老严提示道："我国老龄化的规模和速度世界少有，没有先例可循，咱这银色乐园也是在探索和试验，对象又是走向人生终点的老年人，可不能半途而废哦。"

　　鲍春喜举着手中的文件解释说："我们也是非常谨慎地摸索着走，从最容易处着手：找经济条件较好、文化程度较高、对老年生活有较高要求的特定目标客户，进行'品质养老'，这样把握就大多了。要吸引健康活力老人到乐园来，有几个必备条件：一是环境适宜，包括当地的大气候、区域的小环境和适老化硬件设施；二是人文方面要有丰富多样的老年人活动，开放、密切的社会联系及体现自身价值的乐活奉献；三是老年人适用的产品和优质服务；四是定价合理、与当地收入相适应的费用标准，对于普通客户，每人每月费用预计在2850~4200元之间，这样，邑阳中等收入者，能够没有压力地入住乐园。每年住满10个月以上者（含参加乐园组织的异地游），再给予6%的优惠。让劳累一生的老人享受自己够得着的生活。"

　　"对这个收费标准的吸引力，我们有充分的信心。别的同行不可能这么低，因为他根本就保不住本了。"鲍春喜自信地说。

　　鲍春喜继续道："医学研究发现，生活目标很强的老人，患大面积脑梗的可能性大大低于常人。康养，就从这里着手，激发可以真正获得快乐的兴趣、爱好，去实现个人的愿望和理想，我们的'乐园券'就是要达到精神、物质双丰收！通常来说，办康养机构，硬件上容易达标，我们的特色或者说核心竞争力在软件上。这个在发给各位的资料'乐园康养软硬件环境展示表'中有详细列举。"

"我看这个顶层设计是比较到位的，很有特色。"藤主任连连赞叹。

关于银色乐园管理方式，鲍春喜说要真正以人为本，充分发挥每个人的主观能动性。对员工，给予他们足够的尊重与信任，采用首席责任制，注重精神文明，奖出十倍的努力，罚出百倍的小心，让精神奖励像太阳一样普天照耀，温暖人心。对于入住的老人们，尽量发挥其潜能，发挥康养优势，"人老无用"的观点是衰老倍增器，一定要人尽其能，让每个有能力和意愿的人，能够再次产生价值感、成就感，让人人都成为小太阳，照亮自己、温暖他人。乐园倡导积极的养老观：健康、参与、快乐、和谐，保护、传递任何形式的正能量。

居总晃晃手中的表格说："乐园届时拟进行入住体验，邀请几个文化水平高、思想比较开明、具有号召力的老人免费试住一周；接洽市里各老年大学，带他们来参观、体验，让他们现身说法，初步树立乐园的良好形象。这样安排好！还有，乐园制订的这项特别制度：股东、公司高管的亲属，不受年龄、健康状况限制，只要本人和家属愿意，可以随时入住，为大家解除了后顾之忧，心里都会感觉很温暖。"众人频频点头。

鲍春喜环视一周说："如果大家对以上没有异议，那我们就开始办理乐园的合同签订、前期立项、土地审批、环评、规划、行业许可等手续了。此后的房屋改建、道路建设、KH研究院的租用管网改造及后期的管理运营，都交由正规的、有丰富经验和优良业绩的专业公司来做。我们相信，专业人干专业事，一定会取得最佳的专业成效！作为投资人和权力机构，我们只进行顶层设计、过程监控和结果检验、验收。董事会会定期向各位汇报，也欢迎、期望大家随时来现场督察，把好每个大环节，共同建设好这个美好家园，让它成为名副其实的康养'桃花源'！"

鲍春喜最后表示："有在座各位股东的大力支持，我们信心百倍。我们决不辜负各位股东的期望，努力建成建造规范、配套齐全、运作有序、服务专业、管理一流、老人乐居、社会认可的养老机构，力争社会、经济效益双丰收！董事长，我要说的就是这些。"

钟怡茗点点头，语气凝重地说："银色乐园，由我们几个没有从业经验的退休老太发起，的确是起步维艰，困难重重。目前的养老服务业，民政部分析有三个突出的难题：一是融资难，由于诸位的高风亮节与远见卓识，这个已经解决；第二是用地难，我们借用KH研究院这块宝地、资源，又得益于市领导的开放和创新精神，积极试行土地流转与抵押政策，这个问题也迎刃而解；第三是医护理人员招聘难，这要看我们怎么用，要让他们人格上受尊重、经济上有保障、职责上有规范、社会上有地位，相信这招聘也不会难，目前我们已有预案。

"康养产业是一片蓝海，一切都还未知。我们自己、政府和社会都没经验，现在就是要探索出一条社会化养老的新思路、新方法。硬件好建，而充分满足老年人精神、心理需求的软服务，将是未来养老行业的核心竞争力。我们可能走得比较慢，但会走得比较远。养老好比一辆负载沉重的列车，政府在前面引领，我们在后面推动，整个社会齐心协力才能使车轮不断向前。有为才有位，有位更有为。现在政府给予了很大的关怀与政策支持，我们必须奋力向前，做出看得见、摸得着、住着好、口碑佳的业绩，让入住乐园的老年人们在这里安享晚年、颐养天年。"

薛总赞赏道："这是'先天下之忧而忧，后天下之乐而乐'！"钟怡茗笑了："这也是为自己养老找出路呢。""是呀，我们也是在给自己盖养老院！"大家都赞同这个说法。

居总声调有些颤抖地说："听完整个介绍，我很感动，也很激动！你们真是时代的典范啊！我非常认同董事长的宏大设想和班子的经营理念，支持你们的所有决定。"

众股东都纷纷发声说："我们完全信任董事长，信任经营班子。你们甩开膀子大胆地干吧，我们期待着你们把蓝图变成现实！"

会场里响起了热烈而持久的掌声。

开完会，钟怡茗把鲍春喜和欧阳秋叫在一起，语重心长地说："筹备工作已尘埃落定，接着就要铺开摊子大干了。我们是挚友，从此也是战友了，今天确立合作创业原则，所谓先小人后君子吧。"鲍春喜坚定地说："你说吧，怎么干？"

钟怡茗深情地注视着她们俩说："咱们来个约法三章。1. 钟情养老事业，为之尽心竭力。2. 公开公正公平，不谋一己之私。3. 及时沟通明示，做诤友不隐晦。4. 努力创新求异，争取最佳效果。5. 真挚、友善、坦诚、协同、快乐！"

钟怡茗最后细声道："既是说给姐妹们也是自勉。过程：人在做，天在看——对天地神灵心怀敬畏。结果：谋事在人，成事在天——全力以赴做好当下。"

钟怡茗从包里拿出三条和田玉吊坠项链，给她俩挂在胸前，自己也郑重地佩戴上。

"君子比德于玉！"三姐妹双手搭叠，表明心迹。

掀起你的红盖头

"就这样，开始了我的康养创业之路。"钟怡茗从漫长的回忆中走出来，看似淡然地对韦力说。

"这只是万里长征的开始，后面还有一堆难题等着你呢！"韦力很清楚，做成一个大项目要经历多少艰辛啊，况且这是由个人发起、民间投资、无法借鉴、前景未知的养老项目。"这倒是，就像唐僧取经，一路经历千难万险，才能一步步走近西天。"钟怡茗承认，"哪能不难呢？我有时呀，就像玻璃窗上的苍蝇，看到前途光明，却找不到出路。一般来说，我的解决办法有两个：一是不断学习新领域的新知识、先进的管理方法，理清干事的大思路；二是借东风，具体项目让专业团队来操作，我们只负责最初的顶层设计、过程中的监督检查，聘请专家严格把关，最后按标准组织验收。这样，复杂的问题就简单多了。遇到大难题，山不过来我就过去。换个角度，强攻不行就智取，适度的妥协是为了更好地坚守原则。只要咬紧牙关、坚持不懈，总能冲出荆棘，走过险滩，到达光明的未来！"

说起整个乐园建设，钟怡茗如数家珍。

"房屋改建筑工程，严格按照《老年人居住建筑设计标准》的规定，参照原设计施工国家标准进行建设。设计单位是市建筑设计院。首席设计师旭波，建筑学博士，曾获省新型养老住宅设计大奖创新奖，有养老项目的设计经验。他请了自己的导师、建筑设计知名专家做顾问，整个设计团队很用心也很有创造力。你看到的这些就是他们的作品，从设计、施工到配饰，构成一个完整的养老服务硬件系统，令人耳目一新。

"施工单位呢，由青峻山走出的农民企业家邓铁柱担纲，所建楼房多次获得省优、市优和鲁班奖等荣誉。他说早就想为贫穷的家乡出点力，一直没合适机会，这回定要全力以赴，保质保量保工期。

"监理单位是我市王牌工程监理公司，军人出身的总经理陶冬雨，转业前在某工程部队专门做工程管理，懂专业、能吃苦，为人正直正派，作风严格严谨，他做监理很到位，确保了工程质量。"

钟怡茗一副开心的样子："我一个亲戚是北京设计院的，他和几个同事到邑阳开会时过来看了，说乐园建筑智能化、适老化设计独到，美观实用，绿色环保，颇具专业水准。这个以后你慢慢体会。"

除了这些房子外，钟怡茗说还有两个投资比较大的项目，也同时动工，就是修通盘山公路和通往市区的道路。青峻山山体复杂，开山凿洞技术难度大、危险系数较高；丘陵修路削峰填谷，费用不小。好在施工方宏伟路桥公司技术、设备均属一流，乡里派村民出工，乡政府和乐园各给一半补贴，工程如期圆满完成。

乐园第一期的总体定位目标已基本实现，这简朴的田园风格，清新的气候环境，细心专业的医护服务，适宜便捷的家居设施，简便宜人的生活居所，安全有趣的娱乐项目，有学有为的康养生活，适合大多数老年人的生活习惯，提升了康养群体的品质要求，养老费用也比较合理，很受欢迎。

要让老年人住得久，首先是护理服务人员要稳得住，乐园把员工的薪金待遇、专业职称、职场规划都通盘考虑，不让他们有后顾之忧。营造待遇留人、事业留心的良好氛围。

韦力有些担心不解地问："你就一个多亿，弄出这么一大摊子，银子很紧吧？"

钟怡茗转动着颈部，松快了一下说："的确不宽松。一项大工程，手指缝一松就流走不少。加强财务管理呗。除直接严格控制成本不超预算之外，还从四个方面着手，减少支出：一是用足政策，与政府部门充分沟通，尽量全面享受国家政策税费减免、补贴优惠，如免征企业所得税等，减免行政事业性收费，其他能源收费比照居民生活标准办理；第二是广泛化缘，让社会福利向老年人身上倾斜，争取用于社会福利事业的彩票公益金支持，像这主干道上的公益共享自行车、健身器材等；第三呢，结合国家惠民政策，和乡政府一起与直管部门挂钩，争取支持，如电力、道路村村通；第四是成为科研基地，与科研、教育单位合作，进行老年产品开发和试验，逐渐形成产业链。"

关于设备和原材料方面的节流，钟怡茗说："充分利用有关产业面临危机的有利时段，优化费用、减少成本。比如房地产面临调控力度加大的压力，整个产业链产品都滞销，乐园这时开工，很多主辅材费用大幅降低，后期相应的设施、设备及用品配备也一样。再有，光伏产业受欧美传统市场出口下降影响，国内市场有限，踩着这波行情的尾巴，我们购置光伏产品就处于有利地位。乐园现在广泛使用的太阳能产品，就是和厂家达成的合作协议，他们先期免费提供我们使用，等有支付能力时再付款，因为停工停产企业损失更大。当然，人家寄希望于我们后期大量使用，并为产品传个好口碑。按这个想法，很多方面都精打细算，少花钱，多办事。采用规模化、集约化的方式，精打细算过'紧日子'，最大限度减少支出，让每一块钱都用到实处。"

"好啊，发扬光大了咱们的优良传统。"韦力很赞赏。

钟怡茗坚定地说："还有，我一直认为，使用得法，精神奖罚比物质、金钱奖罚更奏效。乐园的运行机制，关系到经营绩效问题，与目前社会盛行的以经济奖惩为主不同，我们是以'精神奖励＋问责＋经济奖惩'的方式实施管理。"

这的确是独辟蹊径，乐园实行首席负责制，在每个区域，明确责任人，大家各司其职，职责分明。在建筑工程上刻上设计师、工程师和监理师的名字；在健康管理体系上，标注健康顾问的名字；在餐厅挂上营养师、大厨的名字；在每栋楼房门口悬挂写上楼栋长的名字；在每片保洁区标明负责人的名字等。实行首席负责制，目的就是提高责任意识，倡导一种看重自身荣誉、名誉、声誉的精神追求，附带采取经济手段。在相互尊重、彼此信任、公正透明的氛围里，一句表扬或批评远胜奖罚金钱！当然，鉴于眼下的社会风气，一开始不太奏效，坚持去做，一定能够发挥作用，开业这几个月已初见成效。前一段，有几个员工工作出了差错，他们宁愿被扣工资也不愿被公开批评，觉得很丢人。在乐园这个规模不大、互相熟识的小环境中，荣誉和精神的力量往往胜过金钱！

钟怡茗长出一口气，似乎吐出了沉重的负担："跌跌撞撞地走到现在。喏，你现在看到的银色乐园，就是我这棵康养之树结出的果实。咦——你怎么不说话呀？"

"我都听入神了。太棒啦！"听怡茗发问，韦力才愣过神来，连声赞叹着。她完全没想到，怡茗竟然干了一件了不起的大事。

"你觉得还行吧？"

"岂止还行？简直在康养行业扛起了一面旗帜，引领着健康老人的未来生活方向啊！"

"别拔高。到底啥样？是否符合预期？我现在心里还没底呢，你得现场全面考察了再下结论。"

"什么考察？是观光、学习！我已迫不及待了。"韦力的眼中放射出炽热的光，"这么大个系统工程，干的过程中，肯定遇到过很难办的事，说来听一下。还有，在最最最艰难时，有没有想过放弃？"

"先回答你的第二个问题吧。在冒出放弃的念头时，我就反问自己：当初是什么使你决心要做的？这么一问，想想当初，就挺过来了。至于棘手的事嘛，过去了，真不想再去揭开伤疤。跟政府打交道的种种就不提了，这个需要勇气、耐力和智慧。的确，整个过程是艰难的，有时甚至是痛苦的，但我坚信，自己每迈出一步，都在向着梦想靠近。你一定要听，就说两件小事吧。"

一个是安全事故。开挖山洞时，一个村民在施工围挡内小解，被挖掘机蹦出的石块砸断小腿。这本是一件个人责任事故，村里却有人乘机闹事，张口要赔100万，不给就在乐园大门口拉横幅、到公交站堵道路、到乡镇政府去上访，到邑阳社区论坛上造舆论，说："施工中石头砸断民工的腿都不给治，这样的企业还能养老？"弄得谣言四起，好在之前给每个民工都上了保险，上岗合同明确提示了安全注意事项。最后乡政府出面协调，除按规定办理外，另给精神安抚金6万，前后折腾了两个多月才算了结。

"伤者本人挺老实，是个倒插门的女婿。他老婆娘家是个大家族，在当地政府部门有不少本家人。他小舅子受人唆使，借机大闹一场，把我们当成唐僧肉，想讹诈一笔分给他一些，盖小楼、娶媳妇。他弄的动静很大，非常棘手，上级主管部门还约谈了我呢。"钟怡茗说着，无奈地摇着头。韦力愤愤地说："总有那么些地痞流氓挑衅闹事，真无耻！"

钟怡茗说："我找了市里有名的骨科大夫给做的手术，恢复得不错，走路没问题，恢复后安排在乐园看大门。通过这事，乐园和村民的关系比以前更融洽了。"

还有一件就是资金上的事，小钱，不是大问题。钟怡茗说了怎么把自家住宅做抵押，在银行贷款105万元，解决资金短缺问题。

韦力吃了一惊："哦？你那'铁算盘'财务总监不是算得很精细吗？怎么会出这么个缺口呢？""是我的问题，不怪财监。

在汀泽河连接青峻山这边桥头，原设计是个水泥建的亭子和一条近200米的画廊。我到那儿看整个建成的环境，周围都是原生态的自然风景，这里出来些钢筋水泥，显得突兀、不协调，于是临时起意，改为木质的。和工程部协商后，紧急写个情况说明，发电子文件给股东阅读、签字，董事会审批。手续完备后，赶紧从大别山调运杉木，又到美院找人来画。这个不在预算内，就出现了资金慌。"钟怡茗淡淡答道。

韦力心疼地嗔怪说："万一资金还不上，银行把你的住房拍卖了，你连个安身的地方也没了。"

"相信到不了那程度。退一步说，即使房子收了，我可以租房，心若向往，随处可栖。"这个怡茗真是走火入魔了。"只要有利于乐园建设和发展，别的我都不在乎。"钟怡茗说得既轻松又深情，可韦力心里一阵酸楚：把自己精心打造的"安乐窝"都抵押了，那得下多大决心哪。

"身外之物而已。还记得我们都欣赏的那句诗吗？'万里长城今犹在，不见当年秦始皇。'"韦力眼窝一热，不禁双目潸然。是的，即便房子、资产都被银行收走，钟怡茗也不贫穷，因为她有一座"精神富矿"！

"来这儿康养的都是哪些人呢？"韦力又问了一个她感兴趣的问题。

钟怡茗掰着手指告诉她，目前来看，以这几类人居多：快乐养生、追求生活品质和良好自然与人文环境的；有田园情结、迷恋农村、爱干农活的；潜心书画文学创作，避免日常琐事干扰的；希望发挥余热、想干点实事的；患有慢性疾病，希望静养、不受家务之累的；失偶、失独、空巢或遇重大变故，想换个环境的；老住宅无暖气、无电梯，没财力再买商品房的。跟原来预计的差不多吧。

"你没见哦，那些住在老旧宿舍里的老人，从冬天缩脖缩身、哆嗦战抖的寒冷中走进温馨的暖气房，从酷暑蒸腾、汗流如注的燥热中转入清静凉爽的山林宿舍，脸上那种幸福、满足的神情，好令人感动！"钟怡茗一脸的满足。

"乐园入住率怎么样？"

"比预计的高。夏天来避暑，一来就不想走，弄得床位挺紧张，不得已，把研究院的招待所赶紧清理出来。条件简陋，但人家也不走。"

"冬天是淡季了吧？"

"不，现在床位预订出去快五成了。"

"山里冬天不是冷吗？"

"外面冷屋里暖啊。你想，市里有多少单位宿舍没有暖气？多少家庭还用空调、电暖气取暖？这儿是研究院送过来的水暖，暖和又湿润，多舒服。冬天看雪景，下的雪可比市里大多了，那个壮观劲！"

"山舞银蛇，原驰蜡象，欲与天公试比高。"韦力抢着说。

两人这么一直聊着，终于太困了，钟怡茗沉沉睡去，小声念叨着："生当如堇菜，渺小而伟大。"韦力笑了，这个夏迷，还记着在校时疯狂追捧的夏目漱石。假如钟怡茗走上文学之路，也许会成为一个优秀的作家呢。想着，韦力迷迷糊糊地进入了梦乡。

第六章

创意康养银发乐

　　银色乐园以老年人健康养生为中心开展的系列活动，彰显出老年群体对精神层面的深度追求、悦意体验和尽情享受。它以文化为载体，以各种兴趣团体为依托，以发挥个人所长、释放自身价值、为社会奉献余热为特征，目的在于提高老年人生活品质和生命质量，让老年人焕发出灿烂的光和热。

乐活老顽童

传统文化绽新蕾

第二天一早，韦力被窗外的小鸟叫醒，睁眼天已大亮，书桌上留有钟怡茗的纸条。韦力出了门，伸开双臂，来了个深呼吸。她患有慢性鼻炎，发作时鼻塞流涕，头晕脑胀，很折磨人，严重时，真恨不得把鼻子割了。一到这儿，纯净温润的空气，呼吸一下子顺畅、轻松多啦，得好好清清肺、洗洗眼。她夸张地眨巴着双眼，哼唱着："美丽的……"

韦力活动着四肢走到中心广场，看见钟怡茗和一群人谈笑着。钟怡茗招呼她过去，韦力看到了昨晚一起就餐的几位高管，鲍春喜、欧阳秋等，赞誉道："这么一大片，弄得这么出色，你们可真棒！"鲍春喜指指钟怡茗说："都是董事长谋划得好。"

钟怡茗笑着纠正："一块儿干的，别说你呀我的。你们聊吧，我们转转去。"说罢和韦力走了。

钟怡茗带韦力吃了早饭，首先来到乐园中心活动大厅，这里布置成了书画摄影展，一幅幅绘画、书法作品，或古雅拙朴、中规中矩，或灵动飘逸、龙飞凤舞，最醒目的是用各种字体书写的"福"字，用笔洒脱、流畅，不拘一格，透着温暖贴心的福气。

韦力站在一幅《对弈》画前，画中一架葫芦藤下，两个老头正在下棋，远处的青山，眼前的棋盘，老头脸上那不服输又俏皮的表情，逼真传神，真是可爱可乐，极富生活情趣。韦力说："你猜他们谁会赢？"钟怡茗摇摇头："我不懂棋。你说呢？"韦力指着右边那个老头说："是他。""为什么？"钟怡茗不解。"看他那神情，会耍赖呀。"韦力如此解释，两人说笑着朝前走去。

出了大厅，走进自然连接着的圆弧形封闭式长廊。长廊两边悬挂着摄影作品，人物景色、花鸟虫鱼，题材丰富。其中一个画面上一个身着志愿者标识的老太，背着"爱心书包"，拉着一小学生的手，行走在山间小路，暖人心底。

钟怡茗指给韦力看，"这幅《农家清晨》，题材选择、用光角度和色彩浓淡，都不错。"韦力点点头："嗯，不少作品有一定专业水平。"

"这组女士画有味道！"

韦力一看，基本黑白两色、简单明快，寥寥几笔、大致轮廓，水墨深浅变化，加上时尚元素，极具典雅、高贵之美。"真是，这种高度的简洁更具冲击力，过目难忘哦。我要买两幅。"

"展后是要举办义卖的。价格可能不低，所得全部捐给青峻山小学。"钟怡茗说。

"没问题，捐了款还得了画，赚了！这一幅，你帮我盯着点。"钟怡茗打了个OK手势。

走到前面，钟怡茗见韦力瞅着一幅画没动，问道："看出什么了？""这些水粉画不简单啊！"钟怡茗笑了："再仔细瞅瞅。"韦力换个角度上下琢磨个遍："走眼了。难道是剪纸？""没错，就是剪出来的。用的多层套色剪纸法，有多少种颜色就有多少层纸，很不容易呢。"韦力瞪大眼睛边欣赏边说："真开眼界了。剪纸我只见过单层单色的。看这湛蓝的天空、清澈的流水、飞翔的小鸟、笔直的白桦树，细腻精巧，活脱脱一幅水粉画，太漂亮啦！"

钟怡茗告诉她这是剪纸的创新，意境上写意又写实，视觉上刀法与纸感融合得很好。这幅画有20多层，很考验刀工和想象力。

韦力看完整个长廊，不禁啧啧赞叹："这些老年作者不拘泥于传统技法，天马行空，大胆创新，作品随意洒脱，极富艺术魅力。老年人的创造力还真不能小看呢！"

她们走进阅览室，这里的布局，一改常规思路，吸取了少儿思维与兴趣特点，具有卡通意味：蔚蓝色底上飘白云的天花板，彩色橡皮和铅笔图案的围墙，五彩气球建成的隔断，植物图样的宽大柔软沙发，明快轻便的阅读架。"简直就是个童话世界！"韦力看得眼睛发亮。

"老年人也是老顽童，我们没有用严肃、灰暗的场景，代之以色彩鲜艳、活泼有趣的场面，让生活的乐趣触目可及，大家一进来就童心爆棚，由此保持老年人的童心、童趣、童真，激发生活的好奇心和积极性。"钟怡茗开心地说。

还有一些大尺寸绘本，内容有动植物、历史题材和现代科技等，韦力连连夸道："真是贴心啊，就是眼神不好，也能体验阅读之乐。""是呀，这都是自己设计制作的，大家做事很用心，像漫画组把《弟子规》转换成少儿喜闻乐见的幽默漫画，有创意吧？乐园运行的这段时间，摄影、书画、剪纸和文学作品分获全国和省市的多个奖项。还有歌唱团，唱的红色经典歌曲很有气势，每到劳动节、建党节、建军节和国庆节这些特殊日子，都被邀请去做活动，真唱出了名堂。"韦力说："这就是老一代人的精神之魂！"

她俩随意地走着。韦力看到乐园的每条小径、每个角落，都颇具匠心，很有味道。目之所及，人们干着自己的事，心无旁骛，那种认真劲儿像在整理自家院子。钟怡茗说她喜欢这种氛围，让她回到研究院工作时的状态，人人都专注于自己手头的工作，最后一组合，基本严丝合缝，没有明显的纰漏，少了无谓的扯皮。工作，是一种享受！

走到一个围合小院，大门上挂着"青峻山乡幸福敬老院"牌匾，烫金大字闪着亮光。栅栏里伸出一支支盛开的蔷薇，有白色、粉色和红色，微风吹得花朵一摇一摆的，阵阵暗香沁人心脾。钟怡茗说这是在过去敬老院原址上新建的，为乡里的孤寡老人提供一个安身之所。隔着窗户望去，一架葡萄满院香甜，老人们有的在玩棋牌，有的在谈笑聊天，还有的在活动腿脚，满是皱纹的褐色脸庞舒展安详。

朝着汀泽河的一面，建有一排独家小院，造型独特，很有艺术范儿。韦力看到这些小院都不相同，各具特色，钟怡茗说是根据入住者的特殊要求单独设计的。这家喜欢花草，看这粉黛乱子草一片粉嫩，如云似雾，梦幻一般；那家爱好果树，种上小金橘、矮化苹果，搭起石榴树架，果实累累着实迷人；这对夫妇潜心创作，一个画画，一个写作，都喜欢雅致静谧。韦力想起某知名教授的养老院生活：面朝大山才能专心写作。真是异曲同工啊！建筑最初就是为人类遮风挡雨的，人们下意识地还是向往自然。

"这个院子，住的是一位参加过解放战争的老军人，脑袋里留有子弹碎片，剧烈疼痛，不时会诱发躁狂症，由60多岁的儿子陪着。院里都是微型军事场景布置：有他参与淮海战役时的军事地图模型、军用吉普，还有望远镜、高仿枪支等。在他发病时，痛苦得满地打滚，发出虎啸般的声音，什么药物都不管用。后来偶然发现，只有枪炮轰鸣声才能使他安静下来。创意梦工场赶紧开发了一款模拟战场声响的'淮海激战'软件，效果很好，再犯病，老爷子已不像之前那么痛苦了。"韦力惊呼："太棒了，很有创意的特效药！"

钟怡茗说在这个小院里，根据需求，每家都配备了自动喷水冲洗和烘干功能的智能马桶，解决了老年人的如厕困难；卧室里，装有一个小屏幕，显示心跳、呼吸、睡眠和排泄等数据，有异常情况及时提醒或报警；还给腿部有问题的老人配了髋骨助力器，帮助增加膝盖力量，走路、爬坡、甚至上楼梯都轻松多了。这些先进的辅助装置功能很好，大大方便了弱能老年人的生活。她指着右手边说："第三个小院住着燕子的父母，院子里建了几座微型世界名建筑，那不，燕子父亲正和省建筑设计院来访的两位朋友欣赏呢，这悠悠的钢琴声是她母亲在屋里弹奏。乐园也常邀请建筑、英语和教育方面的专家学者或优秀学生来和他们聊天、切磋，偶尔办些小型沙龙，大家都很受益，两位老人的精神和体质大为好转，燕子高兴得很呢。"

韦力啧啧赞道："好环境，怡情悦性，这才是符合他们性情的晚年生活。"

在汀泽河边，她们看到农民正在河底清淤和对河堤进行加固。钟怡茗说这是按照合同进行的项目。水是生命之源，也是未来的重要景观，必须认真治理。人群中一个男子冲着她们露了个笑脸，钟怡茗说那是汀泽河河长，一个很有见识的庄稼汉，他对青峻山乡这段河流负总责。

走着走着，她俩呼哧呼哧地爬上了青峻山顶。天空蓝得纯净、蓝得高远。棱角分明的黛色山峰，浓密的翠绿植被，大块巨石淡定静卧，丛丛野花点缀其间，弯弯的一汪清流温柔地环绕着山峦，简直就是天然的彩墨画。韦力端起相机"咔咔"地照个不停，感叹道："太壮观了！简直不忍闭目，在这儿仰首赏红叶，低头读华章，多惬意！"

钟怡茗感慨道："一块未开垦的处女地。我们一定要在保留美丽景观的同时，充分利用，更好地展现她的独特魅力，给乐园的老人、给这里的乡亲、给未来的游客一种全新体验。"

韦力指着面前说："你看这几只蝴蝶都在忙着采蜜。哎，那只太可爱了，展翅欲飞，那姿态颇有舍我其谁的雄心呢。还有这一只……"

钟怡茗做个"嘘"声动作说："赶紧拍。"两人忙乎了一阵，韦力歪过头，看钟怡茗用微距镜头捕捉的画面说："咦，我拍的蝴蝶，怎么没你拍的美呢？"

"那当然，你那只蝴蝶没我的这只长得漂亮。"

"明白了，是那只花蝴蝶爱上你这个'山大王'，花枝招展、大秀妩媚呢。""还是那么顽劣！"钟怡茗用手指使劲点一下韦力的脑袋，两人笑成一团。

晚上就着空儿，韦力拨通了覃局的电话："覃局，你从日本考察回来了吗？"

那边传来覃局高昂的声音："回国了，还没到邑阳。这次行程有调整，又增加了长三角地区的调研。现在正在参观养老产业博览会，看智能化适老产品呢。真是大开眼界，真的很棒！"

韦力简单说了钟怡茗的情况。覃局既高兴又疑惑："哦，就是上次大牛说到的那种康养模式吧。这么大的规模，怎么没听到什么动静？"

韦力说她们很低调，属于闷头干大事的那种，一直没公开宣传，但积极进行探索，处于行业前茅。覃局嘱咐韦力："康养产业必将成为潜力巨大的新兴产业。同样的，现在也还没有有效的盈利模式。你多看细琢磨，在这种大形势下，看银色乐园是怎么做的，总结些宝贵经验带回来。"

老头老太耍美了

中秋和国庆，两个节日追赶着相伴而来，于国于民都是喜庆日。乐园开业 10 个月来，总体运行良好。大家怀揣着热切的节日期待，都希望借着欢度双节，对乐园的工作来个大展示、大检阅，以更好地鼓劲加油，让老人尽享欢乐。

钟怡茗告诉韦力，所有活动都是乐园内部庆祝，婉谢了媒体想来采访、报道的要求。韦力说："这不是很好的宣传时机吗？"

钟怡茗笑着摇了摇头："不需要，抛头露脸多了不是好事，对内容易产生骄傲情绪，对外可能过高提升社会的期望值，这对乐园发展都不利。先埋头拉车爬坡再说吧。"取得这样的业绩还能够如此清醒，韦力由衷佩服钟怡茗的大格局。

庆祝活动丰富多彩。钟怡茗让韦力把"频道"切换过来，静下心，尽可能把主要活动都感受一下，一来缓解照顾老人的辛苦，二来帮助找找问题。

乐园庆祝活动由各团队组织，除了最后一天的文艺汇演，其他都在各自划定的范围内进行，自由随意，很是活泛。

韦力跟随钟怡茗走着，老远就听到一片悦耳的欢笑声，五颜六色的参赛服装鲜艳夺目。

"老顽童开心庆双节"运动会正在热闹进行。

在开阔的中心广场，移栽的国槐已长出一个个伞形绿荫。广场被分为若干个区域。幼时记忆区里，有推铁环、跳皮筋、翻花绳、跳房子、踢毽子、找朋友、丢手绢、捉小鸡、盲人摸象、击鼓传花等传统游戏，还有不服输的老小孩儿在玩对对碰呢。别说，他们动作敏捷、轻松，一副老当益壮的样子。老年区里，沙地排球、夹玻璃珠、端乒乓球、托气球、柔力球等，你争我抢的，忙而不乱，趣味盎然。时尚潮流区，打桥牌、走跳棋、玩桌游，尽显人老心不老的游乐智慧。

最可乐的是"猪八戒背媳妇"环节，有的背着自己老伴，有的背着室友，一步一摆地炫耀着，各个"媳妇"打扮得花枝招展，脸上抹得花花绿绿。有个肥胖的"假媳妇"故意使劲往下沉着身子，累得"老猪"吭哧吭哧地大喘气，让人都笑喷了。

最引人注目的活动是"老当益壮勇闯关"。活动总共设置了12道关口，集合了体力、智力和人气等综合因素，每顺利闯过一道关，就给运动员戴一串野山花草编织的花环。参加者既有矫健的大爷，也有机敏的大妈，大家争先恐后，各显其能。各自的啦啦队在一边喊着"太棒了，冲上去""加把劲儿，后边快追上来了"，笑声不断。

最后获胜者，身上花环重重，在一片欢笑和赞扬声中，领取精美、可爱的卡通礼品。不管是参赛的还是观赏的，大家眼里都放射出兴奋的光泽。这些久违的活动让他们回到了快乐的儿童时光，重拾了儿时的乐趣，整个人都变得年轻。难得这么开怀，老人们一个个展露出核桃皱纹般的笑脸。

闯过12道关口、勇夺冠军的左大伯咧开大嘴，笑意一直扯到耳根。他激动地说："太好玩了！小时候，那个穷啊，没什么可玩的，地上的一切都是玩具：石头子儿、小树枝、砖头瓦块都行，都是利用自然物品制作小玩具，像桃树上的病虫害，分泌一种黄褐色透明的胶疙瘩，有黏性，就用它把几块破碗瓷片粘在手指上，互相敲打清脆响亮。女生最爱唱《洪湖赤卫队》选段'手拿蝶儿敲起来'，男生手拿竹板边说边打着舌响，可带劲了！那时是苦中作乐，现在是老有所乐啊！这些活动找回了以前的童趣。"

韦力和钟怡茗来到运动赛场，乒乓球比赛这个传统项目，对老年人有着巨大的吸引力，参赛人数真不少。别看年龄不小，个个生龙活虎，不时传来扣杀的叫好声。羽毛球、网球等运动量比较大的赛事，同样精彩异常。她们也大受感染，都是同龄人，有着共同的感受。老了老了，又回到了孩童时代！

钟怡茗说各类活动较多，问她喜欢什么，可以有选择地看。韦力说看了这么多热闹的，再去看看田园类吧，钟怡茗带着她朝野外走去。

漫步在健康步道，道上有个硕大的圆盘，圆盘旁是个电子秤和量高尺，圆盘上标注着身高体重和健康指数，上去一测，身体基本状态一目了然。步道标有长度，每段有相应的小动物笑脸相迎。那个小猪脸，大张着鼻孔，鼓起了腮帮子，嘴里哼哼着，真是快乐步道。韦力脚底像安了弹簧似的跳起来。

开心农场真开心

踏着露珠，韦力和钟怡茗来到乐园果蔬花卉种植基地。

这是三面环山的一片平地。树枝花藤编织成的"开心农场"几个大字，极具动感。"心"字上的三点，用大朵的红色月季花装点，分外夺目、娇艳。一排排弧形大棚整齐地排列着，犹如古代的安营大帐，有序、壮观。钟怡茗说为了保证供应，乐园自建了这个蔬菜基地。吃得安全，又可按需生产，淡季不缺，旺季不烂，还能让爱好种植者发挥特长，回味田园之乐。

来到花卉基地，一阵山风吹来，植物的清新使劲地朝鼻孔里钻。她们走到一个正忙乎的老头旁边，钟怡茗介绍说这是老章，超级花卉发烧友。她问老章："花王，干啥呢？"老章转过身，冲她俩点点头，晃了一下手中的钳子说："正在嫁接。"老章一身整洁的蓝色工装，腰上扎着一条皮带兜，兜里装着小工具、线绳和细铁丝等。"装备挺齐全呀！"钟怡茗赞道。"当了几十年电工，成天挂着五大件，装着家伙什儿，使着方便，习惯了。当年在那万人的厂子里，电工可是八面威风哦。"老章很是自得。老章身高1.85米上下，方正的国字脸，炯炯有神的双眼，略带沙哑的浑厚嗓音，爱说爱笑，一看就是个痛快人。

钟怡茗看着身边的花圃，介绍着："老章种花那是顶呱呱。曾得过市里养花大赛'月季王'称号呢！"这可打开了老章的话匣子。他说自己一辈子就好这个。当年家里住房很小，别人家阳台上放个缝纫机、搭个小孩床什么的，他家阳台上高高低低的全是花。"不瞒你说，老伴儿没少跟我拌嘴。没办法，北京人喜欢花儿，甭管条件好赖，家家户户都得养几盆。我这是打小养成的习惯，改不了啦。"嗬，养花还引发了老章的乡愁呢。

老章说他刚退休那会儿，想在郊区包块地养花。合同都签了，不巧老父亲犯病，三天两头地瞧病、抓药、住院，身边离不开人，只好搭了些钱，把地退了，可心愿一直未了。前年老爷子到天国去了，他这又开始闹病，受伤的腿脚旧病复发，老伴儿照顾着挺辛苦的。老章看看旁边的老伴儿，一脸歉意说："她跟我这几十年，没过什么安生日子。现在老了，就想找个地儿养养身体。正好那会儿乐园到单位开座谈会，一听就对口味。通过实地考察亲身体验，非常认同他们的经营理念，当场就报了名。不承想，还有这机缘，有这么个花卉基地，冬不结冰，夏不暴晒，旱涝不怕，南花北草四季都有，还请了专家定期指导。我在这儿干得太开心了，天天弄花乐呵哦，好像年轻时谈恋爱一样。多年的高血压也不高了，你说多好！"他手一指："瞧这花长得多壮实，朵大色艳，看着都舒心。"钟怡茗说这些花卉除了乐园自用，还供应市里的一些高档酒店、写字楼。韦力扶住花径轻轻晃动，花儿摇摆着硕大的脑袋，从花蕊上扑扑簌簌地落下一层粉，金黄色、细腻的粉撒落在手上。

看着满园茂盛的鲜花，韦力问老章："你这年纪，干一天累不累？""一天到晚弯腰蹲腿的不能说不累，可是好这个，您看这花儿开得就像孙子孙女的笑脸，苦啊累的都不觉得。再说，我这一个月干活折合成'乐园券'，抵扣了差不多小一半的费用呢。哈哈，谈钱，俗；不谈钱，虚。咱中国梦很大，得慢慢实现，我自个儿的养花梦、养老梦已经实现咯！我那一份浓浓的乡情，在开心农场找到了最开怀的释放方式！"

钟怡茗关切地问："您这腿干活怎么样？疼不疼？"钟怡茗

说老章是厂里多年的劳模，干活很拼，一次意外工伤把大腿给伤得挺重的。老章一拍大腿，说："没什么事儿了。现在成天走动着，腰腿不怎么疼了。在这吃得香睡得沉，心情好，常活动，病啊灾的都跑了。说实在的，过去厉害时，疼得都睡不成觉。现在呀，问她。"老章指一下老伴儿，他老伴儿腼腆地笑着说："一夜呼噜到天亮。"

老章神情认真地说："2008年，我特地回北京看比赛。残奥会上，我看了南非无腿运动员、'刀锋战士'皮斯托瑞斯快步如飞，荣获三项冠军，对我触动很大，激动得眼泪直流。现在赶上了好时候，咱也得活出个精气神儿来！"

钟怡茗呵呵一笑："老章啊，咱就在这开心农场寻开心，争取当个百岁寿星老吧。"

"好嘞，听你的，我就奔着这个目标去啦！"老章爽朗的笑声撞开了棚架，飞向四面八方。

韦力随着钟怡茗又来到瓜地。一进地里，钟怡茗就喊道："老岑，瓜熟了吗？"她说老岑是老邻居，很熟。

老岑哈哈一笑："董事长来了，瓜敢不熟？"他随手拿起框里一个翠绿的甜瓜："你闻闻，咋样？"

韦力刚一接手，一股香甜扑面而来，五脏六腑给浸润得十分熨帖。老岑说："在市场上买不到的。"

"这瓜为什么这么好？"韦力好奇地问。

老岑伸手在旁边的袋子里抓了一把张开手说："看这瓜吃的是啥？豆饼、菜粕，营养足着呢。这里养花种菜用的都是有机肥，首先吃个放心、安全，再吃个口感。像不像小时候吃的那个味？"

钟怡茗笑着竖起大拇指。老岑又指指挂着的温度计："白天温度不高于30摄氏度，夜黑不超过18摄氏度，昼夜温差控制好，有利于糖分积累。咱这儿光照时间长达11个小时，甜瓜喜欢阳光，这几个细节把握好，瓜能不甜？"

老岑边浇水边说："天热，瓜苗爱长虫，用草木灰撒在上面防虫，同时这还挂着生态粘虫贴。不打农药，不上化肥，物理灭虫，上的鸡粪猪粪堆，这瓜自然就好吃、金贵。"

韦力问："在这种瓜有啥感觉？"

"嘿嘿，小时候，父母忙工作，把我送到乡下奶奶家。从小跟着给生产队种瓜的爷爷在瓜地里玩。长大了回城念书，每年暑假我都要回老家，帮爷爷打秧、掐尖、收瓜。现在老了，心里总有个割舍不掉的田园情结。虽然在城里待了多年，心里还是向往着和庄稼花木为友，与泥土相亲。我和老伴别的不在行，就爱待在菜地侍弄这小苗。"

"早上太阳刚升起来，我们就来了，就像听到这小苗在喊渴。蔬菜柔嫩多汁，含水量有百分之八九十，生长中要勤浇水，不给它喝足，瓜就会生长慢、产量低、纤维多、口感糙。看，这羽衣甘蓝一喝点水，就支棱起来，腰也直了，叶也绿了，那感觉像在跟你敬礼呢。"老岑蹲下来，侧着耳朵，"听，它们直起腰杆脆脆的声音，好听哦！"韦力看着老岑，满是老年斑的脸上，笑得一脸沟壑，像个孩子那么开心。

瓜地前面有几个人正在栽种什么，老岑说是在种植药食两用的金银花、当归、三七，让这些实用的保健食物在山区落户扎根，成为乐园老人们的餐桌佳肴。在地的尽头，一大群人围在一起，正在凝神听着。老岑说是省农科院的专家又来了，传授低矮果树嫁接技术，问要不过去看看。钟怡茗说不打扰了，再到别处转转。

出来没走多远，韦力看到一个大牌子上写着：公益菜园。她问钟怡茗："这是给谁种的？"

"哦，给乡里的敬老院。这是乐园的志愿者自发组织起来的，种植一些农村老年人爱吃的蔬菜。每次送去，看到那些老人咧嘴高兴的样子，志愿者更开心，觉得做了件很有意义的事儿。"是呀，帮助老弱，快乐自己。

　　钟怡茗说，乐园的很多人都向往着不同以往的生活方式，享受在广阔天地劳作的乐趣，喜欢那种房前种花、屋后种菜、养鸡放鸭、牵牛牧羊的日子。每天呼吸清新的空气，吃着自种的蔬菜，优哉地过着简约的慢生活，这样的老年生活多有滋味。是呀，投身于大自然，跟富有生命力的植物打交道，感觉特别好！开心农场就是让人心情舒畅地回归自然。

　　"嘀嘀嘀"，钟怡茗的手机响了，她对韦力说，鲍春喜那边有点事找她，先过去一下。"前面多功能厅旅游公司正在搞活动，你可以去感受感受。"韦力说："你去忙吧，我自己走走。"

转山转水转嗨了

一到多功能大厅，欢腾的热浪就扑向韦力。

满屋子都是人，大都穿得鲜艳夺目，时尚有活力。韦力下意识看看自身装束，清爽但素了些，与当下的氛围有些不搭了。

帅气的男主持正在激情地解说："我国进入了大众化旅游时代。在庞大的出游群体中，老年游客人数占到旅游总人数的四分之一。老年人辛苦一辈子，该享福了！旅游旅居成了一种新型享老方式，它为老年人提供了高品质的休闲模式，也为社会经济发展创造了新的需求。今天，大家热情高涨、欢聚一堂，让我们回顾之前的游乐感受，一同开启旅游线路的全新体验！

"好，话不多说。请听咱资深'驴友'高老师怎么说。"

一位男士边上舞台边朗诵："万里乐游不觉老，天涯海角赏新貌。面对江河抒胸襟，脚踏群山兴致高。看尽南北四季景，吟唱今生如意潮。谁道晚年尽悲歌，夕阳余晖乐陶陶！"

一阵掌声过后，台下有人大声说："光说不行，高老师这'麦霸'必须来一个！"

主持人朝高老师做个手势："请吧。"

高老师笑了："那我就献丑啦，送给大家一首《马儿啊你慢些走》。"声音嘹亮、韵味悠长。歌声刚落，掌声就响了起来。

主持人边鼓掌边赞道："感觉高老师这唱的，简直是男版马玉涛哦。叔叔、阿姨们出游各地，把银色乐园的文明礼貌传播到四面八方，有请高老师抽出我们的形象大使、文明使者和环保达人。"高老师从抽奖箱里一一抽出，主持人高喊着："3号、11号、128号有请。"三位中奖者春风满面地和大家挥手示意。

主持人又看着台下："下面有请朗诵班的杨班长。关于旅游看她怎么说。"

一个身着汉服的老太袅袅婷婷地上来，朗声说："我可没有高老师那金嗓子。今天的主题是旅游，我最想说的就是，跟着老年大学，咱爸咱妈旅行团，旅游线路巧设计，一路欢笑有情趣。吃喝住行安排好，品质旅游价格低。安全可靠最放心，自由自在最如意！大伙都说这真是神仙过的日子啊。"

主持人问："你们旅游有什么特点啊？"

杨班长微微一笑，说："跟着季节去旅游，春夏秋冬四处走；追着色彩去旅游，赤橙黄绿眼底收；奔着美食去旅游，又吃又喝买个够。老年大学领着咱，老头老太乐悠悠！"

主持人一拍手："杨班长说得很好，能眼见为实吗？"

"我可不会瞎说，只怕没说全呢。"

"那我得验证一下。"

"没问题，你随便问。"

主持人向着台下："如果说错了，可是要上来演节目的。"随即一亮嗓子，唱道："春天在哪里呀，春天在哪里？"

以歌咏队为首，台下一片应和："春天在那婺源的油菜花海里。"

问："夏天在哪里呀，夏天在哪里？"答："夏天在那昌黎的碧波里。"

问："秋天在哪里呀，秋天在哪里？"答："秋天在那胡杨的怀抱里。"

问："冬天在哪里呀，冬天在哪里？"答："冬天在那海南的椰林里！"

主持人双手做个全场加强的动作，大家一起高唱起来："嘀哩哩哩嘀哩哩，嘀哩哩哩嘀哩哩，春天在那婺源的花海里！""哈哈哈，果然都有出处啊！说得好，奖励你们出个节目吧。"杨班长朝台下一招手："上来吧，舞蹈班的姐妹们。"音乐响起，一群女士跳起了欢快的舞蹈《带你去旅行》，那飘逸的裙摆，像娇艳的花朵在台上舞动，在大家的心头盛开。

主持人张开手臂说："看啊，叔叔、阿姨们，岁月流逝、生活磨砺，我们有的是精气神，有的是个闹腾劲儿。咱就图一个乐呵！来，金掌银掌仙人掌，咱都鼓起掌来。"会场又响起欢快的掌声。主持人接着说："咱们上了高山，游了草原，转了河湖，咱们还要走向更加广阔的海洋。叔叔、阿姨们赶上了好时代，是时候享受一下人生的瑰丽晚年了。看祖国大好河山，圆一个说走就走的海上梦想。大家说，好不好？""好！"激昂的情绪使得这喊声铿锵有力。

"旅行社专为咱老年人打造的海轮游，线路优化，把我国最美的海域及港口城市，像穿珍珠一样，都给连接起来，成为一条美丽的项链。游乐项目齐全，里面歌舞器乐、书画游戏、大小球类和健身器械应有尽有；海上垂钓，给您新颖的刺激，包您玩个够；餐饮多样，东西大餐、南北小吃，样样俱全，奢华舒适超出您的想象。特别是现在报名大优惠啊！坐海轮，游大海，报名送上优惠券。"

激情的呼应，高举的奖券，兴奋的笑容，不时响起的叫好声，感染着在场的每一个人。韦力看出来，许多人并非在乎那点优惠券，而是要融入这个氛围，叫喊着、吆喝着，互相比画着、鼓励着，提气、提神，要的就是这股劲儿！

心理学认为，老年人喜欢聚群，心情高兴、情绪兴奋能够分泌肾上腺素，非常有利于健脑益寿。这种近乎"发疯"的激情，和军人拉练、学生集训拉歌、农民打夯喊号子殊途同归啊！韦力受到感染，喜欢上了这独特的热烈氛围。

最后，主持人充满敬意地说："叔叔、阿姨们，咱们旅游品质优良而价格低廉，一个重要原因，就是旅行团的服务人员大都是志愿者，他们乐于付出艰辛劳动，为大家提供优质服务，带来方便和快乐，降低了人力资源成本。我奉献我快乐，在这里得到充分体现。让我们向他们表达由衷的感谢和深深的敬意！"掌声响起来，四周的志愿者们向大家鞠躬致谢。

主持人深情地说："古人说：'白头搔更短，浑欲不胜簪。'面对各位豁达善良、魅力四射的叔叔、阿姨们，今天，我要说，花未央人未老，金色夕阳尽逍遥。

"恭祝各位叔叔、阿姨，青春永驻，岁月不老！"

唤醒他的不仅是亲情

"这里出事了！有人摔倒昏迷了。"鲍春喜告诉钟怡茗。

在"各显神通"小发明表演现场，67岁的宋嘉阁正娴熟地操作着，这是一台娱乐机器人，能按照指令打招呼、讲笑话、唱歌、跳舞，取名"小超人"，圆圆的脑袋大眼睛，长得很是可爱。只见它步法灵活，在观众中走来走去，一会儿学着老爷爷的架势，背着双手，煞有其事一摇一晃地走着；转了一圈，又双臂弯曲，像个老奶奶一拐一拐地扭着腰；一会儿又眨巴着一只眼睛、做着鬼脸，不时用好听的童声打招呼。老人们发出一阵赞叹。有人问："小超人，你能跳舞吗？"宋嘉阁涨红着脸，快速地按动着手中的按钮，接着小超人随着"我爱北京天安门"的音乐，晃动着圆滚滚的身子，跳起了儿童舞蹈，那姿态稚拙又好笑。人群中发出一片热烈的欢呼声。宋嘉阁激动地张着嘴，正要说些什么，却头一歪，倒在了旁边的木箱上。

在场的医生立即过来，一量血压，高压竟达190毫米汞柱，看他涨得通红的脸，初步判断是血管爆裂引起的昏迷。救护车把宋嘉阁紧急送到医院，经及时抢救，生命没有大碍。经过一系列紧急治疗后，除了血压偏高外，他的呼吸、心跳和体温都正常，躺在床上，大小便失禁，不声不响，意识丧失，对外界没有任何反应。

宋嘉阁的健康档案表明，他平时身体不错，没有大毛病，只是血压偏高，一直服用药物控制。会诊分析，现场观众反应热烈，掌声、叫好声一片，原本血压就高的他经不住高度兴奋，以致血脉偾张，引发事故。

检查发现宋嘉阁的瞳孔光反应正常，脑部CT显示颅内出血并不严重，只要采取一些相应刺激措施，苏醒的可能性很大。医生说可利用亲情呼唤，刺激大脑，促使其产生反应。根据宋嘉阁的身体情况，医生建议除了药物治疗外，最好配合使用几种方法来唤醒：一是讲述他最关心、最在意的事情；二是他最亲近、最牵挂的亲人呼唤他；三是他信任的朋友跟他聊天。

宋嘉阁的室友老聂介绍说，老宋退休前为智能化公司高级工程师，痴迷于机器人研究。在老龄化的今天，他感到娱乐机器人将是老年人的好伙伴。经过上百次的反复试验，他研制的这款机器人今天终于大获成功。宋嘉阁业务上是把好手，性格上比较倔强，多年前就离婚了，一直单身，跟远在苏州的女儿关系不错。

乐园立刻跟他女儿联系，不巧的是她刚生二胎，正在坐月子，不能前来。

按照医生的安排，首先是整理机器人的信息，正好现场全程都有拍摄录音。小超人表演的录音剪辑好了，就在老宋耳边反复播放。老聂和大伙也穿插着跟他聊天、讲笑话、说些开心的事。一整天，老宋还是昏睡不醒。

第二天，继续播放前日的内容。很快，老宋女儿传来了她和儿子的视频。他女儿悲痛地连声叫着："爸爸，您醒醒，看看您刚出生的小外孙女吧。"还录有小宝贝的哭声，"哇——哇"的，可真是响亮！她的大孩子也喊着："姥爷姥爷，我给您唱首儿歌吧。姥爷好姥爷好，我喊您答哈哈笑。姥爷当着马儿骑，驮着宝宝满屋跑……"童声稚嫩，奶声奶气，非常可爱。这些内容轮换着播放，医务人员细心观察着，忽然发现他的眼珠慢慢转动了几下，虽然幅度很小，但老聂看见了，在场的人都看见了。有希望！

大家受到极大鼓舞。

就这样，每天的刺激活动24小时循序进行，乐园的老伙伴们不断来看他，跟他说说话、逗逗乐。不管他有没有反应，都坚持轮换着做下去。

一天一天，老宋每天都有一些新变化，有时动动手指，有时喉咙里咕隆几下，有几次还皱了皱眉。医生说，对外界刺激有相应的反应，这都是好兆头！

终于，老宋在昏迷5天后，醒了过来。他缓缓睁开眼，四处寻找着，鲍春喜立刻意识到了，迅速把小超人推过来，放在他的床边，宋嘉阁的嘴角咧了咧，露出一丝笑意。接着他又张望着什么，医生一点他的手机，女儿那带着哭腔的呼喊一下子蹦了出来，宋嘉阁眼角淌出了一滴眼泪，鼻翼轻轻地抽动着。

病房里，所有的人都情不自禁地互相击掌庆贺他的苏醒。宋嘉阁被深深地感动了，几天来，大家唤醒他的过程，他虽不能开口说，但他逐渐都能听见。五个日日夜夜，大家为他付出了那么多！老宋明白，唤醒他的不仅是女儿一家，还有乐园这个大家庭！这个一向冷峻严肃、不苟言笑的汉子，捂着脸"呜呜"地哭了。看他这样，满屋子的人笑了。目睹一个僵化的生命恢复到鲜活状态，怎能不叫人欢欣鼓舞、加倍开心呢！

医生说，老宋能够这么快地苏醒过来，真是个奇迹！这得益于大家的不懈努力，想方设法、全力以赴去唤醒他，没有放弃。乐园这个集体真温暖啊！

好惊险啊！韦力听了有些后怕，刚起步运营的乐园，怎么经得起一个突然的大事故？

宋嘉阁昏迷的事发生后，钟怡茗立即让管理团队通知下去，一定要控制好中老年人在所有活动中的情绪，要适度娱乐，不要因过于兴奋而伤了身体，造成严重后果。

为霞尚满天

创意梦工场

钟怡茗问韦力看得怎么样，韦力说活动真丰富，看得人很兴奋。"走，今天咱们去探访一个地儿，看看老年人都做些什么梦。"

"创意梦工场"几个龙飞凤舞的藤编大字，赫然醒目，"梦"字那长长的尾巴，宛如梦幻般的云飘向天空。

钟怡茗说，对于满脑子奇思妙想的科技人员、有想法爱动手的能工巧匠和主妇们，乐园最吸引他们的莫过于创意梦工场了。韦力好奇，老头老太都有哪些创意呢？

创意梦工场依山而建，为一幢4层小楼，建筑面积800平方米。庆双节，都在忙着设计大赛呢。"就是从自身需要、自我感受出发，设计出符合老年人特点、适合老年人身体机能的用品来。"钟怡茗介绍说。

她们来到一个工位前，一位男士正在画草图。钟怡茗招呼着："老涂，画什么呢？""哦，我在画书架。"老涂说自己一辈子做机械设计，常年低头，造成严重的颈椎变形，压迫腰腿神经，疼痛难忍，最厉害时只能静卧，吃喝拉撒都在床上，真是痛苦不堪。退休后全力保健，情况大有好转。但多看一会儿书，还是脖子疼、头晕。到实体店、网上找书架产品，都不合适，就自己动手做。"这种可调节的台式、立体书架，无论坐着、站着还是躺着看书，都能随意调节高低、角度，还能旋转，轻松阅读。"

"你这个书架能做到健康阅读哦。""嗯。"老涂点点头。"真不错！这对青少年、儿童和其他的读者也有益呀。令人期待！"
钟怡茗鼓励他说。看着老涂全神贯注的眼神，韦力相信肯定行。

在邻桌上，看到有像筷子样的东西。她们正在瞅着，一个戴
眼镜的男士过来了。钟怡茗介绍说，这位彭高工是市里的技术革
新能手。彭工笑说那是虚名，小打小闹上不得台面。钟怡茗问他
在做啥，彭工说正在琢磨筷子。他的老母亲患帕金森后，手抖得
厉害，没法自己吃饭，每次都是他来喂。现在母亲不在了，却还
有更多的老人有这方面的需求。

"市面上提供给失能、失智或高龄老人的用品很少。"老涂
一件件演示着说，"这种筷子有个圆环套在手指上，不会掉，夹
饭菜方便、好用。这一种是手没劲儿，筷子拿不动了，筷子上带
有助力，筷子中间有个镊子样的连着，不会脱落。还有这个是根
据手型拿筷子，把这个勺子套在手上吃饭，有调节方向的功能。"

韦力不禁称赞："真是用心哦。这得有实际体会，否则想都
想不到。你真是个大孝子！"老涂摇头说还要改进。钟怡茗让他
做得更精细更合用些，尽快做成产品，推向市场。

彭工指指桌上的广告："最近，国内开始卖这类辅具，都是
进口的，价格贵，一般老百姓用不起。希望国内的生产厂家多做
老年用品研发，市场巨大啊。"韦力说："当下的老年用品覆盖
有限、细分不足、需求难对接等问题，确实需要解决。"

对老年用品开发，彭工挺有想法，他说现在市场上，适老产
品、适老服务都在摸索阶段，不仅数量很少，品种也很单一，基
本处于"三无"状态：无行业标准、无规模化生产、无知名品牌。
很少考虑老年人需求的特殊性、多样性和差异性，个性化严重不
足。有的甚至根本就不是给老年人用的，像药瓶上的说明，小7号、
8号字，更夸张的甚至有的是小12号字，用老花镜加放大镜看都
费劲。彭工无奈地说："一千多年前的唐代，白居易就说'休看
小字书'。现在人的寿命越来越长，视力随着年龄的增长严重下

降，而字却越来越小！商家应该根据老龄化形势，推出新产品，比如大号字体的空调、电视机调控器、服药定时器，以及大按钮的老人手机等。要大胆创意，比如辅助起身、随意仰卧、电动行走、倾仰休憩等。在音乐娱乐方面，一把椅子能按摩、唱歌，还有免费体验的智力开发游戏，锻炼手指和大脑的益智游戏。"

钟怡茗深有感触："把新科技加到养老体系里，居家养老多了这些新辅具，老年人生活才能更方便、更有趣。"

在日用品小组，韦力看到很多极富创意的产品模型：线装书式样的纸巾盒、小猴爬山笔筒、哪吒跷着二郎腿的手机架、国产大飞机919书架、高铁模型的文具盒……大家奇思妙想，脑洞大开，真是玩出了青春！

她们来到三楼老年服装设计室。在一排裤架前，韦力看到裤子口袋都设计在大腿或小腿外侧。钟怡茗说："老年人平时坐的多，手臂弯曲角度太大不便，掏兜不得劲，放在大腿或小腿外侧，方便又时新，很受欢迎，厂家已接受了几千条的订货。还有这些蝙蝠袖的设计，也是这个考虑，穿脱都方便。"

旁边，一位精干的女士正给模特试穿新衬衣。钟怡茗说她是市服装厂原总设计师郝总郝爱萍，一个很有特点的女装潮流引领者。

郝总对其他几个人说："这个立领稍微有点低，不好看，加高半分就好。"

旁边一位说："夏天够热的，立领不更热了！"

"天热容易出汗，风一吹会着凉。中医说'腹如井，背如饼'，背部很容易进风受凉，设计成小立领，既时尚又保护颈部。"郝总解释说。

看到短袖袖子大都超过肘关节，韦力问："袖子这么长，会不会感到不利索？"郝总解释说："嗯，有点。但老年人皮肉松弛，特别是运动少和体格偏瘦的，上臂肌肉一松，皮耷拉着一摆一摆的不雅观。袖子略长起到遮丑效果，不露怯，还能护住肘关节。"周围的人都频频点头。

另一个工位上，一个老头和两个老太正在指着图纸讨论一套春秋装的颜色、式样。这个说深色庄重，要得俏，一身皂（黑色）。那个说米黄清爽，还有说用流行的拼接。关于样子，那个老头强调说："人老了，胸部变平了，胸围设计要有隆起感，稍稍收点腰，显得腰身美。再配几颗细盘扣，增加些民国风、古典美。"钟怡茗笑着说："到底是美院教授，对美有独到见解。"

韦力说到买衣服的感受，说很难买到合意的。网上买吧，60多岁了却在适用年龄35岁以下里找，甚至有时到学生装里挑，不是装嫩，如果买老年装、妈妈装，就真穿成老奶奶了。教授赞同道："老年人买衣服，要清楚自己的身材特点，选择适合自己的服饰，才能扬长避短，突出优势遮盖缺点。你要么穿得自然、舒适、随意，要么穿得优雅、讲究和品味。觉得老了就胡穿一气，会给人邋遢感。经常看见有人穿着睡衣或家居服上街，真是不美。我们精心设计、耐心琢磨，就是要探究服饰文化，打开老年人的心理荷包，美化夕阳生活，使老年人享受多彩人生。"

韦力对钟怡茗说："看他们讨论热烈，格外用心，有这样的专心致志和实践经验，还愁做不出老年人中意的服装吗？"

"在这儿，可以心无旁骛地设计。本身就是老年人，对于老年群体的心理、身体情况都很了解，设计的服装自然很受欢迎。你看大家比赛穿的团体服装，大都是乐园自己设计，找服装厂加工的，好看又便宜，性价比超高。我这件衣服就是这儿做的。"钟怡茗指指自己的中式上衣。

"哦，怪不得这么有特色呢。有这么好的设计团队，还不办一个服装厂？"

"不办。我们只设计、做样品，批量做就找服装厂。只弄我们擅长的，免得又要购置设备、增加成本。再说，到底年纪大了，眼神不好，费那劲儿干啥？"

　　她俩上到4楼，这里静悄悄的。钟怡茗说这里专门做小型工程技术设计，都是一帮技术迷，有人上劲了，待这儿一天都不愿出门，得硬拽出来活动，强迫锻炼。"专注，这很重要，现在几乎也成奢侈品了。只有专注，才能在所从事的领域做到极致，至少尽量追求完美，自然就成了行业龙头！"钟怡茗强调说，又指指门上画着电子形态的一间屋子，"那是老人手机软件开发组。他们还要开发老人日常智能用品，目标是好学好用、操作简便，说智能时代不能让老年人掉了队。老楚就在那儿，他有想法、很风趣，才艺又多，被称为乐园的'男神'呢。"

　　韦力听了很为靳雨欣高兴，这个有趣的女子，不但生活有色彩，连爱情也不期而至，她终于找到自己的真命天子了。

太极悟阴阳，一别两相宽

　　和煦的阳光宛如轻纱笼罩着，山间徐风，夹杂着花草的清香，扑面而来。韦力稳稳站定，深深吐纳，稍事锻炼后，来到休闲广场。听说这里太极拳活动开展得不错，她想见识一下。

　　在广场南边，约有五六十人在练拳，根据衣服色彩分为两个阵营，男队着天蓝色，女队为玫红色，好似蝴蝶的两翼，煞是好看。他们动作整齐，舒缓流畅，颇为壮观。队伍前面有一领拳者，着一身象牙白桑蚕丝绸太极服，清瘦挺拔，神形飘逸，双目炯炯，一招一式，若行云流水，极富美感。看她金鸡独立，纹丝不动。韦力猜测，这该是太极拳总教头费芷杰了。

　　练完拳，人们收拾行装走了，韦力上前打招呼："费老师真是功底深厚啊！"费芷杰谦虚地摇头："不行，还不到家。""你这太极达人名不虚传呢。"韦力也练太极，能看出些门道来。"练太极强身健体，受益良多。我以前可是个病秧子、药罐子呢。"韦力说还真看不出。

　　费芷杰原是一大型企业综合计划部长，市里要求推荐优秀科技干部，她被推选上来，任命为市科技局副局长直至局长。她是老研究生，业务能力强，业绩突出，后又升任省科技厅副厅长。厅里具有科技干部任免、科技项目立项和科研经费划拨等权限，职权越大的地方，人际关系越复杂。有些人的精力，不在振兴科技、发展经济上，管理服务不行，内斗却很在行。靠能力吃饭的人有个特点，就是办事认真、坚持原则，对上不愿曲意逢迎，横向不去拉扯关系。老一代领导退了后，新任上司对费芷杰不甚满意，几次业务会上，费芷杰对厅里优化配置科技资源的一些规划提出不同意见，对某重要部门的经费弄虚作假提出批评。此后，她的境况就颇为不妙。尤其在无记名投票推举厅长候选人时，费芷杰获得高票后，不久就传出各种流言，说她拉拢色诱上级领导、主管项目收支不清白等。主管领导会上会下含沙射影，几个刺儿头说话隐晦曲折、阴阳怪气。诡异的是，她感到四周刀光剑影，却不见对垒之人，一切都是暗流涌动，她不能也无法进行回击。

费芷杰，一个正派的实干家，就这样被污为经济上不清、作风上不正，专搞旁门左道的伪君子，真是百口莫辩！她没法解释，也不能申辩。身处弱势，这些一概是无用功，反而可能越描越黑，也就不必了。此时她深刻体会到，所谓清者自清、谣言止于智者，都是对理想化环境和君子而言的，实际与现实隔着千万里。

这莫大的屈辱，一度把费芷杰摁进了痛苦的深渊，这人生的至暗时刻令她绝望到几度轻生，吓得家人把心都提到嗓子眼上。满腔悲愤无处排解，各种慢性病找上身来，她先是喉咙不适，灼热刺痒，胸膛里满是气团，周身沉重，伴有饮食障碍。难道得了食道癌？她惊愕之余更是心寒意冷。

家人硬拽她去医院，一查是梅核气，排除了恶症，并没减轻她的思想重负。后来她又得了心脏神经官能症，胸闷心慌、精神萎靡，甚至心前区出现刀割样疼痛，并日渐严重。经过西医各种治疗仍不见好转，家人又到处请名老中医，家里堆满了中草药，活像个中药铺。后来，问题上司受到象征性处罚，但她的境况并未好转，健康状况更是越来越差。

朋友强烈推荐她练练太极，她无奈之下选择试试看。教练是个口碑甚佳的资深拳师，他精于拳理，功力深厚，深入浅出，理论与实践并重。与众不同的是，他并非一上来就教招式和套路，而是讲太极文化："太极拳是哲拳，内主修身养性，外练骨肉体魄，内外兼修，表里合一。太极拳融合了阴阳五行变化、中医经络学、传统兵法、古代导引术和吐纳术等古代哲学思想，意、气、形三者合一，博大精深，蕴含丰富的文化内涵。学太极先学做人，所谓德有多高，功有多深。"费芷杰入耳入脑。

教练告诉她太极原理听起来比较抽象，常常不能用语言、文字表达清楚，得靠自己在长期的苦练中领悟。他要求费芷杰练拳先热身，首先要平静思绪，放松意识；从头到脚活动筋骨、肌肉，调理身心，心静意专，中正安舒。金庸先生说得精辟：太极拳，练的主要不是拳脚功夫，而是头脑中、心灵中的功夫。最高境界的太极拳，是身心合一、物我两忘，达到一种平和的人生境界。

练拳引出了修养身心，还能强身健体？看她有些疑惑，教练说："太极拳讲究阴阳之道，就是上下对应、里外对应、左右对应，做人也是这样，不能过于执着。要身心并练，心静则气顺，赶走心魔，达到气定神闲、物我两忘，对身体能不好吗？"

"这给了我极大的启发。"费芷杰说。

韦力很有感触："修身养性，的确是太极的精髓。"

费芷杰说通过习拳，从中领悟了许多人生的道理：你是自己的强敌，只有你才能打败你自己；你是自己的救星，只有你才能拯救你自己。生活中令人糟心的一个个挫折，就像糖葫芦中的竹签，刺进体内，痛彻心扉，却也成了支撑人生的坚实脊梁。所谓成熟，就是能把外界的打击、磨难，转换成自愈的良药。她心中积郁了多年的浊水，由此逐渐被阳光蒸发，变得开朗，身心舒畅。教练穿插讲授《道德经》，传统文化的浸润使她豁然开朗内心变化很大，懂得负面情绪是病根，病由心生嘛。"人"字有两笔，一笔是执着，一笔是放下。养身先养心，不与他人生气，也不和自己生气，不以物喜，不以己悲。

"教练的话，给了我很大启示。刚开始练拳时，我下意识的总会冒出些不良情绪。通过研习拳理，对很多事情释然了，境随心转，明白好心态胜过大补药。"费芷杰很是感慨。她指着手机里她初学拳时的一张合影说："这是我初学拳的时候照的，第一排最左边的那个是我，认得出来吗？"

"不说还真不敢认。那时的你整个状态萎靡不振，弱不禁风。眼下的你，阳光强健，变化太大啦。"韦力明白，这张豁达、自信的脸庞后面，深藏着一个咬紧牙关、坚强不屈的魂灵。

费芷杰以自己的人生波折、练拳经历，动员、影响乐园的习拳者，特别强调要练养双修，心无杂念。有个老太因激烈的家庭矛盾闹得神经紧张忧虑，心跳像打鼓一样"咚咚"地响，非常难受，把号称有治愈功能的"涂色书"涂了一本又一本，也不管用，以致引起窦性心动过速。有个老机关干部，在职时身陷人事纠葛，思虑过度，得了焦虑症，精神上心烦意乱、紧张惊恐、入睡困难，生理上潮热多汗、手脚麻木还肠胃不适，服了很多药都不奏效。他们通过练拳，明白了心理健康是心脏安康的保障，心情好，心脏才好。通过不断修炼内心，平和心气，症状明显减轻。还有位慢阻肺患者，疲乏胸闷，活动后气喘吁吁，呼吸困难伴有咳嗽、咳痰，坚持练拳、正确吐纳一段时间后，呼吸功能得到增强，医生检查发现他的肺部情况大为改观。这些现身说法，激发了大家习拳的积极性。太极拳队多次获得区里、市里的比赛奖项，很给大家增强信心。

"我庆幸遇上乐园这样的好氛围。你看这张照片，是我带全家练我自创的滑稽太极，有意思吧。这个是我6岁的小孙女，在市少儿太极拳大赛上获得银奖，看她玩得多开心！"费芷杰打开手机兴奋地翻给韦力看。

有人说，人生后半辈子最高级的炫富就是"身体无病，心里无事"。

但愿自己也能成为这样的"富翁"！韦力想。

云深爱心亭，温暖山乡人

　　一天下午，韦力跟着钟怡茗到附近山村转悠，下山时，钟怡茗说不走回头路了，抄一下近道。一拐弯，两人沿着半人深的杂草走去。山花烂漫，肆意生长，一派野性。下坡走了约3公里，到了通往青峻乡政府的半路上，有个丁字路口，住着20几户村民，这一带的村民进出都要经过这里。路口连着一条小路，这条羊肠小道，狠心地把一个村庄送到了远处的土崖边。这个小村叫崖脚村，是这里条件最差的自然村，乡里的帮扶重点。

　　考虑到崖脚村比较贫困，乐园在路口修了个爱心亭。韦力一看是个依山半坡亭，靠山那面被削平，山壁上嵌进去一些挂钩，钩子上面挂着各种衣物：夏天的薄衣长裤，秋季的毛衣、夹克，冬用的棉裤、棉袄，干净整齐，衣服都挺不错，大都七八成新，还有少数全新的。正中间大字醒目：如果您不需要它，请留在这里！如果您需要它，就把它带走！下面建有高低两排木头长凳，矮凳供人休息，高凳上放着一些捐赠物品。

　　两个老汉坐在上面歇息，身边放着几个竹篮。几个老太一边说笑着一边挑选衣服。刚巧又来了乐园的两个阿姨，各提着一大包过来，打开包往外掏着。一位老太从中挑了件八成新的对襟红毛衫，往身上一套，那俩老太说，合身，露出豁着的牙笑。一位带孙子的老太，找了双儿童球鞋，小孩穿上在原地蹦了几下，说："奶奶，合脚。"一个大嫂在日用品堆里翻着，看有没有家里合用的物品。

乐园的会员们每次回家或有亲友来，就把家里用不着的衣服、用品带过来。乡里也时常有人来捐衣物。渐渐地，爱心亭在这一带传开了，周围村子来取的人真不少。送来、取走，你来我往，络绎不绝。

韦力看着这面墙挺有感触："这爱心亭可以让弱者得到所需要的物品，温暖很多渴望温暖的人，又让受助者感到尊重和平等。"钟怡茗深有同感："是呀，赠人玫瑰，先把刺处理好，不扎手又温馨。不用申请、签字，不用面对捐赠者或发放人，没有那种令人自愧的尴尬。村民自由随性地各取所需，资源合理利用。"

韦力觉得用这种方式就把温暖送到心里了。

"乐园多方面发挥老人们的各种技能，为村民做实事。一到夏天，山区小孩都爱到汀泽河洗澡、游泳，尤其是暑假时，更是天天去，每年总要发生几起溺亡事件。今年暑假，我们号召乐园的游泳爱好者，组成'爱心巡逻队'，进行急救知识培训后，带着救生圈、救生衣、长竹竿等，到村子附近河边巡视，劝离没有家长陪、靠近危险水段的孩子。根据小孩喜欢捞鱼摸虾的习惯，拍摄制作了此类溺水事故的微电影，在学校、集市和村头小广场等公共场所播放，效果不错，今年暑假，没发生一起溺水现象。当地村民评价很好。"

"这是实实在在助农呢。"韦力由衷地赞叹。

钟怡茗说，最近，爱心捐献活动又扩展到大件物品、家电方面。最开始是模特队队长岳大姐说，家里有一台大彩电，质量不错。现在更新换代用上了液晶彩电，这么个大家伙放在家里真占地儿，当废品卖吧，给个百十元真不值当，回收拆卸了又很可惜。乐园倡导爱心捐赠，岳大姐就叫她儿子给送来。嗬，好一台气派的大彩电，打开一看，稳定的图像，优美的音质，清晰的画面，鲜艳的色彩，尤其是含有两个内藏式电视调谐器，屏幕上可同时显示两个画面，可即时监控，及时换台，真是"画中画"呀！岳大姐说："当时花了一万多块，还托熟人才买到手。谁知科技发展这么快，当年的香饽饽现在落伍了。捐给山区，物尽其用吧。"乡政府牵线，乐园把这台彩电和100套爱心书包捐给了本乡最偏僻的山村小学。校长很高兴，说有了这台大电视就可以更好地进行学习教育活动。

爱心捐赠，旧物新用，一车车衣物、学习用品和家具家电，不断运往青峻山。爱心亭，连接城乡的桥梁，传递人间的温暖！

文化康养润身心

在岁月里，打捞一缕心香

一天钟怡茗邀请韦力共进晚餐，正享受美食，钟怡茗忽地想起什么，说："咦，你这个当年的文学青年，想不想一探文学沙龙？"

"这里还有文学沙龙？"韦力问。

钟怡茗一昂头："水平是相当不错的。市作协主席还亲临乐园，深入浅出地为大家讲授写作经验，剖析经典佳作；倡导、弘扬时代精神，展现家国情怀，写出生活之美。文友们都极为受益，创作热情空前高涨。有几个文学名人在这落了户，像获得杜甫文学奖、'五个一工程奖'的简吾，他的作品生动刻画了各类创业、创新者的群像，尤其是一系列退役军人的拼搏、奋进故事，格局宏大，人物鲜活，极富时代特色。有在晚报上开设《文史探源》专栏的石木，他着力深挖古城资源，以文字全方位展示传统习俗与文化魅力，饱含邑城风情，韵味十足。还有专攻乡土散文、极具女性柔美情愫的山妮，把新农村各式人物的音容笑貌描绘得逼真形象、栩栩如生，具有极强的感染力。他们在这个环境里潜心创作，收获颇丰。这些人特别可贵可敬之处，在于不遗余力地培养文学新人，经常带队下去采风，关注百姓心声，反映社会现实，出了不少佳作，在全省文学界颇具影响力，是乐园一张亮丽的文化名片呢！去重温一下旧梦吧。"

韦力瞬间兴奋起来："好啊，去听听。你事儿多就别陪了，晚上我自己去。""也好，就是那儿。"钟怡茗扬起下巴一指。

晚餐后，按着钟怡茗的指向，韦力来到了文学沙龙。一个椭圆形桌子的四周围坐着不少人。她找了个靠边位子，在舒服的靠椅上坐下。

坐在桌子中间的一位男士，和他人随和地聊着，开场白自嘲而风趣，他自我介绍着："我是高山青竹，大伙儿基本都认识。故事会又和大家见面了。人老了，念旧，爱回忆往事，总惦记老友。打开记忆的闸门吧，让时光倒流，让我们一起回忆那给人深刻印记、让人感动感怀的人和事，回到那留下我们坚实足迹的往昔岁月。今天有几位新朋友，我先唱几句，暖暖场。"说完他亮嗓开唱："牛三斤，牛三斤，你的媳妇叫吕桂花……"唱得低沉、悠长，很有韵味。韦力身旁的女士告诉她，高山青竹脑子活、笔头快，在全国各地报刊发表了三千多篇文章，又热心公益，这个沙龙就是他一手创办的，付出了大量心血，很受大家敬重。

一曲唱完，掌声响起，高山青竹谦虚地说："献丑了。下面，我们继续依照人教版地理书，按序欣赏文友们的地域特色。先温习一下各省简称顺口溜。来，一起说：两湖两广两河山，五江云贵福吉安，双宁西四北上天，庆蒙台海青甘陕……

"好，上次我们欣赏了湖南'辣妹子'，今天感受湖北的'九头鸟'，看这个千岛之省的文友们都给我们讲些什么。哪位打头阵？"

一位满头银丝的男士说："我先抛块砖吧，讲个当年打牙祭的小故事。"

20世纪70年代，我在湖北农村插队。冬季农闲时，公社都要组织青壮年去兴修水利。荒山野岭中，挖水渠、修水库，人拉肩扛，一干几个月，直到过年才回家。有一年要献大礼、赶工期，春节不放假，我们就继续在工地上战天斗地。

大年三十一大早，北风呼啦啦地刮着，雪花像筛子筛面似的飘落下来，给山野披上了一层轻柔的白纱。带队的老队长伸出手，那雪白的小精灵跳到他满是老茧疙瘩的手掌中，一会儿就不见了。莫不是它们在这温暖的小天地里，玩躲猫猫了？老队长兴奋地说："又是一个好年景啊！"有谁嘟囔了一句："要是下白面就好了！"老队长回道："这下的就是白面咯。"几个小青年不解，嚷嚷着说老队长又在说笑了。

工地上雪越下越大，鹅毛似的雪片旋转着落下来，打得脸生疼，说话时腮帮子也不利落了，手指冻得像一根根红萝卜，而棉袄里边却汗津津的，风一吹就透心凉。大家你追我赶，干得格外起劲。强壮的狗蛋儿肩挑竹筐疾步快跑，露出了红彤彤的大脚趾。"鞋（hai）子张嘴要吃肉啰！"兴旺指着狗蛋儿的脚大声逗乐，引来一片笑声。原来呀，早上出工时老队长说了，中午打牙祭！

终于收工了，老远就闻到一股香喷喷的肉味。肚子里的馋虫被勾出来啦，大伙儿张着嘴深吸气，喉咙不自主地蠕动起来，悄悄地咽着口水，排好队站在厨房外，把碗筷敲得叮当响，既是兴奋，也是催促：我们等着吃呢！

老队长问："饭好了没？"炊事员急得一头汗："肉还没炖烂。"

老队长快步走到灶台前，嘀咕着："这么长时间还没烂？"

炊事员用筷子捣着一戳一弹的肉块："不知咋回事，就是不烂。"

老队长操起铁锨一样的大锅铲，"吭"的一声杵向锅里，几块肉被断成两截，随即他大喊一声："肉熟了，开饭！""吃肉啰——"雪地里顿时响起一片激动的笑闹声。

每个人端着一碗堆得老高的萝卜炖肉，就势蹲在地上，急不可耐地夹起一块放进嘴里。烫嘴？张开嘴左右倒几下就妥了。咦，这肉横嚼竖嚼只是来回翻个，就是嚼不烂啊！性急的罗大个儿，一边使劲嚼着，一边又急切地朝下咽着，那倔强的肉块下不去也上不来，噎得他伸着脖子连声干呕，眼泪直流。

老队长盛了一点米饭，就着半碗萝卜默默地吃着，仿佛在想着什么。看着大家问询的眼神，老队长悠悠地说："这是咱队里那头老母猪，总共下了36个崽儿，每年完成上交生猪统购任务，它立了大功啊！"

听到这里，我心里一阵难过。我为这头母猪割过草，喂过食。村里淘气的小子和小姑娘玩过家家时，把荷叶搭在母猪背上，用它驮"新娘"，它那"哼哼唧唧"一扭一摆的憨态笑得大伙儿捂着肚子喊疼。在那寂寞的日子里，它曾带给我们别样的乐趣。正想着，肚子"咕噜咕噜"地闹腾起来，我不由着拿起了筷子。

时光匆匆，斗转星移，一晃半个世纪过去了。如今生活越来越富裕，不但天天有肉吃，还鸡呀鱼呀换着花样吃。荤腥吃腻了，倒想起以前那让人胃里冒酸水的野菜来。"打牙祭"这个词，从生活中消失了。

无论生活多么富足，那个除夕、那碗肉，让我难以忘怀。

高山青竹说："嗯，是个很有烟火味儿的故事。很多朋友可能没吃过母猪肉。在那艰苦的岁月里，一点小小的物质享受，都令人兴奋不已，记忆久存。"

韦力的喉咙不由得蠕动了一下，那年代，打牙祭，真是太诱人啦！

接着，一位略带武汉口音的女士说："我来讲一段农事比赛的趣事——割豌豆。"

如今，农民有了中国农民丰收节。我想起多年前下乡、参加生产队那别样的庆丰收——割豌豆比赛。真得劲儿！

我下乡的地方，位于汉江流域，土质肥沃、雨水充足，那里出产豌豆，颗粒饱满、味道醇正，极负盛名。豌豆，做法多样，美味独特，炒豌豆、豌豆黄、凉拌豌豆、豌豆凉粉，其中要属那豌豆炖排骨最馋人，沙沙面面口舌生香。啧啧，想起来就让人流口水！

割豌豆是团队作业，需要紧密配合，一齐向前，才能省劲、快速地收割。比赛很有挑战性和刺激性。

成熟的豌豆秋子铺展在田野上，土黄色的一片，豌豆秋就像一只只情意绵绵的纤手，肆意伸展着，你扯我拽地缠缠绕绕，浑然一体，形成一床硕大的盖被，温暖着肥沃的大地。

比赛时，地分五片，人分五组，大家扎好马步，一字排开。老支书一声令下："开镰！"人们迅速弯下腰，手中的镰刀舞成弧形。只听见割豌豆秋的唰唰声、翻动豆荚时的哗哗声，大家边割边使劲搂着豌豆秋翻滚着，你追我赶。远远看去，成团的豌豆秋慢慢地越滚越大，人也变得越来越小。

我们这组正干得热火朝天，忽然感觉豌豆秋里有什么动静，老支书大喊一声："有野兔，挽住两头！"两边把头的人迅速搂紧封口，密实的豌豆秋子像层层大网，形成屏障。野兔左冲右突四处乱钻，耗尽了体力，终于束手就擒。好家伙！竟有半米多长，四五斤重！有人老练地将兔子剥了皮，清洗干净。又有腿快的小子跑回家抓把盐来，内外抹在兔子身上，跳下荷塘，拽几张肥厚的青绿荷叶，严实地包裹几层，再糊上厚厚的堰泥，架起一堆草藤、树根疙瘩，把野兔丢进去烧烤着。

烧野兔的香味弥漫开来，刺激着大家的味蕾。各组兴奋地开始拉号子：

"第一组哇不是一，落后了喔垫底去！"

"第三组哇别得意，我们立马超过去！"

一个个湿淋淋的背影快速移动着，一排排豌豆秋海浪般压上去，形成一条条巨型圆柱，最终堆成一座座小山，宽阔平坦的田野变成了波浪起伏的山峦。比赛结束了，辛苦劳作的村民们从这传统习俗中，传承农耕文化，激发劳动热情，感受丰收喜悦。

该犒劳一下了。拢一堆枯草燃起来，把地里散落的豆荚捡起来，扔进火里，顿时响起"噼里啪啦"的炸豆声，大伙儿伸手在火灰里捡拾着，双手来回倒腾着揉搓，一颗颗焦黄的豌豆，在庄稼汉满是老茧的手心里咧嘴笑着。嚼一把嘎嘣脆的豌豆，吃一口飘着荷叶清香的兔肉，真是人间美味呢。相互一瞅，嗬！个个都是一嘴黑，满脸乐。

衣衫上满是"盐花子"的老支书，望着收割后的田野，嘴巴翘成了一块儿西瓜样儿，露出了豁口的牙齿："庄稼人，盼的不就是这个吗？"

这个场景，就这么定格在我的脑海中。

大伙儿笑了，这真应了那句歇后语：搂草打兔子！

高山青竹说："的确有意思！丰收，那是农民朋友一年的企盼。这份喜悦发自内心，给人无限希望！"

他环视了一圈，看着韦力说："这位朋友，你是新来的？我来自湖北，请问你是哪里人？"

韦力点点头："巧了，我也是湖北人。"

"那好啊，请你也讲个故事吧。"

韦力略想了下说："我就说一个早年上大学的开学糗事吧。"

到首都上大学啰！

清晨一下火车，高度兴奋的我，又一遍考虑迫在眉睫的事：到了学校，见到老师、同学，怎么说话？说家乡话？有特点又自然，但不合时宜。说普通话？家乡叫"撇京腔"，我根本不会，上学这些年，老师讲课都说方言。可是，在北京总要说普通话呀。我拿定主意，晚改不如早改，立马学！

　　中午到食堂打饭，我前面一男生，操着难懂的江西方言说：
"要个烧茄（que）子。"大师傅问："要啥？"男生答："我
要茄（que）子。"见大师傅一脸懵懂，我忙代答："他要烧雀子。""不
是！"男生指着黑板上菜单说："要这个。""原来是烧茄子！"
肥胖的大师傅哈哈大笑，我尴尬极了，脸颊阵阵发热。

　　晚上，班里指导员，一个和蔼的学姐到宿舍看望新生。寒暄
过后，她问我："这位同学是哪里人？"我答道："我是湖北（bo）
的。"

　　"带点河南口音。"

　　"我家在鄂北，靠近河南（lan）。"

　　"荷兰，外国呀！"同学们都笑了，我愣在那里，不明白大
家为什么发笑，因为我的家乡话里根本不分L与N啊。指导员又
问生活和学习用品准备好了没，我说："大体备齐了，只有绘图
工具没买到。"

　　"是没找到文具店吗？"

　　"找到了，但进了一只脚，仔细一看店名，又赶紧退出来了，
没敢进。"

　　"怎么不进呢？"

　　"招牌上写着'清华学生用品商店'，我怕要看学生证。"

　　"哈哈哈！"满屋子人都笑起来，指导员强忍住笑对我说："这
只是个店名，不是清华学生专用，谁都可以买。"啊？我恍然大
悟，一下子笑喷了！

　　"哈哈，多好笑的撇京腔，好可爱的乡音！"他对韦力说，
以后多参加他们的活动。韦力微笑着点点头。

　　见一高个儿老头在翻动着纸页，高山青竹问："老晏，看你
是有备而来哦。"

　　老晏说："这是我老乡的，他临时有事来不了，托我给念一

下。"

高山青竹说："好，请吧。"

老晏说这篇跟美食有关，《熬好中年这锅粥》。

点击"发送"，向东把85页的竞标书发给老总终审。关了电脑，起身活动一下筋骨，揉揉发胀的眼眉，长舒一口气。

单位正在竞标一个数百万元的项目，作为项目主管，向东把所有技术资料进行汇总、修改、润色，整整忙乎了一周。

晚上十一点整。按传统养生说法，子时应进入睡眠以养胆经，这对职场人士却不现实。在竞争激烈的高新科技行业，加班已成为业界常态。

向东注重效率，手头工作一般当日事当日毕。但牵扯到好些内外协调和赶节点的事，并非都能自行掌控。

走出办公楼，夜空宁静，明月如钩，开车回家。

肚子"叽咕"一声，他感到有点饿了，馋起了母亲做的洪湖莲子粥。

车上响起了优美的苏格兰风笛曲，向东的心立即像被熨平似的舒坦。这是儿子给他挑的。这个小学六年级学生，还生爸爸的气吗？向东的同学是儿子的班主任，她告诉向东，说他儿子和班上一漂亮女生交往密切，要他关注下。昨晚他和儿子聊天时稍微点了点，儿子不乐意了，说大人思想就是复杂，扭头进了自己房间。这小子！向东摇摇头笑了。

手机响了，是妻子静茹打来的，向东用蓝牙接听。

"回来了吗？"

"在路上。还没睡？不是让你不要等吗？"

"我在医院，给老爸看病。"

"向东神经一紧，老爸怎么了？"

"没大事，心脏有点不适，正在医院做检查。"

"哦。我直接去医院。"

老爷子心脏不好，半年前犯病时幸亏发现及时，抢救了过来，当即做手术，放了两个支架。向东生怕再出什么事。

到了医院，静茹和父亲正在大厅里坐着。检查结果还好，不要紧。这次犯病是老爷子晚上出去遛弯，被一条贸然窜出的半人高大狗惊吓了。吃些药，休息一下就稳定住了。

一场虚惊。

一进家门，向东就闻到熟悉的饭菜香味，母亲做好夜宵，和儿子在客厅等他们。

向东说："妈，你们没休息？"

母亲看着老伴担心地说："你们不回来，哪儿睡得着？"

儿子急步上前，从向东手里接过爷爷一把挽住："爷爷还好吧？"又对向东说："爸你休息一下。"

向东拍拍儿子肩膀："爷爷没事了，放心。"

母亲紧皱的眉头舒展了，招呼大家："饿了吧，赶紧吃点东西。"

静茹贴心地告诉婆婆："妈，爸检查了，都正常。我来盛饭，您歇着。"

餐桌上，有老爸爱吃的糯米藕，有儿子中意的椒盐排骨、热干面，有向东夫妇喜好的三鲜豆皮、清淡果蔬，还有全家都爱喝的小麦胚芽百合红豆粥。

橙黄色的餐灯照得室内一片温馨。

上有老下有小，压力大，但也何尝不是一种福分？父母在，我们尚有来处；父母去，我们只剩归途，父母是我们和死神之间的一道天然屏障。家有老，好比有个宝啊！

简单洗漱后，向东成"大"字形舒服地倒在席梦思床上，还是躺着美呀！

静茹柔声地命令道："头朝外，给你按摩几下。"

向东做了个飞吻："娘子善解我意！这脑袋确实紧绷绷的。"

"你这阵子太紧张，来放松放松。"静茹熟练地点按着向东头上的穴位。

向东惬意地哼唧着："舒服啊！"

静茹心疼地埋怨道："再忙也得注意身体，你还扛着这个家呢！"

"咱们现在这个年纪呀，在家里是承上启下，在单位是年富力强，在社会上是中流砥柱。哎，砥柱不一定，但一定要顶住啊！"向东大发感慨。

"嘀。"来信息了，总经理发的：很棒＋大拇指图标。

"看，我们老总多操心啊，比我睡得还晚。操持个企业太不容易了！"

"是呀，一把手既要保证单位发展良好，又不能脱离社会现实，风险很大，的确难哦！"

向东悠然想起林语堂对幸福的注解：睡在自家的床上，吃父母做的饭菜，听爱人给你说情话，跟孩子一起做游戏。

鼾声响了起来。向东的嘴角成了一枚上弦月。

老晏念完稿子，大家就议论开了。这个说："中年人压力大呀，我那会儿工作忙，人事杂；家里婆媳关系紧张，儿子处于叛逆期，我都快给压垮了。咳，挺过来也就没事了。"那个说："美好的东西也很多，中年时浑身有使不完的劲儿，同事间嘻嘻哈哈就把事干了，父母年纪还不大，周末一家人郊区游，乐呵呵的。"

高山青竹总结道："我们都从中年走来，这位仁兄把这个时期的压力和心态，写得真实、贴切。是呀，人到中年，家有老小，煮好这锅'粥'也是门学问。向东全家人之间爱得深沉。深，是空间的高度；沉，是物体的重量。既有高度又有分量，这种情分为难得，值得好好珍惜！今天的故事会就到这儿。下次专题是'两广'的广东了，大家有什么好建议、好故事请在后台留言。谢谢各位！"

出了门，韦力还沉浸在文学田园里，这勾起了她沉睡的文学梦。意犹未尽，第二天晚上她再次来到这里，房间被布置成了舞台模样。

每天一个颜色，释放一种心情

房间里座无虚席，正如钟怡茗所说，乐园的文学氛围很浓。

一位儒雅的男士走上台说："各位朋友晚上好！我是今天的主持人西部雨林。欢迎各位光临！"

掌声响起，还夹杂着叫好声，西部雨林弯腰致意："谢谢大家。我们乐园的文学爱好者，继续耕耘文学园地《赤橙黄绿青蓝紫》。今天的主题是黄色，我们从46篇来稿中，精选3篇文章与各位分享。文中所写的景物都不大，有的可以说很小，小到你可以忽略它，但文章从中挖掘出生活的启示。我们先听朗诵，然后大家自由发言进行点评。相信每位听众和文友会从中受益。第一篇文章《一颗黄豆》。朗读者：闻风起舞。"

韦力心想，小小一颗黄豆，能引出什么故事呢？

闻风起舞身着米黄色长裙，款款上台，优雅站定，她微笑着环视一圈后，开始朗诵。俏皮、清脆的童声钻进人们的耳朵。

刚进门，就听到妈妈招呼我们几个小朋友："来，都来找黄豆，谁找到奖励谁一幅画。"

我们顿时欢呼雀跃！当美术教师的妈妈画画可好了，有趣又好看，我们都想要。

原来，妈妈在挑拣黄豆时，不小心掉了一颗。就一颗！在哪儿呢？我们在地上找，朝墙根上瞅，没有！洁净的客厅地板亮光光的，别说黄豆，就是只蚂蚁也逃不过我们睁得滚圆的眼睛。大家趴着在沙发缝里抠，又是爬在茶几下面摸，不放过任何一个角落。忙乎中，圆滚滚的小胖一下歪倒了，无意间手伸到了爸爸的拖鞋里。"我找到了！"小胖高兴地叫着。妈妈接过黄豆，松了口气，立刻动手画画。

兴师动众找黄豆，有点小题大做吧？妈妈说："别小看一颗黄豆，你奶奶腿脚不好，80多岁的人了，一不留神踩到黄豆摔倒了可咋办呢？"哦，原来如此。

早前听说妈妈怀我那年，同时怀孕的邻居阿姨不小心滑了一跤，引起先兆流产，卧床静养三个月，千方百计才保住胎。从那以后，奶奶就十分注意地上，生怕什么东西让妈妈滑倒，不管是一片儿水渍，还是瓜果皮籽什么的，都不放过。有次顽皮的表哥来我家，把一块西瓜皮踢到了书桌下。奶奶趴在地上，伸手吃力地往里摸索着，滑来溜去好不容易才抓到手里，起身时，头被桌子角碰了个大包，让人看着都疼，奶奶却说："没事的，不疼。"

良好家风，代代传承，互相关爱，温暖和谐。一颗黄豆，一颗无微不至的爱心。从中，我悟到了许多。

西部雨林总结道："谢谢闻风起舞，朗诵得真好！童声童气，稚嫩可爱，简直太棒了！我们仿佛听到了那颗黄豆悄悄滚动的声音，感受到了婆媳之间那份亲情的涌动。好，哪位谈谈听后感言？"

一个声音从后排座位响起："我说几句。"主持人看向那边："很好，请把话筒传给筱利大姐。你请讲。"

"我看到这个题目，第一反应就是，一颗黄豆，有啥可写的！好奇地反复看了几遍。这是一篇表达家风的文章，以小见大。从微不足道的一颗黄豆入手，写出了浓浓的亲情。令人佩服，叫人受益。"

汶忠接着说："真是细致入微，大从小写，以点带面，值得学习。"

西部雨林："二位读得细，说得好，有心得。景昉老兄您举手了，请讲。"

"作者观察细致，生活经验丰富，擅长处理家庭关系。文章以小见大，细致入微，有放大镜的功夫，如同达·芬奇的'画蛋'，是一篇难得的好文章。"

西部雨林："老兄挺有见地。摄影达人玺舍老兄有话要说。"

"文章中亲人间深厚的爱，以童趣的语言表达，不浓墨重彩。文章后面的部分，借发生在奶奶身上的故事情节得以升华。平时我们写作时容易在结尾时有意拔高，像喊口号似的。《一颗黄豆》结尾自然，顺理成章。值得我们文学爱好者借鉴。"

"我提一个问题：作者为什么用'一颗'而不用'一粒'来形容黄豆呢？从词义来说，它们都有'小而圆的颗粒'的意思呀？"爱动脑子的肖丽提问。

玺舍接上说："我理解吧，作者这里用'颗'有两层意思，一个呢不仅是说'一颗黄豆'，而是寓意'一颗爱心'；第二，文章是用儿童的口气在叙述，'一颗'更符合儿童口语特点。"肖丽"哦"了一声说："明白了。谢谢！"

"哎，我有个小小疑问：一颗黄豆能有那么大的潜在危害？写这篇文章是不是有点小题大做呀？"有人质疑。

西部雨林："灵玉你这个问题别人也有同感。为此我和作者讨论过，她说这在现实生活中发生过，一个大妈在超市买米，不经意地踩住一颗黄豆，一脚滑出去摔骨折了，为此大妈和超市还打起了官司。作者家里掉在地上让孩子们找的其实是更小的绿豆。小心无大差，老人小孩的安全问题都不能掉以轻心。

"黄豆很小，但文章体现出的良好家风意义很大。现在我们全国都在创建文明家庭，家庭是人生的第一个课堂，父母是孩子的第一任老师，家庭教育最重要的就是品德教育，是如何做人的教育。这篇文章从这个角度诠释得很好。"

这确实是哦，韦力也有同感。

西部雨林说："好，下面进行第二篇文章《黄叶情思》。朗读者：泉水淙淙。"

一位身着淡黄唐装的男士走了上来，浑厚的男中音在室内飘荡：

秋风又起。这满地的黄叶，牵引着我的思绪走向远方。

多年前，我在湖北襄阳地区插队，那里燃煤稀缺，农村做饭生火主要靠庄稼秸秆。秸秆烧光了，就用落叶补充。

襄阳地处汉江流域，植被茂盛，树叶肥厚。道路旁的树林下，灌木丛的根周围，棉花地的沟垄中，竹耙搂起各种落叶，填进灶膛里。枯叶易燃，跳动着三五下金色的火苗，转眼化为灰烬，就一把接一把地往里送。再微不足道的东西，数量多了，聚合起来力量也很大。黄叶就这样烧锅暖灶，温暖了我们那一段青春岁月。

黄叶还是柔软的床铺，阳光下，散发着植物芬芳和阵阵的暖意。辛勤劳作后，我们把树叶堆得老高，猛地一跳，把自己扔进去，埋入叶中，只露出脑袋。看天上白云追逐，听耳边清风沙沙，闻乡间泥土清新，思秋后结账收入。

而后离开了农村，渐忘了黄叶。再遇黄叶，则是近些年的事。在日益明净的天际下，蔚蓝色的背景映衬得各种黄叶尤为娇媚，令人眼前一亮，蓦然发现原来它是天然的艺术品，展现出一道韵味独具的亮丽风景。

黄叶颜值爆表。因水土环境和温湿度的差异，以及树叶厚薄、光照角度和落叶先后等影响，黄叶呈现出淡黄、鹅黄、明黄、柠檬黄、深黄、褐黄等色泽，秋冬交替时节，形成规模宏大的落叶景观，令人心醉。

黄叶舞姿翩然。无风时，黄叶从空中径直降落，像跳水健将从高空入水，"浪花"轻柔寂静无声；起风了，她顺势飘舞，潇洒旋转着划出一道漂亮的弧线，生动落地；风烈了，她华丽转身，一路追随绝尘而去。

黄叶亲和低调。目之所及：景观大道一排排蓬勃的树干上，城市街区精心布局的园林里，大山深处你呼我唤的连绵山头中，她都在尽力绽放着一袭金色，滋养着我们寻美的双眸。

如今，"黄叶经济"异军突起。日子好了，腰包鼓了，闲暇时间，追新求奇。那曾被付之一炬的植物之末，在新时代化身天然尤物，成为亿万民众的视觉新宠，更为农民兄弟带来丰厚财富。

那天，游洛河边一山林风景区，见村民摆摊售卖的商品多与叶子有关，有金森女贞叶制作的山水秋景画，也有银杏叶制作的雅致团扇等。最引人注目的是一对做书签的父女。

女儿手拿剪刀，巧手飞旋，把片片经过处理的黄叶，剪成花朵或昆虫，鲜活传神；父亲则通过水煮、漂洗、晾晒、涂色、压平等程序，将片片黄叶制成叶纹书签。游人看得如痴如醉。闲聊得知，父女俩一个季度卖书签所得顶得上全年农作物收成呢！休闲产业，给农民带来了创意、实惠和乐趣。

金风簌簌惊黄叶。说起黄叶，最让人惦记的要数嵩县白河镇的千年古银杏群落。那里山高林密，树壮冠美，满眼金黄。朋友又在邀约："走，看黄叶去！"

西部雨林："泉水淙淙高山竹影这动听的音色，把我们的思绪带到了美丽的秋天。谢谢！

"我们欣赏了黄叶的绚丽，哪位说下自己的感受？"

"这篇文章，围绕着在一般人看来非常普通的黄叶，生出了那么多情感，佩服佩服。"一个洪亮的声音传来。

西部雨林："光鸣老弟说得实在，的确是黄叶普通，文章不普通。"

"文章以黄叶为载体，从片片黄叶想起曾经插队的事，到当今的'黄叶经济'。既回首过去，又思索了当今。立意隽永，感情丰沛，写出了生活的美和变化。向作者致敬。"

西部雨林："从张泉你这番感言来看，离写出好文章也不远了。"

"那敢情好啊！我很期待。"张泉高兴地回道。

西部雨林："修菁大姐，你是资深编辑，阅文无数，见解独到，请你做个点评。"

"这篇文章，曾在《邑阳日报》副刊以头题刊发。我一连看了好几遍，仔细品味，确实写得不错。从看见满地黄叶引发联想：知青往事，城市街区，大山深处……诸等黄叶之美。从人们寻美，升华到'黄叶经济'，层层深入，情景交融，语言简练，文笔优美，很有意境。文人墨客历来对秋风感喟、见黄叶伤情，这篇文章则昂扬开阔，给人向上的力量。确是一篇散文佳作！"

西部雨林："修菁大姐真不愧文坛老将，条分缕析、精炼透彻，为我们做了很好的梳理。希望以后给我们文学爱好者更多指导。非常感谢！"

不起眼的落叶，这篇也是小中见大的佳作。韦力想起了自己的知青岁月，那满地黄叶、缕缕炊烟给她燃起了多少希望啊！

"最后进行第三篇文章《黄牡丹折扇》。朗诵者：烟霞。"

烟霞穿着明黄色暗花旗袍，手持团扇，娉婷而来，柔声诵着：

每有外地的亲朋好友来邑阳，我都会带他们去逛老城。从西门进入，踏着斑驳的青石路，一直往东，逛着、赏着，吃着、品着。那林林总总的工艺品、小玩意令人目不暇接：唐三彩，绚丽斑斓，震古烁今；牡丹画，笔墨酣畅，气韵雅致；银丝酥，丝细如发，清新香甜。尤其是传统小吃的当街制作，只见各等材料在手中上下翻飞，绝妙的手艺活儿令人眼花缭乱，眨眼间又是一番模样，不啻做食品，谁能说不是一种艺术？！

"老城"，那是历经多少朝代的深厚积淀才能承受得起的桂冠！这个几多帝王将相曾经生活过的地方，生生不息地延续着昔日的繁华和韵味。最让我流连忘返、乐此不疲的是那浓浓的文化氛围。这种千年古都独树一帜的文化味儿，就连北京来的业界友人都赞不绝口，让我倍感自豪。

临别，我通常会给客人送上一份小礼物。在那琳琅满目的礼品中，我独喜活色生香的牡丹扇。牡丹，中华名花，所谓"何人不爱牡丹花，占断城中好物华"。丝帛，江南珍品，"春花裁水袖，秋月浣柔光"。扇子，儒雅娴静，轻便易携。最为让人惬意的是，它可以物遂人愿地自由选择，进行再创作。

我买的牡丹扇，不是那种做好的成品，而是当时在店铺选材料，由画者当场做成。扇面虽小，画好不易。画前，店家往往会问询客人的喜好，因着客人兴致，确定花的主题：或红色的火炼金丹、珊瑚台，或墨紫色的冠世墨玉、黑花魁，或白色的金星雪浪、白鹤羽，或多色的玛瑙荷花、二乔等。在这姹紫嫣红的各等颜色中，我特别偏爱黄牡丹。"一年春色摧残尽，再觅姚黄魏紫看。"姚黄形如细雕，质若软玉，气质高洁，被尊为牡丹之王。更有诗作描写细腻："姚家育奇卉，绝品万花王。着意匀金粉，舒颜递异香。斜簪美人醉，尽绽一城狂。且倚春风里，遥思韵菊芳。"如果客人没有明确选中什么颜色，我就会代为做主，画上明艳的一抹黄。限于扇面的小小尺幅，需要画者精心构图、设计线条、调和墨色。待脑中有图后，徐徐展开扇面，悬腕落笔，或浓墨或淡雅，聊聊数秋毫，"牡丹王"的飘逸典雅，栩栩如生，跃然纸上。最后再根据客人要求，题个词，写上字，或名人格言，或古典诗词，图文并茂。整个成画过程，展现了画者肆意挥洒的豪放或小处着笔的细腻。

记得一位客居外国的朋友回来，我将那雍容华贵的黄牡丹扇子送给她时，她激动得睁大了眼睛，亲吻着扇子，说："Beautiful（漂亮）！邑阳太漂亮啦！"我赶紧抬手拍照，将她观赏这姚黄牡丹扇的笑脸定格下来。

这位朋友说，看完那姹紫嫣红的牡丹花，又带回一把浓淡相宜、带着墨香的黄色牡丹扇，从此，家里一年四季，春意盎然。是呀，这一把扇子里，不光凝聚了作者的心血和技艺，也融进了客人的热望和欣喜，将那厚重的历史名城人文环境、画者隽永的艺术，一并留存作美好的记忆。

折扇，一开一合间，风流尽显；团扇，圆圆扁扁，犹如仕女之清丽、优雅。可摆着欣赏，可摇着生风，可举起遮光。正如郑板桥所云："缩写修篁小扇中，一般落落有清风。"真是一把小扇，百样乾坤。

在此期间，我把客人与画者的倾心交流、欣赏作画过程的专注凝神，以古城为背景拍摄下来，和牡丹扇一并送上，客人更是喜出望外。试想，如果扇面上是批量印刷的图案，怎能与这内涵丰富、散发着色彩暗香的画作相提并论呢！

这姚黄牡丹扇，透着一份古朴的雅，悬挂于客厅、书房，摆放在茶几、条案，携带于随身包内，美观、实用。难怪客人誉她为"上得厅堂，下得厨房"。

买的次数多了，与画作者逐渐相熟。告知，随时需要牡丹扇，打个电话来说一声，画好来取即可。我会再来的，一定！

西部雨林笑着说："烟霞朗诵得极富代入感，我都想要一把这样的扇子了。"

"这篇文章有情节、有意境，写出了作者对黄牡丹的极度喜爱，也描绘了邑阳古城的风貌，语言也很美，确是发自内心地爱上了这座城啊！"一个柔美的女中音说。

西部雨林："才女冬梅说到点上了，作者心中有一份浓浓的情，才写出了这篇美文。我念小学时，哥哥送我一本作家碧野的散文集《情满青山》，极美的风景和文字，激励我也要写出那样的书来。这都黄土埋半身了，我连像样的文章都还写不好呢。惭愧！"

"这把姚黄牡丹扇，把老城的烟火味、牡丹扇的精美描绘得很生动。不知那扇子多少钱一把？我想多买些送朋友呢。"雅号"小喜鹊"的资深美女笑嘻嘻地问。

西部雨林总结道："这个我也不知道，下来你问作者吧。黄色系列文章欣赏到此告一段落。文友们分享了自己的感悟与心得，很好。后面还有四种颜色，我们下一期再会。祝各位同学晚上好梦！"

哈哈，真是要好好做个梦了，韦力藏在心底深处的爱好被挖出来了，和钟怡茗谈起来，满是感慨。钟怡茗说："明天咱换换口味。"

开心一刻，欢乐无限

韦力和钟怡茗进去时，刚刚开始。一位儒雅的男士正在主持，浑厚的中音悦耳动听："又到了大家喜爱的'开心一刻笑翻天'时间。还是老规矩，就是把自己看到、听到或经历过的，任何可笑、可乐、开心、尴尬、风趣的事儿讲出来，众乐乐。当然，要讲精神文明，不搞语言污染；倡导风清气正，不搞低级趣味；谢绝卖弄悲情、卖苦噱头，传播积极进取情怀。

"欢迎1号演讲者上场。他演讲的题目是《婚前财产》。"

"轻点儿，别拽坏了。"

"哪儿恁娇气？"

"30多年的老物件，都快朽了。"

"哪有？也就20多年。"

"咱俩结婚都30年了，这是我的婚前财产好不好，你说多少年？别耍赖！"

我刚出家门，就听到隔壁同事老褚和老伴儿你一句我一句的争执。我心头一惊：这两口子平日里挺和睦的，怎么突然谈起婚前财产了？老褚夫妻为人不错，这为什么动起干戈了，语气还这么激动，莫不是……我有些着急，生怕他俩气头上再说什么难听话、覆水难收，闹出严重后果。"得去解劝解劝。"我心想着，正要抬腿向前，里边又传来更激烈的对话。

"我也不是穷光蛋！我还有个柜子当'陪嫁'呢？"老褚有些急了，声音挺粗。

"咦，柜子？你还好意思说，就一个小小的床头柜，说是你们当年业务搞得好，上级特地给你们干部配的，方方正正的倒是结实、'憨厚'。知道是你的心肝宝贝儿，在那阳台墙角立着呢。"

"那也比你那一块破花布值钱。"

"破花布？这是一块上好的被面儿，现在是旧了点儿，当时买还得要布票呢。你瞧，上海产的，质量多好，上面的牡丹花，鲜艳逼真；百鸟朝凤，活灵活现。这是给先进工作者的奖品，不说价钱有多贵，但是很有意义！"

"哦，光荣、伟大，行了吧？来，给咱家的老先进戴上披挂。这脸上得擦点粉吧。"

"别，瞧你——"老褚爱人的声音忽然变得轻柔、娇羞起来。

我会心一笑，幸亏没敲门！

主持人："看1号这腔调拿捏得真到位，这夫妻俩多有意思，听得人都想去重温恋爱时光了。咱们现场调研一下，你们结婚时都有哪些婚前财产呢？"

会场七嘴八舌，这个说："我还不如他们呢，结婚时两张单身床一并，被里被面都是老家新织的老粗布，扎得媳妇儿疼。哈哈。"那个说："我还可以，那时同事们兴'兑会'，我用这钱买了一辆永久牌自行车。就凭这辆稀罕的车子，才把漂亮媳妇儿追到手的。"会场哄堂大笑。

主持人："是呀，那个年代国家穷，咱老百姓都不富，什么东西都金贵。哪像现在，要啥有啥，多富足啊！"

韦力和钟怡茗相视一笑，那时候大都是裸婚，物资很缺乏，但感情很丰富哦。

主持人："下面欢迎2号演讲者上场。他演讲的题目是《岗前培训》。"

一男士打着手机走上台来，一边接听，一边和观众交流着。

Offer（录用通知）来啦！

一阵狂喜，我按捺住"砰砰"跳动的小心脏。稍感平静些了，赶紧聆听下文。

"先进行上岗培训。"

"那当然，培训了才知道干什么、怎么干、干到哪。"

"培训合格了再干，最好是样样达标！"

"嗬，还挺规范严格的。"

"要一门心思地投入进去。"

"专心、敬业，这是必需的！咦，'一门心思'是啥意思？八小时外做点兼职行不？"

"要学会摄影。这佳能 EOS 相机你用，负责以后所有拍照、录像和整理、分类、存档。对了，每张照片和每段录像后面加上说明，最好用诗化的语言，别记流水账。"

这工作不错，"高大上"啊！想象着自己挎着高档相机，四处溜达，好似摄影记者。机子虽不是最新款，我这"菜鸟"用着也绰绰有余。至于什么飞灯、拉爆、白平衡之类令人头大的术语，努力学吧！多思考利于大脑延缓退化，预防老年痴呆。得劲儿！

"还捎带着采购，按每天的清单办。"

"花钱谁不会？比挣钱容易多了。"

"不要小看买，要新鲜、绿色、稀罕的，南北果蔬搭配，叶杆根茎组合，荤素比例适当。"

"好嘞，嘻嘻！"

"再就是学点烹饪。"

"咱本是'吃货'一枚，平时喜欢做点美食，这不难。"

"不是你们成天吃的那样粗放、简单。要求精细，除了口感好、营养均衡外，最好是色香味俱佳，环境洁净优美。"

"哎。身兼大厨也不赖，自己也能一饱口福，哈哈！"

"最后就是带队兜风。"

"这好啊！看蓝天白云，观四季花草，多美！"

"但要特别注意安全！"

"那是，安全重于泰山！这点绝对不会马虎。领导尽管放心哈！"

"磕呀碰的肯定要尽量杜绝。主要关注这些指标：空气污染指数在90以内；风力不超2级；光照时间上午9点到10点、下午4点到5点，做好遮挡避免直射。条件都符合了才能出去。"

"啧啧，可都不简单呢！"

"要求不高，中级标准吧。"

"天理何在？这还不高！那什么才叫高？说不高？那你干干试试？"

"嘘——这话可不能让领导听见。"

"那啥时候上岗？"

"看你方便。知道你这个专家退而不休，手头还有些事要了结。给你一周时间准备吧。"

"不，不用一周。"

"别急嘛，把自己的事安顿好了再说。"

说得那么通达，心里却想着越快越好，我分明看见他嘴角露出一丝不易察觉的坏笑。咳，不管人家什么态度，咱得高风亮节是吧。

关掉视频后，我开始收拾，带齐银行卡、现金。

"干吗还带那么多钱？要带！人家培训咱，咱也不能白训不是？"

山里有机干货、四季棉质衣物、各类精美用品，三大包怪沉的，托运走。挎上双肩包，踏上动车报到去。

（问听众）"大伙猜猜，这应聘的是什么岗位？"

"哦，对了，咱不能有组织没纪律，弄得太突兀了。打电话报告一声吧。"

"喂，已经上车了。是的，轻装上阵，不带啥。书也没多拿，只带了一套五本的《科学养育婴幼儿指南》。我和你妈下午就到。儿子你忙吧，不用接啦。"

主持人："哈哈哈，看全场笑声一片，真可乐。这当爹的呀，可怜天下父母心哦！2号小品式的演讲，把一个老爸的爱子心情表现得淋漓尽致。

"最后欢迎3号演讲者上场。他演讲的题目是《'吃软饭'风波》。"

彭大伯一大早就起来了，把院子里、大门外拾掇得干净整洁，还换上平时难得穿的唐装，高兴得合不拢嘴。远在南方工作的儿子兴强出差路过，今天顺带回家看看。在县城上班的两个女儿也回来帮着张罗，饭菜香味和着欢声笑语，好不温馨。彭大伯在村口接到兴强，爷儿俩边走边说，不时地与乡邻们打着招呼，接受着四处投来的羡慕眼光。

兴强见到母亲、姐姐亲热地说笑打趣着。刚聊一会儿，接到大学时上下铺的同学大川的电话，好哥们天南地北一通神侃。

不知为何，彭大伯忽地皱紧眉头，收拾起脸上笑容，说话也没好声气。姐弟仨见状赶紧刹车，不敢放肆嬉笑了，彭大妈看看这个，望望那个，感到莫名其妙。面对满桌好菜，大家没滋味地各自扒拉着，气氛憋闷得像要爆炸。

终于，彭大伯开口了："咱家凭劳动挣钱吃饭，虽说不上多富裕，可不兴像村西头老白家那儿子，凭张小白脸攀上个女老板，油头粉面不干正事，叫人背后指指戳戳的，我可丢不起那人！"

姐弟仨念书皆是学霸，当年一门三个大学生，十里八乡都出了名，儿子后来又读研，成为全乡第一个硕士毕业生，进入国有大型军工集团工作。如今俩闺女是单位业务骨干，兴强在单位技术拔尖，很受领导器重。这话从何说起？

老伴气呼呼地对着彭大伯说："你干脆挑明了吧，啥事？"

彭大伯冲着兴强问："你在单位干什么？"兴强说："干技术呀。"

彭大伯的声音猛地提高八度："具体工作是弄啥？"兴强反问道："你又不是不知道，软件开发呗。"

彭大伯紧追一句："你说实话，到底干啥？"兴强窝火地嘟囔着："我不会说假话！"

"那你刚才打电话跟大川说什么'你弄鸡窝发家，我是靠蛋吃饭'。我听着就害臊！"

兴强也提高了声调："大川干机场建设，我搞导弹设计，不就是靠'机'靠'弹'吗？"

彭大伯火气更大了："那你还说叫他去看什么变态科。说'我是吃软饭的'，咱有手有脚有脑袋，吃哪门子'软饭'？！"

"哈哈哈！"姐弟仨一起大笑起来，二姐口中的米饭喷了一地，大姐笑得直喊肚子疼。兴强忍住笑解释着："老爸呀，大川最近有过敏反应，医院的变态反应科就是治疗过敏引起的疾病。我们做软件工作的，业内开玩笑叫'吃软饭'！"

"哦、哦——。"彭大伯难为情地看着老伴，咧嘴乐了。

哎哟，真是太风趣了！韦力笑得抖动着肩膀，怡茗也是合不拢嘴。

主持人："这故事太逗了。我们军工战线上的奉献者，不但情操高尚，这幽默劲儿也爆棚啊！现如今科技时代，估计全国'吃软饭'的男士还真不少呢！"

　　有人打趣地问主持人："你吃什么饭？"

　　主持人反应很快："我嘛，吃的百家饭。我不会编软件，但器乐还不错，鼓打得尤其好。"那人又问："什么鼓？"

　　主持人笑道："退堂鼓！"接着是一片大笑声。

　　主持人收场了："今天就到这儿。别笑得太狠，免得午饭呛着。谢谢各位光临，下次再会。"

　　真是可乐！她俩笑意盈盈，神清气爽地走出来。钟怡茗问："哎，你上过理财之类的当吗？"

　　韦力一撇嘴："中国人有几个人没上过当？那是圣人了！你说这个，我想起一件事。我刚退休那会儿，忽然接到个电话，是个很有权威感的男声。说'小韦呀，你到我办公室来一趟'。小韦？这是老领导的口气呀，但一时想不起是哪位了。只好试探着问：'好的。您办公室还在16楼吗？'话筒里是威严而责备的口气：'你连我办公室在哪儿都不记得了！'这时候，我确认这是个陌生人。'很抱歉，我退休后，集团机关楼就没去——'话没说完，那边就挂断了。"

　　"这是专门针对领导干部的骗术。有不少人接到这类电话，一听对方说是上级、是纪检委的，赶紧打钱过去。"韦力一哼："他瞎了眼，这次找错人了！"两人大笑起来。

　　钟怡茗说："咱也去'洗洗脑'，增强分辨力。乐园准备请市公安局专家来讲课，看预告讲什么。"

长上一只天狼眼

走进多功能厅，投影仪上的大字赫然醒目：长上一只天狼眼。韦力说这题目有意思，一下子就把人抓住了。屏幕上滚动播出：

传说古人类长得和现在的我们不一样，在他们宽阔的额头上，长有三只眼睛，就是在我们现在两只眼睛的上面，还有一只眼睛，叫作慧眼。古人用一双眼睛维持日常生活所需，比如开荒种地、盖房打猎等，用慧眼来分辨是非善恶、预测未来，并与上苍交流。

后来人渐渐多了，为了不多的资源和满足自己的贪婪欲望，开始了争夺、侵略和互相残杀。为了眼前的利益争战不休，慧眼不再重要、不再有用，慢慢地退化直至完全消失。贪心、欲望让人们失去理智，为一些小利而失去辨别是非的能力，如此，便落入了骗子的陷阱：

祛病延年来保健，想说爱你难上难——花费数万元，买了一堆吃不死人的冒牌货。

你爱他的高收益，他要你的老本钱——理财上当受骗，养老钱血本无归。

祖传"宝物"值大钱，稀里糊涂掏光钱——被人忽悠买"宝"，实则不值一钱。

友情借款解危难，谁知设局卷走钱——你实意帮忙，他真心骗钱。

重要提醒：收益率超过6%要打问号，超过8%就很危险，10%以上就要准备损失全部本金。

各位老年朋友，这时候你就是"上帝"，他们会殷勤地围着你转，因为你是骗子的"优质客户"，是他们的衣食父母。

不要心存侥幸，不要用一辈子血汗钱来打赌，不要把自己的看病钱、养老钱拱手送给那些口蜜腹剑、别有用心的诈骗犯。常言道，买的没有卖的精，你也没有骗子精。

永远不要相信自己的好运气——那等同于中大奖的概率。永远不要相信自己的好眼力——老眼已经昏花、看不清啦，老年群体是受骗的重灾区！

永远不要相信所谓的"国家机关""知名专家"，这都是骗子行骗的道具。

永远、永远、永远都不要相信！！！

注：若想了解生动案例。市公安局防范诈骗专家前来讲课。时间：本周五下午2点半。地点：多功能厅。敬请关注。

钟怡茗说："我们定期举办这类讲座，大家很喜欢听，这是第五期了。专家经验丰富，讲课很生动。老年人被骗的事太多了，有专家指导、解析就会明白里边的套路。"

韦力也很认同："嗯，到时来听听。"

第七章 回归本真

　　几千年的农耕社会，铸就了我们华夏民族的魂。只有繁荣了农村，兴旺了农业，富裕了农民，安顿好农村的父亲母亲，我们的内心才能真正安宁。

龇牙咧嘴美沟垴

离开乐园前，靳雨欣去和韦力辞别。

怡茗也在，玩笑着问："这么快就要走，我们乐园不留人吗？"

靳雨欣笑了："我也舍不得走啊。这个扶贫采风早就计划的，如果是条件好点的地儿，去的人多，少我一个没关系。那儿太偏远、贫困了，组织一次活动不容易，一定得去。下次我来长住一段时间，不能说没床位不接收啊！"

韦力逗她："那你得为乐园积极出谋划策。"

"你是我们的荣誉会员，永远有效！"怡茗笑了。关于乐园、关于养老，她想听听这个名记的看法。

靳雨欣谦虚地说："我这跑马观花，很表面，说不出什么名堂来。"

"就说直接感受。"

"这个模式很好、很新颖。军工剩余价值的再利用，在交通便捷、环境优美和建筑设施比较完善的地方，确实是最经济、最优化的选择，完全可以复制。尤其是三线建设动用了那么多的资源，其残值应该可以得到进一步发挥和挖掘。相信银色乐园的成功，会带来良好的示范效应。"靳雨欣称赞道。

钟怡茗诚恳地说："说问题和不足。"

"有问题，但不是乐园自身的。相比全国几亿老年人，这种资源还很少，而且很多在大山深处、荒漠边缘，条件相当艰苦，要解决交通等配套设施，需要投入巨资，一般企业都难以承受。就是建了，工薪族也住不起，更别说农村老人了。现在，农村养老是个大问题，但因为农村老年人难以发声，或声音太微弱，似乎就被忽略了，他们是'幸存者偏差'的直接受害者。这次进山采风，我们不一定能做什么，只希望用这微不足道的善举，营造爱的森林。"靳雨欣语气里充满热望。

钟怡茗频频点头："同感，我回到青峻山，这种愿望更强烈了。乐园收费再低、再平民化，农村老人也负担不起、住不了啊。"

"嗯，如果说对养老现状不满的话，那就在畅快淋漓的吐槽、抱怨后，为改变这些做一点自己的努力。"

韦力提醒道："靳雨欣说的是。这是个大课题，国家在考虑，政府在谋划，我们也当作重要目标来探索吧。那儿有需要我们做的，一定尽力。别忘了，我们年度目标是喝你的喜酒啊！"

靳雨欣回敬一句："那就等着你的大红包了。"

韦力俏皮地说："嫁姑娘，当然得陪嫁妆咯！"

"哈哈。"三人都乐了。

钟怡茗伸出手："祝收获多多。"

靳雨欣挥手作别。

第二天，靳雨欣随着邑阳扶贫办采风组出发了，一行15人，驱车一百多公里，来到一个名叫沟垴的地方。这个大山夹缝里的小村庄，大家一看，都傻了眼。

上天好像特别不待见沟垴。

在她慵懒、惆怅时，手执银针，随意地，在村前划开了一道龇牙咧嘴的大口子，当地叫作门前沟，深度近百米，宽度约近五百米，长度七八百米。好端端的平地，弄得如此沟沟壑壑。行走不便，耕种更难，致使沟垴人生活艰辛，世代贫穷。

沟垴的老村主任祁为民，年过七旬，开朗健谈。村干部到县上跑项目了，由他负责接待。祁主任熟悉村里的现状与过往，是村里的"活历史书"，他说村里有19个村民组，3700多人，山地5000余亩，面积2.7平方公里。由于历史原因和自然状况，仍处于比较贫困的状态，是重点扶贫村。年轻人都外出打工了，村里只有妇、老、幼970多人，基本都是留守人员。

有人问："那你们靠什么生活呢？"

"一年收成勉强够填饱肚子，靠山上采药材弄点零花钱。孩子们也寄点儿钱回来。"祁主任应答着，随后转移了话题，"你们看这景色还不错吧！"

大家跟着祁主任绕了个弯儿，走到门前沟近前，换个角度看，上天又似乎格外厚爱沟垴：张开的大嘴里，鬼斧神工、气象万千。树木苍翠，土峰如林，奇峰峭壁，雾色迷蒙：有秀塔林立的神仙谷，有惊为天人的情侣峰，有一扇扇站立的锦绣屏风，有极具担当的擎天一柱。好一个虚幻缥缈的仙人居！

村里保存较好的沿崖式窑院有60多座，院内有水井、水道、红薯窖，窑内拱顶，冬暖夏凉，节能省材，很多老人眷恋地住在里边。一批具有民俗民风传统的明清建筑、老物件，令人惊叹；古树、古屋，颇具韵味。

看着这番美景，当场有人诗兴大发，把它和享誉世界的湖南武陵源相媲美，称为"小张家界"。

村子四周山明水秀，景色迤逦，森林覆盖率在95%以上。时值仲秋时节，外面暑气蒸腾，这儿平均气温22.5摄氏度，是天然的避暑胜地。

门前沟往南约400米处，有座小山峰，祁主任说那是平安寨。历朝历代，兵匪战乱来袭时，百姓无处逃生，聪明、智慧的沟垴祖先，就在这里做起了文章。他们在寨子四周不断开挖，历经数年，又挖成了50多孔窑洞，每孔窑可容纳十几个人。在寨子下面向东南方向，挖出了一条逃生地道，离地面深约25米，宽度1.4米，高度1.6米左右，1200多米长，当地谓之"逃生洞"。平时，村民们居住在门前沟北边的窑洞里。兵荒马乱时，或者遇到紧急险情时，立马逃到平安寨，住进寨子周围的窑洞里。当危险进一步逼近时，进入寨下的地道逃走，躲避战乱。

有人担心："兵匪不会打进来吗？"

祁主任摇摇头，肯定地说："进不来！这里沟深洞险，人生地不熟的外地人，不敢贸然进来。再强悍的兵匪，对这复杂的山势，也心有惧怕。满山遍野的酸枣树，长满一身的尖利刺牙，我们叫圪针，也是一道天然屏障。"

在祁主任的指点下，靳雨欣仔细查看，果然在斜对面半山腰处看到一个不起眼的黑洞，那就是逃生洞出口！附近长着几棵树，挡住了洞口，甚是隐秘。细看整个地形，逃生地道深入山体，蜿蜒曲折，入口藏没，出口隐蔽。在浮沉乱世，平安寨，果然一世平安！

听完祁主任简要介绍，采风成员大多对窑洞、古建筑情有独钟，按照各自拟定的题目分头去采访了。靳雨欣则对平安寨产生了浓厚兴趣，不断追问那里的情景。

祁主任问她："是不是想去看看？"

靳雨欣点点头："是想去。"一旁的民俗专家席嘉瑞也说去。

"那我找个人带你们过去。"祁主任叫住一个扛锄经过的老头说："广财，你带这两位老师去平安寨一趟。"又对靳雨欣说："他对那儿很熟，有啥尽管问。"

他们跟着广财朝寨子走去。广才看来有七十多岁，黑瘦黑瘦的，身上没有一块儿多余的肉。像是被生活的重担压的，他那矮小的身子佝偻着。路过几间低矮的瓦房，广财说："这是我家，儿子媳妇带着小孙子在南方打工，一个孙女跟着我们，在村里上学，现在回去跟老伴打个招呼。"他俩站在门口，靳雨欣迟疑了一下，也跟着进去。里边很黑，什么也看不清，定了下神，看到一个老太婆坐在床上，眼睛茫然地睁着，像是看不见。广财跟老伴说要到寨子去一趟，得一阵儿才回来。他老伴"嗯"了一声，表示知道了。屋里垒了一个大灶，占了差不多四分之一的面积，只有一大一小两张床、一个小课桌、一台黑白电视机和锅盆碗勺等生活必需品。靳雨欣摸了一下那床，硬硬的、疙疙瘩瘩的，只摸到一手冰凉，她随手把挎包里的巧克力、饼干放在床上。

席嘉瑞四处张望着，附近有几家是铁将军把门，人去屋空。

隔壁一家的大院子，从门缝看去，院里长着半人深的杂草，犄角旮旯都是蜘蛛网，看来很久没人住了。

广财家对门的一排瓦房，快要塌了，用几根木头支着。

后面一家的门楼倒了一半，一根檩子斜倒着拦在门口。

稍远处有几座两三层小楼，看来比较气派。广财说那是村民盖了房，人还在外面，一年半载回趟家，溜一圈就走了。

席嘉瑞感叹："这么多住宅都空着，可惜呀！"

"村民们有的住到县城，有的随子女到外地打工，现在是越空越多。人屋人屋，长时间不住人，房子损坏得就快。没办法！"广财叹着气。

现在不少村庄空心化比较严重。这是城镇化的结果，也因农业产出很低，不划算，留不住人。

他们跟着广财朝平安寨走去，穿过一片凹凸不平的农田，拐弯下到一个斜坡，又爬了一段陡峭的土台阶，上到寨子上。站在寨顶，举目环望，沟壑交错，树木茂密；三面环沟，陡峭险峻，易守难攻，壮哉！朝下一瞥，看得人心惊胆战。

露水给青草、树叶洗了把脸，露出一片翠绿。秋日微风，徐徐吹拂，清爽怡人。

靳雨欣询问逃生地洞走向，广财用树棍在地上画了个"Y"形，"Y"字北犄角是入口，南犄角为出口，直线顶头封闭。

天下逐渐太平，平安寨失去了往日用途，逃生洞也早已废弃。靳雨欣俯瞰全景，仔细找寻地道入口，入口却丝毫不见踪影。广财指着寨子南边一凹陷处说洞口塌了。看不见了。席嘉瑞说因年代久远，风吹日晒，那土层衰弱得撑不起自己，或许在某个月黑风高的夜晚，洞口轰然坍塌了。

广财望着这沟壑，脸上露出一些欣喜，他说这里春天好看，白的杏花、粉的桃花，成群的蜜蜂飞来飞去，毛茸茸的脚上沾满了花粉，装满蜜的肚子鼓胀胀的，重得都飞不动了。听着蜜蜂嗡嗡的声音，闻着各种花的芳香，真是美呀！"我不知道神仙是啥样？我觉得在这儿待着，就像神仙！"广财说着，透着满足与惬意。看着他那被山风烈日揉皱的黑油脸膛，从一个山村老年汉子口里，出来如此美好的词句，靳雨欣深感讶异。

靳雨欣贪婪地回望四周，满山的野枣树上，挂满了红彤彤的小山枣，得意地摇摆着身子，在天地沟壑间打着秋千。广财伸手摘了一把递给靳雨欣说："前一阵，小枣没干的时候，酸酸甜甜的，可好吃了。野酸枣是个宝，枣壳能做活性炭，枣仁是贵重药材，枣肉能产清凉饮料。眼下成了村民的一项收入，能干的妇女，一天拾枣也能卖百十块呢。"

席嘉瑞说真是靠山吃山啦。他指着沟底问那儿还有啥？

广财有些自豪地说："以前沟里种着好些果树，出的梨有名着呢！掉地上能摔碎成几块，脆生生的可好吃了。还有桃、杏……现在没人种了。"

"为什么呢？"

"老人妇女干不动，水果品质也退化了，卖不上价，不划算。"

是呀，年轻人外出了，老年人干不了，土地撂荒了，房屋空闲了，村子也慢慢地空了。沟垴的老人们说，看到土地撂荒痛心啊，国家不收地租、不要公粮了，怎么还不想种地了呢？

下了平安寨，看着山地上稀拉的庄稼、寂寥的村庄，靳雨欣和席嘉瑞心里沉甸甸的。这里太穷了，穷得连太阳都没精神，早早收了工，光线和温暖都缩回去了。

沟域经济新思路

靳雨欣思忖着，沟垴村的窑洞和那些古建筑，有地域特色，可以吸引来各地的游人。如何让游客在窑院里住得下来呢？就得让他们看得开心、玩得痛快。可是，沟垴村能看什么、又能玩什么呢？

看着广财脸上遗憾又无奈的神情，靳雨欣把视线望向身后的明清老建筑，又转到眼前的沟垴山塈上，苦苦思索着，尽力寻找突破的切入点，勾连着它们之间的价值链。

忽然，靳雨欣脑子里闪出一个词——沟域经济。是呀，这里有沟域经济得天独厚的发展要素。平安寨，大有文章可做！

平安寨，以前的避祸躲战逃命之所。现在平安盛世，这里兀立的寨墙、神秘的地道、逶迤的山色，若加以修建装饰，开发求新求异、拓展训练的仿真秀，可成为游客流连忘返的巨大诱惑。平安寨的前世今生，可以讲一个感人的好故事；逃生洞的古往今来，可以开发出一个快乐游戏的好环境；周边的壮观美景，可以开阔、舒展游客流连山区的情怀……

只要发散思维，脑洞大开，开发出好项目，必将受到游客和市场青睐。

以平安寨、逃生洞为主，再辅以沟垴村独特的山区沟塈特色，把娱乐性进一步扩展。

游客们从逃生洞出来后，豁然一片绿色果园，可尽情徜徉在瓜果芳香中，采摘、休闲、野餐。吃饱喝足，稍事休息后，移步到神仙谷，与情侣峰亲密合影，在锦绣屏风里捉迷藏，观摩擎天一柱，欣赏各式塔峰。让游客游走峡谷、坐沟观天，尽享别有洞天之乐。

总之，以奇特的天然沟壑为单元，充分发掘门前沟一带的自然景观；以平安寨为中心，做好大文章；集合历史文化遗迹和窑洞住宅资源，对全村的山、沟、果、林、田、路进行整体科学规划，将农业与旅游业对接，将廉价的农产品转化为文旅消费品，大力提升农产品附加值，以旅促农，以农兴旅。让游客观沟垴古村，赏沟壑风光，品山区特产。

将一家一户的土地进行流转，形成以家庭农业为基础、专业合作社为组织的现代农业，以此吸引在城里开了眼界的年轻人回乡创业，吸引城里人来乡下置业，吸引投资为农村"造血"。让农民、农村老人共享经济发展成果，舒心享受生活。靳雨欣悠悠地说着，他俩细细地听着。

猛地，席嘉瑞一拍手，兴奋地说："对呀，整合民俗欣赏、旅游观光、生态颐养、沟洞仿真游戏、家风村规文化传承等产业内涵，构建绿色生态、产业融合、时尚流行、特色鲜明的沟域产业经济，将村民从单纯的农业劳作中解放出来，从事特色农产品种植、旅游产品的开发、民俗旅游接待等，实现沟垴产业发展和村民致富的目标，为乡村振兴赋能助力。"

"沟域功能的开拓，必将带来村民思想、认识的转变。让新时期的中国梦，把村民从黄土地里解放出来，使他们的生活方式和观念趋于现代化、城镇化，让古老的乡村动起来、活起来！"靳雨欣进一步补充道。

广财也大受感染："好啊，这想法合乎村里实际，能行！"

到乡下去

钟怡茗见韦力盯着手机，问道："看什么呢？津津有味的。"

"喏，你看。靳雨欣发的采风照，后面有她写的文章，真是个快手，一边采风一边东西就出来了。"

钟怡茗探过头，看着韦力的手机说："看看，她有什么新发现，《沟域经济大有可为，空心村庄有望新生》。哦，有新意。"

"听她说些啥。"韦力点一下手机，传来靳雨欣的声音：

沟垴这种原生态的美，像一杯茶，要慢慢啜、细细品、深深悟。

上天给沟垴关上了耕稼的一道门，现在给它打开旅游观光的一扇窗。

村干部从县里、镇上得到回音，上级对沟垴村的帮扶将有新举措，要充分利用人文景观、生态优势和自然资源，做好文旅振兴乡村的大文章。

我们和当地的有识之士深入交谈，发现了解决空心村的途径，或者说探索到解决农村养老的一种方式。我和房地产老总、企业家及政府机关的几个朋友一说，他们很感兴趣，准备过一段时间，再来专门考察呢。

振兴沟垴村，大致思路是：

土地集约化——流转后的土地，采用小型化、半机械化耕种，让农民成为农业工人，科学种植。

住宅城镇化——把空闲的、废弃的住房整合，规划成新农村社区，集合、高效利用宅基地；建造不同档次、价位的民宿，别墅式、庭院式、公寓式和青年旅舍式，适应不同需求，供游客深度体验沟垴的自然风景、民俗文化和山区风情。

农村田园化——对河道清淤，使河水畅流；把荒山植树，绿化山头；把荒地复耕，减少土地裸露，还大自然山清水绿。

不能让守着金土地的农民继续穷困，不能让农村老人寿多则辱。他们的日子安稳了，我们的心才能安放。

让对农村、农业有想法的企业在这里大展拳脚。有国家的好政策，有想作为的村干部，有远见卓识的企业家，有想甩掉贫穷帽子的农民，建设美好乡村，指日可待！

韦力吆喝着："看，靳雨欣把蓝图都画出来了。"

"这的确是一条解决农村养老、拓宽城市就业渠道，以及引导资金投向的有效途径。"钟怡茗兴奋地说。

第八章　尾声

走了很远的路，回望初心，不禁叩问：

我们为什么出发？

我们将到哪里去？

我们要做些什么？

心怀信仰，精神久长

在乐园看了一段时间，韦力觉得还缺点啥，一时又想不起，正迷惑中，钟怡茗说："这几天你都在外面转悠，高大的围墙挡住了视线。今天去我的'老家'里面看看如何？"

"对了，就是它。"韦力一拍头，恍然大悟。钟怡茗笑了："知道你一定惦记着。"

她们沿着环保的综合改进沥青路，从乐园到研究院正大门，翻过一个小山丘就到了。

韦力感叹："多熟悉的场景啊，当年的国营单位大都一样的布局。"

"是呀，不同的是在专业设置和设备设施上。"

钟怡茗指着前面说："你看，这是计算机房，院里的门面啊，省市领导乃至中央首长来，这是必看项目，一台电子数字计算机占满9个大房间，庞大又昂贵，威风得很呢。后来晶体管设备淘汰了，这些卖废品都没人要。"

韦力顺着窗户缝朝里仔细瞅着："是呀，现在指甲盖大的一个芯片就解决了，电子科技的迭代就这么迅猛。"

钟怡茗又指着旁边的一栋建筑说："那是超净厂房。要求高着呢，工作人员进去操作，得经过三道全身清洁的工序，现在也都闲着没用了。"她又指着周围的楼房介绍着："那边是三个职工食堂，在那经常饥肠辘辘的年代，一下班，老远就闻到饭菜香，感觉特别温馨，带有'妈妈的味道'。那栋六层红楼是鸳鸯楼，刚结婚的小年轻，都在那里度过了甜蜜岁月。"

她俩来到高大的职工俱乐部，大门上的红五星依稀可见，一把生锈的铁将军把着门。透过门缝看到，座椅都拆走了，空荡荡的。钟怡茗很感可惜："眼下的研究院像个没落贵族般谢幕了。"

韦力问研究院现在情况如何。钟怡茗说搬进市区后，经过30多年的快速发展，已成为行业龙头。原来是城郊的院区变成市中心，职工住宅区成了黄金商圈。第一代职工都已退休，完成了带孙的重任，很多人怀念青峻山。这个银色乐园，打造舒适的慢生活宜居社区，就是让城里的老人们在这里安放身心、休闲养老。

钟怡茗伸手画了个大圆，满怀希望地说："很多老人，有着比较丰厚的积蓄和较强的消费能力，他们渴求提升生活质量，体验不同的生活，希望跟着季节去环境适宜的地方养生、度假，从'养老'变为'乐老、享老'，这必将成为未来的一种趋势。"

关于乐园未来的商业模式问题，她俩进行了深入交流。韦力说乐邑养老咨询研究中心考察了很多养老机构，都感到这个产业投入资金量大、回收周期长、回报率低、公益属性强，社会资金投入积极性不高，需要有战略眼光、理性、智慧的投资者参与，目前仍处于摸索阶段。没有一个完善的支付体系，就难以形成行之有效、可持续发展的商业模式。难啊！

钟怡茗坚定地表示："义无反顾地干吧，到最后真是干不下去了，总结经验教训，给后来者一点启示也是有意义的。当下的现实就是未来的历史。我确信，虽然老年是人生的夕阳阶段，但拥有数亿人的庞大基数，养老业无疑是前途广阔的朝阳产业！只是对于早期的探索者而言，道路更加崎岖、艰险而已。"

韦力似乎从研究院的遗存里，看到了钟怡茗独特气质形成的因子。此时她不知想起了什么，自语道："人生就像河流，不知在何时、何处，忽地就打了弯，分了岔，改变了航向，流向你未曾期许的远方。"

"是的！哎，你看了这些，给点指导意见！"

"正要和你聊呢。这些天，我的确从你这儿学到很多。不敢说指导，说两点建议供你参考吧。"

韦力说一是要特别注重安全。现在理念都有了，尽管乐园做得很不错，但老年人的安全风险高，像疾病的、心理的、食品的、意外的等隐患无处不在。无危则安，无损则全。相应的一层层制度要严密、措施要细致。可以关注保险公司新推出的老年人保险产品，有合适的就备些，可以规避意想不到的风险。

二是稳妥审慎发展。作为企业要有合理利润，可人们潜意识里，养老自带公益性质。这个平衡点不好把握。邑阳总体传统文化保留得不错，但开放意识、市场意识还不太够。在这块认知上会出现差异，可能对乐园以后的运营不利，进而影响到利润和股东的信心。与其以后作难，不如现在收缩一下规模，第一期建设350个床位是合适的，但二期摊子铺得有点大。

乐园的资金来源主要是燕子和会员费，据预期，以后三五年宏观经济上行压力很大，老百姓手中的钱不宽余，万一筹措不到预定额度，下一步发展就搁浅了。老天爷的事不好说，生态农业这块可压缩下，减少对天气的依赖度。先试水嘛，进展顺利了，再扩大规模也跟得上。

韦力顿了顿，钟怡茗点点头说："嗯，接着说。"

韦力沉吟一下："在没有大资金继续进入的情况下，收缩一下战线，以应对未知的经营风险。给自己松松绑，也确保股东的应有收益和信心。可以借鉴某些电影制作的经验：小成本，微盈利，先成活，再发展。"

钟怡茗若有所思："当时各方一致叫好，我的确也很振奋，规划上可能冒进些。"

"一个新事物出来后，政府、媒体和百姓总体上看不错，都会喝彩叫好。真正明白内在优劣的只有自己。"韦力一针见血。

钟怡茗说："建园初期，乐园就总体的利益关系做了充分的考量与设计，像怎样满足员工的愿望和要求，保持员工队伍的稳定；怎样确保老年人的利益，不断提高入住率；怎样符合政府的需求，以取得最大限度的支持。最后就是怎样达到乐园的经营目标。虽然我们是民营企业，但绝不'利'字当头，要让相关各方觉得合理、心悦，实现合作共赢。我们着眼于未来长期发展，做个良心企业。"

"你说的是，五年后还不能给股东带来合理利润，的确是个问题！"

钟怡茗点头认同："就政府的养老规划而言，公办养老机构兜底负责失能、高龄、特困和'五保'老人；高端医养则有特定的消费群体；而介于这高低两端中间的'大肚子'，就是广大工薪阶层的养生养老，绝对是个短板。社会化养老全靠政府不现实，老年人的退休金又有限。我建这个乐园，就是要让老人住得起也住得好；企业能盈利，经营能持续。你的建议很好，我会认真考虑的。"

韦力微微一笑："我说的不一定对。还按老规矩：姑妄言之姑妄听之。另外，你干事要悠着点，不能再拼老本啦。金属材料还有疲劳极限呢，何况咱这血肉筋骨？"

钟怡茗一挥手臂："知道吗？如果心怀信仰，对一件事情执着地追求、专注地实践，浑身就有使不完的劲。是呀，四舍五入要奔七了，但我认为自己还不太老，还能奋斗几年！富兰克林说：'死于25岁，葬于75岁。'激情消退、梦想幻灭，那是精神的死去。希望我们的精神能活得长久些，能为子孙们留下些什么。"

"心理年轻是好事，但实践中不要过劳。养生的要求是：心理上减少10岁，生理上增加10岁。只有劳逸结合，张弛适度，才能做得更久、更多。"

钟怡茗笑了："发愤忘食，乐以忘忧，不知老之将至。好，我听还不行吗！"

"这个态度还差不多。"韦力满意地耸了耸肩。

"那当然！我得向你这个专家讨教呢。"

韦力弹了钟怡茗一指头："什么专家？在你这里我永远是学妹、是后来者。对你这块试验田，我是心向往之、情之切切啊！"

钟怡茗点着头："心有灵犀嘛！"

"日拱一卒，功不唐捐。相信你的努力一定有预期的回报。"

在韦力眼里，银色乐园这个试验样本，是最符合自己理想的康养模式。

"但愿如此！"钟怡茗应道。

怡茗在这忙乎，她的那一位呢？韦力关切地问："我那姐夫他现在怎么样？"

怡茗苦笑一下："他呀，也忙！"

"忙什么呢？"

"审核呗。干了大半辈子设计，有一次，某个重要产品现场系统联调卡壳，军方用户、十几个研制单位的人都急得火烧眉毛，他被临时调去当消防员。问题解决后，就让他改抓体系建设。这不，都退休几年了，还不让卸磨。"

"这才是离不了的人才呢。"韦力伸出大拇指。

"不是离不了，是还需要他这不拐弯的人，做些别人不愿做又必须做的事。美其名曰质量、环境和健康安全管理三体系认证知名专家，他经常被认证机构派去审核棘手的单位。这行业你知道，一般没有啥，但凡有事，就得从错综复杂的问题中理出脉络，找出症结，给出结论，关键时候对企业有'生杀大权'。真不希望他再干了，别看他精神头挺足的，其实外强中干。审核工作责任重、强度大，加班赶进度是常事。晚上别人请吃饭多，锻炼少，都'三高'了。看他那苹果体型，心脏负担重着呢。心肌肥大超标，医生都严重警告了。"

"这工作性质就是这样。你得多管管。"韦力提醒怡茗。

"我一般不过问他的事，有时见到些企业的老朋友，从他们嘴里听到一二。有人说他是疑难杂症诊断高手，坚持原则不苟且，是行业认证的一股清流。也有人说他很难搞，让我劝他别那么较真儿，图个啥呢。我问他：'你怎么难搞？'他说：'茅台灌不倒，美女靠不近，高压压不垮。你作为领导头疼不？回过头来看，我认证的体系都没出过问题，至少在这方面保证了项目、单位及领导的安全，不出责任事故吧。'唉，不管别人怎么说，我相信他心里有个定盘星！"

"这就妥了。信任最重要！"韦力肯定道。

"你的那位？还在火箭军部队吗？"

"也退了，接替我在家里当'全陪'呢。我妈95，婆婆98。看护这两宝贝儿，可是要小心。真是老小孩，喜怒无常，一会儿一变，既天真又任性，就喜欢被人哄着。没想到他这个古板寡言的军人，穿上便服成了百姓，在老妈面前，好像顽皮的孩子，那嘴呀像抹了蜜似的，哄得俩老太咧着嘴豁着牙地笑，成天乐呵呵的。"

"这才是真性情呢。两位百岁老人，不卧床、无痛苦，健康地长寿才是真有福啊！"钟怡茗由衷地羡慕。

庆双节的压轴戏：文艺汇演正在热烈举行。这个参加人数最多的活动，犹如央视春晚牵动着乐园人的神经，一张张灿烂的笑脸，儿童般兴奋的身影，随处可见。

KH研究院大礼堂装饰一新，宽敞、明快、活泼。彩色大舞台上，身着各色服装的表演者来回穿梭。他们的身材不再苗条、轻盈，但举止从容、仪态优美；他们的眼睛不再清亮，但眼神善良、真诚；他们的脸庞不再圆润、白皙，但神态安详、淡定自若，浑身上下，透出一种经世无数、沧桑而有别于青春的成熟美！

这些大家熟识的面孔，演绎着或精彩或拙朴的节目，看得人心潮翻滚：歌颂伟大祖国的一往情深，赞美绿水青山的喜笑颜开，讴歌新生活新时代的激情澎湃，鞭挞社会丑态的亦庄亦谐。节目形式多样：奔放热烈的广场舞，喜闻乐见的快板书，搞笑可乐的"三句半"，趣味盎然的小品……节目大都是自编自演，令人开怀。热情的观众，不时爆发出掌声、笑声，情不自禁地跟着唱和、舞动，真是热闹、开心啊！人们沉浸于浓烈的欢乐氛围中。

钟怡茗拉一下韦力的手，她俩悄悄走了出去。

动植物墓地警示

钟怡茗带韦力来到一僻静处，这里是刚建成不久的世界灭绝动植物墓地。

这里排列着近三百年来，已经灭绝的各种鸟类、兽类和珍稀植物的墓碑，每一块墓碑上清楚地刻着该物种的名称、灭绝的年代及地点。墓碑呈多米诺骨牌般的式样依次倒下。其后不远处就是人类的墓碑！旁边依次排开四个血红大字：森、林、木、十。

韦力凝神很久，低沉地说："这个建得真好！"

"机缘巧合，我们选中这方净土，建了这个康养之地。但不能因为人的舒适与享受，而肆意挥霍它、糟践它、毁掉它，进而连带着一批批的鸟类、兽类和植物也进入这个行列，它们的生命同样珍贵！一定要有敬畏心、感恩心。心存敬畏，方能行有所止；心怀感恩，就会倍加爱护。"钟怡茗深情地说。

两人沿着台阶拾级而上，缓缓来到山顶。山峦的翠绿中，乐园那一座座高低错落的红色房顶十分醒目，缠绵温柔的汀泽河，闪着绿宝石般的光泽。适逢盛世，辛劳一生的老人们，在这如梦如幻的仙境中，安享晚年，颐养天年。

温润南风轻柔吹拂，像母亲的手抚摸着，给人温馨的幸福感。一绺头发挡在钟怡茗眼前，她抬手拢了上去。韦力打量着钟怡茗，她眼角的些许鱼尾纹，里边饱藏着多少人生的智慧呢；本来浓密的黑发，不知何时变成了轻松的灰白色。韦力不由伸手去，想把她额头几根白亮的头发拔掉。

"别动。自然规律，拔不尽的。这颜色挺好，记录了岁月的年轮。"

"好，现在流行'奶奶灰'！你也时尚一回吧。"

韦力瞬间眼里湿润了，她心疼地说："怡茗，你有些太瘦了，操劳过度哦。"

"吾貌虽瘦，愿老人肥。"钟怡茗淡然一笑，"你说，故宫作为'网红博物馆'，这个最良心的景区，60元门票多年不涨价，凭借风格独特的萌萌的文创产品，收入百亿；杭州西湖在2002年就成为全国首个免票的5A景区，由此产生的旅游收入大大超过门票损失。你说这个账怎么算？到底是亏了还是赚了？做康养产业的确需要钱，但不能只盯着钱，没有钱办不成事，只有钱也办不好事。"

"性格即命运，这个难以改变。理想和面包我都想要！生命，是用自己的行为来定义的。选择了养老行业，就选择了一种慈悲心态，它既是产业也是事业。你有体会，干这个还真需要些家国情怀！它自带公益性质，押金不能高，费用不能高，设施质量不能低，服务水平不能低。这'两高两低'作为地板和天花板，限定了经营者。而乐园又要有合理利润，持续经营，这就要另辟蹊径。堤内损失堤外补吧，在老年人刚性消费方面做文章。"钟怡茗坚定地说。

"嗯？"韦力望着她，等待下文。钟怡茗指指自己的嘴说开了："牙病，据口腔流行病学调查数据，老年人口腔患病率高达97%，牙齿缺失很普遍。个人去种一颗牙，得花好几千甚至一万多。乐园和口腔医院商洽团购，一去一二十人，种几十颗牙，给个优惠价！这个庞大的患者队伍，具有很强的吸引力和谈判筹码。谈下来，价格降了1/4还多，老人得实惠，医院业务量大增，获得了规模效益，乐园也增强了凝聚力。还有白内障、青光眼，都是老年常见病，有几家著名的口腔、眼科医院正考虑来设分支机构呢。当然，这些业务以后要朝农村辐射。一个支农牙医说，他去的有个村子，五十几个老人，总共就百十来颗牙。真是难以想象啊！

"按这个思路，乐园将扩展到多个方面。已经有综合医学院、老年慢性病研究所来接洽，要和乐园深度合作。另外，还有食品、旅游、药品、服装鞋帽、保健器具、生活用品等，都可仿效此法，把银发乐园办成老年产业、老年用品的研发基地。但绝不是把老人当试验品，也不对老人的日常生活构成干扰，而是使他们的生活更丰富、更有品质。这样，让大家有实实在在的获得感、实惠感，就会产生对乐园的信任和依恋。对于商家，这种规模经营，远比小打小闹有成效，也是占领广大市场的前期试水。乐园同时取得社会效益、经济效益的双丰收。这就是一对多的增值服务！

"我有个强烈体会：只要坚持不懈地去做正确的事，就会有各种资源来找你，成为前进路上的帮手，冥冥之中好像上天在帮你，从而走出困境。"

说话时，钟怡茗的眉宇间透出坚毅与刚强。

韦力知道，怡茗喜欢挑战与自己既往经验不同的新事物，但还是忍不住追问道："当初做养老时，这件看来十分吃力又前景未卜的事，你不觉得太晚太苦吗？"

"那年三八节，我儿子很贴心地送给我两本书，都是讲述美国著名原始派画家摩西奶奶的故事。这位一生都在干农活、从未接受过正规艺术训练的农妇，77岁才开始画画，80岁举办个人画展，成为闻名全球的风俗画画家。摩西奶奶说得好：'对于一个真正有所追求的人来说，生命的每个时期都是年轻的、及时的……'比起摩西奶奶，我年轻得多，何不尝试一下呢？也许，这是最后的机会了。我们不能仅仅在变老，也还要继续成长、创造。人生的道路取决于你所看过的书和遇到的人，这些都会给你深刻影响。我很幸运，遇到这个改革开放的新时代，遇到一个勇为天下先、敢于创新进取的本市好环境，遇到一群善良、坚强又具有人文情怀的志同道合者，使我的理想化养老事业比较顺利地进行。这让我又想起摩西奶奶的话：'有些路啊，走下去才知道它有多美。'"

韦力凝重地补充说："有些路啊，走下去才知道它有多难！"

太阳挂在远处的青峻山顶，橙黄色的光线跑过树林，一抹夕阳斜插在钟怡茗的鬓角，明净柔和。

钟怡茗看看韦力，又看看山下的银色乐园，无限感慨道："理想和现实之间隔着千山万水。回想一路走来的风霜雨雪，当初，得有多么无知才能如此无畏啊！"她眼角的泪光随着夕阳一起闪耀。

那山那水那远方

　　能在豪华的西餐厅优雅地品红酒，也能蹲在地摊把盒饭一扫而光。能享受最好的，也能承受最差的，这就是钟怡茗！

　　韦力由衷地赞赏道："还是你有魄力，干得风生水起，在养老行业树起了标杆。没错，注意力在哪儿，结果就在哪儿！"

　　钟怡茗轻摇着头："这个结论还不能下。关于做企业，业界有公论：三年决定生死，五年夯实基础，十年初创品牌，二十年长成大树。走着看吧！你也在做养老，咱们殊途同归呀。"

　　"我是玩儿票，你是专业，不能相提并论！"

　　"生活的理想是为了理想的生活，也许梦想离我们很遥远，但只要找准方向、努力拼搏，就会有奇迹！"钟怡茗语气坚定。

　　韦力看着钟怡茗说："我忽然有个不太成熟的想法，你那两期规划中，除了生态农业，其他业务能不能移到研究院里来？"

　　"所见略同！我最近也在考虑这个。前一段时间，研究院的领导来乐园看过，他们感觉乐园这条路子走得不错，有意联合开发，把研究院在青峻山的所有资产通盘设计，全部利用起来，让这些不动产'活'起来，建设一个全邑阳，乃至整个中原地区规模最大、规格最高的医养社区，把全民大健康落到实处，成为全系统职工的康养基地，他们这个想法得到了上级集团公司的肯定与支持。"钟怡茗点头道。

　　"以研究院的容量，你的两期规划完全可以容纳下。当然，两家合作，比自己干要复杂些。但可以充分利用现有资源，减少占用山林土地，环保节能。"

钟怡茗思索着，信心满满地说："是条不错的路径。保护工业遗产，传承军工精神，助力养生养老产业发展。院领导到底年轻，很有雄心、魄力！以他们研究院的雄厚实力和现在的框架，再糅进我们的养生养老理念与实践，我期待再造一个'高大上'的新乐园！"

"请董事长展望一下乐园愿景。"韦力调皮地说。

钟怡茗眨着一只眼睛回敬道："不远的将来，乐园的康养人群就进入正式的养老阶段，必将面临更棘手的新问题。随着人口出生率断崖式下降，劳动力人口急剧减少，人口红利急速收窄，社会抚养比大幅攀升，一切都会重新洗牌。我想，必须借助科技智能的力量，来实现老年人的舒适颐养。科技发展很快，有些难以预见，目前我还没有更多考虑。有何高见？"

韦力摇摆着脑袋说："高见说不上。我们中心对此有所关注，做过几次调研，并跟大学合作搭建数学动态模型，开展了'居家养老＋智能化机器人＋互联网＋'的课题研究。我来前，覃局跟我说过，希望跟合适的养老机构接洽，把这些前沿性想法付诸实践。"

钟怡茗很感兴趣："中心的思路是？"

韦力把中心的构想、她所了解的机器人产品和盘托出："传统养老的特点是人力密集型，靠人工服务来实现，而未来养老则是融入'科技＋互联网'。人力资源的明显短缺、养老品质需求的大幅提升，需要融入智能化、人性化的思路，发挥机器人智能特性及先进的辅具功能，干一些繁重的、重复的、危险的活儿，承担人干不了、干不好、不想干的工作，把人力解脱出来，并满足失能、失智、高龄老人的生活所需。我国现在正加紧研发，国外市场已推出相关产品，比如机器人护理员、洗发机器人和喂饭机器人等；还有老人专用可穿戴设备，进行实时定位、远程监控及辅助行走，都很实用，大幅提升了养老的即时性和便利性。

"智能机器人通过语音交互、人工智能以及大数据，适时、准确地感知老年人需求，进行相应的精准服务。像洗发机器人，把专用头盔形状的头套戴在头上，有16根树脂手指，以舒适柔和的力道，对头部进行揉、搓、按、压、捏、洗，适合行动不便的病人和高龄老人。旁边有控制按钮，根据计算机扫描数据，随时调整时间、节奏和力度，非常舒适、宜人。

"喂饭机器人，是在它的手臂上装上叉子、勺子，将食物夹起后送到老人嘴边，感应装置十分灵敏，能用手、脚和嘴控制操作，老年人使用非常方便。洗澡机器人呢，老年人躺进去后，柔软的机械手贴心地给湿水、涂上沐浴露、冲洗、烘干，最后再抹上润肤露滋润身体。

"使用这些人性化的智能设备，使老年人有尊严地、自由地进食，排泄和清洁身体，多好！你看，人工时间长了，会产生职业病、手指粗大、关节变形、疼痛难忍，给老人保健了，自己却损伤了，又产生了新的问题，也是得不偿失嘛。而且，整个智能操作过程比人工还细腻、柔和、耐心。"

"很好啊，既保障了老年人安全，也大大降低了护理成本，杜绝了护理不到位的现象，一定程度上缓解了'保姆荒'。"怡茗马上联系到养老机构的实际情况。

"机器人还不会罢工、发脾气！""哈哈。"俩人大笑了。

韦力肯定地说："一句话，就是更多应用现代化技术与智能设备，提供多层次的养老服务，解决多元化的养老需求。"

"老龄化提速，养老产业市场缺口进一步加大，将会凸显智能机器人的作用。等忙过了这阵儿，再进一步仔细商讨，把这作为养老服务新内容先行考虑吧。"钟怡茗点着头。

韦力兴奋地比画着赞同的手势，说覃局考察日本的养老服务业、养老智能设备刚回国，现正在长三角地区做深度调研。她简单介绍了覃局考察概况。在日本，养老辅助机器人大体上有三类。护理类的，可按摩、报警和监测健康状态；对中、重度失能老人，能够帮助翻身、通便、意外摔伤救助。陪伴类的：有休闲娱乐、情感交流、学习体验。监护康复类的，有辅助行走、饮食、洗浴和保洁等，产品种类很全。不远的将来，这类智能设备加上人的贴心关怀，会给市场提供全新的养老服务产品。

"上次，我把你想请他来的意思转达后，今早覃局来电，说近期准备带中心的两个博士、罗姐和大牛等骨干，来这调研学习呢！"

钟怡茗欣喜地说："好啊。期待覃局来共商未来发展大计！"

"哦，把靳雨欣也叫来，她对养老很有见解感悟。"

"对，谋士多多益善！"钟怡茗笑眯眯地说。

少顷，韦力凝视着钟怡茗，语气神秘兮兮地说："探询个商业秘密，嗯？"

"但说无妨。"

"乐园营业到现在，盈亏几何？"

"这个嘛，你猜你猜你猜猜猜——"钟怡茗歪着头，少有地做着鬼脸。

"我——猜不出来。当然，不方便回答嘛，"韦力换用警察口吻，"你可以保持沉默。"

"对外不披露，对你不保密。哈哈！我不要沉默，我要大声说出来：我们赢了，到上个月，直接成本已和收入持平啦！远超预期。"钟怡茗高举双臂，使劲地大喊起来。

钟怡茗一向老成持重，韦力从未见过她如此激动，今天，她把自己承担重负、抑制已久的情绪释放得如此彻底！

"太棒啦！"韦力张开双臂，给钟怡茗一个紧紧的熊抱。至此，韦力是彻彻底底底放下心了。

韦力进一步探究着："完全退休以后，你最想干什么？"

钟怡茗用下巴一指："唉，到开心农场养花种菜回归田园，和朋友喝茶聊天尽享安逸，身背行囊游走天下得远足之趣，下厨操刀做顿美餐也是别样享受。总之，让身心好好放松，享受一屋二人三餐四季的闲适安然，足矣！借用一句名言：小桌呼朋三面坐，留将一面与梅花。"

"青山个个伸头看，长者芸芸沐晚霞。"韦力笑着接上。

钟怡茗反问韦力："那你呢？"

"我呀，当二道贩子呗，一卖你的院子：康养银色乐园；二卖你的点子——工业遗产的救赎。"

"好啊，你吆喝，我收钱，共同发家致富！"两人笑弯了腰。

韦力伸手搭在钟怡茗的肩头，柔声说："你我暮年，闲坐小院前。赏栅栏中探出的蔷薇花，看蛋黄夕阳落西山，笑谈浮生流年。"

钟怡茗喃喃道："天空没有留下鸟的痕迹，而我已经飞过河流、高山。"

韦力和钟怡茗并肩站在松树旁，金色夕阳从身后赶来，两条长长的身影投映在青峻山岭。

后记

2011年，我的人生旅途转换为"休闲"模式。

一次偶然的机会，我成了养老协会的志愿者，主要任务是协助工作人员进行养老机构管理咨询、建设选址、营销策划、养老意向市场调研、举办健康讲座等。此后四五年间，我有机会走访、观察各类养老机构，其中既有国内顶级的医养社区（CCRC持续照护模式）、中型的颐养公寓，也有长在基层社区的嵌入式小微养老院等。我也看到了很多公办、民办养老院的运营情况，目睹了广大老年人晚年生活现状，从多方面与两者做较深入交流，对供需双方的诉求有一定了解和感知。

我国老龄化速度正在加快，为积极应对人口老龄化，国家采取了一系列有效举措，促使养老产业发展迅猛，养老床位大幅增加，养老服务成效显著。但同时，一些养老机构缺乏精准定位，供需错位，导致效益不佳。深入基层，走进百姓，我深感老龄化带给家庭和社会的巨大困惑与冲击。众多老人对国家默默奉献，对家庭忘我付出，如今衰老了，深感自己好像被遗忘、被抛弃了。尤其是一些空巢、孤寡及高龄病弱老人，在孤独和病痛中苦苦煎熬，暮年难安。

这种情况普遍吗？我利用各种机会调研、考察了几十所养老机构，造访了二百多位老人及其家属，发现相当多的老人晚年是孤寂、悲凉的，即便一些经济条件好、社会地位高的老人也不例外，只是情形不同而已。如媒体报道的著名作家巴金，晚年长年卧病在床，被迫延长了六年时光，而巴老却感叹"是生不如死"；还有因烧伤离世的原国家财政部部长金人庆等，凄凉的晚年无不令人唏嘘。

养老形势紧迫而严峻，社会是怎么认知、如何行动的？资本又有什么动向和作为？应时逐新的出版界讲述了怎样的故事？有哪些现实案例可供老年人参考、借鉴？我本想通过书刊来概括了解。未料，在一些著名书店竟无"养老"类别，只能从庞杂的书籍中查找，无奈数量很少，虽各有特色，却非我所需。现实与期望反差甚大。

我们有五对老年人的十人团队，是多年的同事、朋友，每年结伴进行"候鸟式"旅游旅居，找寻合适的康养方式，期望过上有品质的迟暮生活。西哲阿米尔说："懂得怎么老去，是智慧中的重要课题，也是伟大生活艺术中最难的一件事。"养老，能养多久，非个人所能把控。但求老去途中有相守的老伴、契合的老友、还算健康的身体、尚够支出的老本，悠然欣赏一路的风景，奔向心仪的精神家园，让闲适的心灵能妥帖安放。这段路走好了，自己开心，儿女放心，国家省心。

站在老年入口的门槛上，我深切感受到"银色浪潮"的汹涌澎湃，其挑战之烈，前所未有。对众多老人而言，如何安享晚年时光、怎么选择养老机构，相当迷茫。由此我萌发一个念头：以老年人视角，写出自己的所见所闻、所思所想；以客观的切身感受，为老年群体做"业余解说"。

在大量积累素材、学习国家政策、补充有关知识的基础上，我才开始动笔。鉴于文学功底薄弱、手头数据不足、鲜有样本参照，只有摸索着朝前走。写不下去时，就翻看采访笔记、照片，再到养老院走走看看。我常被众多养老事业践行者所感动，为书里各色人物所牵引。绳锯木断，才有了这本涂鸦之作。

本书以养老志愿者代表韦力为引线，着眼小人物，聚焦小事件，串起一系列迥异的养老故事；描述不同境况的养老机构，展示品质多样的养老产品；畅想养生养老的未来趋势；着重描写了独辟蹊径的康养典范——银色乐园。作为老年个体，韦力的视野和经验是有限的，权且映现老龄化社会的一个微剖面吧。

书中重点关注、探索了法律空白或尚需完善的社会热点问题：如养老机构里老人的权益保障，会员费的收支过程监控，老年人"非婚同居"的法律边界，推销假冒伪劣的老年保健品、养老金非法集资和以房养老等各种骗局，以及养老服务智能机器人应用前景等。

银色乐园的候鸟式游学养老模式和乐活模式，是养生过渡到养老的一种探索，是人生旅途末期的"充电桩""加油站"，也是我对自己养老生活的期盼。

康养要趁早！否则，也许就没机会从容老去。本书力求挖掘真善美，传递正能量；试图营造一种乐观向上、轻松风趣的格调，给普通百姓的暮年添上一抹金色、光亮、温暖。

本书为已至夕阳的老年人、有潜在养老需求的中年人，安排康养和养老生活提供了参考；期望对养老机构、政府主管部门，在养老院的建设布局和经营管理上能有所借鉴；搭建的银色乐园颐养环境，能给当下的康养产业和养老事业一点启示。如是，对我可谓最大的宽慰与奖赏。

感谢洛阳市作家协会原副主席、洛阳市长篇小说学会副会长庄学；《洛阳日报》《洛阳晚报》专栏作家陈爱松；洛阳老作家学会名誉会长刘锋，副会长张秀景，副会长、《洛阳晚报》专栏作家沙草，诸位老师的热情鼓励和悉心指点，帮我树立了信心，校正了奔跑的方向。

为了减少专业差池、探寻读者感受，我诚请资深文友、相关行业专家、老年读者及中年朋友阅看书稿，他们都给出了恳切意见和个人感想，在此一并致谢。

感谢我的家人，你们温暖贴心的鼎力支持，给了我最大的动力。历经艰辛没有半途而废，陪我坚守到底。

作为科技战线的一员，我跨界探索一个无关个人专业和工作经历的领域，莽撞地尝试创作这部现实小说，其艰难与风险，再次印证了这句名言：无知者无畏！本书文字可能比较粗糙，文学性也较欠缺，对养老状况的阐述可能不尽准确，甚或会有些谬误。它如同水中打捞的一块河洛石：原始、粗粝，不够精致美观。而于我，在老龄化的快速进程中，见证、记录了这个时期的一点印迹，也算了却一个心愿，足矣。

现将书稿斗胆印出，以便就教于业内专家学者、读者及广大老年朋友。愿更多同仁关注亿万老年人，关注我国蓬勃发展的养老事业。

我希望倾注自己心血的这些文字，让人还能读下去，不至于空耗时间、精力。诚望读者诸君提出宝贵意见，以使补偏救弊。

感恩——你我可以坐上老年列车，在绿水青山间开心养生、快乐享老，直到生命终点。

许宣知

于古都洛阳